U0772878

YANZHAO
JINGDIAN SHIWEN DUBEN

燕赵
经典诗文读本

郁 葱 ◎ 主编

花山文艺出版社

图书在版编目（CIP）数据

燕赵经典诗文读本 / 郁葱主编. —石家庄:花山文艺出版社, 2017.12
ISBN 978-7-5511-1809-5
Ⅰ.①燕… Ⅱ.①郁… Ⅲ.①中国文学-作品综合集 Ⅳ.①I211
中国版本图书馆CIP数据核字(2017)第285910号

书　　名：**燕赵经典诗文读本**
主　　编：郁　葱

策　　划：张采鑫
责任编辑：郝卫国
责任校对：李　鸥　林艳辉
封面设计：景　轩
美术编辑：胡彤亮
出版发行：花山文艺出版社（邮政编码：050061）
　　　　　（河北省石家庄市友谊北大街330号）
销售热线：0311-88643221/29/31/32/26
传　　真：0311-88643225
印　　刷：大厂回族自治县正兴印务有限公司
经　　销：新华书店
开　　本：700×1000　1/16
印　　张：27.5
字　　数：360千字
版　　次：2018年1月第1版
　　　　　2018年1月第1次印刷
书　　号：ISBN 978-7-5511-1809-5
定　　价：68.00元（精装）

（版权所有　翻印必究·印装有误　负责调换）

前 言

中国特色社会主义进入了新时代，这是党的十九大作出的一个重大政治判断，为我们开启了新的征程。"中华民族有五千多年的文明历史，创造了灿烂的中华文明，为人类作出了卓越贡献，成为世界上伟大的民族。"中华民族正在迎来伟大复兴，而文化自信，是我们繁荣新时代中国特色社会主义文化的根基所在。

燕赵文化是中华民族五千多年文明历史所孕育的中华优秀传统文化的重要组成部分。燕赵之地，薪火久远，浩浩大气，荡荡雄风，为我巍巍华夏一片丰厚的热土。古朴的文化，豪放的民风，造就了气象高洁的燕赵风骨。自黄、炎、尧、舜帝始，一代代华夏子民便在这里演绎了一幕幕雄浑的壮歌。

据我国最古老的一部地理著作《禹贡》载，"燕赵"，古时属冀州，春秋时为燕、晋诸国，战国时为燕、赵、中山以及魏、齐等国。秦置上谷、渔阳、右北平、巨鹿、邯郸、广阳、恒山等郡。自汉代开始，命名为幽、冀等州；隋置幽州总管；唐代始称河北道；宋分河北为东、西两路；元、明、清诸代，因首都设于北京，河北为京畿重地，元属中书省，明为北直隶，清置直隶省。在人们的惯常意识中，"燕赵"是河北省的别称，其实，古代的"燕赵"地域更为辽阔，疆域更为宽广。燕赵大地北控长城，南界黄河，西倚太行，东临渤海，地形地貌千姿百态，自然、人文景观丰富多彩。这块土地，孕育了几千年的华夏文明，英雄豪杰、贤哲伟人层出不穷，也成为历代文人引吭高歌的不息绝唱。《隋书·地理志》称燕赵"悲歌慷慨"，"自古言勇敢者，皆出幽并"；被尊为唐宋八大家之首的韩愈亦有名言"燕赵多慷慨悲歌之士"；宋代苏东坡亦赞叹曰："幽燕之地，自古号多雄杰，名于图史者往往而是"，一语道尽了燕赵之地的风骨和豪情。

为了落实党的十九大"坚定文化自信，推动社会主义文化繁荣兴盛"的精神，我们编辑了这部《燕赵经典诗文读本》。数千年来，历代政治家和文人为燕赵大地书写了诸多经典篇章，成为河北文化精神绵延至今的筋骨和血脉。《燕赵经典诗文读本》收入河北籍作家、诗人和外省籍作家、诗人吟咏和表现燕赵精神、风骨的名篇佳作一百二十余篇，分为"古代诗文卷"和"现当代诗文卷"。这些作品雄浑大气，羽声慷慨，内容深邃，艺术精湛，为历代赞颂燕赵的扛鼎之作。当然，由于同类作品众多，难免有遗漏之选，容修订再版时进一步完善。

编　者

2017年12月

目 录

古代诗文卷

❀ 现当代诗文卷 ❀

古代诗文卷

诗 经

　　《诗经》是我国最早的一部诗歌总集，收集和保存了古代诗歌305首。《诗经》最初称为《诗》或"诗三百"，到西汉时，被尊为儒家经典，称为《诗经》。《诗经》按《风》《雅》《颂》三类编辑。《诗经·邶风》是流传于河南、河北、山西等北方地区的民歌。

邶风·击鼓

击鼓其镗①，踊跃用兵②。

土国城漕③，我独南行。

从孙子仲④，平陈与宋⑤。

不我以归⑥，忧心有忡⑦。

爰居爰处？爰丧其马⑧？

于以求之⑨？于林之下。

死生契阔⑩，与子成说⑪。

执子之手，与子偕老。

于嗟阔兮⑫，不我活兮⑬。

于嗟洵兮⑭，不我信兮⑮。

【注释】

①镗（tāng）：鼓声。其镗，即"镗镗"。

②踊跃：双声连绵词，犹言鼓舞。兵：武器，刀枪之类。

③土：挖土。国：指都城。城：修城。漕：卫国的城市。

④孙子仲：即公孙文仲，字子仲，邶国将领。

⑤平：平定两国纠纷。谓救陈以调和陈宋关系。陈、宋：诸侯国名。

⑥不我以归：是"不以我归"的倒装句，有家不让回。

⑦有忡：忡忡，忧虑不安的样子。

⑧爰（yuán）：哪里。丧：丧失，此处言跑失。爰居爰处？爰丧其马：哪里可以住？我的马丢在那里。

⑨于以：在哪里。

⑩契阔：聚散、离合的意思。契，合；阔，离。

⑪成说：约定、成议、盟约。

⑫于嗟：叹词。

⑬活：借为"佸"，相会。

⑭洵：久远。

⑮信：守信，守约。

邶风·静女

静女其姝①，俟我于城隅②。
爱而不见③，搔首踟蹰④。
静女其娈⑤，贻我彤管⑥。
彤管有炜⑦，说怿女美⑧。
自牧归荑⑨，洵美且异⑩。
匪女之为美⑪，美人之贻⑫。

【注释】

①静女：贞静娴雅之女。姝（shū）：美好。

②俟，等待，此处指约好地方等待。城隅：城角隐蔽处。

③爱："薆"的假借字。隐蔽，躲藏。

④踟蹰（chí chú）：徘徊不定。

⑤娈（luán）：面目姣好。

⑥贻（yí）：赠。彤管：不详何物。一说红管的笔，一说和荑应是一物。有的植物初生时或者才发芽不久时呈红色，不仅颜色鲜亮，有的还可

吃。如是此意，就与下文的"荑"同类。但是也可能是指涂了红颜色的管状乐器等。

⑦有：形容词词头。炜（wěi）：盛明貌。

⑧说怿（yuè yì）：喜悦。女：汝，你。

⑨牧：野外。归：借作"馈"，赠。荑（tí）：白茅，茅之始生也。象征婚媾。

⑦洵美且异：确实美得特别。洵：实在，诚然。异：特殊。

⑪匪：非。

⑫贻：赠予。

尔 雅

　　《尔雅》是中国最早的辞书，收集了丰富的古代汉语词汇，被称为"辞书之祖"，还是中国古代的典籍《十三经》的一种，是中华传统文化的核心组成部分。"尔"是"近"的意思（后来写作"迩"），"雅"是"正"的意思，在这里专指"雅言"，即在语音、词汇和语法等方面都合乎规范的标准语。《尔雅》的意思是接近、符合雅言，即以雅正之言解释古语词、方言词，使之近于规范。《尔雅》中对河北及北方诸地的区域和风物有较为精辟的诠释。

释地① （节选）

九　州②

　　两河间曰冀州。河南曰豫州。河西曰雍州。汉南曰荆州。江南曰扬州。济河间曰兖州。济东曰徐州。燕曰幽州。齐曰营州。

十　薮③

　　鲁有大野。晋有大陆。秦有杨陓④。宋有孟诸。楚有云梦。吴越之间有具区。齐有海隅。燕有昭余祁。郑有圃田。周有焦护。

九　府⑤

　　东方之美者，有医无闾之珣玗琪焉；东南之美者，有会稽之竹箭焉；南方之美者，有梁山之犀象焉；西南之美者，有华山之金石焉；西方之美者，有霍山之多珠玉焉；西北之美者，有昆仑虚之璆琳琅玕焉⑥；北方之美者，有幽都之筋角焉；东北之美者，有斥山之文皮焉；中有岱岳，与其五谷鱼盐生焉。

五　方⑦

东方有比目鱼焉，不比不行，其名谓之鲽⑧；南方有比翼鸟焉，不比不飞，其名谓之鹣鹣；西方有比肩兽焉，与邛邛岠虚比，为邛邛岠虚啮甘草，即有难，邛邛岠虚负而走，其名谓之蹷⑨；北方有比肩民焉，迭食而迭望；中有枳首蛇焉。此四方中国之异气也。

野⑩

邑外谓之郊，郊外谓之牧，牧外谓之野，野外谓之林，林外谓之坰。

下湿曰隰，大野曰平，广平曰原，高平曰陆，大陆曰阜，大阜曰陵，大陵曰阿。可食者曰原，陂者曰阪，下者曰隰。田一岁曰菑⑪，二岁曰新田，三岁曰畬⑫。

四　极

东至于泰远，西至于邠国，南至于濮铅，北至于祝栗，谓之四极。

觚竹、北户、西王母、日下，谓之四荒。

九夷、八狄、七戎、六蛮，谓之四海。

岠齐州以南戴日为丹穴，北戴斗极为空桐，东至日所出为大平，西至日所入为大蒙。太平之人仁，丹穴之人智，大蒙之人信，空桐之人武。

【注释】

①释地：对于行政区划的解释。

②九州：《尔雅》按殷制，称九州为冀、幽、兖、营、徐、扬、荆、豫、雍。

③十薮：《风俗通》云："薮，厚也。有草木鱼鳖所以厚养人也。"

④杨陓（yū）：古泽名。

⑤九府：府，聚也，财物之所聚也。言此八方及中，皆美物之所聚，故题云"九府"也。

⑥璆（qiú）琳琅玕（gān）：璆琳，美玉名。琅玕，状似珠也。皆精美的玉石之名。

⑦五方：言是五方风气殊异而生此怪物也。

⑧鲽（dié）：鱼名。

⑨蹷（jué）：兽名。传说中这种兽前足短而后足长，不善于奔跑而善于求食。

⑩野：上自"邑外谓之郊"以下，虽远近高下其名不同，野为总称，故题云"野"。

⑪菑（zī）：初耕一年的田。

⑫畬（yú）：已垦种两年的田。

荀 子

荀子（约前313~前238），名况，时人尊而号为"卿"，西汉时为避宣帝刘询讳，因"荀"与"孙"二字古音相通，故又称孙卿。战国末期赵国人（今河北邯郸八特村一带）。思想家、文学家、教育家，儒家代表人物之一。荀子对儒家思想有所发展，提倡性恶论，常被与孟子的性善论比较；对重新整理儒家典籍也有相当的贡献。《天论》是荀子的代表作之一，是他对古代朴素唯物主义哲学思想的总结，是一篇著名的哲学论文，在历史上有着突出的成就和地位。

天论（节选）

天行有常[①]，不为尧存，不为桀亡[②]。应之以治则吉，应之以乱则凶[③]。强本而节用[④]，则天不能贫[⑤]；养备而动时[⑥]，则天不能病；循道而不忒[⑦]，则天不能祸。故水旱不能使之饥[⑧]，寒暑[⑨]不能使之疾，妖怪不能使之凶[⑩]。本荒而用侈[⑪]，则天不能使之富；养略而动罕[⑫]，则天不能使之全[⑬]；倍道而妄行[⑭]，则天不能使之吉。故水旱未至而饥，寒暑未薄而疾[⑮]，妖怪未生而凶[⑯]。受时与治世同，而殃祸与治世异，不可以怨天，其道然也。故明于天人之分[⑰]，则可谓至人矣[⑱]。

不为而成，不求而得，夫是之谓天职[⑲]。如是者，虽深，其人不加虑焉[⑳]；虽大，不加能焉[㉑]；虽精，不加察焉[㉒]：夫是之谓不与天争职。天有其时，地有其财，人有其治，夫是之谓能参[㉓]。舍其所以参，而愿其所参，则惑矣！

列星随旋，日月递炤[㉔]，四时代御，阴阳大化，风雨博施，万物各得其和以生，各得其养以成，不见其事而见其功，夫是之谓神[㉕]。皆知其所以成，莫知其无形，夫是之谓天[㉖]。唯圣人为不求知天[㉗]。

天职既立，天功既成，形具而神生^㉘。好恶、喜怒、哀乐臧焉，夫是之谓天情^㉙；耳、目、鼻、口、形，能各有接而不相能也，夫是之谓天官^㉚；心居中虚，以治五官，夫是之谓天君^㉛；财非其类，以养其类，夫是之谓天养^㉜；顺其类者谓之福，逆其类者谓之祸，夫是之谓天政^㉝。暗其天君，乱其天官，弃其天养，逆其天政，背其天情，以丧天功，夫是之谓大凶。圣人清其天君，正其天官，备其天养，顺其天政，养其天情，以全其天功。如是，则知其所为，知其所不为矣，则天地官而万物役矣^㉞。其行曲治，其养曲适，其生不伤，夫是之谓知天^㉟。

故大巧在所不为，大智在所不虑^㊱。所志于天者，已其见象之可以期者矣^㊲；所志于地者，已其见宜之可以息者矣^㊳；所志于四时者，已其见数之可以事者矣^㊴；所志于阴阳者，已其见和之可以治者矣^㊵。官人守天而自为守道也^㊶。

治乱，天邪？曰：日月、星辰、瑞历^㊷，是禹桀之所同也，禹以治桀以乱，治乱非天也。时邪？曰：繁启蕃长于春夏，畜积收藏于秋冬^㊸，是又禹桀之所同也，禹以治，桀以乱，治乱非时也。地邪？曰：得地则生，失地则死，是又禹桀之所同也，禹以治，桀以乱，治乱非地也。《诗》曰："天作高山，大王荒之；彼作矣，文王康之^㊹。"此之谓也。

天不为人之恶寒也辍冬，地不为人之恶辽远也辍广，君子不为小人匈匈也辍行^㊺。天有常道矣，地有常数矣，君子有常体矣^㊻。君子道其常，而小人计其功^㊼。《诗》曰："礼义之不愆兮，何恤人之言兮^㊽。"此之谓也。

楚王后车千乘，非知也；君子啜菽饮水，非愚也：是节然也^㊾。若夫志意修，德行厚，智虑明，生于今而志乎古，则是其在我者也^㊿。故君子敬其在己者，而不慕其在天者^[51]；小人错^[52]其在己者，而慕其在天者。君子敬其在己者，而不慕其在天者，是以日进也；小人错其在己者而慕其在天者，是以日退也。故君子之所以日进，与小人之所以日退，一也。君子、小人之所以相县者，在此耳^[53]！

星队、木鸣⁵⁴，国人皆恐。曰：是何也？曰：无何也，是天地之变，阴阳之化，物之罕至者也。怪之，可也，而畏之，非也。夫日月之有蚀，风雨之不时，怪星之党见⁵⁵，是无世而不常有之。上明而政平，则是虽并世起⁵⁶，无伤也；上暗而政险，则是虽无一至者，无益也。夫星之队、木之鸣，是天地之变，阴阳之化，物之罕至者也。怪之可也，而畏之非也。

物之已至者，人祅⁵⁷则可畏也，楛耕伤稼，楛耘失岁⁵⁸，政险失民，田薉稼恶⁵⁹，籴贵民饥，道路有死人，夫是之谓人祅；政令不明，举错不时，本事不理⁶⁰，夫是之谓人祅；礼义不修，内外无别⁶¹，男女淫乱，父子相疑，上下乖离，寇难⁶²并至，夫是之谓人祅。祅是生于乱，三者错，无安国⁶³。其说甚尔⁶⁴，其灾甚惨。勉力不时，则牛马相生，六畜作祅⁶⁵，可怪也，而不可畏也⁶⁶。传曰："万物之怪，书不说⁶⁷。无用之辩，不急之察，弃而不治⁶⁸。"若夫君臣之义，父子之亲，夫妇之别，则日切瑳⁶⁹而不舍也。

雩⁷⁰而雨，何也？曰：无何也，犹不雩而雨也。日月食而救之⁷¹，天旱而雩，卜筮然后决大事，非以为得求也，以文之也⁷²。故君子以为文，而百姓以为神，以为文则吉，以为神则凶也。

在天者莫明于日月，在地者莫明于水火，在物者莫明于珠玉，在人者莫明于礼义。故日月不高，则光晖不赫；水火不积，则晖润不博⁷³；珠玉不睹⁷⁴乎外，则王公不以为宝；礼义不加于国家，则功名不白⁷⁵。故人之命在天，国之命在礼。君人者⁷⁶隆礼尊贤而王，重法爱民而霸，好利多诈而危，权谋倾覆幽险而尽亡矣。

大天而思之，孰与物畜而制之⁷⁷！从天而颂之，孰与制天命而用之⁷⁸！望时而待之，孰与应时而使之⁷⁹！因物而多之，孰与骋能而化之⁸⁰！思物而物之，孰与理物而勿失之也⁸¹？愿于物之所以生，孰与有物之所以成⁸²！故错人而思天，则失万物之情⁸³。

【注释】

①天：这里指自然或自然界，行：运行，变化。常：一定的规律。

②为：因为。尧：传说中古代的圣君。桀：夏王朝的亡国暴君。

③应：对待。治：正确合理的措施，即合乎礼义的措施。反之就是"乱"。

④强本：指重视农业生产，我国古代以农业为本，而以商为末。

⑤不能贫：是"不能使之贫"的紧缩，与下文"不能病""不能祸"都是使动句。

⑥养备：养生之物，即生产和生活资料都很充足。动时：行动合时宜。

⑦循：遵循。道：指规律。忒：差错。

⑧饥：大面积的饥荒。

⑨寒暑：这里指严寒酷暑，气候不正常。

⑩妖怪：指自然灾害和自然界的某些怪异现。

⑪本荒：农业生产荒废。

⑫养略：生产和生活资料缺乏、不充足。动罕：行动懒惰，稀少。

⑬全：保全。

⑭倍：通"背"，违背。

⑮薄：迫近、侵袭。

⑯生：原作"至"，与"水旱未至之""至"重复，据王念孙之说改。

⑰分（fèn）：职分，职能。天人之分：指天和人各有不同的职分。

⑱至人：最明白事理的人，即圣人。

⑲天职：自然界的职能，荀况认为自然界产生万物是"不为而成，不求而得"的，这就从根本上否定了天有意识的唯心主义说法。

⑳其人：指上文的"至人"。不加虑：不去加以探求。

㉑不加能：不去夸大它的能力、作用。

㉒不加察：不去对它多加考察。

㉓时：时令，指四季、寒暑、昼夜、水旱变化等。财：物产、资源。治：指人治理自然和社会的能力。参：参与、配合，能参，谓人能够同天地互相配合。

㉔炤：同"照"。

㉕"不见"句：意为看不见大自然是怎样做的，却可以看到它的功效。神：指自然而然的神妙功能，不是一般称"鬼神"的"神"。

㉖"皆知其所以成"二句：人们都知道大自然生成万物，却没有人知道自然化育万物无形迹可寻。天：一说，当作"天功"，因"人功"有形，而"天功"无形，故曰"莫知其无形"。又下文"天功"二字凡三见。

㉗圣人：即上文所称"至人"，荀况理想中具有崇高的道德和广大的智慧的人物。不求知天：意为但修人事，不去对自然界生成万物的所以然进行冥思苦想，即上文"不与天争职"之意。

㉘形：指人的形体。神：指人的精神活动。意谓人的形体具备了，人的精神活动随之产生。

㉙臧：同"藏"。藏焉：蕴藏于此。天情：人所自然具有的情感。

㉚形：形体。能各有接：各有不同的接触外物的能力，如耳能听、目能视等等。不相能：不能互相代替。天官：人所自然具有的各种感官。

㉛中虚：指胸腔。治：支配、管理。天君：人所自然具有的主宰。君：君主，古人认为心是主宰五官的思维器官，所以用君主作喻。

㉜财：通"裁"，制裁，利用。非其类，指人类以外的万物。其类，指人类。天养：自然界的奉养。

㉝天政：自然的规则。全句意为，顺应人类的需要来供养人们就是福，反之就是祸，这种自然的规则，就叫做"天政"。

㉞官：名词作动词用，放任用。役：拔役使。全句意为，天地能为人类服务，而万物能供人类驱使。

㉟行：行动，曲：各方面。曲治：各方面都得到治理。曲适：各方面都恰当。生：生命。

㊱"故大巧"二句：意即最能干的人在于他不去做那些不能做和不应做的事，最聪明的人在于他不去考虑那些不必考虑和不应考虑的事。

㊲志：识记，认识。已：通"以"，凭借，根据。见：通"现"，显现。期：预期，推测。全句意为：对于天的认识，是要根据它已经显现出来的自然现象而预测出未来的变化。

㊳宜：适宜，指作物生长的适宜条件。息：繁殖生长。全句意为：对于地的认识，是要根据它已经显现出来的适合作物生长的条件而促使它合理地繁殖。

㊴数：指春夏秋冬四时节气变化的次序。事：从事，指安排农业生产。

㊵和：和谐，调和。全句意思为：对阴阳变化的认识，是要根据已经看到的阴阳和谐的现象而进行调理。

㊶官人：任用专人掌管天文历法。守天：观察天象。自为：指圣人自己做的事。守道：掌握治理社会和自然的原则、规律。

㊷瑞历：历象，即关于天文的自然现象。古人非常重视历象，故称"瑞历"。瑞，祥瑞。

㊸畜：同"蓄"，积聚。

㊹"天作"四句：引自《诗·周颂·天作》，高山，指岐山，在今陕西岐山县东北，周朝的发祥地。大王，即太王，亦称古公亶（dǎn）父，周文王姬昌的祖父，他率领周部族从别处迁居到岐山地区。荒，用作动词，开垦，开辟。彼，指太王。作，这里指开创基业。文王，太王的孙子。据传说，周文王时，三分天下已有其二，但仍臣服于殷商。康，使安定、发展。引诗是为了说明吉凶祸福全在于人事。

㊺訩訩：同"汹汹"，吵吵嚷嚷。辍行：停止他修善积德的行动。

㊻常道：一定的规律。常数：一定的法则。常体：一定的道德行为规范。

㊼道：动词，遵循。常：即常体。计功：计较目前利益。

㊽愆（qiān）：罪过，过失。何恤：何必顾虑。

㊾后车：随从的车辆。乘（shèng）：古代一车四马为一乘。知：同"智"，聪明。菽：豆类，这里泛指粗粮。节然：恰好这样。

㊿若夫：发语词，表示下文将有所议论。修：好，端正。厚：敦厚，高尚。知虑明：智慧思虑精明。志：认识，了解。在我者：在于人们自己的努力。

(51)敬：敬重，认真对待。在己者：同"在我者"。慕：指望，希求。

在天者：指自然的恩赐。

㊔错：通"措"，搁置，舍弃。

㊕县：通"悬"，悬殊，差别。

㊖队：通"坠"，坠落。这里指流星落地。木鸣：指社树困风吹而发出声音。古人迷信，对神社中的树木发出声音，认为不祥。

㊗党：通"傥"，偶然。见：同"现"，出现。

㊘并世起：指上述异常现象在同一个时代里出现。

㊙人祅：指人为的怪现象，人为的灾祸。

㊚楛（kǔ）：粗劣。两句谓耕作粗劣，就会伤害庄稼；耘草粗劣，就会影响收成。

㊛薉（huì）：通"秽"，荒芜。稼恶：庄稼长得不好。

⑩错：通"措"。不时：不合时宜。本事：指农业生产。

㊝内：指女。外：指男。古礼主张男女有别。

㊞寇：外患。难：内乱。

㊟三者：指上述三种"人妖"。错：交错发生。无安国：国家就没有安定的日子。

㊠尔：通"迩"，切近。

㊡勉力：役使民力，畜力。不时：随心所欲，不按时节。牛马相生：牛马相互生怪胎。六畜：马、牛、羊、鸡、犬、豕。

㊢不可畏也：一说"不"字为"亦"字之误。意为"人妖"既可怪，也可畏。

㊣传（zhuàn）：指古代文籍。"万物"句：万物的怪现象，经书不解释。

㊤不急之察：不切需要的察。弃而不治：应当抛弃不管它。

㊥璂：同"礎"。

⑩雩（yú）：古代求雨的祭祷。

㊦救：古时人们发现日食月食现象，就敲盘打鼓呼救。

㊧文：文饰。之：指政治情况或社会现实。

㊨积：积聚。晖：指火的光亮。润：指水的润泽。

⑦睹：光彩显露。

⑦功名不白：功绩、名声就不会显著。

⑦君人者：统治人民的人，即君主。

⑦"大天"二句：以天为大，推崇天。思之：思慕天。物畜：把天当作物来畜养。制：控制。

⑦从：顺从。颂：赞颂。制天命而用之：掌握自然变化的规律而利用它。

⑦望时而待之：盼望天时，等待它的恩赐。应时而使之：顺应时令季节的变化而使天时为人们服务。

⑧因物而多之：听任自然物生长，希望它增多。骋能而化之：发挥、施展人的才能，使物类发展变化而增殖。

⑧思物而物之：思慕万物企图得到它，意为企图得到万物。第二个"物"字作动词。理物而勿失之：把万物治理好而不失掉它对于人类的功用。

⑧愿：希望。有：通"佑"，帮助。全句意为：寄希望于万物自然生长，何如帮助万物让它成长得更快更好。

⑧错：放弃。全句意为：所以放弃人的主观努力而只是指望天的恩赐，那就是不符合万物发展的实际情况，丧失了利用万物的能力。

韩 非

韩非（约前280～前233），出生于战国末期韩国都城郑城（今河南新郑）。思想家、哲学家，法家主要代表人物。著有《韩非子》，在先秦诸子散文中独树一帜。他的政治主张和法家思想被秦王嬴政所重视，帮助秦国富国强兵，最终统一六国。《扁鹊见蔡桓公》选自《韩非子·喻老》，为著名篇章。

扁鹊①见蔡桓公

扁鹊见蔡桓公，立有间②，扁鹊曰："君有疾③在腠理④，不治将恐深。"桓侯曰："寡人⑤无疾。"扁鹊出，桓侯曰："医之好治不病以为功⑥。"

居十日⑦，扁鹊复见，曰："君之病在肌肤，不治将益深。"桓侯不应。扁鹊出，桓侯又不悦。

居十日，扁鹊复见，曰："君之病在肠胃，不治将益深。"桓侯又不应。扁鹊出，桓侯又不悦。

居十日，扁鹊望桓侯而还走⑧。桓侯故⑨使人问之，扁鹊曰："疾在腠理，汤熨⑩之所及也；在肌肤，针石⑪之所及也；在肠胃，火齐⑫之所及也；在骨髓，司命之所属⑬，无奈何也。今在骨髓，臣是以无请也⑭。"

居五日，桓侯体痛，使人索扁鹊，已逃秦矣。桓侯遂死。

【注释】

①扁鹊，姬姓，秦氏，名缓，字越人，又号卢医，渤海郡郑(今河北任丘)人，战国时期名医。由于他的医术高超，被认为是神医，所以当时的

人们借用了上古神话黄帝时的神医"扁鹊"的名号来称呼他。扁鹊奠定了中医学的切脉诊断方法，开启了中医学的先河。相传中医典籍《难经》为扁鹊所著。

②有间（jiàn）：有间，一会儿。

③疾：古时'疾'与'病'的意思有区别。疾，小病、轻病；病，重病。

④腠（còu）理：中医学名词，指人体肌肤之间的空隙和肌肉、皮肤纹理。

⑤寡人：古代君主对自己的谦称。

⑥医之好治不病以为功：医生喜欢给没病（的人）治"病"，以此显示自己的本领。

⑦居十日：待了十天。居：用在表示时间的词语前面，表示经过的时间；停留，经历。在文中译"过了"。

⑧还（xuán）走：转身就跑。还，通"旋"，回转。走，小步快跑。

⑨故：特意。

⑩汤（tàng）熨（wèi）：汤熨（的力量）所能达到的。汤，同"烫"，用热水焐（wù）。熨，用药物热敷。

⑪针石：古代针灸用的金属针和石针，这里指用针刺治病。

⑫火齐（jì）：火剂汤，一种清火、治肠胃病的汤药。齐，同"剂"。

⑬司命之所属：司命神所掌管的事。司命，掌管人生命的神。属，管，掌握。

⑭臣是以无请也：我就不再请求给他治病了，意思是不再说话。是以，以是，因此。无请，不再请求。

荆 轲

荆轲（？～前227），姜姓，庆氏（古时"荆"音似"庆"）。战国末期卫国朝歌（今河南鹤壁淇县）人，也称庆卿、荆卿、庆轲，是春秋时期齐国大夫庆封的后代。秦国灭赵后，兵锋直指燕国南界，太子丹震惧，决定派荆轲入秦，借献督亢（今河北涿州、易县、固安一带）之地图行刺秦王。临行前，燕太子丹、高渐离等许多人在易水边为荆轲送行，场面十分悲壮。"风萧萧兮易水寒，壮士一去兮不复还"，这是荆轲在告别时所吟唱的诗句。入秦后，图穷匕见，荆轲刺秦王不中，被秦王拔剑击成重伤后为秦侍卫所杀。此后，《易水歌》被广为吟诵，不仅成为代表燕赵人文高度的作品，其意义还在于延伸的燕赵诗歌精神："慷慨悲歌"。

易 水① 歌

风萧萧②兮易水寒，
壮士③一去兮不复还。

【注释】

①易水：河流名，在今河北省易县，当时为燕国的南界。

②萧萧：泛指风声。

③壮士：在这里指荆轲。

董仲舒

　　董仲舒（前179~前104），西汉哲学家、今文经学大师。汉广川郡（今河北景县）人。汉武帝元光元年（前134）任江都易王刘非国相；元朔四年（前125），任胶西王刘端国相。此后，居家著书，朝廷每有大议，令使者及廷尉就其家而问之，仍受武帝尊重。董仲舒以《春秋公羊传》为依据，将周代以来的宗教天道观和阴阳、五行学说结合起来，吸收法家、道家、阴阳家思想，建立了一个新的思想体系，成为汉代的官方统治哲学，对当时社会所提出的一系列哲学、政治、社会、历史问题，给予了较为系统的回答。公元前134年，董仲舒在著名的《举贤良对策》中系统地提出了"天人感应""大一统"学说和"罢黜百家，表彰六经"的主张。董仲舒的儒家思想大大维护了汉武帝的集权统治，为当时社会政治和经济稳定做出了贡献。《春秋繁露》之《人副天数》是董仲舒论述其自然神论的宇宙观之天人合一思想的重要篇章，他以人与天相比类，可以说是其"天人感应"论的重要理论前提。

人 副 天 数

　　天德施，地德化①，人德义。天气上，地气下，人气在其间。春生夏长，百物以兴；秋杀②冬收③，百物以藏。故莫精于气，莫富于地，莫神于天。天地之精所以生物者，莫贵于人。人受命乎天也；故超然有以倚④。物疢疾⑤莫能为仁义，唯人独能为仁义；物疢疾莫能偶⑥天地，唯人独能偶天地。人有三百六十节，偶天之数也；形体骨肉，偶地之厚也；上有耳目聪明，日月之象也；体有空窍⑦理脉⑧，川谷之象也；心有哀乐喜怒，神气⑨之类也。观人之体一，何高物之甚，而类于天也。物旁折⑩取天之阴阳以生活耳，而人乃烂然⑪有其文理。是故凡物之形，莫不伏从[12]旁折天地而行，人独题[13]直立端尚，正正当之。是故所取天地少者，旁折之；所取天地多者，正当之。此见人之绝[14]于物而参[15]天地。是故人之身，首窦[16]而员，象天容也；发，象星辰也；耳目戾戾[17]，象日月也；鼻口呼吸，象风气也；胸中达知，象神明也；腹胞实虚，象百物也。百物者最近地，故要[18]以下，地也。天地之象，以要为带[19]。颈以上者，精神尊严，明天类之状也；颈而下者，丰厚卑辱，土壤之比也。足布而方，地形之象也。是故礼，带置绅[20]必直其颈，以别心也。带而上者尽为阳，带而下者尽为阴，各有分。阳，天气也；阴，地气也。故阴阳之动，使人足病，喉痹起，则地气上为云雨，而象亦应之也。天地之符，阴阳之副[21]，常设于身，身犹天也，数与之相参[22]，故命与之相连也。天以终岁之数，成人之身，故小节三百六十六，副日数也；大节十二分，副月数也；内有五藏[23]，副五行数也；外有四肢，副四时数也；乍视乍瞑，副昼夜也；乍刚乍柔，副冬夏也；乍哀乍乐，副阴阳也；心有计虑，副度数也；行有伦理，副天地也。此皆暗肤著身[24]，与人俱生，比而偶之弇合[25]。于其可数也，副[26]数；不可数者，副类[27]。皆当同而副天，一[28]也。是故陈其有形[29]以著其无形者，拘其可数以著其不可数者。此言道之亦宜以类相应，犹其形也，以数相中也。

【注释】

①化：化生。

②杀：肃杀。

③收：收敛。

④倚：立。

⑤疢（chèn）疾：疢，热病。疢疾：这里指缺陷。

⑥偶：匹配、配合。

⑦空窍：孔窍。

⑧理脉：指血管和脉络。

⑨神气：精神气息。

⑩旁折：偏侧，指兽类偏侧行走。

⑪烂然：光辉的样子。

⑫伏从：俯伏顺从。

⑬题：额头，此处指头。

⑭绝：超出。

⑮参：通"三"，指人与天地鼎足而为三。

⑯妫（fén）：通"颁"，大头貌。

⑰戾戾：指眼睛和耳朵都两两相背。

⑱要：通"腰"。

⑲带：腰带。

⑳绅：长衣带。

㉑副：副本。

㉒相参：相合。

㉓五藏：五脏。

㉔暗肤著身：暗暗地附着在人身上。

㉕弇（yǎn）合：密合、吻合。

㉖副：符合。副数意为天的四时、五行、十二月、三百日与人的四肢、五脏、大骨节十二、小骨节三百六十的数目相符合。

㉗类：同类。指数目不合者可在形状上相似，如头圆类天、足方类地。

㉘一：天人一致、天人相类。

㉙有形：人的形体，如四肢、五脏等。

司马迁

司马迁（约前145或前135~？），字子长，夏阳（今陕西韩城南）人。西汉史学家、文学家、思想家。太史令司马谈之子。早年受学于孔安国及董仲舒，漫游各地，了解风俗，采集传闻。初任郎中，奉使西南。元封三年（前108）继承父业，任太史令，著述历史。因替李陵败降之事辩解而受官刑。他以其"究天人之际，通古今之变，成一家之言"的史识创作了中国第一部纪传体通史《史记》（原名《太史公书》），被公认为是中国史书的典范。该书记载了从上古传说中的黄帝时期，到汉武帝元狩元年三千多年的历史，是"二十五史"之首，被鲁迅誉为"史家之绝唱，无韵之离骚"。

《五帝本纪》是《史记》的第一篇，记载的是远古传说中相继为帝的五个部落首领——黄帝、颛顼（zhuān xū）、帝喾（kù）、尧、舜的事迹，同时也记录了当时部落之间在今河北省涿鹿等地的频繁的战争，部落联盟首领实行禅让制，远古初民战猛兽、治洪水、开良田、种嘉谷、观测天文、推算历法、谱制音乐舞蹈等多方面的情况。这些虽为传说，但从人类历史发展的规律和地下文物的发掘来看，有些记载亦属言之有征，它为我们了解和研究远古社会，提供了某些线索和信息。中华民族五千年的悠久历史，就是从这远古的传说开始的，黄帝和炎帝两个部落的联合、战争，最后融为一体，在黄河流域定居繁衍，从而构成了华夏族的主干，创造了我国远古时代的灿烂文化。五帝的传说，几千年来深深扎根于中华民族，被当做贤君圣主的楷模历代传颂。"炎黄子孙"这个称谓，就诞生于河北涿鹿，已成为凝聚中华民族血脉的亲切称谓。

《廉颇蔺相如列传》记载了赵国重臣廉颇、蔺相如之间的故事，史称"将相和"。

史记·五帝本纪（节选）

黄帝纪

　　黄帝者，少典之子①，姓公孙②，名曰轩辕。生而神灵③，弱而能言④，幼而徇齐⑤，长而敦敏⑥，成而聪明⑦。

【注释】

　　①少典：《索隐》："少典者，诸侯国号，非人名也。"这里所谓"诸侯国号"实际就是远古部族名。子：指后代。

　　②公孙：《索隐》引皇甫谧云："黄帝生于寿丘，长于姬水，因以为姓。"据此，则黄帝姓姬。

　　③神灵：有神异之气。

　　④弱：幼弱，这里指出生不久。

　　⑤徇齐：疾，敏捷，指智虑敏捷。

　　⑥敦：敦厚，诚实。敏：勉，勤勉。

　　⑦聪明：本为听力好，视力好，即耳聪目明之意，这里指见闻广，能明察。

　　轩辕之时，神农氏世衰①。诸侯相侵伐，暴虐百姓②，而神农氏弗能征。于是轩辕乃习用干戈③，以征不享④，诸侯咸来宾从⑤。而蚩尤最为暴，莫能伐。炎帝欲侵陵诸侯，诸侯咸归轩辕。轩辕乃修德振兵⑥，治五气⑦，艺五种⑧，抚万民，度四方⑨，教熊罴貔貅䝙虎⑩，以与炎帝战于阪泉之野。三战，然后得其志。蚩尤作乱，不用帝命。于是黄帝乃征师诸侯，与蚩尤战于涿鹿之野，遂禽杀蚩尤。而诸侯咸尊轩辕为天子，代神农氏，是为黄帝。天下有不顺者，黄帝从而征之，平者去之⑪，披山通道⑫，未尝宁居⑬。

【注释】

①世：后嗣，后代。

②暴虐：侵害，侵侮。　百姓：指贵族，百官。百姓在战国以前是对贵族的总称，因为当时只有贵族才有姓。

③习：演习、操练。　干戈：古代兵器。

④不享：指不来朝拜的诸侯。诸侯向天子进贡朝拜叫享。

⑤咸：都。　宾从：归顺，归从。

⑥振：整顿。

⑦五气：五行之气。古代把五行和四时相配：春为木，夏为火，季夏（夏季的第三个月，即阴历六月）为土，秋为金，冬为水。"治五气"是指研究四时节气变化。

⑧艺：种植。　五种：指黍、稷、稻、麦、菽等谷物。

⑨度四方：指丈量四方土地，加以规划。度，量长短。

⑩熊罴貔貅貙（chū）虎：都是猛兽名。《索隐》认为这六种猛兽经过训练可以作战，六种猛兽可能是六个氏族的图腾。

⑪平者：指平服的地方。　去：离开。

⑫披：开，打开。

⑬宁居：安居。

　　东至于海，登丸山，及岱宗①。西至于空桐，登鸡头。南至于江，登熊、湘。北逐荤粥②，合符釜山③，而邑于涿鹿之阿④。迁徙往来无常处，以师兵为营卫。官名皆以云命⑤，为云师。置左右大监，监于万国。万国和，而鬼神山川封禅与为多焉⑥。获宝鼎，迎日推策⑦。举风后、力牧、常先、大鸿以治民⑧。顺天地之纪⑨，幽明之占⑩，死生之说，存亡之难⑪。时播百谷草木⑫，淳化鸟兽虫蛾⑬，旁罗日月星辰，水波土石金玉⑭，劳勤心力耳目，节用水火材物⑮。有土德之瑞⑯，故号黄帝。

【注释】

①岱宗：即泰山。

②荤粥：部族名，即匈奴。

③合符：验证符契。符，古代朝廷传达命令或调兵遣将所用的凭证，用竹木或金玉制成，剖而为二，双方各执一半，用时相合以验真假，叫做合符。

④邑：这里是建城邑的意思。阿：山脚。

⑤官名皆以云命：用云来命名官职。

⑥封禅：古代帝王所举行的祭祀天地山川的盛典。在泰山筑坛以祭天叫封，在梁父山辟草以祭地叫禅。

⑦迎：预测，预推。推：推算。

⑧举：提拔任用。

⑨天地之纪：指天地四时运行的规律。纪，规律。

⑩幽明：指阴阳。

⑪难（nàn）：论说，争辩。

⑫时：按季节。一说"时"通"莳"，栽种。

⑬淳化：驯养。虫蛾：指蚕。传说黄帝的正妃嫘祖教民养蚕、缲丝、织帛。

⑭"旁罗"句：此句历来解说不一。《大戴礼记·五帝德》作"历离日月星辰，极畋土石金玉"，王聘珍《大戴礼记解诂》云："离者，别其次位。极，致（招致，求得）也。畋，取也。"

⑮节用：有节制地使用，如按季节采伐树木、捕鱼打猎等。

⑯德：属性。瑞：祥兆。

黄帝二十五子，其得姓者十四人①。

【注释】

①姓：在远古时代本为氏族（部落）的标记，它标明一个人所出生的

氏族，与后世的姓不同。这里所说的"得姓"，大约是指由于人口繁殖，由黄帝氏族又分为若干个氏族。《国语·晋语四》："凡黄帝之子二十五宗，其得姓者十四人，为十二姓，姬、酉、祁、己、滕、箴、任、荀、僖、姞、儇（xuān）、依是也。"

　　黄帝居轩辕之丘，而娶于西陵之女，是为嫘祖。嫘祖为黄帝正妃，生二子，其后皆有天下[①]：其一曰玄嚣，是为青阳，青阳降居江水[②]；其二曰昌意，降居若水。昌意娶蜀山氏女，曰昌仆，生高阳，高阳有圣德焉。黄帝崩[③]，葬桥山。其孙昌意之子高阳立，是为帝颛顼也。

【注释】

①其后皆有天下：他们的后代都领有天下，为天子。玄嚣的后代如帝喾和尧，昌意的后代如颛顼和舜。

②降居：指被封为诸侯。

③崩：古代帝王死叫"崩"。

　　帝颛顼高阳者，黄帝之孙而昌意之子也。静渊以有谋[①]，疏通而知事[②]；养材以任地[③]，载时以象天[④]，依鬼神以制义，治气以教化[⑤]，絜诚以祭祀[⑥]。北至于幽陵，南至于交阯，西至于流沙，东至于蟠木。动静之物[⑦]，大小之神[⑧]，日月所照，莫不砥属[⑨]。

　　帝颛顼生子曰穷蝉。颛顼崩，而玄嚣之孙高辛立，是为帝喾。

【注释】

①静渊：沉静稳练，镇定深沉。

②疏通：通达。

③任地：开发利用土地。

④载：推步，推算天文历法。象：法象、取法。象天，这里指顺应自然。

⑤气：指四时五行之气。

⑥絜（jié）：同"洁"。古人祭祀之前要斋戒沐浴，洁净身心，以表示虔敬。

⑦动静之物：天地万物。动物指鸟兽之类，静物指草木之类。

⑧大小之神：据《史记正义》，大神指五岳（中岳嵩山、东岳泰山、西岳华山、南岳衡山、北岳恒山）和四渎（江、河、淮、济）之神，小神指小山平地之神。

⑨砥（dǐ）：本指磨刀石，引申为平，平定之义。属：归属，归附。

帝喾高辛者，黄帝之曾孙也。高辛父曰蛴极，蛴极父曰玄嚣，玄嚣父曰黄帝。自玄嚣与蛴极皆不得在位，至高辛即帝位。高辛于颛顼为族子①。

高辛生而神灵，自言其名②。普施利物，不于其身。聪以知远，明以察微。顺天之义，知民之急。仁而威，惠而信，修身而天下服。取地之财而节用之，抚教万民而利诲之③，历日月而迎送之④，明鬼神而敬事之。其色郁郁⑤，其德嶷嶷⑥。其动也时⑦，其服也士⑧。帝喾溉执中而遍天下⑨，日月所照，风雨所至，莫不从服。

帝喾娶陈锋氏女，生放勋。娶娵訾氏女，生挚。帝喾崩，而挚代立。帝挚立，不善⑩，崩，而弟放勋立，是为帝尧。

【注释】

①族子：侄子。

②自言其名：《史记正义》引《帝王纪》云："帝喾高辛，姬姓也。其母生见其神异，自言其名曰夋。"

③诲：教导。

④历：本是记载历法的书，这里是推历的意思。

⑤色：外表，仪表。郁郁：有文采的样子。

⑥嶷（yí）嶷：高峻的样子，指品德高尚。

⑦时：适时，合于时宜。

⑧服：服用，指衣服、宫室、车马、器物等。

⑨溉：灌溉。一说同"概"，本指量粮食时用以刮平升斗的工具，引申为公平。执中：公平，不偏不倚。按：《大戴礼记·五帝德》此句作"执中而获天下"。

⑩不善：《史记索隐》云"古本作不著"。"不著"，指政迹不显。

帝 尧 纪

帝尧者，放勋。其仁如天，其知如神①。就之如日②，望之如云。富而不骄，贵而不舒③。黄收纯衣④，彤车乘白马⑤，能明驯德⑥，以亲九族⑦。九族既睦，便章百姓⑧。百姓昭明，合和万国⑨。乃命羲、和，敬顺昊天⑩，数法日月星⑪，敬授民时⑫。分命羲仲，居郁夷，曰旸谷。敬道日出⑬，便程东作⑭。日中⑮，星鸟⑯，以殷中春⑰。其民析⑱，鸟兽字微⑲。申命羲叔⑳，居南交。便程南为㉑，敬致㉒。日永㉓，星火㉔，以正中夏㉕。其民因㉖，鸟兽希革㉗。申命和仲，居西土，曰昧谷。敬道日入㉘，便程西成㉙。夜中㉚，星虚㉛，以正中秋㉜。其民夷易㉝，鸟兽毛毨㉞。申命和叔，居北方，曰幽都。便在伏物㉟。日短㊱，星昴㊲，以正中冬㊳。其民燠㊴，鸟兽氄毛㊵。岁三百六十六日，以闰月正四时㊶。信饬百官㊷，众功皆兴。

【注释】

①知（zhì）：同"智"。

②就：接近。

③舒：放纵。《大戴礼记·五帝德》作"豫"。

④黄收：黄色的帽子。收，古代的一种帽子，夏朝把冕称为收。纯衣：黑色衣服。

⑤彤：朱红色。

⑥明：尊敬。驯德：善德，指有善德的人。驯，善。《尚书·尧典》作"俊"。

⑦九族：指上至高祖下至玄孙的同族九代人。

⑧便章：即"辨章"，辨明。

⑨合和：和睦。

⑩敬：恭谨。昊天：上天。

⑪"数法"句：意思是根据日月星辰的运行规律，制定历法。数，历数，这里指推定历数。法，法象，效法，这里指观察。

⑫敬授民时：慎重地教给民众农事季节。授时作用同于后世的颁行历法，民众据以安排农事，适时播种、收获。

⑬敬道日出：恭敬地迎接日出。因为三春主东，日出东方，所以，"敬道日出"即指迎接春季来临。

⑭便程：分别次第，使做事有步骤。便，通"辨"，别。东作：指春天的农事。

⑮日中：指春分，这一天昼夜平分。

⑯星鸟：指星宿黄昏时出现在正南方。星宿是南方朱雀七宿的第四宿，所以称星鸟。

⑰殷：正，推定。中（zhòng）春：即仲春，春季的第二个月，就是阴历二月。

⑱析：分，分散，指分散劳作。

⑲字：生子。微：通"尾"，交尾。

⑳申：重复。

㉑南为：指夏天的农事。"为"与"东作"的"作"同义。

㉒致：求得，这里指求得功效。

㉓日永：指夏至，这一天昼长夜短。永，长。

㉔星火：指心宿黄昏时出现在正南方。心宿是东方苍龙七宿中的第五宿，又叫大火。

㉕中夏：即仲夏，夏季的第二个月，就是阴历五月。

㉖因：就，指就高处而居。

㉗希革：指夏季炎热，鸟兽皮上毛羽稀少。希，同"稀"。革，兽皮。

㉘敬道日入：三秋主西，日入西方，所以，"敬道日入"即迎接秋季

到来。

㉙西成：指秋天万物长成。

㉚夜中：指秋分，这一天黑夜和白昼平分。

㉛星虚：指虚宿黄昏时出现在正南方。虚宿是北方玄武七宿的第四宿。

㉜中秋：即仲秋，秋季的第二个月，就是阴历八月。

㉝夷易：平，平坦，这里指迁回平地居住。

㉞毨（xiǎn）：指秋季鸟兽更生新毛。

㉟便在：这里有认真过问的意思。在，视，省视。伏物：指冬季收藏贮存各种物资。伏，藏。

㊱日短：指冬至，这一天昼短夜长。

㊲星昴：指昴宿黄昏时出现在正南方。昴宿是西方白虎七宿的第四宿。

㊳中冬：即仲冬，冬天的第二个月，就是阴历十一月。

㊴燠：暖，热，这里指防寒取暖。

㊵氄（róng）毛：鸟兽细软而茂密的毛。

㊶"岁三百"句：大意是说按太阳历计算，一年有366天（这是举其整数，实际为365.2425日），按太阴历计算，一个月有29.5306天，一年十二个月共354日（或355日），为了解决二者的矛盾就采取置闰月的办法，使这两个周期协调起来，使一年中的节气与四季的实际气候相符，以利生产。我国古代的历法都是阴阳合历，但在尧的时代未必已认识到如此精确的程度。"岁"，年，指太阳年。

㊷信：诚。饬：通"敕"，告诫。

尧曰："谁可顺此事①？"放齐曰："嗣子丹朱开明②。"尧曰："吁③！顽凶④，不用。"尧又曰："谁可者？"讙兜曰："共工旁聚布功⑤，可用。"尧曰："共工善言，其用僻⑥，似恭漫天⑦，不可。"尧又曰："嗟，四岳⑧：汤汤洪水滔天⑨，浩浩怀山襄陵⑩，下民其忧，有能使治者？"皆曰鲧可。尧曰："鲧负命毁族⑪，不可。"

岳曰："异哉[12]，试不可用而已[13]。"尧于是听岳用鲧。九岁，功用[14]不成。

【注释】

①顺：继承。

②嗣子：应该继承父位之子。开明：通达聪明。

③吁：叹词，表示怀疑和不满。

④顽凶：愚顽凶恶。凶，《尚书·尧典》作"讼"，意思是好争辩。

⑤旁聚：指广泛聚集民众。旁，广泛。布：显露，显示。

⑥用僻：用心邪僻。

⑦漫：欺瞒，骗。

⑧四岳：分掌四方的诸侯首领。

⑨汤（shāng）汤：水流盛大的样子。

⑩怀：怀抱，这里是包围的意思。襄：上漫，淹没。

⑪负命：违背天命。毁族：毁败同族的人。

⑫异：举，任用。

⑬已：停止，指罢免。

⑭功用：功业。

尧曰："嗟！四岳：朕在位七十载，汝能庸命[1]，践朕位[2]？"岳应曰："鄙德忝帝位[3]。"尧曰："悉举贵戚及疏远隐匿者[4]。"众皆言于尧曰："有矜在民间[5]，曰虞舜。"尧曰："然，朕闻之。其何如？"岳曰："盲者子。父顽，母嚚[6]，弟傲[7]，能和以孝，烝烝治[8]，不至奸[9]。"尧曰："吾其试哉。"于是尧妻之二女[10]，观其德于二女。舜饬下二女于妫汭[11]，如妇礼[12]。尧善之，乃使舜慎和五典[13]，五典能从。乃遍入百官[14]，百官时序[15]。宾于四门[16]，四门穆穆[17]，诸侯远方宾客皆敬。尧使舜入山林川泽，暴风雷雨，舜行不迷。尧以为圣[18]，召舜曰："女谋事至而言可绩[19]，三年矣。女登帝位。"舜让于德，不怿[20]。正月上日[21]，舜受终于文祖[22]。文祖者，尧大祖也[23]。

【注释】

①庸命：指顺应天命。"庸"同"用"。

②践朕位：继承我的帝位。朕，我。按："朕"本为通用的第一人称代词，自秦始皇起才专用于帝王的自称。

③鄙德：德行浅薄。忝（tiǎn）：辱，玷污。

④贵戚及疏远：指远近大臣。贵戚，同姓的人。

⑤矜（guān）：通"鳏"，无妻的成年男子。

⑥嚚（yín）：愚顽。

⑦傲：傲慢，凶狠。

⑧烝烝：形容孝德厚美的样子。

⑨奸：指干邪恶的事。

⑩妻之二女：把两个女儿嫁给他。尧之二女即娥皇和女英。

⑪下二女：让二女降尊。下，卑下，谦下。妫汭：妫水边上。汭，河岸。也有人说汭是河名，在妫水之北。

⑫如：顺，遵循。

⑬五典：即五常之教，即父义、母慈、兄友、弟恭、子孝。

⑭入：参与，参加。

⑮时：是，这里是因此、就的意思。序：有秩序。

⑯宾：指接迎朝见的诸侯和远方宾客。门：指天子朝会诸侯的明堂之门。

⑰穆穆：庄敬和悦的样子。

⑱圣：具有最高的智慧与道德。

⑲女（rǔ）：同"汝"，你。至：周到。绩：成，这里指做到。

⑳让于德：用德行不够来推辞。怿：悦。

㉑上日：朔日，初一。

㉒受终：接受尧的禅让。终，指尧终止天子的事。文祖：指帝尧的祖庙。

㉓大祖：即太祖，始祖。

于是帝尧老①，命舜摄行天子之政②，以观天命③。舜乃在璇玑玉衡④，以齐七政⑤。遂类于上帝⑥，禋于六宗⑦，望于山川⑧，辩于群神⑨。揖五瑞⑩，择吉月日，见四岳诸牧⑪，班瑞⑫。岁二月，东巡狩⑬，至于岱宗，柴⑭，望秩于山川⑮。遂见东方君长⑯，合时月正日⑰，同律度量衡⑱，修五礼⑲，五玉三帛二生一死为挚，如五器⑳，卒乃复㉑。五月，南巡狩；八月，西巡狩；十一月，北巡狩：皆如初。归，至于祖祢庙㉒，用特牛礼㉓。五岁一巡狩，群后四朝㉔。遍告以言㉕，明试以功㉖，车服以庸㉗。肇十有二州㉘，决川㉙。象以典刑㉚，流宥五刑㉛，鞭作官刑㉜，扑作教刑㉝，金作赎刑㉞。眚灾过㉟，赦；怙终贼㊱，刑。钦哉㊲，钦哉，惟刑之静哉㊳！

【注释】

①于是：在这个时候。

②摄行：代行。

③天命：天意，上天的旨意。

④在：观察，观测。璇玑玉衡：指北斗星。

⑤齐七政：意思是测定日、月、五星运行是否正常，以判断政事之得失。古人迷信，认为天象的变化，如日月蚀、五星相聚等与人事吉凶有关。齐，排列，校正。七政，指日、月及金、木、水、火、土五星。

⑥类：古代祭祀名。临时祭告上天叫类祭。

⑦禋（yīn）：古代祭祀名。把祭品放在火上烧，使香味随烟上达于天，叫禋祭。六宗：各家说法不一。马融认为是指天、地、四时。

⑧望：古代祭祀名。遥望山川举行祭祀叫望祭。

⑨辩：通"遍"，普遍地祭祀。

⑩揖：通"辑"，敛，聚敛。五瑞：五种瑞信，即公、侯、伯、子、男五等爵位的诸侯所执作为符信的玉圭。

⑪见：召见。诸牧：指各地长官。

⑫班：同"颁"，分赐，颁发。

⑬巡狩：天子视察诸侯所辖地区，检查其政绩。

⑭柴：同"柴"，古代祭祀名，烧柴祭天叫柴祭。

⑮望秩：按次序遥祭。秩，次序。

⑯君长：诸侯首领。

⑰合：统一协调。 正：校正。

⑱同：统一。律：音律。古代音乐用十二根长度不同的竹管（律管），确定十二个高度不同的标准音，称为十二律。 度：长度。量：容量。 衡：重量。

⑲五礼：指吉、凶、宾、军、嘉五种礼仪。

⑳如：至于。五器：即五玉、五瑞。

㉑卒：结束，指朝见完毕。复：还，指归还给诸侯。

㉒祖祢（nǐ）：父亲的神主入庙后称祢。《史记正义》引何休云："生曰父，死曰考，庙曰祢。"

㉓特牛礼：以一头牛作祭品的祭礼。

㉔群后四朝：群后，指各个诸侯。后，君主，这里指诸侯国君主。

㉕"遍告"句：《史记正义》云："言遍告天子治理之言也。"

㉖试：考察。

㉗车服以庸：这里是赐给车服之意。

㉘肇：开始，创立。 十二州：即冀、兖、青、徐、荆、扬、豫、梁、雍、并、幽、营。

㉙决川：疏通河道。

㉚象：执法，以法治理。典刑：常刑，即指下句所说的"五刑"。

㉛流宥五刑：用流放的办法宽大处理触犯五刑的人。流，流放。宥，宽赦。五刑，指墨（脸上刺字）、劓、剕（断足）、宫（阉割男子的生殖器，毁坏女子的生殖机能）、大辟（死刑）五种刑罚。

㉜官刑：官府中使用的刑罚。

㉝扑：用榎（槚树）或楚（荆树）做的一种用来打人的刑具。 教刑：指学校中使用的刑罚。

㉞金作赎刑：意思是可以用金赎罪。

㉟眚（shěng）灾过：因灾祸而造成过失。眚灾，灾祸。眚也是"灾"义。

㊱怙终贼：意思是有所仗恃作恶为害。怙，倚仗。终，指坚持到底。贼，害，作恶。

㊲钦：敬谨，慎重。

㊳静：静谧，这里是审慎的意思。

讙兜进言共工①，尧曰不可，而试之工师，共工果淫辟②。四岳举鲧治鸿水，尧以为不可，岳强请试之，试之而无功，故百姓不便③。三苗在江淮、荆州数为乱④。于是舜归而言于帝，请流共工于幽陵，以变北狄⑤；放讙兜于崇山，以变南蛮；迁三苗于三危⑥，以变西戎；殛鲧于羽山⑦，以变东夷：四罪而天下咸服⑧。

【注释】

①进言：推荐。

②淫辟：放纵邪僻。

③不便：不利，不宜，这里是不以为宜的意思。

④三苗：我国古代部族名，散居于今湘、鄂、赣、皖毗邻的地区。数（shuò）：屡次。

⑤变：指改变当地的风俗。 北狄：指北方的部族。下文"南蛮""西戎""东夷"分别指南方、西方、东方的部族。

⑥迁：使迁徙，即流放。

⑦殛：通"极"，流放远方。

⑧罪：治罪。

尧立七十年得舜，二十年而老①，令舜摄行天子之政，荐之于天。尧辟位凡二十八年而崩②。百姓悲哀，如丧父母。三年，四方莫举乐，以思尧。尧知子丹朱之不肖③，不足授天下，于是乃权授舜④。授舜，则天下得其利而丹朱病⑤；授丹朱，则天下病而丹朱得其利。尧曰"终不以天下之病而利一人⑥"，而卒授舜以天下。尧崩，三年之丧毕，舜让辟丹朱于南河之南。诸侯朝觐者不之丹朱而之舜⑦，狱讼者不之丹朱而之舜，讴歌者不讴歌丹朱而讴歌舜⑧。舜曰："天也！"夫而后之中国践天子位焉⑨，是为帝舜。

【注释】

①老：年老告退。

②辟位：退位。辟同"避"。

③不肖：不贤，不成才。

④权：权且，姑且。

⑤病：害，这里有不利、遭殃的意思。

⑥终：最终，毕竟。

⑦朝觐（jìn）：诸侯朝见天子，春天朝见叫朝，秋天朝见叫觐。

⑧讴歌者：指歌功颂德的人。

⑨中国：国都，京师。 践：登临。

虞舜纪

虞舜者，名曰重华。重华父曰瞽叟，瞽叟父曰桥牛，桥牛父曰句望，句望父曰敬康，敬康父曰穷蝉，穷蝉父曰帝颛顼，颛顼父曰昌意：以至舜七世矣。自从穷蝉以至帝舜，皆微为庶人①。

舜父瞽叟盲，而舜母死，瞽叟更娶妻而生象，象傲。瞽叟爱后妻子，常欲杀舜，舜避逃；及有小过②，则受罪。顺事父及后母与弟③，日以笃谨，匪有解④。

舜，冀州之人也。舜耕历山，渔雷泽，陶河滨⑤，作什器于寿丘⑥，就时于负夏⑦。舜父瞽叟顽，母嚚，弟象傲，皆欲杀舜。舜顺适不失子道，兄弟孝慈⑧。欲杀，不可得；即求，尝在侧⑨。

【注释】

①微：卑微，指地位低贱。 庶人：平民。

②及：赶上。

③事：侍奉。

④匪：没有，不。解：同"懈"，怠慢。

⑤陶：制陶器。

⑥什器：指家用器物。什，杂，多种。

⑦就时：逐时，乘时，指乘时逐利，即经商做买卖。

⑧兄弟：对待弟弟像当哥哥的样子。《史记考证》："兄疑当作友。"孝慈：孝敬父母。慈，指双亲。

⑨尝：通"常"。

舜年二十以孝闻。三十而帝尧问可用者，四岳咸荐虞舜，曰可。于是尧乃以二女妻舜以观其内①，使九男与处以观其外②。舜居妫汭，内行弥谨。尧二女不敢以贵骄事舜亲戚③，甚有妇道。尧九男皆益笃。舜耕历山，历山之人皆让畔④；渔雷泽，雷泽上人皆让居⑤；陶河滨，河滨器皆不苦窳⑥。一年而所居成聚⑦，二年成邑⑧，三年成都⑨。尧乃赐舜絺衣⑩与琴，为筑仓廪⑪，予牛羊。瞽叟尚复欲杀之，使舜上涂廪⑫，瞽叟从下纵火焚廪。舜乃以两笠自扞而下⑬，去，得不死。后瞽叟又使舜穿井，舜穿井为匿空旁出⑭。舜既入深，瞽叟与象共下土实井，舜从匿空出，去。瞽叟、象喜，以舜为已死。象曰："本谋者象。"象与其父母分，于是曰："舜妻尧二女与琴，象取之。牛羊仓廪，予父母。"象乃止舜宫居⑮，鼓其琴。舜往见之。象鄂不怿⑯，曰："我思舜正郁陶⑰！"舜曰："然，尔其庶矣⑱！"舜复事瞽叟，爱弟弥谨。于是尧乃试舜五典百官，皆治。

【注释】

①内：指在家中。

②外：与"内"相对，指在外。

③亲戚：指父母兄弟姐妹。

④让畔：耕者推让共有的田界。

⑤居：住处，这里指捕鱼时便于站脚的地方。

⑥苦窳（gǔ yǔ）：粗劣。

⑦聚：村落。

⑧邑：小城镇。

⑨都：大都市。

⑩绤（chī）衣：细葛布制成的衣服。

⑪仓廪：盛放粮食的仓库。

⑫涂：用泥涂抹。

⑬扞：保护。

⑭匿空：暗孔，暗道。旁出：从一侧通向外面。

⑮宫：房子。秦以前"宫"指一般房屋，与"室"同义。

⑯鄂：通"愕"，吃惊。

⑰郁陶：郁闷不快的样子。

⑱庶：差不多。

昔高阳氏有才子八人①，世得其利，谓之"八恺"②。高辛氏有才子八人③，世谓之"八元"④。此十六族者⑤，世济其美⑥，不陨其名⑦。至于尧，尧未能举。舜举作八恺，使主后土⑧，以揆百事⑨，莫不时序⑩。举八元，使布五教于四方，父义，母慈，兄友，弟恭，子孝，内平外成⑪。

昔帝鸿氏有不才子，掩义隐贼⑫，好行凶慝⑬，天下谓之浑沌⑭。少皞氏有不才子，毁信恶忠，崇饰恶言⑮，天下谓之穷奇⑯。颛顼氏有不才子，不可教训，不知话言⑰，天下谓之梼杌⑱。此三族世忧之。至于尧，尧未能去。缙云氏有不才子，贪于饮食，冒于货贿⑲，天下谓之饕餮⑳。天下恶之，比之三凶㉑。舜宾于四门，乃流四凶族，迁于四裔㉒，以御螭魅㉓，于是四门辟，言毋凶人也㉔。

【注释】

①高阳氏有才子八人：据《左传·文公十八年》记载八人是：苍舒、

颓皆、梼戭（yǎn）、大临、尨（máng）降、庭坚、仲容、叔达，已无可考。

②恺：和悦，和善。

③高辛氏有才子八人：据《左传·文公十八年》记载八人是：伯奋、仲堪、叔献、季仲、伯虎、仲熊、叔豹、季狸。

④元：善，善良。

⑤十六族：指上面十六个人的后代繁衍，形成十六个家族。

⑥济：成就，保全。

⑦陨：落，衰落。

⑧后土，掌管土地的官。

⑨揆：主持，掌管。

⑩时序：按时安排妥当。序，有秩序。

⑪内平外成：意思是家庭和睦，邻里真诚。

⑫掩义隐贼：意谓掩蔽仁义，包庇贼人。

⑬慝（tè）：邪恶。

⑭浑沌：顽冥不化、野蛮无知的样子。

⑮崇饰：粉饰。"崇"与"饰"同义。

⑯穷奇：怪僻，怪异。

⑰不知话言：意思是不分好坏话。

⑱梼杌：顽凶无比的样子。

⑲冒：贪。货贿：财货。

⑳饕餮（tāo tiè）：贪婪的样子。

㉑比之三凶：把他与上述三凶并列。比，并列。

㉒四裔：四方边远的地方。裔，衣边，引申为边远之地。

㉓螭魅：传说中山林里的妖怪。

㉔毋：同"无"。

舜入于大麓①，烈风雷雨不迷，尧乃知舜之足授天下。尧老，使舜摄行天子政，巡狩。舜得举，用事二十年，而尧使摄政。摄政八年而尧崩。三年丧毕，让丹朱，天下归舜。而禹、皋陶、契、后稷、伯夷、夔、龙、倕、益、彭祖自尧时而皆举用，未有分职②。于是舜乃至于文祖，谋于四岳，辟四门，明通四方耳目，命十二牧论帝德，行厚德，远佞人，则蛮夷率服。舜谓四岳曰："有能奋庸美尧之事者③，使居官相事④？"皆曰："伯禹为司空，可美帝功。"舜曰："嗟，然！禹，汝平水土，维是勉哉。"禹拜稽首⑤，让于稷、契与皋陶。舜曰："然，往矣。"舜曰："弃，黎民始饥，汝后稷，播时百谷⑥。"舜曰："契，百姓不亲，五品不驯⑦，汝为司徒，而敬敷五教⑧，在宽⑨。"舜曰："皋陶，蛮夷猾夏⑩，寇贼奸轨⑪，汝作士，五刑有服⑫，五服三就⑬；五流有度⑭，五度三居⑮：维明能信。"舜曰："谁能驯予工⑯？"皆曰垂可。于是以垂为共工。舜曰："谁能驯予上下草木鸟兽⑰？"皆曰益可。于是以益为朕虞⑱。益拜稽首，让于诸臣朱虎、熊罴。舜曰："往矣，汝谐⑲。"遂以朱虎、熊罴为佐。舜曰："嗟！四岳，有能典朕三礼⑳？"皆曰伯夷可。舜曰："嗟！伯夷，以汝为秩宗，夙夜维敬㉑，直哉维静絜㉒。"伯夷让夔、龙。舜曰："然。以夔为典乐，教稚子㉓，直而温，宽而栗㉔，刚而毋虐㉕，简而毋傲㉖；诗言意，歌长言，声依永，律和声㉗，八音能谐㉘，毋相夺伦㉙，神人以和。"夔曰："于！予击石拊石㉚，百兽率舞。"舜曰："龙，朕畏忌谗说殄伪㉛，振惊朕众，命汝为纳言，夙夜出入朕命㉜，惟信㉝。"舜曰："嗟！女二十有二人，敬哉，惟时相天事。"三岁一考功，三考绌陟㉞，远近众功咸兴㉟。分北三苗㊱。

【注释】

①麓：山脚。

②分职：名分、职务。

③奋庸：奋发建功。庸，功业，功劳。美：使……美，有发扬光大的意思。

④相：辅佐。

⑤稽首：叩头。

⑥播时：播种。时，通"莳"，种植。

⑦五品：即五伦。

⑧敬敷：仔细认真地施行。敷，布，施。

⑨宽：宽厚。一说宽即缓，意思是要慢慢地进行。

⑩猾：侵扰。

⑪寇贼：抢劫杀人。奸轨：内外作恶。奸，在内作恶；轨，通"宄"（guǐ），在外作恶。

⑫服：《史记正义》引孔安国曰："服，从也。言得轻重之中正也。"

⑬三就：分就三处施刑，大罪在原野，次罪在市朝，同族人犯罪送交甸师氏（掌田事职贡之官）施刑。

⑭五流有度：指流放而言，流放的远近要有规定。《史记正义》引孔安国曰："五刑之流，各有所居也。"

⑮五度三居：流放的远近分为三等。《史记集解》引马融曰："君不忍刑，宥之以远，五等之差亦有三等之居：大罪投四裔，次九州之外，次中国（国都）之外。"

⑯工：指各种工匠。

⑰上下：指山原之上和低洼之地。

⑱朕虞：朕，为第一人称代词。虞，是管理山泽的官名。

⑲谐：合适。汝谐，你适合做此事。一说谐，和谐，配合得好，汝谐是说你们互相配合吧。

⑳三礼：指祭天、祭地、祭鬼三种礼仪。

㉑夙夜：早晚。

㉒直：正直。静絜：肃穆而清洁。

㉓稚子：指天子及公卿大夫的子弟。

㉔栗：战栗，这里指严厉，让人敬畏。

㉕虐：凶暴。

㉖简：简约，简捷。

㉗"诗言意"四句：说的是诗、歌和音乐的社会作用及它们之间的

关系。诗是用来言志，即表达内心感情的；歌是咏唱诗的，即用延长音节来强化诗所表达的内容；歌要有音乐来配合，而乐声要以音律为准使之和谐。长言，指延长诗的音节。

㉘八音：我国古代乐器的统称。指金（如钟、镈bó）、石（如磬、编钟）、土（如埙xūn、缶fǒu）、革（如鼓、鼗táo）、丝（如琴、瑟）、木（如柷chù、敔yǔ）、匏（如笙、竽）、竹（如箫、管）等八类。

㉙夺：侵扰，干扰。伦：伦次，次序。

㉚拊（fǔ）：拍，轻击。

㉛畏忌：憎恶。谗说：诬陷他人的言论。殄（tiǎn）伪：灭绝道德的行为。伪，通"为"。《尚书·尧典》作"行"。

㉜出入：指传达命令，报告下情。

㉝信：真实不虚。

㉞绌：通"黜"，贬退。陟（zhì）：提升，提拔。

㉟众功：各种事情。

㊱分北（bèi）：分离，分解。北，同"背"。

此二十二人咸成厥功①：皋陶为大理，平②，民各伏得其实③；伯夷主礼，上下咸让；垂主工师，百工致功④；益主虞，山泽辟⑤；弃主稷，百谷时茂；契主司徒，百姓亲和；龙主宾客，远人至；十二牧行而九州莫敢辟违⑥；唯禹之功为大，披九山，通九泽，决九河，定九州，各以其职来贡⑦，不失厥宜⑧。方五千里，至于荒服⑨。南抚交阯、北发，西戎、析枝、渠廋、氐、羌，北山戎、发、息慎，东长、鸟夷，四海之内咸戴帝舜之功⑩。于时禹乃兴《九招》之乐⑪，致异物⑫，凤凰来翔⑬。天下明德皆自虞帝始。

【注释】

①厥（jué）：其，他的，他们的。

②平：指断狱公平。

③伏：佩服，信服。得其实：指断案符合实情。

④致功：意思是做出成绩。

⑤辟：开发，利用。

⑥"十二牧"句：《史记正义》："禹九州之民无敢辟违舜十二牧也。"辟违，违背，违抗。"辟"同"避"。

⑦职：赋税，贡品。

⑧不失厥宜：意思是没有不合规定的。

⑨荒服：古代五服之一，指离王畿二千五百里（一说四千五百里）的地方。

⑩戴：拥戴，这里有称颂的意思。

⑪《九招（shào）》：也写作《九韶》，古乐曲名。

⑫致异物：招来了祥瑞的珍奇之物。

⑬凤皇：即凤凰。

　　舜年二十以孝闻，年三十尧举之，年五十摄行天子事，年五十八尧崩，年六十一代尧践帝位。践帝位三十九年，南巡狩，崩于苍梧之野。葬于江南九疑，是为零陵。舜之践帝位，载天子旗，往朝父瞽叟，夔夔唯谨①，如子道。封弟象为诸侯②。舜子商均亦不肖，舜乃豫荐禹于天③。十七年而崩。三年丧毕，禹亦乃让舜子，如舜让尧子。诸侯归之，然后禹践天子位。尧子丹朱，舜子商均，皆有疆土④，以奉先祀⑤。服其服⑥，礼乐如之⑦。以客见天子，天子弗臣⑧，示不敢专也。

【注释】

①夔夔（kuí）：和顺恭敬的样子。

②"封弟"句：《史记正义》引《帝王纪》云："舜弟象封于有鼻。"

③豫：通"预"，事先。

④"尧子"三句：《史记正义》引《括地志》云："定州唐县，尧后所封；宁州虞城县，舜后所封也。"

⑤奉先祀：继承祖先的祭祀。

⑥服其服：穿他们自己家族的服饰。

⑦礼乐如之：礼乐按自己家族的传统。古代王朝改易，要一并改变服色和礼乐，夏禹不要唐、虞两族的人改变礼乐服色，以示特殊尊重。

⑧弗臣：不以为臣，不把他们当臣下看待。

自黄帝至舜、禹，皆同姓而异其国号①，以章明德②。故黄帝为有熊，帝颛顼为高阳，帝喾为高辛，帝尧为陶唐，帝舜为有虞。帝禹为夏后而别氏③，姓姒氏。契为商，姓子氏。弃为周，姓姬氏。

【注释】

①同姓：同出一姓，都是少典氏的后代。国号：指封为诸侯时各有不同的名号。

②章：彰明。明德：光明的德行。

③别氏：另分出氏。上古"氏"与"姓"不同，姓为族号，氏本为姓的分支，由于各分支散居各地，子孙繁衍，各分支的"氏"就成了新的族号。战国以后姓氏合一，通称为姓。

史记·廉颇蔺相如列传（节选）

廉颇者，赵之良将也。赵惠文王①十六年，廉颇为赵将伐齐，大破之，取阳晋②，拜为上卿③，以勇气④闻于诸侯。

蔺相如者，赵人也。为赵宦者令缪贤舍人⑤。

赵惠文王时，得楚和氏璧⑥。秦昭王⑦闻之，使人遗⑧赵王书，愿以十五城请易⑨璧。赵王与大将军廉颇诸大臣谋：欲予秦，秦城恐不可得，徒见欺⑩；欲勿予，即患秦兵之来。计未定，求人可使报⑪秦者，未得。

宦者令缪贤曰："臣舍人蔺相如可使。"王问："何以知之？"对曰："臣尝有罪，窃计欲亡走燕⑫。臣舍人相如止⑬臣，曰：'君何以知燕王？'臣语曰：'臣尝从大王与燕王会境上⑭，燕王私握臣手，曰"愿结友"。以此知之，故欲往。相如谓臣曰：'夫赵强而燕弱，而君幸⑮于赵王，故燕王欲结于君。今君乃亡赵走燕⑯，燕畏赵，其势必不敢留君，而束君归赵⑰矣。君不如肉袒伏斧质请罪⑱，则幸得脱矣。'臣从其计，大王亦幸赦臣。臣窃以为其人勇士，有智谋，宜可使。"

于是王召见，问蔺相如曰："秦王以十五城请易寡人之璧，可予不⑲？"相如曰："秦强而赵弱，不可不许。"王曰："取吾璧，不予我城，奈何？"相如曰："秦以城求璧而赵不许，曲⑳在赵；赵予璧而秦不予赵城，曲在秦。均之二策㉑，宁许以负秦曲㉒。"王曰："谁可使者？"相如曰："王必㉓无人，臣愿奉㉔璧往使。城入赵而璧留秦；城不入，臣请完璧归赵。"赵王于是遂遣相如奉璧西入秦。

秦王坐章台㉕见相如，相如奉璧奏㉖秦王。秦王大喜，传以示美人及左右，左右皆呼万岁。相如视秦王无意偿赵城，乃前曰："璧有瑕，请指示王。"王授璧。相如因持璧却立㉗，倚柱，怒发上冲冠㉘，谓秦王曰："大王欲得璧，使人发书至赵王，赵王悉㉙召群臣议，皆曰秦贪，负其强，以空言求璧，偿城恐不可得。议不欲予秦璧。臣以为布衣之交㉚尚不相欺，况大国乎？且以一璧之故逆㉛强秦之欢，不可。于是赵王乃斋戒㉜五日，使臣奉璧，拜送书于庭㉝。何者？严大国之威以修敬也㉞。今臣至，大王见臣列观㉟，礼节甚倨㊱，得璧，传之美人，以戏弄臣。臣观大王无意偿赵王城邑，故臣复取璧。大王必欲急㊲臣，臣头今与璧俱碎于柱矣！"相如持其璧睨㊳柱，欲以击柱。秦王恐其破璧，乃辞谢，固请，召有司案图㊴，指从此以往十五都予赵。

相如度秦王特以诈佯为予赵城㊵，实不可得，乃谓秦王曰："和氏璧，天下所共传㊶宝也，赵王恐，不敢不献。赵王送璧时斋戒五日，今大王亦宜斋戒五日，设九宾㊷于廷，臣乃敢上璧。"秦王度之，终不可强夺，遂许斋五日，舍相如广成传㊸。

相如度秦王虽斋，决负约㊹不偿城，乃使其从者衣褐㊺，怀其璧，从径道亡，归璧于赵。

秦王斋五日后，乃设九宾礼于廷，引赵使者蔺相如。相如至，谓秦王曰："秦自缪公[46]以来二十余君，未尝有坚明约束[47]者也。臣诚恐见欺于王而负赵，故令人持璧归，间[48]至赵矣。且秦强而赵弱，大王遣一介之使至赵，赵立奉璧来。今以秦之强而先割十五都予赵，赵岂敢留璧而得罪于大王乎？臣知欺大王之罪当诛，臣请就汤镬[49]，唯大王与群臣孰计议之[50]。"秦王与群臣相视而嘻[51]。左右或欲引相如去，秦王因曰："今杀相如，终不能得璧也，而绝秦赵之欢，不如因而厚遇之，使归赵。赵王岂以一璧之故欺秦邪？"卒廷见[52]相如，毕礼而归之。

相如既归，赵王以为贤大夫[53]，使不辱于诸侯，拜相如为上大夫。秦亦不以城予赵，赵亦终不予秦璧。

其后秦伐赵，拔石城[54]。明年复攻赵，杀二万人。

秦王使使者告赵王，欲与王为好，会于西河外渑池[55]。赵王畏秦，欲毋行[56]。廉颇、蔺相如计曰："王不行，示赵弱且怯也，"赵王遂行，相如从。廉颇送至境，与王诀[57]曰："王行，度道里会遇之礼毕[58]，还，不过三十日。三十日不还，则请立太子为王，以绝秦望[59]。"王许之。遂与秦王会渑池。

秦王饮酒酣，曰："寡人窃闻赵王好音，请奏瑟[60]。"赵王鼓[61]瑟。秦御史[62]前书曰"某年月日，秦王与赵王会饮，令赵王鼓瑟"。蔺相如前曰："赵王窃闻秦王善为秦声[63]，请奏盆缻[64]秦王，以相娱乐。"秦王怒，不许。于是相如前进缻，因跪请秦王。秦王不肯击缻。相如曰："五步之内，相如请得以颈血溅大王矣！[65]"左右欲刃[66]相如，相如张目叱之，左右皆靡[67]。于是秦王不怿，为一击缻。相如顾召赵御史书曰"某年月日，秦王为赵王击缻"。秦之群臣曰："请以赵十五城为秦王寿[68]。"蔺相如亦曰："请以秦之咸阳为赵王寿。"秦王竟酒[69]，终不能加胜[70]于赵。赵亦盛设兵以待秦，秦不敢动。

既罢，归国，以相如功大，拜为上卿，位在廉颇之右[71]。廉颇曰："我为赵将，有攻城野战之大功，而蔺相如徒以口舌为劳[72]，而位居我上。且相如素贱人，吾羞，不忍为之下！"宣言[73]曰："我见相如，必辱之。"相如闻，不肯与会。相如每朝时，常称病，不欲与廉颇争列[74]。

已而相如出，望见廉颇，相如引车避匿。

于是舍人相与谏曰："臣所以去亲戚而事君者，徒慕君之高义也。今君与廉颇同列，廉君宣恶言而君畏匿之，恐惧殊甚。且庸人尚羞之，况于将相乎！臣等不肖，请辞去。"蔺相如固止之⑦⑤，曰："公之视廉将军孰与秦王？"曰："不若也。"相如曰："夫以秦王之威，而相如廷叱之，辱其群臣。相如虽驽，独畏廉将军哉？顾⑦⑥吾念之，强秦之所以不敢加兵于赵者，徒以吾两人在也。今两虎共斗，其势不俱生。吾所以为此者，以先国家之急而后私仇也。"

廉颇闻之，肉袒负荆，因宾客⑦⑦至蔺相如门谢罪，曰："鄙贱之人，不知将军宽之至此也！"

卒相与欢，为刎颈之交。

【注释】

①赵惠文王：赵武灵王的儿子，赵国第七个君主，在位三十三年。

②阳晋：齐邑，在今山东省菏泽市西北四十七里。别本多作晋阳，误。晋阳在今山西省，原属赵国，非从齐国攻取得来。

③拜：授官。卿：周天子及诸侯所属高级官职的通称，分上、中、下三级。上卿，相当于后来的宰相。

④以勇气：《后汉书》李贤注引《战国策》："廉颇为人，勇鸷而爱士。"

⑤宦者令：宦官的首领。缪（miào）贤：宦者令的姓名。舍人：派有职事的门客。

⑥和氏璧：楚人卞和在山中得到一块玉璞（含有玉的石块），献给楚厉王。厉王派玉工鉴别，说是石。厉王以为他诈骗，截去他左足。武王立，他又去献玉璞，玉工仍说是石，再截去他的右足。文王立，卞和抱着玉璞在山中号哭。文王知道后，派玉工剖璞，果得宝玉，因称曰"和氏璧"。事载《韩非子·和氏篇》。

⑦秦昭王：即昭襄王，在位五十六年（前306~前251）。

⑧遗（wèi）：送。

⑨易：交换。

⑩徒：白白地。见欺：被欺。

⑪使报：出使答复。

⑫窃计：暗中打算。亡走燕：逃到燕国去。亡，逃。走，跑。

⑬止：劝阻。

⑭会境上：在赵燕两国的边境上相会。

⑮幸：得宠。

⑯亡赵走燕：逃离赵国，投奔燕国。

⑰束君归赵：捆绑您送回赵国。

⑱肉袒（tǎn）：解衣露体。斧质：腰斩犯人的刑具。质，同"锧"，承斧的座。

⑲不（fǒu）：通"否"。

⑳曲：理亏。

㉑均之二策：衡量予璧不予璧两个计策。均，同"钧"，权衡。

㉒负秦曲：使秦担负理亏的责任。

㉓必：确实。

㉔奉：同"捧"。

㉕章台：秦离宫中的台观之一，故址在今陕西省西安市长安区故城西南角的渭水边。

㉖奏：进献。

㉗却立：倒退几步站立。

㉘怒发上冲冠：头发因怒竖起，顶起帽子。形容极其愤怒。

㉙悉：全，都。

㉚布衣之交：百姓之间的交往。古代平民以麻布、葛布为衣，故称。

㉛逆：拂逆，触犯。

㉜斋戒：一种礼节，古人在举行典礼或祭祀之前，须先沐浴更衣，不茹荤酒，静居戒欲，以示虔诚庄敬，称斋戒。

㉝书：国书。庭：通"廷"，朝廷。

㉞严：尊重。修敬：表示敬慕。此谓斋戒、拜送、修敬，皆是临时设辞，以斥责秦王之倨。

㉟列观（guàn）：一般的台观。此指章台。秦对赵使不尊重，故不在朝廷接见。

㊱倨（jù）：傲慢。

㊲急：逼迫。

㊳睨（nì）：斜视。

㊴有司：官吏的通称。古时设官分职，各有专司，因称官吏为有司，此指专管国家疆域图的官吏。案图：察看地图。

㊵度（duó）：忖度，推测。特：只，只是。诈：诡计。佯为：假装作。

㊶共传：公认。

㊷设九宾：古时外交上最隆重的礼仪。《史记集解》引韦昭曰："九宾则《周礼》九仪。"宾：同"傧"，傧相，即赞礼官。

㊸舍：安置，留宿。广成：宾馆名。传（zhuàn）：宾馆。

㊹决负约：必然违背信约。

㊺衣（yì）褐（hè）：穿上粗麻布短衣。谓装作平民。

㊻缪公：即秦穆公，秦秋五霸之一。秦从缪公起开始强大，到昭王共二十二君。

㊼坚明约束：坚守信约。

㊽间（jiàn）：间行，秘密离去。

㊾就：承受。汤镬（huò）：煮汤的大锅。就汤镬，意谓愿受烹刑。

㊿唯：希望。熟：仔细、再三之意。

51嘻：惊怪之声。

52廷见：在朝廷上正式接见。

53大夫：官名，分上、中、下三等。相如奉命使秦，按照当时外交上的通例，当已取得大夫之衔。

54石城：赵国地名，在今河南省林州市西南八十五里。拔石城，时在赵惠文王十八年（前281）。

55西河：黄河以西，指今陕西省渭南地区黄河以西之地。渑（miǎn免）池：战国时韩邑，后属秦，即今河南渑池县。故治与渑池水发源处南北相对，渑池在西河之南，就赵国的方位而称“外”。渑池之会，时在赵惠王二十年（前279）。

(56)欲毋行：想不去。

(57)诀：辞别，告别。

(58)道里：行程。会遇之礼：相见会谈的仪式。

(59)绝秦望：断绝秦国的奢望。

(60)瑟：同琴相似的一种乐器，通常有二十五弦。

(61)鼓：弹奏。

(62)御史：战国时史官之称，专管图籍、记载国家大事。

(63)秦声：秦国乡土乐曲。

(64)盆缻（fǒu）：均瓦器。缻，同“缶”。《集解》引《风俗通义》：“缶者，瓦器，所以盛酒浆，秦人鼓之以节歌也。”

(65)五步之内：言距离近。请得：请求许可。本是委婉之辞，此处表示态度强硬。以颈血溅大王：拿头颈的血溅在大王身上。意谓跟秦王拼命。

(66)刃：刀锋，此意为杀。

(67)靡：倒退，吓倒。

(68)寿：祝福。

(69)竟酒：酒宴完毕。

(70)加胜：施以取胜之计。

(71)右：古代席位以左为尊，职位以右为尊。

(72)徒以口舌为劳：只不过因为能说会道立了功劳。

(73)宣言：对外扬言。

(74)争列：争位次的上下。

(75)固止之：一再劝阻他们。

(76)顾：但是。

(77)因宾客：通过自家的宾客引导。

褚少孙

　　褚少孙，西汉后期文学家、史学家。颍川（今河南禹州）人，寓居沛县（今属江苏）。少孙甚爱《史记》，尤其爱读史书列传。司马迁死时，《史记》尚缺十篇未写完。少孙拜访学识渊博的名流、谈古论今的学士，费尽周折，得到前朝《封册书》，历尽艰辛补缀了《史记》之缺。本文叙述了西门豹治邺的故事。

西门豹治邺①

　　魏文侯时，西门豹为邺令。豹往到邺，会②长老，问之民所疾苦。长老曰："苦为河伯娶妇，以故渐贫。"豹问其故，对曰："邺三老③、廷掾④常岁赋敛百姓，收取其钱得数百万，用其二三十万为河伯娶妇，与祝巫⑤共分其余钱持归。当其时，巫行视⑥小家女⑦好者，云是当为河伯妇，即娉取⑧。洗沐之，为治⑨新缯绮縠⑩衣，闲居⑪斋戒；为治斋宫河上，张缇绛帷⑫，女居其中。为具牛酒饭食，行十余日。共粉饰之，如嫁女床席，令女居其上，浮之河中。始浮，行数十里乃没。其人家有好女者，恐大巫祝为河伯取之，以故多持女远逃亡。以故城中益空无人，又困贫，所从来久远矣。民人俗语曰：'即不为河伯娶妇，水来漂没，溺其人民'云。"西门豹曰："至为河伯娶妇时，愿三老、巫祝、父老送女河上，幸⑬来告语之，吾亦往送女。"皆曰："诺。"

　　至其时，西门豹往会之河上。三老、官属、豪长者⑭、里父老皆会，以人民往观之者三二千人。其巫，老女子也，已年七十。从弟子女十人所⑮，皆衣缯单衣，立大巫后。西门豹曰："呼河伯妇来，视其好丑。"即将女出帷中，来至前。豹视之，顾谓三老、巫祝、父老曰："是女子不好，烦大巫妪为入报河伯，得更求好女，后日送之。"即使吏卒共抱大巫妪投之河中。有顷，曰："巫妪何久也？弟子趣⑯之！"复以弟子一人投河中。有顷，曰："弟子何久也？复使一人趣之！"复投一弟子河中。凡投三弟子。西门豹曰："巫妪、弟子是女子也，不能白⑰事，烦三老为入白之。"复投三老河中。西门豹顾簪笔磬折⑱，向河立待良久。长老、吏、傍观者皆惊恐。西门豹顾曰："巫妪、三老不来还，奈之何？"欲复使廷掾与豪长者一人入趣之。皆叩头，叩头且破，额血流地，色如死灰。西门豹曰："诺，且留待之须臾。"须臾，豹曰："廷掾起矣。状河伯留客之久，若皆罢去归矣。"邺吏民大惊恐，从是以后，不敢复言为河伯娶妇。

西门豹即发民凿十二渠，引河水灌民田，田皆溉。当其时，民治渠少烦苦，不欲也。豹曰："民可以乐成，不可与虑始⑲。今父老子弟虽患苦我，然百岁后期令父老子孙思我言。"至今皆得水利⑳，民人以给足㉑富。

【注释】

①邺：古地名，今河北省临漳县西，河南安阳市北。

②会：会集。

③三老：古代掌管教化的乡官。

④廷掾（yuàn）：县令的助手，负责处理案件。

⑤祝巫：巫婆。

⑥行视：到处物色。

⑦小家女：贫穷人家的女儿。

⑧娉取：取同"娶"。

⑨治：做。

⑩缯（zēng）绮縠（hú）：均为上等绸料。

⑪闲居：单独居住。

⑫张缇（tí）绛帷：张挂起大红色和赤黄色的帏帐。

⑬幸：希望，荣幸。

⑭豪长者：地方豪绅。

⑮所：左右，表示约数。

⑯趣：同'促'，催促。

⑰白：禀告。

⑱磬折：像磬的形状一样弯着腰，形容十分恭敬。

⑲民可以乐成，不可与虑始：百姓可同他们一起享受成功，不可与他们商量事情如何开始。

⑳利：利益。

㉑给足：即家给人足，家家富裕，人人温饱。给：丰足。

汉乐府

　　《陌上桑》是中国汉乐府民歌的名篇，富有喜剧色彩的汉族民间叙事诗。一名《艳歌罗敷行》，见于《宋书·乐志》；又名《日出东南隅行》，见于南朝徐陵的《玉台新咏》。《陌上桑》属于《相和歌辞》。罗敷生活于邯郸城（今河北省邯郸市三陵乡姜窑村）一带。作品描写采桑女秦罗敷的美貌与操守，反映了汉代社会制度即春兴季节太守出行劝课农桑的情景。

　　《饮马长城窟行》是汉代乐府古题。相传古长城边有水窟，可供饮马，曲名由此而来。中国古代征役频繁，故作为反映社会生活的文学作品，出现了大量的思妇怀人诗。这些诗表现了妇女们"独守"的悲苦和对行人的思念，写得真挚动人。民歌《饮马长城窟行》就是其中的优秀之作。

陌　上　桑①

　　日出东南隅②，照我秦氏楼。秦氏有好女，自名为罗敷。罗敷喜蚕桑③，采桑城南隅。青丝为笼系④，桂枝为笼钩⑤。头上倭堕髻⑥，耳中明月珠。缃绮⑦为下裙，紫绮为上襦。行者见罗敷，下担捋髭须。少年⑧见罗敷，脱帽著帩头⑨。耕者忘其犁，锄者忘其锄。来归相怨怒，但坐⑩观罗敷。

　　使君⑪从南来，五马立踟蹰。使君遣吏往，问是谁家姝⑫？"秦氏有好女，自名为罗敷。""罗敷年几何？""二十尚不足，十五颇有余。"使君谢⑬罗敷："宁可共载不⑭？"罗敷前致辞："使君一何愚！使君自有妇，罗敷自有夫！"

　　"东方千余骑，夫婿居上头⑮。何用识夫婿？白马从骊驹，青丝系马尾，黄金络马头；腰中鹿卢剑⑯，可值千万余。十五府小吏，二十朝大夫，三十侍中郎[17]，四十专城居。为人洁白皙，鬑鬑颇有须。盈盈[18]公府步，冉冉[19]府中趋。坐中数千人，皆言夫婿殊。"

【注释】

①陌：田间的路。桑：桑林。

②东南隅：指东方偏南。隅，方位、角落。中国在北半球，夏至以后日渐偏南，所以说日出东南隅。

③喜蚕桑：喜欢采桑。喜，有的本子作"善"（善于、擅长）。

④青丝为笼系：用黑色的丝做篮子上的络绳。笼，篮子。系，络绳（缠绕篮子的绳子）。

⑤笼钩：一种工具。采桑用来钩桑枝，行时用来挑竹筐。

⑥倭堕髻：即堕马髻，发髻偏在一边，呈坠落状。

⑦缃绮：有花纹的浅黄色的丝织品。

⑧少年：古代指10岁~20岁的男子。

⑨帩头：古代男子束发的头巾。

⑩但：只是。坐：因为，由于。

⑪使君：汉代对太守、刺史的通称。

⑫姝：美丽的女子。

⑬谢：这里是"请问"的意思。

⑭不：通"否"，音也为"否"的音。

⑮居上头：在行列的前端。意思是地位高，受人尊重。

⑯鹿卢剑：剑把用丝绦缠绕起来，像鹿卢的样子。鹿卢，即辘轳，井上汲水的用具。宝剑，荆轲刺秦王时带的就是鹿卢剑。

⑰侍中郎：出入宫禁的侍卫官。

⑱盈盈：仪态端庄美好。

⑲冉冉：走路缓慢。

饮马长城窟行

青青河畔草，绵绵①思远道②。

远道不可思，宿昔③梦见之。

梦见在我傍，忽觉④在他乡。

他乡各异县，展转⑤不相见。

枯桑⑥知天风，海水知天寒。

入门⑦各自媚⑧，谁肯相为言⑨！

客从远方来，遗我双鲤鱼⑩。

呼儿烹⑪鲤鱼，中有尺素书⑫。

长跪⑬读素书，书中竟何如？

上言加餐食，下言长相忆⑭。

【注释】

①绵绵：这里义含双关，由看到连绵不断的青青春草，而引起对征人的缠绵不断的情思。

②远道：远行。

③宿昔：指昨夜。

④觉：睡醒。

⑤展转：今作"辗转"，不定。这里是说在他乡作客的人行踪无定。"展转"又是形容不能安眠之词。也可以解释为思妇醒后翻来覆去不能再入梦。

⑥枯桑：落了叶的桑树。这两句是说枯桑虽然没有叶，仍然感到风吹；海水虽然不结冰，仍然感到天冷。比喻那远方的人纵然感情淡薄也应该知道我的孤凄、我的想念。

⑦入门：指各回自己家里。

⑧媚：爱。

⑨言：问讯。以上二句是把远人没有音信归咎于别人不肯代为传送。

⑩双鲤鱼：指藏书信的函，就是刻成鲤鱼形的两块木板，一底一盖，把书信夹在里面。一说将上面写着书信的绢结成鱼形。

⑪烹：煮。假鱼本不能煮，诗人为了造语生动故意将打开书函说成烹鱼。

⑫尺素书：古人写文章或书信用长一尺左右的绢帛，称为"尺素"。素，生绢。书，信。

⑬长跪：伸直了腰跪着，古人席地而坐，坐时两膝着地，臀部压在脚后跟上。跪时将腰伸直，上身就显得长些，所以称为"长跪"。

⑭末二句"上""下"指书信的前部与后部。

曹 操

曹操（155~220），字孟德，沛国谯县（今安徽亳州）人。东汉末年杰出的政治家、军事家、文学家，三国曹魏政权的缔造者。曹操在世时，任东汉丞相，后为魏王，去世后谥号为武王。其子曹丕称帝后，追尊为武皇帝，庙号太祖。曹操善诗歌，抒发自己的政治抱负，并反映汉末人民的苦难生活，气魄雄伟，慷慨悲凉；散文亦清峻整洁，开启并繁荣了建安文学，给后人留下了宝贵的精神财富。汉献帝建安至魏初的一段时间，一大批文学家，如曹操、曹丕、曹植等，以诗歌、散文等作品直抒胸襟，抒发渴望建功立业的雄心壮志，掀起了我国诗歌史上文人创作的第一个高潮，故后世称为建安文学，史称"建安风骨"，后被引申为"燕赵风骨"。

观 沧 海

东临碣石①，以观沧海②。
水何澹澹③，山岛竦峙④。
树木丛生，百草丰茂。
秋风萧瑟，洪波涌起。
日月之行，若出其中；
星汉灿烂，若出其里。
幸甚至哉，歌以咏志⑤。

【注释】

①碣（jié）石：原渤海边的一座山名，在今河北省昌黎县北。大约在6世纪中叶以后，碣石山前的近岸成为陆地而离渤海较远，使碣石山不再成为观海的胜地。

②沧海：大海。海水苍青色，因此称沧海。

③澹澹（dàn）：水波动荡的样子。

④竦（sǒng）峙：挺立。"竦"同"耸"。

⑤"幸甚"两句：这是为配合音乐的节律而附加的，每一章后面都有，跟正文没有什么关系。

短 歌 行

对酒当歌①，人生几何②！

譬如朝露，去日苦多③。

慨当以慷④，忧思难忘。

何以解忧？唯有杜康⑤。

青青子衿，悠悠我心⑥。

但为君故，沉吟⑦至今。

呦呦⑧鹿鸣，食野之苹⑨。

我有嘉宾，鼓瑟吹笙⑩。

明明如月，何时可掇⑪？

忧从中来，不可断绝。

越陌度阡⑫，枉用相存⑬。

契阔谈讌⑭，心念旧恩。

月明星稀，乌鹊南飞。

绕树三匝⑮，何枝可依？

山不厌高，海不厌深⑯。

周公吐哺，天下归心。

【注释】

①对酒当歌：一边喝着酒，一边唱着歌。当，也是"对"着的意思。

②几何：多少。

③去日苦多：跟（朝露）相比一样痛苦却漫长。有慨叹人生短暂之

意。

④慨当以慷：指宴会上的歌声激昂慷慨。当以，这里是"应当用"的意思。全句意思是，应当用激昂慷慨（的方式来唱歌）。

⑤杜康：相传是最早造酒的人，这里代指酒。

⑥青青子衿，悠悠我心：出自《诗经·郑风·子衿》。原写姑娘思念情人，这里用来比喻渴望得到有才学的人。子，对对方的尊称。青衿，是周代读书人的服装，这里指代有学识的人。悠悠，长久的样子，形容思虑连绵不断。

⑦沉吟：原指小声叨念和思索，这里指对贤人的思念和倾慕。

⑧呦呦：鹿叫的声音。

⑨苹：艾蒿。

⑩呦呦鹿鸣，食野之苹。我有嘉宾，鼓瑟吹笙：出自《诗经·小雅·鹿鸣》。

⑪何时可掇：什么时候可以摘取呢？掇，通"辍"，停止，拾取。

⑫越陌度阡：穿过纵横交错的小路。陌，东西向田间小路。阡，南北向的小路。

⑬枉用相存：屈驾来访。枉，这里是"枉驾"的意思，用，以。存，问候，思念。

⑭讌：通"宴"。

⑮三匝：三周。匝，周，圈。

⑯海不厌深：这里是引用《管子·形势解》中的话，原文是："海不辞水，故能成其大；山不辞土石，故能成其高；明主不厌人，故能成其众；士不厌学，故能成其圣。"意在希望尽可能多地接纳人才。

蒿 里 行①

关东有义士②，兴兵讨群凶③。
初期会盟津④，乃心在咸阳⑤。
军合力不齐⑥，踌躇而雁行⑦。

势利使人争，嗣还自相戕⑧。

淮南弟称号⑨，刻玺于北方⑩。

铠甲生虮虱⑪，万姓以死亡⑫。

白骨露于野，千里无鸡鸣。

生民百遗一，念之断人肠。

【注释】

①蒿里行：汉乐府旧题，属《相和歌辞·相和曲》，本为当时人们送葬所唱的挽歌，曹操借以写时事。蒿里，指死人所处之地。

②关东：函谷关（今河南灵宝西南）以东。义士：指起兵讨伐董卓的诸州郡将领。

③讨群凶：指讨伐董卓及其党羽。

④初期：本来期望。盟津：即孟津（今河南孟州市南）。相传周武王伐纣时曾在此大会八百诸侯，此处借指本来期望关东诸将也能像武王伐纣会合的八百诸侯那样同心协力。

⑤乃心：其心，指上文"义士"之心。咸阳：秦时的都城，此借指长安，当时献帝被挟持到长安。

⑥力不齐：指讨伐董卓的诸州郡将领各有打算，力量不集中。

⑦踌躇：犹豫不前。雁行：飞雁的行列，形容诸军列阵后观望不前的样子。此句倒装，正常语序当为"雁行而踌躇"。

⑧嗣：后来。还：同"旋"，不久。自相戕：自相残杀。当时盟军中的袁绍、公孙瓒等发生了内部的攻杀。

⑨淮南句：指袁绍的异母弟袁术于建安二年（197）在淮南寿春（今安徽寿县）自立为帝。

⑩刻玺句：指初平二年（191）袁绍谋废献帝，想立幽州牧刘虞为皇帝，并刻制印玺。玺，印，秦以后专指皇帝用的印章。

⑪铠甲句：由于长年战争，战士们不脱战服，铠甲上都生了虱子。铠甲，古代的护身战服，金属制成的叫铠，皮革制成的叫甲。

⑫万姓：百姓。以：因此。

龟虽寿①

神龟虽寿②，犹有竟时③；
腾蛇乘雾④，终为土灰。
老骥伏枥⑤，志在千里；
烈士暮年⑥，壮心不已⑦。
盈缩之期⑧，不但在天⑨；
养怡之福⑩，可得永年⑪。
幸甚至哉，歌以咏志。

【注释】

①龟虽寿：曹操所作乐府组诗《步出夏门行》中的第四章。

②神龟：传说中的通灵之龟，能活几千岁。寿：长寿。

③竟：终结，这里指死亡。

④腾蛇：传说中龙的一种，能乘云雾升天。

⑤老骥：良马，千里马。伏：趴，卧。枥：马槽。

⑥暮年：晚年。

⑦已：停止。

⑧这里指人的寿命长短。盈：增长。缩：亏，引申为短。

⑨但：仅，只。

⑩指调养身心，保持身心健康。怡：愉快、和乐。

⑪永：久。永年：长寿，活得长。

蔡　琰

　　蔡琰，字文姬，生卒年不详。东汉陈留圉（今河南杞县南）人，东汉大文学家蔡邕的女儿，"建安文学"代表人物。蔡琰擅长文学、音乐、书法。《隋书·经籍志》著录有《蔡文姬集》一卷，但已经失传。现在能看到的蔡文姬作品只有《悲愤诗》二首和《胡笳十八拍》。历史上记载蔡琰的事迹并不多，但"文姬归汉"的故事广为流传。

悲愤诗（其一）

汉季失权柄，董卓乱天常①。
志欲图篡弑②，先害诸贤良③。
逼迫迁旧邦④，拥主以自强。
海内兴义师⑤，欲共讨不祥⑥。
卓众来东下⑦，金甲耀日光。
平土人脆弱，来兵皆胡羌⑧。
猎野围城邑，所向悉破亡。
斩截无孑遗⑨，尸骸相撑拒⑩。
马边悬男头，马后载妇女。
长驱西入关⑪，迥路险且阻⑫。
还顾邈冥冥⑬，肝脾为烂腐。
所略有万计，不得令屯聚。
或有骨肉俱，欲言不敢语。
失意机微间，辄言毙降虏⑭。
要当以亭刃⑮，我曹不活汝⑯。
岂复惜性命，不堪其詈骂。

或便加棰杖，毒痛参并下⑰。

旦则号泣行，夜则悲吟坐。

欲死不能得，欲生无一可。

彼苍者何辜⑱，乃遭此厄祸。

边荒与华异⑲，人俗少义理⑳。

处所多霜雪，胡风春夏起。

翩翩吹我衣，肃肃入我耳。

感时念父母，哀叹无穷已。

有客从外来，闻之常欢喜。

迎问其消息，辄复非乡里。

邂逅徼时愿㉑，骨肉来迎己㉒。

己得自解免，当复弃儿子。

天属缀人心㉓，念别无会期。

存亡永乖隔，不忍与之辞。

儿前抱我颈，问母欲何之。

人言母当去，岂复有还时。

阿母常仁恻，今何更不慈。

我尚未成人，奈何不顾思。

见此崩五内㉔，恍惚生狂痴㉕。

号泣手抚摩，当发复回疑。

兼有同时辈，相送告离别。

慕我独得归，哀叫声摧裂。

马为立踟蹰，车为不转辙。

观者皆嘘唏，行路亦呜咽。

去去割情恋，遄征日遐迈㉖。

悠悠三千里，何时复交会。

念我出腹子，匈臆为摧败。

既至家人尽，又复无中外㉗。

城廓为山林，庭宇生荆艾。

白骨不知谁，纵横莫覆盖。

出门无人声，豺狼号且吠。

茕茕对孤景㉘，怛咤糜肝肺㉙。

登高远眺望，魂神忽飞逝。

奄若寿命尽，旁人相宽大㉚。

为复强视息㉛，虽生何聊赖㉜。

托命于新人㉝，竭心自勖励㉞。

流离成鄙贱，常恐复捐废㉟。

人生几何时，怀忧终年岁。

【注释】

①天常：天之常道。乱天常，犹言悖天理。

②篡弑：言杀君夺位。董卓于公元189年以并州牧应袁绍召入都，废汉少帝（刘辩）为弘农王，次年杀弘农王。

③诸贤良：指被董卓杀害的丁原、周珌、任琼等。

④旧邦：指长安。公元190年董卓焚烧洛阳，强迫君臣百姓西迁长安。

⑤兴义师：指起兵讨董卓。初平元年（190）关东州郡皆起兵讨董，以袁绍为盟主。

⑥祥：善。不祥，指董卓。

⑦卓众：指董卓部下李傕、郭汜等所带的军队。初平三年（192），李、郭等出兵关东，大掠陈留、颍川诸县。蔡琰于此时被掳。

⑧胡羌：指董卓军中的羌胡。董卓所部本多羌、氐族人（见《后汉书·董卓传》）。李傕军中杂有羌胡（见《后汉纪·献帝纪》记载）。

⑨截：斩断。孑：独。这句是说杀得不剩一个。

⑩相撑拒：互相支拄。这句是说尸体众多堆积杂乱。

⑪西入关：指入函谷关。卓众本从关内东下，大掠后还入关。

⑫迥：遥远。

⑬邈冥冥：渺远迷茫貌。

⑭毙：即"毙"，詈骂之词。毙降虏，犹言"死囚"。

⑮亭：古通"停"。停刃犹言加刃。

⑯我曹：犹我辈，兵士自称。以上四句是说兵士对于被虏者不满意就说："杀了你这死囚，让你吃刀子，我们不养活你了。"

⑰毒：恨。参：兼。这句是说毒恨和痛苦交并。

⑱彼苍者：指天。这句是呼天而问，问这些被难者犯了什么罪。

⑲边荒：边远之地，指南匈奴，其地在河东平阳（今山西省临汾附近）。蔡琰如何入南匈奴人之手，此诗略而不叙，史传也不曾明载。《后汉书》本传只言其时在兴平二年（195）。是年十一月李傕、郭汜等军为南匈奴左贤王所破，疑蔡琰就在这次战争中由李、郭军转入南匈奴军。

⑳少义理：言其地风俗野蛮。这句隐括自己被蹂躏被侮辱的种种遭遇。

㉑邂逅：不期而遇。徼：侥幸。这句是说平时所觊望的事情意外地实现了。

㉒骨肉：喻至亲。作者苦念故乡，见使者来迎，如见亲人，所以称之为骨肉。或谓曹操遣使赎蔡琰或许假托其亲属的名义，所以诗中说"骨肉来迎"。

㉓天属：天然的亲属，如父母、子女、兄弟、姐妹。缀：联系。

㉔五内：五脏。

㉕恍惚：精神迷糊。生狂痴：发狂。

㉖遄（chuán）征：疾行。日遐迈：一天一天地走远了。

㉗中外：犹中表，"中"指舅父的子女，为内兄弟；"外"指姑母的子女，为外兄弟。以上二句是说到家后才知道家属已死尽，又无中表近亲。

㉘茕茕：孤独之状。景：同"影"。

㉙怛咤（dá zhà）：惊痛而发声。

㉚相宽大：劝她宽心。

㉛息：呼息。这句是说又勉强活下去。

㉜何聊赖：言无聊赖，就是无依靠，无乐趣。

㉝新人：指作者重嫁的丈夫董祀。

㉞勖：勉励。

㉟捐废：弃置不顾。以上二句是说自己经过一番流离，成为被人轻视的女人，常常怕被新人抛弃。

胡笳十八拍

我生之初尚无为①，我生之后汉祚衰②。天不仁兮降乱离③，地不仁兮使我逢此时。干戈日寻④兮道路危，民卒流亡兮共哀悲⑤。烟尘蔽野兮胡虏⑥盛，志意乖兮节义亏⑦。对殊俗⑧兮非我宜，遭恶辱兮当告谁？笳一会兮琴一拍⑨，心愤怨兮无人知。

【注释】

①无为：无事，指社会安定。

②汉祚衰：汉朝的国运衰落，指桓帝、灵帝时的宦官专权，宦官外戚之争等。祚（zuò），福，引申为运命。《诗经·兔爰》："我生之初，尚无为；我生之后，逢此百罹。"这里是化用其句。

③乱离：指从张让、董卓之乱开始的汉朝政权崩溃、军阀混战，以及由此造成的人民流离等事。

④寻：延续、接连不断。

⑤卒：同"猝"，仓促、慌乱。以上二句是说，每天都在打仗，道路极其危险，百姓逃难，慌乱悲伤。

⑥胡虏：指匈奴人。

⑦志意乖：指与自己的意志相违背。乖，违背。节义亏：指自己被匈奴人所虏娶而言。

⑧殊俗：不同的风俗习惯。

⑨一会：一翻、一段。一拍：犹言一会。这句是说，一段琴曲正好是相应的一段胡笳曲，指蔡琰用琴来演奏胡笳曲而言。

戎羯逼我兮为室家，将我行兮向天涯①。云山万重兮归路遐②，疾风千里兮扬尘沙。人多暴猛兮如虺蛇③，控弦被甲兮为骄奢④。两拍张弦⑤兮弦欲绝，志摧心折兮自悲嗟。

【注释】

①戎羯：当时游牧于西北边地的少数民族名，这里用以代指匈奴人。室家：古代用以指妻妾。将：挟持。以上二句是说，匈奴人逼我做他的妻室，把我远远地带到了天边。

②遐：遥远。

③虺（huǐ）蛇：一种毒蛇。

④控弦：拉弓。骄奢：骄傲蛮横。以上二句是说，这些匈奴人都很暴猛，每天以披甲射箭互相争能。

⑤张弦：上弦，这里即指弹奏。

越①汉国兮入胡城，亡家失身兮不如无生。毡裘为裳兮骨肉震惊②，羯膻为味兮枉遏我情③。鞞鼓④喧兮从夜达明，胡风浩浩兮暗塞营⑤。伤今感昔兮三拍成，衔悲畜恨兮何时平。

【注释】

①越：这里指离开。

②骨肉震惊：指对异族的衣饰感到厌恶可怕。

③羯膻：指带有膻气的羊肉羊奶之类。羯（jié），羊之阉者。枉遏：委屈，不顺。以上二句是说，面对异族的服装，内心感到厌恶；面对异族的食物，也感到与自己的习性相违。

④鞞鼓：古代军中所敲的一种小鼓。

⑤暗：迷漫、笼罩。塞营：边塞上的营垒，这里即指匈奴人所住的篷帐。

无日无夜兮不思我乡土，禀气含生①兮莫过我最苦。天灾国乱兮人无主②，唯我薄命兮没戎虏。殊俗心异兮身难处，嗜欲不同兮谁可与语！寻思涉历兮多艰阻③，四拍成兮益凄楚。

【注释】

①禀气含生：泛指人类，古人认为人都是禀天地之气而生。

②无主：无聊赖，无依靠。

③涉历：经历。这句是说，追想自己的经历，那是多么艰难啊。

雁南征兮欲寄边心①，雁北归兮为得汉音②。雁飞高兮邈难寻，空断肠兮思愔愔③。攒眉④向月兮抚雅琴，五拍泠泠⑤兮意弥深。

【注释】

①边心：边人怀乡之心。

②汉音：来自汉朝（故国家乡）的音讯。

③愔（yīn）愔：静默深沉的样子。以上四句是说，看到雁往南飞，就想拜托雁把自己的怀乡之情带给故乡；看到雁南来，就想得到故乡的消息。可是，雁行高渺，难以追寻，空使自己伤心肠断。

④攒眉：皱眉。

⑤泠（líng）泠：凄凉而清脆的声音。

冰霜凛凛兮身苦寒，饥对肉酪兮不能餐。夜闻陇水①兮声呜咽，朝见长城兮路杳漫②。追思往日兮行李难③，六拍悲来兮欲罢弹。

【注释】

①陇水：陇山上下来的流水。北朝乐府《陇头歌辞》有云："陇头流水，鸣声呜咽。遥望秦川，肝肠断绝。"这里是化用其句。陇山在今陕西省陇县西北。

②杳（yǎo）漫：荒远的样子。以上二句是说，夜间听着汩汩的陇水，犹如呜咽；白天望着逶迤的长城，归路遥远。

③往日行李：指当初被掠来时沿途经受的苦楚。行李，行程。

日暮风悲兮边声四起①，不知愁心兮说向谁是！原野萧条兮烽戍万里②，俗贱老弱兮少壮为美③。逐有水草兮安家葺垒④，牛羊满野兮聚如蜂蚁。草尽水竭兮羊马皆徙，七拍流恨兮恶居于此⑤。

【注释】

①边声：通常指边境上的战马与号角之声，也包括边野上的风声。

②烽戍：烽火台与戍卒的营垒。

③俗贱句：《史记·匈奴列传》："自君王以下皆食畜肉，衣其皮革，被毡裘，壮者食肥美，老者食其余，贵壮健，贱老弱。"按：历史上历来轻视少数民族，有不少带有侮辱性的不实的记载。

④逐有水草句：《史记·匈奴列传》："逐水草迁徙，无城郭常处耕桑之业。"逐，随着。葺垒，搭帐篷，修营垒。

⑤流恨：指抒发怨恨之情。恶居于此：为何让我生活在这样的地方？恶（wū）：为何。

为①天有眼兮何不见我独漂流？为神有灵兮何事②处我天南海北头？我不负天兮天何配我殊匹③？我不负神兮神何殛我越荒州④？制兹八拍兮拟排忧，何知曲成兮心转愁。

【注释】

①为：同"谓"。

②何事：为何。

③负：亏欠，对不起。殊匹：不同类。

④殛（jī）：诛杀。这里是惩罚的意思。越：流离、流落。

天无涯兮地无边，我心愁兮亦复然。人生倏忽兮如白驹之过隙①，然不得欢乐兮当我之盛年。怨兮欲问天，天苍苍兮上无缘②。举头仰望兮空云烟，九拍怀情兮谁与传？

【注释】

①倏（shū）忽：一闪即逝的样子。白驹过隙：白驹指日光。隙，指墙缝。这句的意思是极言人生之短暂。

②上无缘：无法得上。缘，因，办法。

城头①烽火不曾灭，疆场征战何时歇？杀气朝朝冲塞门②，胡风夜夜吹边月。故乡隔兮音尘绝，哭无声兮气将咽。一生辛苦③兮缘别离，十拍悲深兮泪成血。

【注释】

①城：指长城。

②塞门：边塞上的城关，这里指长城的关口。

③辛苦：辛酸痛苦。

我非贪生而恶死，不能捐身兮心有以①。生仍冀得兮归桑梓②，死当埋骨兮长已矣。日居月诸兮在戎垒③，胡人宠我兮有二子。鞠之育之④兮不羞耻，愍之念之兮生长边鄙⑤。十有一拍兮因兹起，哀响缠绵兮彻心髓⑥。

【注释】

①捐身：指自杀。有以：有原因。

②冀：希望。桑梓：指乡里家园。这句的意思是，我之所以这样地苟且求活，是希望着有个返回故乡之日。

③日居月诸：犹言日啊月啊！这里稍变其意，是日日月月、常年如此的意思。戎垒：犹言胡营。

④鞠育：养育。鞠，养。育，覆育。

⑤愍（mǐn）：可怜，怜悯。边鄙：泛指边远之地。鄙，边邑。以上二句是说，我不顾羞耻地抚养我这两个孩子，我可怜他们生长在这遥远的

边地。

⑥心髓：即指心脏。

东风应律兮暖气多①，知是汉家天子兮布阳和②。羌胡蹈舞兮共讴歌，两国交欢兮罢兵戈③。忽遇汉使兮称近诏④，遣千金兮赎妾身⑤。喜得生还兮逢圣君，嗟别稚子兮会无因。十有二拍兮哀乐均⑥，去住两情兮难具陈。

【注释】

①应律：古代把黄钟、太簇、姑洗、蕤宾、夷则、无射六个定音管称作阳律，把林钟、南吕、应钟、大吕、夹钟、中吕六个定音管称作阴吕，合称为十二律。又把音律和岁时节气联系起来，认为十二律和一年十二个月的节候相应，说是如把十二律管中都装上葭灰，那么，到哪个月时，那个相应律管内的葭灰就会自行飞出。认为正月律中大簇，那么春天的节候一到，其相应的律管大簇就要飞灰，这就是所谓"应律"。

②阳和：春日的温暖之气，这里比喻皇帝的恩泽。

③两国交欢句：据历史记载，当时汉与南匈奴并未发生战争，因此也就无所谓"罢兵戈"。郭沫若认为是指汉与乌桓的战事而言，曹操平定乌桓是在建安十二年，而且此役也难得说是"两国交欢"，《胡笳十八拍》中这种矛盾尚多。

④近诏：皇帝新近下达的诏令。

⑤遣千金句：《后汉书·列女传》："(蔡琰)在胡中十二年，生二子。曹操素与邕善，痛其无嗣，乃遣使者以金璧赎之，而重嫁于祀。"

⑥哀乐均：别子之哀与归国之乐相等。

不谓①残生兮却得旋归，抚抱胡儿兮泣下沾衣。汉使迎我兮四牡騑騑②，胡儿号兮谁得知？与我生死③兮逢此时，愁为子兮日无光辉④，焉得羽翼兮将⑤汝归。一步一远兮足难移，魂消影绝兮恩爱遗⑥。十有三拍兮弦急调悲，肝肠搅刺兮人莫我知⑦。

【注释】

①不谓：没有料到。

②四牡骓骓：四牡，指四匹马拉的车子。牡，雄兽，这里指公马，壮健的马。骓骓，奔行不止的样子。

③生死：即生离死别。

④愁为子：为别子而愁。日无光辉：指天地也为他们的母子之别而动容。

⑤将：挟持、携带。

⑥魂消影绝：指人的分开，互相看不见了。恩爱遗：情意仍然存在。遗，遗留。

⑦搅刺：绞痛。肝肠搅刺，是说肝肠如同绞扭一般的疼痛。

身归国兮儿莫之随，心悬悬兮长如饥。四时万物兮有盛衰，唯我愁苦兮不暂移。山高地阔兮见汝无期，更深夜阑兮梦汝来斯①。梦中执手兮一喜一悲，觉后痛吾心兮无休歇时。十有四拍兮涕泪交垂，河水东流兮心是思。

【注释】

①阑：尽，夜阑通常指夜深。斯：语气词。

十五拍兮节调促，气填胸兮谁识曲？处穹庐兮偶殊俗①。愿得归来兮天从欲，再还汉国兮欢心足。心有怀兮愁转深，日月无私兮曾不照临②。子母分离兮意难任③，同天隔越兮如商参④，生死不相知兮何处寻！

【注释】

①穹庐：游牧民族所住的毡帐。偶殊俗：与不同风俗习惯的人一道生活。偶，配偶，也可以泛称与……相对、与……为伍。

②这句的意思是，日月本来是无私的，是普照一切的，但却偏偏不照耀我。

③意：指离别之痛。难任：难当，难以承受。

④同天：同在一个天空之下。商参：二星名，参星居西方，商星在东方，出没两不相见，故通常以参商来比喻人的不能相遇。

十六拍兮思茫茫，我与儿兮各一方。日东月西兮徒相望，不得相随兮空断肠。对萱草兮忧不忘①，弹鸣琴兮情何伤！今别子兮归故乡，旧怨平兮新怨长！泣血仰头兮诉苍苍②，胡为生兮独罹此殃③！

【注释】

①萱草：亦名忘忧草。这句是说，面对忘忧草，仍是不能忘掉忧伤。

②诉苍苍：对着苍天泣诉。

③罹（lí）：遭遇。

十七拍兮心鼻酸，关山阻修①、兮行路难。去时怀土兮心无绪②，来时别儿兮思漫漫。塞上黄蒿兮枝枯叶干，沙场白骨兮刀痕箭瘢。风霜凛凛兮春夏寒，人马饥豗兮筋力单③。岂知重得兮入长安④，叹息欲绝兮泪阑干。

【注释】

①阻修：指路途的遥远而难行。修，长；阻，险。

②去时：指被掠去的时候。怀土：怀念故乡。土，乡土。无绪：指心情烦乱。

③豗（huī）：马病。单：同"殚"，尽也。

④长安：西汉的故都，蔡文姬归途中所过的地方。

胡笳本自出胡中，缘琴翻出①音律同。十八拍兮曲虽终，响有余兮思无穷。是知丝竹微妙兮均造化之功②，哀乐各随人心兮有变则通③。

胡与汉兮异域殊风，天与地隔兮子西母东。苦我怨气兮浩于长空④，六合⑤虽广兮受之不容！

【注释】

　　①缘琴翻出：用琴演奏胡笳曲。

　　②丝竹：泛指乐器。丝，指琴瑟等弦乐器；竹，指笙箫等管乐器。

均：相等。造化：造物者，如同古代通常所说的"上天""上帝"。

　　③有变则通：心里有什么活动就能通过音乐表现出来。

　　④浩：用如动词，充塞，充满。

　　⑤六合：指上、下、东、西、南、北之内的整个空间。

刘 劭

刘劭，字孔才，三国魏广平邯郸（今河北邯郸）人，生于汉灵帝建宁年间（168~172），卒于魏齐王正始年间（240~249）。汉献帝时入仕，初为广平吏，历官太子舍人、秘书郎等，曹魏时期曾担任尚书郎、散骑侍郎、陈留太守等。后曾受爵"关内侯"，死后则追赠光禄勋。刘邵学问详博，通览群书，曾执经讲学。编有类书《皇览》，参与制定《新律》。著有《乐论》《许都赋》《洛都赋》等，著作多已亡佚，目前仅见《人物志》《赵都赋》《上都官考课疏》。《赵都赋》描写了古邯郸城的繁盛之貌。

赵 都 赋

且敝邑者，固灵州之敞宇，而天下之雄国也①。南则有洪川巨渎，黄水浊河，发源积石，径拂太华，洒为九流，入于元波②；其东则有天浪水府，百川是钟，包络坤维，连抟太蒙圃③；其北则有陶林元坛，层冰沍寒④；其西则有灵丘平圃，邪接昆仑⑤；其近则有天井勾注，飞壶太行，璀错碌硌，属积连冈⑥。龙首嵯峨以弸郁，羊坂仑嵎以岰嵼⑦。清漳发源，浊滢泪越，汤泉涫沸，洪波漂厉⑧。尔弘乃都城万雉⑨，百里周回，九衢交错，三门旁开，层楼疏阁，连栋结阶。崎华爵以表薨⑩，若翔凤之将飞。正殿俨其造天，朱榱赫以舒光⑪。盘虬螭之蜿蜒，承雄虹之飞梁⑫。结云阁于南宇，立丛台于少阳⑬。及至暮秋涉冬，朔风烈寒，猛豹鸷攫，鹰隼奋翰⑭。国乃讲武，狩于清源，驾骜冥之骏骏，抗冲天之旌旐⑮。北连昭余，南属滹沱，西眄大陵，东结缭河⑯。然后嵲子放机，戈矛乱发，决班螱，破文颊，当手毙僵，应弦倒越⑰。尔乃进中山名倡，襄国妖女，秋狄鞮妙音，邯郸才舞，六八骈罗，并奏迭举，体凌浮云，声哀激楚⑱。其珍玩服物，则昆山美玉、元珠、曲环、轻绡、启缯、织纩、绨纨⑲。其器用良马，则六弓四弩，绿沈、黄间、堂嵠、鱼肠，丁令、角端、飞兔、奚斯、常鹏、紫燕，丰鬐确颅，龙身鹄颈，月如黄金，兰筋参精，迅躞飞浮，轶响追声⑳。若乃至季春元巳，辰火炽光，挺新赠往，袯于水阳，朱幕蔽野，彩帷连冈，妖冶呈饰，颜如春英㉑。

【注释】

①敝邑：对自己故乡的谦称。灵州：西汉县名，东汉废，指代北方。敞宇：宽阔而高的屋宇，比喻国土广袤。雄国：强盛之国。

②巨渎：大川。积石：山名，藏名阿尼马卿山，在青海省东南部，延伸至甘肃省南部边境，昆仑山脉的一支。黄河绕流在东南侧。太华：陕西西岳华山。九流：九河。古代黄河下游众支流的总称。元波：大波，指黄河流入黄海与渤海。

③天浪：形容波涛汹涌。水府：本指海底龙宫，此泛指大海。钟：汇聚。包络：此作曲折围绕解。坤维：即地维，地的四角。抟：把散碎的东西捏聚成团。太濛：又作"大濛"，指日落的地方，极西方。

④陶林：汉置县名，在山西左云县西北。元坛：地名，不详。沍（hù）：冻结。

⑤灵丘：战国赵地，今山西东北部。平圃：据《山海经》其地在今甘肃省张掖市北鸡山。邪：通"斜"。

⑥天井：指天井岭，在今河北省武安县西八十里，为通晋要途。勾注：通"句注"，山名，在今山西省代县西北二十五公里，即雁门山。飞壶：通"飞狐"，太行山八陉之一，一名飞狐口，又名望都关。璀错：本意繁盛，此指众多。磥硌（lěi luò）：壮大的样子。属：连接。

⑦龙首：山名，在陕西省长安县北。嵯峨：高峻的样子。第（fú）郁：山势曲折。羊坂：太行山坂道名。仑岨以峓塘（hóng dàng）：山势绵亘虬结的样子。

⑧滏：滏阳河，源于峰峰市矿区滏山。汩：水流的样子。越：远。汤泉：温泉。涫（guàn）沸：沸滚涌起。洪波：大波。厉：磨石。

⑨雉：计算城墙面积的单位，长三丈高一丈为一雉。

⑩峙：耸立。华：彩绘。爵：同"雀"，指屋檐上的兽性饰物。表：标志。甍：屋栋。

⑪俨：好像。造：到。赫：红似火烧。舒：舒展，引申为放射。

⑫虬螭：传说中蛟龙之属，此指作为装饰龙型雕刻或绘画。蜿蜒：蛇类爬行的样子。雄虹：长虹。飞梁：凌空的桥梁。

⑬结：构筑。云阁：赵都宫阙。南宇：国家的南部疆域，赵都邯郸地处赵国南部，故称"南宇"。丛台：赵武灵王所建。少阳：东方的极地，丛台位于邯郸故城之东。

⑭涉冬：接近冬季。猛豺：此指凶兽。鸷攫：凶猛地用爪疾取。鹰隼：此指猛禽。奋：振羽展翅。翰：高飞。

⑮狩：打猎。清源：地名，今山西省闻喜县西北。骛：快驰。冥：深远的意思。骏驳：良马。抗：举起。旌旐：泛指旗帜。

⑯昭余：古代九个水浅草茂的沼泽地之一，今山西祁县以北。滹沱：河名。盼：望。大陵：春秋晋平陵邑，赵改为大陵，今山西省文水县。缭河：水名，无考。

⑰嵏：疑为"奚"，古代称奴仆为奚，这里指诸侯的随从。决：杀。班馨（qí）：似指毛羽斑驳的禽类，班通"斑"。破：劈开。文颈：似指毛纹斑斓的虎豹类走兽的鼻梁。当手：应手。倒越：倒下、坠落。

⑱中山：国郡名，在今石家庄与保定之间。倡：通"娼"，古代称歌舞伎为娼。襄国：是赵襄子的封地，在今邢台西。妖女：艳丽少女。狄鞮（dī）：地名，在黄河以北，传说此地女子善歌舞。六：周天子在祭祀时用的六个乐舞。八：指在纵横上都是八。骈：对偶。罗：排列。激楚：高亢凄清。

⑲珍玩服物：珍贵的玩赏服用之物。昆山：昆仑山。曲环：不详，似一种圆环状金玉制玩物。轻绡、启缯、织纩、绨纨：都是制作衣服所用的丝织品。

⑳六弓：指王弓、弧弓、夹弓、庚弓、唐弓、大弓。四弩：指夹弩、庚弩、唐弩、大弩。绿沈：弓名。黄间：弩名。堂嵠：古地名，在今河南

省遂平县西北，战国属韩地，由于此地出金善造剑戟，后即为剑的代称。
鱼肠：古代剑名。丁令：不详，可能指弓弩的名称。角端：兽名，似牛，
其角可作弓。飞兔、奚斯、常骊、紫燕：都是骏马名。丰鬐（zhēn）：
本为黑发，此指马鬃。确颅：马额生有白毛。龙身鹄颈，目如黄金，兰筋
参精：形容骏马体态雄伟的。迅：疾跑。蹑：轻步跑。飞：狂跑。浮：跳
跃。这句形容骏马的各种驰态。轶：超越。轶响追声：此句形容马跑得
快，可以追上和超过声音。

㉑元巳：农历三月第一个巳日，也叫上巳日，后专指三月初三。辰
火：此指三辰中的日辰，辰火即旭火。挺新赠往：迎新送旧。挺：迎。
赠：送。祓：古代消灾避邪举行的仪式。水阳：水的北面。彩帷：彩色的
帐幔。春英：春花。

王 粲

王粲（177~217），字仲宣。山阳郡高平（今山东邹城西南）人。东汉末年文学家，与孔融、徐幹、陈琳、阮瑀、应场、刘桢并称"建安七子"，王粲是其中成就较大的一位，与曹植并称"曹王"。梁朝文学评论家刘勰在《文心雕龙·才略》中赞誉王粲为"七子之冠冕"。《登楼赋》主要抒写作者生逢乱世、长期客居他乡、才能不能得以施展而产生的思乡、怀国之情和怀才不遇之忧，表现了作者对动乱时局的忧虑和对国家和平统一的希望，也倾吐了自己渴望施展抱负的心情，是建安时期抒情小赋的代表性作品。

登 楼 赋

登兹楼以四望兮①，聊暇日以销忧②。览斯宇之所处兮③，实显敞而寡仇④。挟清漳之通浦兮⑤，倚曲沮之长洲⑥。背坟衍之广陆兮⑦，临皋隰之沃流⑧。北弥陶牧⑨，西接昭丘⑩。华实蔽野⑪，黍稷盈畴⑫。虽信美而非吾土兮⑬，曾何足以少留⑭！

遭纷浊而迁逝兮⑮，漫逾纪以迄今⑯。情眷眷而怀归兮⑰，孰忧思之可任⑱？凭轩槛以遥望兮，向北风而开襟⑲。平原远而极目兮，蔽荆山之高岑⑳。路逶迤而修迥兮㉑，川既漾而济深㉒。悲旧乡之壅隔兮㉓，涕横坠而弗禁㉔。昔尼父之在陈兮，有"归欤"之叹音㉕。钟仪幽而楚奏兮㉖，庄舄显而越吟㉗。人情同于怀土兮㉘，岂穷达而异心㉙！

惟日月之逾迈兮㉚，俟河清其未极㉛。冀王道之一平兮㉜，假高衢而骋力㉝。惧匏瓜之徒悬兮㉞，畏井渫之莫食㉟。步栖迟以徙倚兮㊱，白日忽其将匿㊲。风萧瑟而并兴兮㊳，天惨惨而无色㊴。兽狂顾以求群兮㊵，鸟相鸣而举翼㊶。原野阒其无人兮㊷，征夫行而未息㊸。心凄怆以感发兮㊹，意忉怛而惛恻㊺。循阶除而下降兮㊻，气交愤于胸臆㊼。夜参半而不寐兮㊽，怅盘桓以反侧㊾。

【注释】

①兹：此。关于王粲所登何楼，向有异说。《文选》李善注引盛弘之《荆州记》，以为是当阳城楼。《文选》刘良注则说为江陵城楼。按赋中所述"挟清漳之通浦兮，倚曲沮之长洲"和"西接昭丘"的位置，应为当阳东南、漳沮二水之间的麦城城楼。

②聊：姑且，暂且。暇日：假借此日。暇：通"假"，借。销忧：解除忧虑。

③斯宇之所处兮：指这座楼所处的环境。

④实显敞而寡仇：此楼的宽阔敞亮很少能有与它相比的。寡，少。仇，匹敌。

⑤挟清漳之通浦兮：漳水和沮水在这里会合。挟，带。清漳，指漳水，发源于湖北南漳，流经当阳，与沮水会合，经江陵注入长江。通浦，两条河流相通之处。

⑥倚曲沮之长洲：弯曲的沮水中间是一块长形陆地。倚，靠。曲沮，弯曲的沮水。长洲，水中长形陆地。

⑦背坟衍之广陆兮：楼北是地势较高的广袤原野。背：背靠，指北面。坟：高。衍：平。广陆：广袤的原野。

⑧临皋隰之沃流：楼南是地势低洼的低湿之地。临：面临，指南面。皋隰：水边低洼之地。沃流：可以灌溉的水流。

⑨北弥陶牧：北接陶朱公所在的江陵。弥：接。陶牧：春秋时越国的范蠡帮助越王勾践灭吴后弃官来到陶，自称陶朱公。牧：郊外。湖北江陵西有陶朱公墓，故称陶牧。

⑩昭丘：楚昭王的坟墓，在当阳郊外。

⑪华实蔽野：（放眼望去）花和果实覆盖着原野。华：同"花"。

⑫黍稷盈畴：农作物遍布田野。黍稷：泛指农作物。

⑬信美：确实美。吾土：这里指作者的故乡。

⑭曾何足以少留：竟不能暂居一段时间。曾，竟。

⑮遭纷浊而迁逝：生逢乱世到处迁徙流亡。纷浊：纷乱混浊，比喻乱世。

⑯漫逾纪以迄今：这种流亡生活至今已超过了十二年。逾：超过。纪：十二年。迄今：至今。

⑰睠睠：形容念念不忘。

⑱孰忧思之可任：这种忧思谁能经受的住呢？任，承受。

⑲凭：倚，靠。开襟：敞开胸襟。

⑳蔽荆山之高岑：高耸的荆山挡住了视线。荆山，在湖北南漳。高岑：小而高的山。

㉑路逶迤而修迥：道路曲折漫长。修，长。迥，远。

㉒川既漾而济深：河水荡漾而深，很难渡过。这两句是说路远水长归路艰难。

㉓悲旧乡之壅隔兮：想到与故乡阻塞隔绝就悲伤不已。壅，阻塞。

㉔涕横坠而弗禁：禁不住泪流满面。弗禁，止不住。

㉕昔尼父之在陈兮，有"归欤"之叹音：据《论语·公冶长》记载，孔子周游列国的时候，在陈、蔡绝粮时感叹："归欤，归欤！"尼父，指孔子。

㉖钟仪幽而楚奏兮：指钟仪被囚，仍不忘弹奏家乡的乐曲。《左传·成公九年》载，楚人钟仪被郑国作为俘虏献给晋国，晋侯让他弹琴，晋侯称赞说："乐操土风，不忘旧也。"

㉗庄舄（xì）显而越吟：指庄舄身居要职，仍说家乡方言。《史记·张仪列传》载，庄舄在楚国作官时病了，楚王说，他原来是越国的穷人，现在楚国作了大官，还能思念越国吗？便派人去看，原来他正在用家乡话自言自语。

㉘人情同于怀土兮：人都有怀念故乡的心情。

㉙岂穷达而异心：哪能因为不得志和显达就不同了呢？

㉚惟日月之逾迈兮：日月如梭，时光飞逝。惟，发语词，无实义。

㉛俟河清其未极：黄河水还没有到澄清的那一天。俟，等待。河，黄

河。未极，未至。

㉜冀王道之一平兮：希望国家统一安定。

㉝假高衢而骋力：自己可以施展才能和抱负。假，凭借。高衢：大道。

㉞惧匏（páo）瓜之徒悬兮：担心自己像匏瓜那样被白白地挂在那里。《论语·阳货》："吾岂匏瓜也哉？焉能系而不食？"比喻不为世所用。

㉟畏井渫（xiè）之莫食：害怕井淘好了，却没有人来打水吃。渫，淘井。《周易·井卦》："井渫不食，为我心恻。"比喻一个洁身自持而不为人所重用的人。

㊱步栖迟以徒倚兮：在楼上漫步徘徊。栖迟、徒倚都有徘徊、漫步义。

㊲白日忽其将匿：太阳将要沉没。

㊳风萧瑟而并兴兮：林涛阵阵，八面来风。萧瑟，树木被风吹拂的声音。并兴，指风从不同的地方同时吹起。

㊴天惨惨而无色：天空暗淡无光。

㊵兽狂顾以求群兮：野兽惊恐地张望寻找伙伴。狂顾：惊恐地回头望。

㊶鸟相鸣而举翼：鸟张开翅膀互相地鸣叫。

㊷原野阒（qù）其无人兮：原野静寂无人。阒，静寂。

㊸征夫行而未息：离家远行的人还在匆匆赶路。

㊹心凄怆以感发兮：指自己为周围景物所感触，不禁觉得凄凉悲怆。

㊺意忉怛（dāo dá）而憯（cǎn）恻：指心情悲痛，无限伤感。憯，同"惨"。

㊻循阶除而下降兮：沿着阶梯下楼。循，沿着。除，台阶。

㊼气交愤于胸臆：胸中闷气郁结，愤懑难平。

㊽夜参半而不寐兮：即直到半夜还难以入睡。

㊾怅盘桓以反侧：惆怅难耐，辗转反侧。盘桓，这里指内心的不平静。

七哀诗（其一）

西京乱无象^①，豺虎方遘患^②。

复弃中国去^③，委身适荆蛮^④。

亲戚对我悲，朋友相追攀^⑤。

出门无所见，白骨蔽平原。

路有饥妇人，抱子弃草间。

顾闻号泣声，挥涕独不还。

"未知身死处，何能两相完^⑥？"

驱马弃之去，不忍听此言。

南登霸陵岸^⑦，回首望长安，

悟彼下泉人^⑧，喟然伤心肝^⑨。

【注释】

①西京：指长安，西汉时的国都。无象：无章法，无体统。

②豺虎：指董卓的部将李傕、郭汜等。遘患：给人民造成灾难。

③中国：中原地区。

④委身：置身。荆蛮：即指荆州。荆州刺史刘表曾从王粲的祖父王畅受学，与王氏是世交，所以王粲去投奔他。

⑤追攀：追逐拉扯，表示依依不舍的样子。

⑥完：保全。以上两句是作者听到的那个弃子的妇人所说的话。

⑦霸陵：汉文帝刘恒的陵墓，在今陕西省西安市长安区东。岸：高坡、高岗。汉文帝时期的社会秩序比较稳定，经济发展较快，王粲引以对比现实，抒发感慨。

⑧下泉：《诗经·曹风》中的一个篇名，是一首怀念明王贤伯的诗。

⑨喟然：伤心的样子。

刘 桢

刘桢（？～217），字公幹，东平宁阳（今属山东）人，东汉名士，"建安七子"之一。博学有才，警悟辩捷，以文学见贵。建安中，刘桢被曹操召为丞相掾属，与魏文帝兄弟几人颇相友善。建安二十二年（217），与陈琳、徐幹、应场等同染疾疫而亡。明代张溥辑有《刘公幹集》。他的文学成就，主要表现于诗歌，特别是五言诗创作方面，在当时负有盛名，后人以其与曹植并举，称为"曹刘"。如今存诗十五首，风格遒劲，语言质朴，《赠从弟》三首为其代表作。

赠 从 弟①

其 一

泛泛东流水，磷磷水中石。
苹藻生其涯，华叶纷扰溺。
采之荐宗庙，可以羞嘉客。
岂无园中葵，懿此出深泽。

其 二

亭亭山上松②，瑟瑟谷中风③。
风声一何盛④，松枝一何劲！
冰霜正惨凄⑤，终岁常端正。
岂不罹凝寒，松柏有本性⑥！

其　三

凤凰集南岳⑦，徘徊孤竹根。

于心有不厌⑧，奋翅凌紫氛。

岂不常勤苦，羞与黄雀群。

何时当来仪⑨，将须圣明君。

【注释】

①从（cóng）弟：堂弟。

②亭亭：耸立的样子。

③瑟瑟：形容风声。

④一何：多么。

⑤惨凄：凛冽、严酷。

⑥本性：固有的性质或个性。"岂不罹凝寒？松柏有本性"二句是说，难道松柏没有遭到严寒的侵凌吗？但是它依然青翠如故，这是它的本性决定的。

⑦凤凰：传说中的神鸟，生长于南方"丹穴山"中。

⑧厌：足的意思。"不厌"意为不满足。

⑨来仪：降临，来临。

曹 丕

曹丕（187~226），字子桓，三国时期政治家、文学家，曹魏的开国皇帝，公元220~226年在位。"建安文学"代表人物。曹丕文武双全，8岁能提笔为文，善骑射，好击剑，博览经传，通晓诸子百家学说。220年正月，曹操逝世，曹丕继任丞相、魏王。之后曹丕受禅登基，以魏代汉，结束了汉朝四百多年统治。曹丕自幼好文学，于诗、赋、文等皆有成就，尤擅长于五言诗，与其父曹操和弟曹植，并称"三曹"，三曹在河北邯郸一带创作大量诗文，掀起我国诗歌史上文人创作的第一个高潮。今存《魏文帝集》二卷。另外，曹丕著有《典论》，其中的《论文》是中国文学史上第一部有系统的文学批评专论作品。《燕歌行》是曹丕具有代表性的作品。

燕 歌 行

其 一

秋风萧瑟天气凉，草木摇落露为霜，
群燕辞归鹄南翔①。
念君客游思断肠，慊慊思归恋故乡，
君何淹留寄他方②？
贱妾茕茕守空房，忧来思君不敢忘，
不觉泪下沾衣裳。
援琴鸣弦发清商③，短歌微吟不能长。
明月皎皎照我床，星汉西流夜未央。
牵牛织女遥相望，尔独何辜限河梁④。

其 二

别日何易会日难，山川悠远路漫漫。

郁陶思君未敢言⑤，寄声浮云往不还。

涕零雨面毁容颜，谁能怀忧独不叹？

展诗清歌聊自宽，乐往哀来摧肺肝。

耿耿伏枕不能眠⑥，披衣出户步东西，

仰看星月观云间。

飞鸽晨鸣声可怜⑦，留连顾怀不能存。

【注释】

①鹄：天鹅。朱东润《历代文学作品选》中为"雁"。

②此句一作"何为淹留寄他方"。

③清商：乐曲名。

④河梁：河上的桥，这里指银河。限河梁，是说为银河所隔，不能会面。

⑤郁陶：忧思聚集。

⑥耿耿：犹言炯炯，不寐的意思。

⑦飞鸽：即鸧鹒（cāng gēng），在中国常见的黑枕黄鹂。

曹 植

曹植（192~232），字子建，三国时期曹魏文学家。魏武帝曹操之子，魏文帝曹丕之弟，生前曾为陈王，去世后谥号"思"，因此又称陈思王。文学创作活跃于今河北邯郸一带。后人因他文学上的造诣而将他与曹操、曹丕合称为"三曹"，为"建安文学"代表人物。南朝宋文学家谢灵运有"天下才有一石，曹子建独占八斗"的评价。王士禛尝论汉魏以来二千年间诗家堪称"仙才"者，曹植、李白、苏轼三人耳。

洛神赋并序^①

黄初三年^②，余朝京师^③，还济洛川^④。古人有言：斯水之神^⑤，名曰宓妃。感宋玉对楚王神女之事^⑥，遂作斯赋。其辞曰：

余从京域^⑦，言归东藩^⑧，背伊阙^⑨，越轘辕^⑩，经通谷^⑪，陵景山^⑫。日既西倾，车殆马烦^⑬。尔乃税驾乎蘅皋^⑭，秣驷乎芝田^⑮，容与乎阳林^⑯，流眄乎洛川^⑰。于是精移神骇^⑱，忽焉思散嫚^⑲。俯则未察，仰以殊观^⑳。睹一丽人，于岩之畔^㉑。乃援御者而告之曰^㉒："尔有觌于彼者乎^㉓？彼何人斯，若此之艳也！"御者对曰："臣闻河洛之神，名曰宓妃。然则君王之所见也，无乃是乎！其状若何？臣愿闻之。"

余告之曰：其形也，翩若惊鸿，婉若游龙^㉔。荣曜秋菊，华茂春松^㉕。仿佛兮若轻云之蔽月，飘飖兮若流风之回雪^㉖。远而望之，皎若太阳升朝霞^㉗；迫而察之，灼若芙蕖出渌波^㉘。秾纤得衷^㉙，修短合度^㉚。肩若削成，腰如约素^㉛。延颈秀项^㉜，皓质呈露^㉝。芳泽无加，铅华不御^㉞。云髻峨峨^㉟，修眉联娟^㊱，丹唇外朗，皓齿内鲜^㊲。明眸善睐^㊳，厮辅承权[39]。瑰姿艳逸[40]，仪静体闲[41]。柔情绰[42]态，媚于语言。奇服旷世[43]，骨像应图[44]。披罗衣之璀粲兮[45]，珥瑶碧之华琚[46]。戴金翠之首饰[47]，缀明珠以耀躯。践远游之文履[48]，曳雾绡之轻裾[49]。微幽兰之芳蔼兮[50]，步踟蹰于山隅[51]。于是忽焉纵体，以遨以嬉[52]。左倚采旄[53]，右荫桂旗[54]。攘皓腕于神浒兮[55]，采湍濑之玄芝[56]。

余情悦其淑美兮，心振荡而不怡[57]。无良媒以接欢兮，托微波而通辞[58]。愿诚素之先达兮[59]，解玉佩以要之[60]。嗟佳人之信修兮[61]，羌习礼而明诗[62]。抗琼珶以和予兮[63]，指潜川而为期[64]。执眷眷之款实兮[65]，惧斯灵之我欺[66]。感交甫之弃言兮[67]，怅犹豫而狐疑[68]。收和颜而静志兮[69]，申礼防以自持[70]。

于是洛灵感焉，徙倚彷徨[71]。神光离合，乍阴乍阳[72]。竦轻躯以鹤立[73]，若将飞而未翔。践椒途之郁烈[74]，步蘅薄而流芳[75]。超长吟以永慕兮，声哀厉而弥长[76]。尔乃众灵杂沓[77]，命俦啸侣[78]。或戏清流，或翔神渚[79]，或采明珠，或拾翠羽[80]。从南湘之二妃[81]，携汉滨之游女[82]。叹匏瓜之无匹兮，咏牵牛之独处[83]。扬轻袿之猗靡兮[84]，翳修袖以延伫[85]。体迅飞凫[86]，飘忽若神。凌波微步，罗袜生尘[87]。动无常则，若危若安；进止难期[88]，若往若还。转眄流精[89]，光润玉颜。含辞未吐，气若幽兰[90]。华容婀娜，令我忘餐。

于是屏翳收风，川后静波[91]。冯夷鸣鼓[92]，女娲清歌[93]。腾文鱼以警乘，鸣玉銮以偕逝[94]。六龙俨其齐首[95]，载云车之容裔[96]。鲸鲵踊而夹毂[97]，水禽翔而为卫。于是越北沚[98]，过南冈，纡素领，回清扬[99]。动朱唇以徐言，陈交接之大纲[100]。恨人神之道殊兮，怨盛年之莫当[101]。抗罗袂以掩涕兮，泪流襟之浪浪[102]。悼良会之永绝兮，哀一逝而异乡[103]。无微情以效爱兮[104]，献江南之明珰[105]。虽潜处于太阴，长寄心于君王[106]。忽不悟其所舍，怅神宵而蔽光[107]。

于是背下陵高[108]，足往神留。遗情想像[109]，顾望怀愁。冀灵体之复形[110]，御轻舟而上溯[111]。浮长川而忘反[112]，思绵绵而增慕。夜耿耿而不寐[113]，沾繁霜而至曙。命仆夫而就驾，吾将归乎东路。揽騑辔以抗策，怅盘桓而不能去[114]。

【注释】

①洛神：传说古帝宓（fú）羲氏之女溺死洛水而为神，故名洛神，又名宓妃。

②黄初：魏文帝曹丕年号。

③京师：京城，指魏都洛阳。

④济：渡。洛川：即洛水，源出陕西，东南入河南，流经洛阳。

⑤斯水：此水，指洛川。

⑥宋玉对楚王神女之事：传为宋玉所作的《高唐赋》和《神女赋》，都记载宋玉与楚襄王对答梦遇巫山神女事。

⑦京域：京都地区，指洛阳。

⑧言：助词。东藩：东方藩国，指曹植的封地。黄初三年，曹植被立为鄄（juàn）城（即今山东鄄城县）王，城在洛阳东北方向，故称东藩。

⑨伊阙：山名，又称阙塞山、龙门山，在河南洛阳南。

⑩轘（huán）辕：山名，在今河南偃师市东南。

⑪通谷：山谷名，在洛阳城南。

⑫陵：登。景山：山名，在今偃师市南。

⑬殆：通"怠"，懈怠。一说指危险。烦：疲乏。

⑭尔乃：承接连词，于是就。税驾：停车。税，舍、置。驾，车乘总称。蘅皋：生着杜蘅的河岸。蘅，杜蘅，香草名。皋，岸。

⑮秣驷：喂马。驷，一车四马，此泛指驾车之马。芝田：种着灵芝草的田地，此处指野草繁茂之地。一说为地名，指河南巩义市西南的芝田镇。

⑯容与：悠然安闲貌。阳林：地名。

⑰流眄：纵目四望。眄，斜视。一作"流盼"，目光流转顾盼。

⑱精移神骇：神情恍惚。骇，散。

⑲忽焉：急速貌。思散：思绪分散，精神不集中。

⑳殊观：少见的异常现象。

㉑岩之畔：山岩边。

㉒援：以手牵引。御者：车夫。

㉓觌（dí）：看见。

㉔"翩若"二句：翩然若惊飞的鸿雁，蜿蜒如游动的蛟龙。翩，鸟疾飞的样子，此处指飘忽摇曳的样子。惊鸿，惊飞的鸿雁。婉，蜿蜒曲折。这两句是写洛神的体态轻盈婉转。

㉕"荣曜（yào）"二句：容光焕发如秋日下的菊花，体态丰茂如春风中的松树。荣，丰盛。曜，日光照耀。华茂，华美茂盛。这两句是写洛神容光焕发充满生气。

㉖"仿佛"二句：时隐时现像轻云遮住月亮，浮动飘忽似回风旋舞雪花。仿佛，若隐若现的样子。飘飖，飞翔貌。回，回旋，旋转。这两句是写洛神的体态婀娜，行动飘忽。

㉗皎：洁白光亮。太阳升朝霞：太阳升起于朝霞之中。

㉘迫：靠近。灼：鲜明，鲜艳。芙蕖：一作"芙蓉"，荷花。渌（lù）：水清貌。以上两句是说，不论远远凝望还是靠近观看，洛神都是姿容绝艳。

㉙秾：花木繁盛。此指人体丰腴。纤：细小。此指人体苗条。

㉚修短：长短，高矮。以上两句是说洛神的高矮肥瘦都恰到好处。

㉛"肩若"二句：肩窄如削，腰细如束。削成，形容两肩瘦削下垂的样子。约素，一束白绢。素，白细丝织品。这两句是写洛神的肩膀和腰肢线条圆美。

㉜延、秀：均指长。颈：脖子的前部。项：脖子的后部。

㉝皓：洁白。呈露：显现，外露。

㉞"芳泽"二句：既不施脂，也不敷粉。泽，润肤的油脂。铅华，粉。古代烧铅成粉，故称铅华。不御，不施。御，用。

㉟云髻：发髻如云。峨峨：高耸貌。

㊱联娟：微曲貌。

㊲"丹唇"二句：红唇鲜润，牙齿洁白。朗，明润。鲜，光洁。

㊳眸：目中瞳子。睐（lài）：顾盼。

㊴靥（yè）：酒窝。辅：面颊。承权：在颧骨之下。权，颧骨。

㊵瑰：奇妙。艳逸：艳丽飘逸。

㊶仪：仪态。闲：娴雅。

㊷绰：绰约，美好。

㊸奇服：奇丽的服饰。旷世：举世唯有。旷，空。

㊹骨像：骨格形貌。应图：指与画中人相当。

㊺璀粲：鲜明貌。一说为衣动的声音。

㊻珥：珠玉耳饰。此用作动词，作佩戴解。瑶、碧：均为美玉。华琚：刻有花纹的佩玉。琚：佩玉名。

㊼翠：翡翠。首饰：指钗簪一类饰物。

㊽践：穿，着。远游：鞋名。文履：饰有花纹图案的鞋。

㊾曳：拖。雾绡：轻薄如雾的绡。裾：裙边。

㊿微：轻微。芳蔼：香气。

(51)踟蹰：徘徊。隅：角。

(52)“于是”二句：忽然又飘然轻举，且行且戏。纵体，身体轻举貌。遨，游。

(53)采旄（máo）：彩旗。采，同“彩”。旄，旗竿上旄牛尾饰物，此处指旗。

(54)桂旗：以桂木做旗竿的旗，形容旗的华美。

(55)攘：此指挽袖伸出。神浒：为神所游之水边地。浒，水边泽畔。

(56)湍濑：石上急流。玄芝：黑色芝草，相传为神草。

(57)“余情”二句：我喜欢她的淑美，（又担心不被接受，）不觉心旌摇曳而不安。振荡，形容心动荡不安。怡，悦。

(58)“无良媒”二句：没有合适的媒人去通接欢情，就只能借助微波来传递话语。微波，一说指目光。

(59)诚素：真诚的情意。素，同“愫”，情愫。

(60)要：同“邀”，约请。

(61)信修：确实美好。修，美好。

(62)羌：发语词。习礼：懂得礼法。明诗：善于言辞。这句意指有很好的文化教养。

(63)抗：举起。琼珶（dì）：美玉。和：应答。

⑥④"指潜川"句：指深水发誓，约期相会。潜川，深渊，一说指洛神所居之地。期，会。

⑥⑤眷眷：依恋貌。款实：诚实。

⑥⑥斯灵：此神，指宓妃。我欺：即欺我。

⑥⑦交甫：郑交甫。《神仙传》有郑交甫汉江遇游女事。弃言：背弃承诺。

⑥⑧狐疑：疑虑不定。因为想到郑交甫曾经被仙女遗弃，故此内心产生了疑虑。

⑥⑨收和颜：收起和悦的容颜。静志：镇定情志。

⑦⓪申：施展。礼防：礼法，礼能防乱，故称礼防。自持：自我约束。

⑦①徙倚：留连徘徊。

⑦②"神光"二句：洛神身上放出的光彩忽聚忽散，忽明忽暗。

⑦③竦（sǒng）：耸。鹤立：形容身躯轻盈飘举，如鹤之立。

⑦④椒途：涂有椒泥的道路，一说指长满香椒的道路。椒，花椒，有浓香。

⑦⑤蘅薄：杜蘅丛生地。流芳：散发香气。

⑦⑥"超长吟"二句：怅然长吟以表示深沉的思慕，声音哀惋而悠长。超，惆怅。永慕，长久思慕。厉，疾。弥，久。

⑦⑦众灵：众仙。杂沓：纷纭，多而乱的样子。

⑦⑧命俦啸侣：招呼同伴。俦，伙伴、同类。

⑦⑨渚：水中高地。

⑧⓪翠羽：翠鸟的羽毛。

⑧①南湘之二妃：指娥皇和女英。据刘向《列女传》载，尧以长女娥皇和次女女英嫁舜，后舜南巡，死于苍梧。二妃往寻，自投湘水而死，为湘水之神。

⑧②汉滨之游女：汉水之女神，即前注中郑交甫所遇之神女。

⑧③"叹匏瓜"二句：为匏瓜星的无偶而叹息，为牵牛星的独处而哀咏。匏瓜，星名，又名天鸡，在河鼓星东。无匹，无偶。牵牛，星名，又名天鼓，与织女星各处天河之旁。相传每年七月七日才得一会。

⑧袿（guī）：妇女的上衣。猗（yī）靡：随风飘动貌。

⑧翳（yì）：遮蔽。延伫：久立。

⑧凫：野鸭。

⑧"凌波"二句：在水波上细步行走，溅起的水沫附在罗袜上如同尘埃。凌，踏。尘，指细微四散的水沫。

⑧难期：难料。

⑧"转眄"句：转眼顾盼之间流露出奕奕神采。流精，形容目光流转而有光彩。

⑨"气若"句：形容气息香馨如兰。

⑨屏翳：传说中的众神之一，司职说法不一，或以为是云师，或以为是雷师，或以为是雨师，在此篇中被曹植视作风神。川后：传说中的河神。

⑨冯（píng）夷：传说中的水神。

⑨女娲：女神名，相传笙簧是她所造，所以这里说"女娲清歌"。

⑨"腾文鱼"二句：飞腾的文鱼警卫着洛神的车乘，众神随着叮当作响的玉鸾一齐离去。腾，升。文鱼，神话中一种能飞的鱼。警乘，警卫车乘。玉鸾，鸾鸟形的玉制车铃，动则发声。偕逝，俱往。

⑨六龙：相传神出游多驾六龙。俨：庄严的样子。齐首：六龙齐头并进。

⑨云车：相传神以云为车。容裔：即"容与"，舒缓安详貌。

⑨鲸鲵（ní）：即鲸鱼。水栖哺乳动物，雄者称鲸，雌者称鲵。毂（gǔ）：车轮中用以贯轴的圆木，这里指车。

⑨渚：水中小块陆地。

⑨"纡素领"二句：洛神不断回首顾盼。纡，回。素领，白皙的颈项。清扬，形容女性清秀的眉目。

⑩交接：结交往来。

⑩盛年：少壮之年。莫当：无匹，无偶，即两人不能结合。

⑩"抗罗袂"二句：举起罗袖掩面而泣，止不住泪水涟涟沾湿了衣襟。抗，举。袂，衣袖。浪浪，水流不断貌。

⑩③"悼良会"二句：痛惜这样美好的相会永不再有，哀叹长别从此身处两地。

⑩④效爱：致爱慕之意。

⑩⑤明珰：以明月珠作的耳珰。

⑩⑥"虽潜"二句：虽然幽居于神仙之所，但将永远怀念着君王。潜处，深处，幽居。太阴，众神所居之处。君王，指曹植。

⑩⑦"忽不悟"二句：洛神说毕忽然不知去处，我为众灵一时消失隐去光彩而深感惆怅。不悟，不见，未察觉。所舍，停留、止息之处。宵，通"消"，消失。蔽光，隐去光彩。

⑩⑧背下：离开低地。陵高：登上高处。

⑩⑨遗情：留情，情思留连。想像：指思念洛神的美好形象。

⑩⑩灵体：指洛神。

⑪⑪上溯：逆流而上。

⑪⑫长川：指洛水。

⑪⑬耿耿：心神不安的样子。

⑪⑭"揽騑辔"二句：当手执马缰，举鞭欲策之时，却又怅然若失，徘徊依恋，无法离去。騑，车旁之马。古代驾车称辕外之马为騑或骖，此泛指驾车之马。辔，马缰绳。抗策，犹举鞭。盘桓，徘徊不进貌。

古诗十九首

　　《古诗十九首·东城高且长》是东汉的一首五言诗，作者不详。这是诗人在"东城高且长"的风物触发下，所抒写的"荡涤放情志"的一幕，或者说，是诗人苦闷之际所做的一个"梦"。这"梦"在表面上很"驰情"，很美妙。"燕赵多佳人，美者颜如玉"成为其中的名句。

东城高且长

东城高且长，逶迤自相属①。
回风动地起，秋草萋已绿。
四时更变化，岁暮一何速！
晨风怀苦心，蟋蟀伤局促。
荡涤放情志，何为自结束？
燕赵多佳人，美者颜如玉。
被服罗裳衣，当户理清曲。
音响一何悲！弦急知柱促。
驰情整巾带，沉吟聊踯躅②。
思为双飞燕，衔泥巢君屋。

【注释】

①逶迤：道路、河道等弯曲而长。

②踯躅：徘徊不进。

刘 琨

　　刘琨（271~318），字越石，中山魏昌（今河北无极东北）人。西晋将领、诗人。他出身于官僚家庭，少年时即以雄豪著名，好老庄之学。晋怀帝时他出任并州刺史，愍帝时拜大将军，官至司空。他的理想是匡扶晋室。在外族入侵的情况下，辗转于北方抗敌。现在仅存三首诗。笔调清拔，风格悲壮，在晋诗中独具特色。

扶 风 歌

朝发广莫门①，暮宿丹水山②。
左手弯繁弱，右手挥龙渊③。
顾瞻望宫阙，俯仰御飞轩④。
据鞍长叹息，泪下如流泉。
系马长松下，发鞍高岳头⑤。
烈烈悲风起⑥，泠泠涧水流⑦。
挥手长相谢，哽咽不能言⑧。
浮云为我结，归鸟为我旋⑨。
去家日已远，安知存与亡？
慷慨穷林中⑩，抱膝独摧藏⑪。
麋鹿游我前，猿猴戏我侧。
资粮既乏尽⑫，薇蕨安可食⑬？
揽辔命徒侣，吟啸绝岩中⑭。
君子道微矣，夫子固有穷⑮。
惟昔李骞期，寄在匈奴庭⑯。
忠信反获罪，汉武不见明⑰。

我欲竟此曲^⑱，此曲悲且长。

弃置勿重陈^⑲，重陈令心伤！

【注释】

①广莫门：晋都洛阳城北门。汉朝洛阳城北面有二门，一曰谷门，一曰夏门。魏晋之后改谷门为广莫门。

②丹水山：即丹朱岭，丹水发源处，在今山西高平市北。丹水由此东南流入晋城市界，又南入河南省，经沁阳市入沁水，是为大丹河。刘琨出任并州刺史，由洛阳出发，丹水为其必经之地。

③弯：拉弓。繁弱：古良弓名。龙渊：古宝剑名。这两句是说他戎装出发。

④顾瞻：回头看。御：驾。飞轩：奔驰如飞的车。这两句是说出广莫门时回望宫阙，便驾车飞驰而去。

⑤发鞍：即卸下马鞍。这句和上句是说在丹水山的长松下系马，在高山头卸下马鞍。

⑥烈烈：风的威力。

⑦泠泠：水声。

⑧谢：辞别。哽咽：悲泣至于声气结塞。这两句是说挥手与京城长辞，悲痛得说不出话来。

⑨结：集结。归鸟：一本作"飞鸟"。旋：盘旋。这两句是说，自己的悲痛使浮云为之聚结，飞鸟为之盘旋。

⑩慷慨：指悲歌慷慨。

⑪摧藏：即凄怆，伤心感叹的样子。

⑫资：钱。

⑬薇蕨：一种野菜，嫩时可以吃。安可食：怎么能吃呢。

⑭揽辔：拉住马缰绳。徒侣：指随从。吟啸：即吟诗。绝岩：绝壁。这两句是说拉住马缰绳，命令随从启程，在悬崖绝壁的险径中歌唱。

⑮微：衰微。夫子：指孔子。《论语·卫灵公》记载，孔子在陈国没了粮食，跟随的人都饿病了，子路很不高兴地见孔子说：君子也有穷得毫

无办法的时候吗？孔子说：君子虽然穷，还是坚持着；若是小人，一到这时候便无所不为了。这两句是说君子之道衰微不行，像孔子那样都有穷困的时候。用来比喻自己的困厄。

⑯李：指汉李陵。骞：与"愆"字通。愆期：错过期限。这里指李陵逾期未归汉朝。据《史记·李将军列传》记载，李陵于公元前99年（汉武帝天汉二年）率步卒五千人出征匈奴，匈奴用八万士兵围击李陵。由于敌我兵力相差悬殊，李陵战败，并终于投降了敌人。汉武帝因此把他全家都杀了。这两句是说李陵出征匈奴过期未回来，流落在匈奴那里了。

⑰忠信：指李陵，司马迁在《报任安书》中说李陵"身虽陷败，彼观其意，且欲得其当而报于汉"。不见明：不被谅解。这两句是说忠信反而获罪，不被汉武帝谅解。当时刘琨领匈奴中郎将，故以李陵自喻，说明自己讨伐外族入侵者不见功效，区区孤忠，不见谅于朝廷。

⑱竟：指奏完。此曲：指《扶风歌》。

⑲弃置：放在一边。重陈：再次陈述。

陶渊明

　　陶渊明（365或372或376~427），字元亮，又名潜，私谥"靖节"，世称靖节先生。浔阳柴桑（今江西九江）人。东晋末至南朝宋初期诗人、辞赋家。曾任江州祭酒、建威参军、镇军参军、彭泽县令等职，最末一次出仕为彭泽县令，八十多天便弃职而去，从此归隐田园。他是中国第一位田园诗人，被称为"古今隐逸诗人之宗"，有《陶渊明集》。《咏荆轲》是陶渊明为荆轲刺秦而吟咏的名作，一直被人们所传唱。

咏　荆　轲

燕丹善养士，志在报强嬴①。

招集百夫良②，岁暮得荆卿③。

君子死知己④，提剑出燕京。

素骥鸣广陌⑤，慷慨送我行。

雄发指危冠，猛气冲长缨。

饮饯易水上，四座列群英。

渐离击悲筑，宋意唱高声⑥。

萧萧哀风逝，淡淡寒波生。

商音更流涕，羽奏壮士惊⑦。

心知去不归，且有后世名。

登车何时顾，飞盖入秦庭⑧。

凌厉越万里⑨，逶迤过千城。

图穷事自至，豪主正怔营⑩。

惜哉剑术疏，奇功遂不成！

其人虽已没⑪，千载有余情⑫。

【注释】

①报：报复。嬴，秦国的国姓，指代秦国。

②百夫良：倒装句，良，优秀的、能干的。百名能干的志士。

③岁暮，双关，既可指年终时节，更指燕国处于"秦革灭殆尽之际"（苏洵《六国论》）。

④死：为动用法，为……而死。

⑤素骥：白马。

⑥宋意：燕国勇士。

⑦商音：五音中商音较凄凉。羽：羽音较慷慨。

⑧飞盖：车奔驰如飞。盖，指荆轲等使者所乘的车。

⑨凌厉：奋勇直前的样子。

⑩怔营：惶恐不安的样子。

⑪没：通"殁"，死去。

⑫余情：生气。指勇敢精神世代流传，永远不死。

鲍　照

　　鲍照（约414~466），字明远，东海（郡治在今山东郯城北）人，久居建康（今江苏南京）。南朝宋文学家，与颜延之、谢灵运合称"元嘉三大家"。家世贫寒，临海王刘子顼镇荆州时，任前军参军。刘子顼作乱，照为乱兵所杀。他长于乐府诗，其七言诗对唐代诗歌的发展起了很重要的作用。有《鲍参军集》。这首诗写到燕昭王所筑黄金台，感而慨之，成为一代绝唱。

放　歌　行

蓼虫避葵堇，习苦不言非①。

小人自龌龊，安知旷士怀②？

鸡鸣洛城里，禁门平旦开③。

冠盖纵横至④，车骑四方来。

素带曳长飙，华缨结远埃⑤。

日中安能止⑥，钟鸣犹未归⑦。

夷世不可逢，贤君信爱才⑧。

明虑自天断，不受外嫌猜⑨。

一言分珪爵，片善辞草莱⑩。

岂伊白璧赐，将起黄金台⑪。

今君有何疾，临路独迟回⑫？

【注释】

　　①蓼虫：蓼草上生长的小虫。蓼，指泽蓼，一种草本植物，叶味辛辣。葵堇：野菜，味甜。见《楚辞·七谏》："蓼虫不徙乎葵藿。"这两

句是说蓼虫习惯于蓼叶的辣味，而不去吃甜美的堇葵。

②龌龊：拘局的样子，指局限于狭隘的境界。旷士：旷达之士，不拘于世俗之见的人。这两句是说小人见识不高，哪能了解旷士的思想感情。

③洛城：洛阳城，这里是泛指京城。禁门：皇宫的门。天子居住的地方叫禁中，门设禁卫，警戒森严，所以叫禁门。平旦：天刚亮的时候。

④冠盖：冠冕与车盖。指戴高冠乘篷车的达官贵人。纵横至：纷纷而来。纵横，是纷纭杂乱的样子。

⑤索带：古时大夫所用的衣带。曳：引、拉动。长飙：暴风。华缨：华美的冠缨，一种用彩线做成的帽带。这二句是写官僚们驱车奔驰、风尘仆仆的景况，意思是说索带为大风所飘动，华缨上面积满了尘土。

⑥日中：中午。

⑦钟鸣：钟鸣漏尽，指深夜戒严之后。

⑧夷世：太平之世。信：诚然，确实。

⑨天：指君王。这二句是说英明的考虑总是出于君王自己的决断，并不因别人的影响而产生猜疑。

⑩珪（guī）：一种上圆下方的玉板，古代封官时赐珪作为符信。爵：爵位，官阶。草莱：田野。这二句是说只要有一言可取就赐给官爵，只要有一点好处就让他辞别田野到朝廷来做官。

⑪岂伊：哪里。伊，是语助词。白璧赐：赏赐白璧。《史记·平原君虞卿列传》记载：赵孝成王一见虞卿即赏赐黄金百镒、白璧一双。这句话就是用的这一典故。黄金台：燕昭王筑黄金台，上置千金，以招天下贤士。这二句是说君王礼贤下士，岂但赏赐白璧，还要为贤士起造黄金台呢！

⑫君：指旷士。迟回：迟疑不前。这二句是小人问旷士的话。

郦道元

郦道元（约470～527），字善长，范阳涿县（今河北涿州）人。北魏地理学家、散文家。好学博览，幼时曾随父亲到山东访求水道，后又游历秦岭、淮河以北和长城以南广大地区，考察河道沟渠，搜集有关的风土民情、历史故事、神话传说，撰《水经注》四十卷。《水经注》文笔隽永，描写生动，既是一部内容丰富多彩的地理著作，也是一部优美的山水散文汇集。郦道元可称为我国游记文学的开创者，对后世游记散文的发展影响颇大。

三　峡

自①三峡七百里中，两岸连山，略无阙处②；重岩叠嶂③，隐天蔽日，自非④亭午夜分⑤，不见曦⑥月。

至于夏水襄陵⑦，沿溯⑧阻绝。或王命急宣⑨，有时朝发白帝⑩，暮到江陵⑪，其间千二百里，虽乘奔御风⑫，不以疾也⑬。

春冬之时，则素湍绿潭⑭，回清倒影⑮。绝巘⑯多生怪柏，悬泉⑰瀑布，飞漱其间，清荣峻茂⑱，良⑲多趣味。

每至晴初霜旦⑳，林寒涧肃，常有高猿长啸，属引凄异㉑，空谷传响，哀转久绝㉒。故渔者歌曰："巴东三峡巫峡长，猿鸣三声泪沾裳！"

【注释】

①自：在，从。

②略无：完全没有。阙：通"缺"，中断。

③嶂：高峻险拔如屏障一样的山峰。

④自非：如果不是。自：如果。非：不是。

⑤亭午：正午。夜分：半夜。

⑥曦（xī）：日光，这里指太阳。

⑦襄：上。陵：丘陵，小山包。

⑧沿：顺流而下（的船）。溯：逆流而上（的船）。

⑨或：有时。王命：皇帝的圣旨。宣：宣布，传达。

⑩朝发白帝：早上从白帝城出发。白帝：城名，在重庆奉节东。

⑪江陵：今湖北省荆州市荆州区。

⑫虽：即使。奔：奔驰的马。御：驾着。

⑬不以：不如。此句谓和行船比起来，即使是乘奔御风也不被认为是(比船)快，或为"以"当是"似"之误。（见清赵一清《水经注刊误》）疾：快。

⑭素湍：白色的急流。素：白色的。绿潭：碧绿的潭水。

⑮回清倒影：回旋的清波，倒映出山石林木的倒影。

⑯绝𪩘（yǎn）：极高的山峰。绝：极高。𪩘：山峰。

⑰悬泉：悬挂着的泉水瀑布。飞漱：急流冲荡。漱：冲刷。

⑱清荣峻茂：水清，树荣，山高，草盛。

⑲良：实在，的确。

⑳晴初：天刚晴。霜旦：下霜的早晨。

㉑属引：连续不断。属（zhǔ）：动词，连接。引：延长。凄异：凄凉怪异。

㉒哀转久绝：悲哀婉转，很久才消失。绝：消失。

庾 信

庾信（513~581），字子山，南阳新野（今属河南）人。南北朝文学家。自幼随父亲庾肩吾出入于萧纲的宫廷，后来又与徐陵一起任萧纲的东宫学士，成为宫体文学的代表作家；他们的文学风格，也被称为"徐庾体"。侯景叛乱时，庾信逃往江陵，辅佐梁元帝。后奉命出使西魏，在此期间，梁为西魏所灭。北朝君臣一向倾慕南方文学，庾信又久负盛名，因而他既是被强迫，又是很受器重地留在了北方（今河北省）。北周代魏后，更迁官至为骠骑大将军、开府仪同三司，世称庾开府。著有《庾子山集》。庾信的这首《燕歌行》，将乐府诗体发展到28句，使七言古诗在体制上发展为直于叙述的长篇，成为一任诗笔纵横开合的天地，在内容和格调上也远远超过同代诗人。此诗不仅富有气概，而且传出神情；不仅挥洒自如，而又十分蕴藉，于情致委折中见出神情。

燕 歌 行

代北云气昼昏昏，千里飞蓬无复根。
寒雁嗈嗈渡辽水①，桑叶纷纷落蓟门。
晋阳山头无箭竹，疏勒城中乏水源②。
属国征戍久离居，阳关音信绝能疏。
愿得鲁连飞一箭③，持寄思归燕将书。
渡辽本自有将军，寒风萧萧生水纹。
妾惊甘泉足烽火，君讶渔阳少阵云。
自从将军出细柳，荡子空床难独守。
盘龙明镜饷秦嘉，辟恶生香寄韩寿。
春分燕来能几日，二月蚕眠不复久。

洛阳游丝百丈连，黄河春冰千片穿④。

桃花颜色好如马，榆荚新开巧似钱。

蒲桃一杯千日醉⑤，无事九转学神仙。

定取金丹作几服，能令华表得千年。

【注释】

①噰（yōng）噰：形容鸟叫声。

②"晋阳""疏勒"二句用典：战国时赵襄子为保卫晋阳，曾利用围植在晋阳宫垣四周的荻蒿苦楚，以备足箭矢。东汉大将耿恭曾被匈奴围于疏勒城中，被壅绝水源，乃于城中穿井得水。而目前前线的景况正和他们相反，处于"无箭竹""乏水源"的极端困境。

③鲁连飞一箭：相传战国时，燕占齐国聊城，齐将田单攻聊城岁余不下，鲁仲连乃修书系箭上射入城中，燕将自杀，城拔。庾信用这个故事，写出思妇一片痴情幻想。

④"洛阳"二句：三月的洛阳，百丈游丝映空耀眼，黄河千层坚冰破碎消融。

⑤蒲桃：即今"葡萄"。

卢思道

卢思道（535~586），字子行，范阳（今河北涿州）人。以才学重于当时，仕于北齐。北齐末待诏文林馆。北周灭齐后入长安，隋初官至散骑侍郎。一生的主要文学活动在北朝。

从 军 行

朔方烽火照甘泉①，长安飞将出祁连。
犀渠玉剑良家子②，白马金羁侠少年。
平明偃月屯右地，薄暮鱼丽逐左贤③。
谷中石虎经衔箭④，山上金人曾祭天。
天涯一去无穷已，蓟门迢递三千里。
朝见马岭黄沙合，夕望龙城阵云起⑤。
庭中奇树已堪攀，塞外征人殊未还。
白雪初下天山外，浮云直向五原间⑥。
关山万里不可越，谁能坐对芳菲月。
流水本自断人肠，坚冰旧来伤马骨。
边庭节物与华异，冬霰秋霜春不歇。
长风萧萧渡水来，归雁连连映天没。
从军行，军行万里出龙庭⑦，
单于渭桥今已拜，将军何处觅功名⑧。

【注释】

①朔方：北方，又指汉郡名。

②犀渠：犀牛皮制作的盾。良家子：普通百姓子弟。

③偃月、鱼丽：皆古代作战阵型名称。

④《史记·李将军列传》中记道："广出猎，见草中石，以为虎而射之，中石没镞，视之石也。因复更射之，终不能复入石矣。"

⑤蓟门、马岭、龙城均为北方的地名，在这里都是虚指。

⑥五原：地名，在今内蒙古包头西北。

⑦龙庭：匈奴祭祀的地方。"出龙庭"在诗中指出征之远。

⑧单于渭桥今已拜，将军何处觅功名：意思是说匈奴已投降了，将军再到哪里去建功立业呢?言外之意是：边塞的将士该回来了吧。

魏 徵

魏徵（580~643），字玄成，钜鹿郡（今属河北）人。唐初政治家、文学家和史学家。因直言进谏，辅佐唐太宗共同创建"贞观之治"的大业，被后人称为"一代名相"。官至光禄大夫，封郑国公，谥号"文贞"。著有《隋书》序论，《梁书》《陈书》《齐书》的总论等。其言论多见于《贞观政要》，其中最著名并流传下来的是《谏太宗十思疏》。

出 关①

中原初逐鹿②，投笔事戎轩③。

纵横计不就④，慷慨志犹存。

杖策谒天子⑤，驱马出关门⑥。

请缨系南越，凭轼下东藩⑦。

郁纡陟高岫⑧，出没望平原。

古木鸣寒鸟，空山啼夜猿。

既伤千里目，还惊九逝魂。

岂不惮艰险？深怀国士恩。

季布无二诺，侯嬴重一言⑨。

人生感意气，功名谁复论。

【注释】

①本诗又名《述怀》。

②中原：原指黄河南北一带，这里代指中国。逐鹿：比喻争夺政权。

③事戎轩：即从军。戎轩指兵车，亦以借指军队、军事。

④纵横计：进献谋取天下的谋略。不就：不被采纳。

⑤杖：拿。策：谋略。谒：面见。

⑥关：潼关。

⑦凭轼：乘车。轼：古代车厢前面用作扶手的横木。下：使敌人降服。东藩：东边的属国。

⑧郁纡：山路盘曲迂回，崎岖难行。陟：登。岫：山。

⑨季布：楚汉时人，以重然诺而著名当世，楚国人中广泛流传着"得黄金百斤，不如得季布一诺"。侯嬴：年老时始为大梁监门小吏。信陵君慕名往访，亲自执辔御车，迎为上客。魏王命将军晋鄙领兵十万救赵，中途停兵不进。侯嬴献计窃得兵符，夺权代将，救赵却秦。

骆宾王

骆宾王（约638~？），字观光，婺州义乌（今属浙江）人。唐代诗人，与王勃、杨炯、卢照邻合称"初唐四杰"。他辞采华赡，格律谨严。长篇如《帝京篇》，五七言参差转换，讽时与自伤兼而有之。短诗《于易水送人》，仅二十字，悲凉慷慨，余情不绝。

于易水送人①

此地别燕丹②，壮士发冲冠③。
昔时人已没④，今日水犹寒⑤。

【注释】

①易水：也称易河，河流名，位于河北省西部的易县境内，分南易水、中易水、北易水，为战国时燕国的南界。燕太子丹送别荆轲的地点。

②此地：原意为这里，这个地方。这里指易水岸边。别燕丹：指的是荆轲作别燕太子丹。

③壮士：意气豪壮而勇敢的人，勇士。这里指荆轲，战国卫人，刺客。发冲冠：形容人极端愤怒，因而头发直立，把帽子都冲起来了。

④昔时：往日；从前。人：一种说法为单指荆轲，另一种说法为当时在场的人。没（mò）：死，即"殁"字。

⑤水：指易水之水。犹：仍然。

苏味道

苏味道（648～705），赵州栾城（今属河北）人。唐代政治家、文学家。自小聪颖，以文才出名，20岁举进士，在武则天当政时官至同凤阁鸾台平章事，跻身相位。对唐代律诗发展有推动作用。《正月十五夜》（一作《上元》）咏洛阳元宵夜花灯盛况，为传世之作。

正月十五夜

火树银花①合，星桥铁锁开②。

暗尘随马去，明月逐人来。

游伎皆秾李，行歌尽落梅。

金吾不禁夜③，玉漏莫相催④。

【注释】

①火树银花：比喻灿烂绚丽的灯光和焰火。特指上元节的灯景。

②铁锁开：唐朝都城有宵禁，此夜取消宵禁，铁锁开启，任人通行。

③金吾：掌管京城戒备、禁人夜行的官名，汉代置。

④玉漏：古代用玉做的计时器皿，即滴漏。

卢照邻

卢照邻（约636~约680），字升之，自号幽忧子，幽州范阳（今河北定兴）人，初唐诗人。卢照邻出身望族，曾为王府典签，又出任益州新都（今四川成都附近）尉。在文学上，他与王勃、杨炯、骆宾王以文词齐名，世称"王杨卢骆"，号为"初唐四杰"。有7卷本的《卢升之集》、明张燮辑注的《幽忧子集》存世。卢照邻尤工诗歌骈文，以歌行体为佳，不少佳句传颂不绝，如"得成比目何辞死，愿作鸳鸯不羡仙"等，更被后人誉为经典。

长 安 古 意①

长安大道连狭斜②，青牛白马七香车③。
玉辇纵横过主第④，金鞭络绎向侯家⑤。
龙衔宝盖承朝日⑥，凤吐流苏带晚霞⑦。
百尺游丝争绕树⑧，一群娇鸟共啼花。
游蜂戏蝶千门侧⑨，碧树银台万种色。
复道交窗作合欢⑩，双阙连甍垂凤翼⑪。
梁家画阁中天起⑫，汉帝金茎云外直⑬。
楼前相望不相知，陌上相逢讵相识⑭？
借问吹箫向紫烟⑮，曾经学舞度芳年。
得成比目何辞死⑯，愿作鸳鸯不羡仙。
比目鸳鸯真可羡，双去双来君不见？
生憎帐额绣孤鸾⑰，好取门帘帖双燕⑱。
双燕双飞绕画梁，罗帏翠被郁金香⑲。
片片行云着蝉鬓⑳，纤纤初月上鸦黄㉑。

鸦黄粉白车中出，含娇含态情非一。

妖童宝马铁连钱㉒，娼妇盘龙金屈膝㉓。

御史府中乌夜啼，廷尉门前雀欲栖㉔。

隐隐朱城临玉道㉕，遥遥翠幰没金堤㉖。

挟弹飞鹰杜陵北㉗，探丸借客渭桥西㉘。

俱邀侠客芙蓉剑㉙，共宿娼家桃李蹊㉚。

娼家日暮紫罗裙，清歌一啭口氛氲㉛。

北堂夜夜人如月㉜，南陌朝朝骑似云㉝。

南陌北堂连北里㉞，五剧三条控三市㉟。

弱柳青槐拂地垂，佳气红尘暗天起㊱。

汉代金吾千骑来，翡翠屠苏鹦鹉杯㊲。

罗襦宝带为君解㊳，燕歌赵舞为君开㊴。

别有豪华称将相，转日回天不相让㊵。

意气由来排灌夫㊶，专权判不容萧相㊷。

专权意气本豪雄，青虬紫燕坐春风㊸。

自言歌舞长千载，自谓骄奢凌五公㊹。

节物风光不相待㊺，桑田碧海须臾改㊻。

昔时金阶白玉堂㊼，即今惟见青松在。

寂寂寥寥扬子居㊽，年年岁岁一床书㊾。

独有南山桂花发，飞来飞去袭人裾㊿。

【注释】

①古意："古意"是六朝以来诗歌中常见的标题，表示这是拟古之作。

②狭斜：指小巷。

③七香车：用多种香木制成的华美小车。

④玉辇：本指皇帝所乘的车，这里泛指一般豪门贵族的车。主第：公主府第。第，房屋。帝王赐给臣下房屋有甲乙次第，故房屋称"第"。

⑤络绎：往来不绝，前后相接。侯家：封建王侯之家。

⑥龙衔宝盖：车上张着华美的伞状车盖，支柱上端雕作龙形，如衔车盖于口。宝盖，即华盖。古时车上张有圆形伞盖，用以遮阳避雨。

⑦凤吐流苏：车盖上的立凤嘴端挂着流苏。流苏，以五彩羽毛或丝线制成的穗子。

⑧游丝：春天虫类所吐的飘扬于空中的丝。

⑨千门：指宫门。

⑩复道：又称阁道，宫苑中用木材架设在空中的通道。交窗：有花格图案的木窗。合欢：马缨花，又称夜合花。这里指复道、交窗上的合欢花形图案。

⑪阙：宫门前的望楼。甍：屋脊。垂凤翼：双阙上饰有金凤，作垂翅状。

⑫梁家：指东汉外戚梁冀家。梁冀为汉顺帝梁皇后兄，以豪奢著名，曾在洛阳大兴土木，建造第宅。

⑬金茎：铜柱。汉武帝刘彻于建章宫内立铜柱，高二十丈，上置铜盘，名仙人掌，以承露水。

⑭"楼前"两句：写士女如云，难以辨识。讵：表反问，同"岂"。

⑮吹箫：用春秋时萧史吹箫故事。事载《列仙传》：萧史善吹箫，秦穆公以女弄玉妻之，后夫妻乘凤飞天而去。向紫烟：指飞入天空。紫烟，指云气。

⑯比目：鱼名。《尔雅·释地》："东方有比目鱼焉，不比不行，其名谓之鲽。"故古人用比目鱼比喻男女相伴相爱。

⑰生憎：最恨。帐额：帐子前的横幅。孤鸾：象征独居。鸾，传说中凤凰一类的神鸟。

⑱好取：愿将。双燕：象征自由幸福的爱情。

⑲翠被：翡翠颜色的被子，或指以翡翠鸟羽毛为饰的被子。郁金香：这里指一种名贵的香料，传说产自大秦国（中国古代对罗马帝国的称呼）。这里是指罗帐和被子都用郁金香熏过。

⑳行云：形容发型蓬松美丽。蝉翼：古代妇女的一种发式，类似蝉翼的式样。

㉑初月上鸦黄：额上用黄色涂成弯弯的月牙形，是当时女性面部化妆的一种样式。鸦黄，嫩黄色。

㉒妖童：泛指浮华轻薄子弟。铁连钱：指马的毛色青而斑驳，有连环的钱状花纹。

㉓娼妇：这里指上文所说的"鸦黄粉白"的豪贵之家的歌儿舞女。盘龙：钗名。崔豹《古今注》："蟠龙钗，梁冀妻所制。"此指金屈膝上的雕纹。屈膝：铰链。用于屏风、窗、门、橱柜等物，这里是指车门上的铰链。

㉔"御史"两句：写权贵骄纵恣肆，御史、廷尉都无权约束他们。御史：官名，司弹劾。乌夜啼：与下句"雀欲栖"均暗示执法官门庭冷落。廷尉：官名，掌刑法。

㉕朱城：宫城。玉道：指修筑得讲究漂亮的道路。

㉖翠幰：妇女车上镶有翡翠的帷幕。金堤：坚固的河堤。

㉗挟弹飞鹰：指打猎的场面。杜陵：在长安东南，汉宣帝陵墓所在地。

㉘探丸借客：指行侠杀吏，助人报仇等蔑视法律的行为。《汉书·尹赏传》："长安闾里少年，群辈杀吏、受赂报仇，相与探丸为弹，得赤丸者斫武吏，黑丸者斫文吏，白者主治丧。"又《汉书·朱云传》有"借客报仇"之语。借客，指助人。渭桥：在长安西北，秦始皇时所建，横跨渭水，故名。

㉙芙蓉剑：古剑名，春秋时越国所铸。这里泛指宝剑。

㉚娼家：妓女。桃李蹊：指娼家的住处。语出《史记·李将军列传》："桃李不言，下自成蹊。"此借用，一则桃李可喻美色，二则暗示这里是吸引游客纷至沓来的地方。蹊，小径。

㉛啭：婉转歌唱。氛氲：香气浓郁。

㉜北堂：指娼家。人如月：形容妓女的美貌。

㉝南陌：指妓院门外。骑似云：形容骑马的来客云集。

㉞北里：即唐代长安平康里，是妓女聚居之处，因在城北，故称北里。

㉟"五剧"一句：长安街道纵横交错，四通八达，与市场相连接。五剧，交错的路。三条，通达的道路。控，引，连接。三市，许多市场。"五剧""三条""三市"都是用前人成语，其中数字均非实指。

㊱佳气红尘：指车马杂沓的热闹景象。

㊲"翡翠"一句：写禁军军官在娼家饮酒。翡翠本为碧绿透明的美玉，这里形容美酒的颜色。屠苏：美酒名。鹦鹉杯：即海螺盏，用南洋出产的一种状如鹦鹉的海螺加工制成的酒杯。

㊳罗襦：丝绸短衣。

㊴燕赵歌舞：战国时燕、赵二国以"多佳人"著称，歌舞最盛。此借指美妙的歌舞。

㊵转日回天：极言权势之大，可以左右皇帝的意志。"天"喻皇帝。

㊶灌夫：字仲孺，汉武帝时期的一位将军，勇猛任侠，好使酒骂座，交结魏其侯窦婴，与丞相武安侯田蚡不和，终被田蚡陷害，诛族。

㊷萧相：指萧望之，字长倩，汉宣帝朝为御史大夫、太子太傅。汉元帝即位，辅政，官至前将军，他曾自谓"备位将相"。后被排挤，饮鸩自尽。一说指汉高祖时的萧何。

㊸青虬、紫燕：均指好马。坐春风：在春风中骑马飞驰，极其得意。

㊹凌：超过。五公：张汤、杜周、萧望之、冯奉世、史丹。皆汉代著名权贵。

㊺节物风光：指节令、时序。

㊻桑田碧海：即沧海桑田。喻指世事变化很大。

㊼金阶白玉堂：形容豪华宅第。

㊽扬子：汉代扬雄，字子云，在长安时仕宦不得意，曾闭门著《太玄》《法言》。

㊾一床书：指以诗书自娱的隐居生活。

㊿裾：衣襟。

陈子昂

陈子昂（659~700），字伯玉，梓州射洪（今属四川）人。唐代文学家。少任侠。文明元年进士，以上书论政，为武则天所赞赏，拜麟台正字，转右拾遗，后世因称陈拾遗。敢于陈述时弊。曾随武攸宜征契丹。后解职回乡，为县令段简所诬，入狱，忧愤而死。诗歌标举汉魏风骨，强调兴寄，反对柔靡之风，是唐代诗歌革新的先驱。有《陈伯玉集》传世。

登幽州台歌①

前不见古人②，后不见来者③。
念天地之悠悠④，独怆然而涕下⑤。

【注释】

①幽州：古十二州之一。幽州台：即黄金台，又称蓟北楼，是燕昭王为招纳天下贤士而建。

②前：过去。古人：古代那些能够礼贤下士的圣君。这句是说，像燕昭王那样任用贤才的人古代曾经有过，但现在不曾见到。

③后：未来。来者：后世那些重视人才的贤明君主。

④念：想到。悠悠：形容时间的久远和空间的广大。

⑤怆（chuàng）然：悲伤凄恻的样子。

燕　昭　王①

南登碣石馆②，遥望黄金台。
丘陵尽乔木③，昭王安在哉④？

霸图今已矣⑤，驱马复归来。

【注释】

①燕昭王：战国时期燕国的贤明君主，善于纳士，使原来国势衰败的燕国逐渐强大起来，并且打败了当时的强国——齐国。

②碣石馆：即碣石宫。燕昭王时，梁人邹衍入燕，昭王筑碣石亲师事之。碣石，指墓碑。碣，齐胸高的石块。

③尽：全。

④安在哉：宾语前置句，"在安哉"的倒装，在哪里之意。

⑤霸图：宏图霸业。

王昌龄

　　王昌龄（？～约756），字少伯，京兆长安人（今陕西西安）人。盛唐著名边塞诗人。开元进士。初任秘书省校书郎，又中博学宏辞，授汜水尉，因事贬岭南。开元末返长安，改授江宁丞。被谤谪龙标尉。安史乱起，为刺史闾丘晓所杀。其诗以七绝见长，尤以登第之前赴西北边塞所作边塞诗最著，气势雄浑，格调高昂，有"七绝圣手"之誉，与高适、王之涣齐名，时谓王江宁。后人辑有《王昌龄集》。下面这首诗中的"拂衣去燕赵，驱马怅不乐。天长沧洲路，日暮邯郸郭"，写尽了燕赵大地的苍凉与宏阔，读后让人颇多感慨。

淇上酬薛据兼寄郭微

自从别京华①，我心乃萧索。
十年守章句，万里空寥落。
北上登蓟门，茫茫见沙漠。
倚剑对风尘②，慨然思卫霍③。
拂衣去燕赵，驱马怅不乐。
天长沧洲路，日暮邯郸郭④。
酒肆或淹留，渔泽屡栖泊⑤。
独行备艰难，孰云干鼎镬⑥。
皇情念淳古，时俗何浮薄。
理道须任贤，安人在求瘼⑦。
故交负奇才，逸气抱謇谔⑧。
隐轸经济具⑨，纵横建安作⑩。
才望忽先鸣，风期无宿诺⑪。

飘飖劳州县^⑫，迢递限言谑^⑬。

东驰眇贝丘^⑭，西顾弥虢略^⑮。

淇水徒自流，浮云不堪托^⑯。

吾谋适可用，天路岂辽廓^⑰。

不然买山田，一身与耕凿^⑱。

且欲同鹪鹩^⑲，焉能志鸿鹄^⑳。

【注释】

①京华：指京城长安。

②风尘：比喻纷乱的社会或漂泊江湖的境况。

③卫霍：汉将卫青、霍去病，出征匈奴皆有大功。

④"天长"二句：意为走南闯北，饱览人情世故。

⑤渔泽：可供垂钓的水泽。

⑥"孰云"句：哪怕遭鼎镬之刑。干鼎镬，犯刑法。鼎镬，古代烹刑器具。

⑦"理道"二句：理政之道要选贤任能，使人民安居乐业在于了解民间疾苦。理道，理政之道。求瘼，谓访求民间疾苦。

⑧"故交"二句：老朋友们依恃着自己卓越优异的才能和超凡脱俗的气概，敢于仗义执言。负，依恃。逸气，超脱世俗的气概、气度。抱，持。謇谔（jiǎn è），亦作"謇鄂"，正直敢言。

⑨隐轸（yǐn zhěn）：即殷赈（yǐn zhèn），众盛，富饶，富有。经济具：指财力、物力具备。

⑩"纵横"句：如果横行霸道，那么类似建安年间的祸事就会发生。纵横，肆意横行，无所顾忌。

⑪"才望"二句：才能声望（使得）忽然捷足先登，风度品格（决定）不会违背诺言。才望，才能声望。先鸣，比于鸡斗，胜者先鸣。先鸣即捷足先登之意。风期，风度品格。宿诺，远未实现的诺言。

⑫"飘飖"句：飘泊跋涉，吃苦受累于州县间。飘飖：流落，飘泊。

⑬"迢递"句：路途遥远，绝少戏谑。迢递，遥远貌。言谑：谈笑戏

谑，开玩笑。

⑭贝丘：古齐国地，在今山东博兴县南。

⑮虢（guó）略：周代豫西镇名，在今河南灵宝市。

⑯浮云：喻居无定所的生活处境。

⑰天路：指仕途，喻及第、出仕等的艰难。

⑱耕凿：耕田凿井。泛指耕种、务农。语出古诗《击壤歌》："日出而作，日入而息，凿井而饮，耕田而食，帝力于我何有哉？"后常用以形容人民辛勤劳动、生活安定。

⑲鷦鷯：此鸟形微处卑，比喻弱小者或易于自足者。

⑳鸿鹄：比喻志向远大。

出　　塞

其　　一

秦时明月汉时关，万里长征人未还。
但使龙城飞将①在，不教胡马度阴山②。

其　　二

骝马新跨白玉鞍③，战罢沙场月色寒④。
城头铁鼓声犹震⑤，匣里金刀血未干。

【注释】

①但使：只要。龙城飞将：《汉书·卫青霍去病传》载，元光六年（前129），卫青为车骑将军，出上谷，至笼城，斩首虏数百。笼城，颜师古注曰："笼"与"龙"同。龙城飞将指的是卫青奇袭龙城的事情。其中，有人认为"龙城飞将"中"飞将"指的是汉飞将军李广，龙城是唐代的卢龙城（卢龙城就是汉代的李广练兵之地，在今河北省喜峰口附近一带，为汉代右北平郡所在地），纵观李广一生主要的时间都在抗击匈奴，

防止匈奴掠边，其中每次匈奴重点进攻的汉地，天子几乎都是派遣李广为太守，所以这种说法也不无道理。

②不教：不让。教，让。胡马：指侵扰内地的外族骑兵。度：越过。阴山：在今内蒙古自治区中部及河北省北部，在历史上是中国北方的屏障。

③骝马：黑鬣黑尾巴的红马，骏马的一种。新：刚刚。

④沙场：指战场。

⑤震：响。

李 白

　　李白（701~762），字太白，号青莲居士。唐代诗人，被后人誉为"诗仙"；与杜甫并称为"李杜"，为了与另两位诗人李商隐与杜牧即"小李杜"区别，杜甫与李白又合称"大李杜"。有《李太白集》传世，代表作有《望庐山瀑布》《行路难》《蜀道难》《将进酒》《梁甫吟》《早发白帝城》等。

燕昭延郭隗

　　燕昭延郭隗①，遂筑黄金台②。
　　剧辛方赵至③，邹衍复齐来④。
　　奈何青云士⑤，弃我如尘埃。
　　珠玉买歌笑⑥，糟糠养贤才。
　　方知黄鹄举⑦，千里独徘徊。

【注释】

　　①延：聘请。郭隗：战国时燕国人。据《史记·燕昭公世家》记载：战国时，燕昭王欲报齐国侵占国土之耻，屈身厚币招纳天下贤士。郭隗说："要想招致四方贤士，不如先从我开始，这样贤于我的人就会不远千里前来归附。"于是昭王修筑宫室给郭隗居住，像对待老师一样尊重他。后来乐毅、邹衍、剧辛等都相继来到燕国。当邹衍到燕国时，昭王亲自拿着扫帚，屈着身子在前扫除路上灰尘，恭敬相迎。乐毅为燕国上将军，为燕国攻下齐国七十余城。

　　②黄金台：据《上谷郡图经》载，黄金台在易水东南十八里，燕昭王置千金于台上，以延天下之士。台故址在今河北易县东南。

③剧辛：战国时燕将，原为赵国人，燕昭王招徕天下贤士时，由赵入燕。

④邹衍：亦作驺衍，战国时著名的哲学家，齐国人。

⑤奈何：怎么，为何。青云士：指身居高位的人，即当权者。《史记·伯夷列传》："闾巷之人，欲砥行立名者，非附青云之士，恶能施于后世哉？"后因以"青云士"喻指位高名显的人。

⑥买歌笑：指寻欢作乐。

⑦举：高飞。黄鹄举：相传春秋时鲁国人田饶因鲁哀公昏庸不明，自比为"一举千里"的黄鹄（古书中"鹄""鹤"常常通用），用"黄鹄举矣"，表示要离开鲁国。

侠　客　行①

赵客缦胡缨②，吴钩霜雪明③。
银鞍照白马，飒沓如流星④。
十步杀一人，千里不留行⑤。
事了拂衣去，深藏身与名。
闲过信陵饮⑥，脱剑膝前横。
将炙啖朱亥，持觞劝侯嬴⑦。
三杯吐然诺，五岳倒为轻⑧。
眼花耳热后，意气素霓生⑨。
救赵挥金锤，邯郸先震惊⑩。
千秋二壮士，烜赫大梁城。
纵死侠骨香，不惭世上英。
谁能书阁下，白首太玄经⑪。

【注释】

①行：这里不是行走的"行"，而是歌行体的"行"，侠客行，等于说"侠客的歌"。

②赵客：燕赵之地的侠客。自古燕赵多慷慨悲歌之士。《庄子·说剑》："昔赵文王好剑，剑士夹门而客三千余人。"缦：没有花纹。胡：古时将北方少数民族通称为胡。缨：系冠帽的带子。缦胡缨，少数民族做工粗糙的没有花纹的带子。这句写侠客的冠带。

③吴钩：宝刀名。霜雪明：谓宝刀的锋刃像霜雪一样明亮。

④飒沓：群飞的样子，形容马跑得快。

⑤"十步"二句：出自《庄子·说剑》："臣之剑十步一人，千里不留行。"这里是说侠客剑术高强，而且勇敢。

⑥信陵：信陵君，战国四公子之一，为人礼贤下士，门下食客三千余人。

⑦朱亥、侯嬴：都是信陵君的门客。朱本是一屠夫，侯原是魏国都城大梁东门的门官，两人都受到信陵君的礼遇，都为信陵君所用。炙，烤肉。啖，吃。啖朱亥，让朱亥来吃。

⑧"三杯"二句：说几杯酒下肚（古诗文中，三、九常是虚指）就作出了承诺，并且把承诺看得比五岳还重。

⑨素霓：白虹。古人认为，凡要出现不寻常的大事，就会有不寻常的天象出现，如"白虹贯日"。这句意思是，侠客重然诺、轻死生的精神感动了上天。也可以理解为，侠客这一承诺，天下就要发生大事了。

⑩"救赵"二句：说的是朱亥锤击晋鄙的故事。信陵君是魏国大臣，魏、赵结成联盟共同对付秦国，这就是合纵以抗秦。信陵君是积极主张合纵的。邯郸，赵国国都。秦军围邯郸，赵向魏求救。魏王派晋鄙率军救赵，后因秦王恐吓，又令晋鄙按兵不动。这样，魏赵联盟势必瓦解。信陵君准备亲率家丁与秦军一拼，去向侯嬴辞行（实际是试探侯嬴），侯不语。信陵君行至半路又回来见侯嬴。侯笑着说："我知道你会回来的。"于是为信陵君设计，串通魏王宠姬，盗得虎符，去到晋鄙军中，假托魏王令代晋鄙领军。晋鄙生疑，朱亥掏出40斤重的铁椎，击毙晋鄙。信陵君遂率魏军进击秦军，解了邯郸的围。

⑪太玄经：扬雄曾在皇帝藏书的天禄阁任校刊工作，《太玄经》是扬雄写的一部哲学著作。

高 适

高适（约700~765），字达夫，渤海蓨（今河北景县）人。唐代边塞诗人。少孤贫，爱交游，有游侠之风，并以建功立业自期。开元二十年（732）去蓟北，体验了边塞生活。50岁应举中第，授封丘尉，因不忍"鞭挞黎庶"和不甘"拜迎官长"而辞官。安史之乱后，历任淮南、西川节度使等职，终散骑常侍，世称"高常侍"。有《高常侍集》等传世。其诗笔力雄健，气势奔放，洋溢着盛唐时期所特有的奋发进取、蓬勃向上的时代精神。后人把高适、岑参、王昌龄、王之涣合称"边塞四诗人"。

燕歌行并序①

开元二十六年，客有从御史大夫张公出塞②而还者，作《燕歌行》以示适，感征戍之事，因而和焉③。

汉家烟尘在东北，汉将辞家破残贼④。
男儿本自重横行⑤，天子非常赐颜色⑥。
摐金伐鼓下榆关⑦，旌旆逶迤碣石间⑧。
校尉羽书飞瀚海⑨，单于猎火照狼山⑩。
山川萧条极边土，胡骑凭陵杂风雨⑪。
战士军前半死生，美人帐下犹歌舞。
大漠穷秋塞草腓⑫，孤城落日斗兵稀⑬。
身当恩遇恒轻敌⑭，力尽关山未解围。
铁衣远戍辛勤久，玉箸应啼别离后⑮。
少妇城南欲断肠⑯，征人蓟北空回首⑰。
边庭飘飖那可度⑱，绝域苍茫更何有？

杀气三时作阵云^⑲，寒声一夜传刁斗^⑳。

相看白刃雪纷纷，死节从来岂顾勋^㉑？

君不见沙场征战苦，至今犹忆李将军^㉒。

【注释】

①燕歌行：乐府《相和歌·平调》曲名。

②张公出塞：张公指河北节度副大使兼御史大夫张守珪，开元二十年（732）到二十六年（738）屡次在塞外与契丹作战，曾取得较大胜利，张守珪拜辅国大将军兼御史大夫。其后部将败于契丹余部。张守珪不但不据实上报，为了掩盖败绩，反贿赂派去调查真相的牛仙童。高适得悉实情，以此为背景，写了这首诗。

③和：唱和，和诗。这是在有客作了一首《燕歌行》之后，高适"感征戍之事"而写的和诗。

④汉家：借指唐朝。汉将：借指唐将。这是唐诗中常见的现象。烟尘：指战争。

⑤横行：在这里指英勇作战。

⑥非常：特别。赐颜色：受到皇帝的恩宠、夸奖的意思。

⑦摐（chuāng）金：敲击军乐。金指用金属制成的响器。榆关：山海关。

⑧旌旆：战旗。旌的旗杆头上带有羽毛，旆是一种大旗。碣石：山名，就是今河北昌黎县北的碣石山。

⑨校尉：武官名，位次于将军。羽书：即羽檄，插有羽毛的紧急军事文书。瀚海，沙漠。

⑩单于：古代匈奴称其王为单于，这里借指契丹王。猎火：古时匈奴族打猎时燃起大火，也往往借校猎作为南下入侵的准备。狼山：狼居胥山，在今内蒙古自治区克什克腾旗，此处泛指交战的地方，不是实指。

⑪凭陵：欺凌，优势欺人，这里指"逼压"。风雨：指胡骑来势凶猛。

⑫腓（féi）：草枯黄。

⑬孤城：被敌兵转攻的边城。

⑭恩遇：指上面所说的"非常赐颜色"。轻敌：暗指张守珪部将赵堪等胁迫平卢军使乌知义与契丹余部作战事。据《新唐书·张守珪传》："知义与虏斗，不胜，还。"

⑮玉箸：指思妇的涕泪。

⑯城南：指长安城南。

⑰蓟北：蓟州（今天津市蓟州区）以北，指战场。以上四句写战争长期不休止，征人不能还乡，引起戍卒与家人的两地相思。

⑱飘飖：指边疆的战争形势变化不定。度：考虑、推测。

⑲三时：早、午、晚三时，即一整天。本句说杀气变作阵云，是极言战争气氛的阴森紧张。

⑳刁斗：军用煮饭的容器，容积一斗，白天煮饭，夜间巡更时敲击报时。

㉑雪一作"血"。勋：功勋、勋爵。二句说士兵们在战场上只想到以死报国，并非为了个人功名。与前面将军的享乐和轻敌恰成对比。

㉒李将军：即汉名将李广。这两句赞叹名将李广借以讽刺张守珪不体恤战士。

蓟门行①（五首选三）

其 二

汉家能用武，开拓穷异域②。
戍卒厌糠核③，降胡饱衣食④。
试一望关亭⑤，吾欲泪沾臆⑥。

其 三

边城十一月，雨雪乱霏霏⑦。
元戎号令严，人马亦轻肥⑧。
羌胡无尽日⑨，征战几时归。

其　五

黯黯长城外^⑩，日没更烟尘^⑪。

胡骑虽凭陵^⑫，汉兵不顾身。

古树满空塞^⑬，黄云愁杀人。

【注释】

①蓟门：一说即今北京德胜门外土城关，一说在今天津市蓟州区东。

②穷：尽。异域：指东北少数民族的范围。

③糠核：粗恶的饭食。核，麦糠中的屑。

④本句说戍卒吃着粗恶的饭食，而投降的俘虏却吃得饱，穿得暖。这一句反映出高适对当时的军事政策不满。

⑤关亭：边关的望敌亭。

⑥泪沾臆：犹言泪洒胸。泪，或作"涕"。臆，当胸之处。

⑦霏霏：形容雨雪细密。

⑧元戎：主帅。二句说敌人不是那么软弱，边战也不会轻易取胜。

⑨羌胡：指当时羌、契丹等西北一带少数民族（的军队）。

⑩黯黯：黑，阴沉。

⑪本句说太阳落了，战场上还烟尘滚滚。指战斗夜以继日。

⑫凭陵：欺凌、横行。

⑬空塞：由于连年战争，边塞上没有人居住。

塞　下　曲^①

君不见，芳树枝，春花落尽蜂不窥^②；

君不见，梁上泥，秋风始高燕不栖^③。

荡子从军事征战^④，蛾眉婵娟守空闺^⑤。

独宿自然堪下泪，况复时闻乌夜啼^⑥。

【注释】

①塞下曲：乐府旧题，也是唐代新乐府的题名，但唐乐府已逐渐脱去旧曲羁绊，近于诗体。歌辞仍多写与军旅有关的内容。

②窥：本意是偷看，这里泛指看，指花落以后，只剩下空条，蜜蜂连看都不看一眼。

③梁上泥：指燕子在梁上垒的窝。本句说，秋风刚一吹，燕子就飞往南方了。意思有两层：一是光阴易逝。春去秋来，秋更易引起人的哀思。二是燕子来去有时而征人不归。

④荡子：流荡不归的男子，并无贬义。

⑤蛾眉婵娟：这里都指年轻女子。

⑥乌夜啼：字面意思可以理解为乌鸦夜间悲鸣。《乌夜啼》又是乐府曲名，多写男女相思之苦。乌，有的本子作"鸟"。

别董大二首^①

其 一

千里黄云白日曛^②，北风吹雁雪纷纷。
莫愁前路无知己，天下谁人不识君。

其 二

六翮飘飖私自怜^③，一离京洛十余年^④。
丈夫贫贱应未足，今日相逢无酒钱。

【注释】

①董大：指董庭兰，是当时有名的音乐家。在其兄弟中排名第一，故称"董大"。

②黄云：天上的乌云，在阳光下，乌云是暗黄色，所以叫黄云。曛：

日光昏暗。

③六翮飘飖：比喻四处奔波而无结果。翮（hé），鸟的羽毛。飘飖，飘动。

④京洛：本意京城洛阳，后泛指京师。

邯郸少年行①

邯郸城南游侠子，自矜生长邯郸里。
千场纵博家仍富②，几度报仇身不死。
宅中歌笑日纷纷，门外车马常如云。
未知肝胆向谁是，令人却忆平原君！
君不见即今交态薄，黄金用尽还疏索③。
以兹感叹辞旧游，更于时事无所求。
且与少年饮美酒，往来射猎西山头。

【注释】

①邯郸：为战国时赵国都城，即今河北邯郸市。《少年行》为乐府旧题，属杂曲歌辞。"邯郸"一词重复出现，类似钩句（两句中用同类事物词语钩连），有一气贯注，不可羁勒之势。

②纵博：以弈棋一类的游戏为赌博取乐。

③疏索：即疏散之意。

杜 甫

杜甫（712~770），字子美，自称少陵野老。举进士不第，曾任检校工部员外郎，故世称杜工部。唐代诗人，宋以后被尊为"诗圣"，与李白并称"李杜"。其诗大胆揭露当时社会矛盾，对穷苦人民寄予深切同情，内容深刻，许多优秀作品显示了唐代由盛转衰的历史过程，因而被称为"诗史"。在艺术上，善于运用各种诗歌形式，尤长于律诗；风格多样，而以沉郁为主；语言精炼，具有高度的表现能力。存诗一千四百多首，有《杜工部集》。

闻官军收河南河北①

剑外忽传收蓟北②，初闻涕泪满衣裳。
却看妻子愁何在③，漫卷诗书喜欲狂④。
白日放歌须纵酒⑤，青春作伴好还乡⑥。
即从巴峡穿巫峡⑦，便下襄阳向洛阳⑧。

【注释】

①闻：听说。官军：指唐朝军队。

②剑外：剑门关以南，这里指四川。蓟北：泛指唐代幽州、蓟州一带，今河北北部地区，是安史叛军的根据地。

③却看：回头看。

④漫卷：胡乱地卷起。喜欲狂：高兴得简直要发狂。

⑤放歌：放声高歌。须：应当。纵酒：开怀痛饮。

⑥青春：指明丽的春天的景色。作伴：与妻儿一同。

⑦巫峡：长江三峡之一，因穿过巫山得名。

⑧便：就的意思。襄阳：今属湖北。洛阳：今属河南。

刘长卿

刘长卿（？～约789），字文房，河间（今属河北沧州）人。唐代诗人。天宝进士。唐肃宗至德年间任监察御史，后为长洲尉，因事贬潘州南巴尉。德宗朝任随州刺史，世称"刘随州"。其诗气韵流畅，意境幽深，婉而多讽，长于五言诗，称"五言长城"。有《刘随州诗集》。

逢雪宿芙蓉山主人①

日暮苍山远②，天寒白屋贫③。
柴门闻犬吠，风雪夜归人④。

【注释】

①逢：遇上。宿：投宿；借宿。芙蓉山主人：芙蓉山，各地以芙蓉命山名者甚多，这里大约是指湖南桂阳或宁乡的芙蓉山。主人，即指留诗人借宿者。这首诗通过雪夜借宿山村的情形，巧妙地写出山村景象与农家生活。

②苍山远：青山在暮色中影影绰绰显得很远。苍，青色。

③白屋：未加修饰的简陋茅草房。一般指贫苦人家。

④夜归人：夜间回来的人，可理解为"主人"。一说是作者。

李 华

　　李华（约715~774），字遐叔，赵郡赞皇（今属河北石家庄）人。唐代散文家。开元进士，官监察御使、右补阙。安禄山陷长安时，被迫任凤阁舍人。"安史之乱"平定后，贬为杭州司户参军。李华与萧颖士齐名，世称"萧李"；并与萧颖士、颜真卿等共倡古文，开韩、柳古文运动之先河。他的文章"大抵以五经为泉源""非夫子之旨不书"，主张"尊经""载道"。其传世名篇有《吊古战场文》。后人辑有《李遐叔文集》。

吊古战场文

　　浩浩乎，平沙无垠，敻①不见人。河水萦带，群山纠纷②。黯兮惨悴，风悲日曛③。蓬断草枯，凛若霜晨。鸟飞不下，兽挺④亡群。亭长⑤告余曰："此古战场也，常覆三军⑥。往往鬼哭，天阴则闻。"伤心哉！秦欤汉欤？将近代欤？

　　吾闻夫齐魏徭戍，荆韩召募⑦。万里奔走，连年暴露。沙草晨牧，河冰夜渡。地阔天长，不知归路。寄身锋刃，腷臆⑧谁诉？秦汉而还，多事四夷⑨，中州耗斁⑩，无世无之。古称戎夏⑪，不抗王师⑫。文教⑬失宣，武臣用奇⑭。奇兵有异于仁义，王道迂阔而莫为⑮。呜呼噫嘻！

　　吾想夫北风振漠，胡兵伺便。主将骄敌，期门⑯受战。野竖旌旗⑰，川回组练⑱。法重心骇，威尊命贱。利镞穿骨，惊沙入面。主客相搏，山川震眩。声析⑲江河，势崩雷电。至若穷阴⑳凝闭，凛冽海隅㉑，积雪没胫，坚冰在须。鸷鸟休巢，征马踟蹰。缯纩㉒无温，堕指裂肤。当此苦寒，天假强胡，凭陵㉓杀气，以相剪屠。径截辎重，横攻士卒。都尉㉔新降，将军复没。尸踞㉕巨港之岸，血满长城之窟。无贵无贱，同为枯骨。可胜㉖言哉！鼓衰兮力尽，矢竭兮弦绝，白刃交兮宝刀折，两军麾^㉗兮生死决。降矣哉，终身夷狄；战矣哉，暴骨沙砾。鸟无声兮山寂寂，夜正长兮风淅淅。魂魄结兮天沉沉，鬼神聚兮云幂幂^㉘。日光寒兮草短，月色苦兮霜白。伤心惨目，有如是耶！

吾闻之：牧^㉙用赵卒，大破林胡，开地千里，遁逃匈奴。汉倾天下，财殚力痛^㉚。任人而已，岂在多乎！周逐猃狁，北至太原^㉛。既城朔方^㉜，全师而还。饮至策勋^㉝，和乐且闲。穆穆棣棣^㉞，君臣之间。秦起长城，竟海为关。荼毒生民，万里朱殷。汉击匈奴，虽得阴山，枕骸遍野，功不补患。

苍苍蒸民^㉟，谁无父母？提携捧负，畏其不寿。谁无兄弟？如足如手。谁无夫妇？如宾如友。生也何恩，杀之何咎？其存其没，家莫闻知。人或有言，将信将疑。悁悁^㊱心目，寤寐^㊲见之。布奠倾觞^㊳，哭望天涯。天地为愁，草木凄悲。吊祭不至，精魂无依^㊴。必有凶年^㊵，人其流离^㊽。呜呼噫嘻！时耶命耶？从古如斯！为之奈何？守在四夷。

【注释】

①夐（xiòng）：远，辽阔。

②纠纷：重叠交错的样子。

③曛：赤黄色，形容日色昏暗。

④挺：通"铤"（tǐng），疾走的样子。

⑤亭长：秦汉时每十里为一亭，设亭长一人，掌管治安、诉讼等事。唐代在尚书省各部衙门设置亭长，负责省门开关和通报传达事务，是流外（不入九品职级）吏职。此借指地方小吏。

⑥三军：周制天子置六军，诸侯大国可置三军，每军一万二千五百人。此处泛指军队。

⑦齐魏、荆韩：战国七雄中的四个国家。这里泛指战国时代。召募：以钱物招募兵员。徭役和召募，是封建时代的义务兵和雇佣兵。

⑧愊（bì）臆：心情苦闷。

⑨四夷：四方边境的少数民族。

⑩耗斁（dù）：损耗败坏。

⑪戎：西方少数民族。此泛指少数民族。夏：华夏，汉族。

⑫王师：帝王的军队。古称帝王之师是应天顺人、吊民伐罪的仁义之师。

⑬文教：指礼乐法度，文章教化。

⑭用奇：使用阴谋诡计。

⑮王道：指礼乐仁义等治理天下的准则。迂阔：迂腐空疏。

⑯期门：军营的大门。

⑰旌旗：旗帜的统称。旌，用旄牛尾和彩色鸟羽作竿饰的旗。

⑱组练：即"组甲被练"，战士的衣甲服装。此代指战士。

⑲析：分离，劈开。

⑳穷阴：犹穷冬，极寒之时。

㉑海隅：西北极远之地。海，瀚海，在蒙古高原东北；一说指今内蒙古自治区之呼伦贝尔湖。

㉒缯纩（zēng kuàng）：缯，丝织品的总称。纩，丝绵。古代尚无棉花，絮衣都用丝绵。

㉓凭陵：凭借，倚仗。

㉔都尉：官名，此指职位低于将军的武官。

㉕踣（bó）：僵仆。或作"填"。

㉖胜（shēng）：尽。

㉗蹙（cù）：迫近，接近。

㉘幂幂：深浓阴暗。

㉙牧：李牧，战国末赵国良将，守雁门（今山西北部），大破匈奴的入侵，击败东胡，降服林胡（均为匈奴所属的部族）。其后十余年，匈奴不敢靠近赵国边境。

㉚殚：尽。痡（pū）：劳倦，病苦。汉武帝时，多次大举征伐匈奴及大宛、西羌、南越，以致"赋税既竭，犹不足以奉战士""天下虚耗"，甚至"人复相食"。

㉛猃狁（xiǎn yǔn）：古代北方的少数民族，即匈奴的前身。周宣王时，猃狁南侵，宣王命尹吉甫统军抗击，逐至太原（今宁夏固原市原州区

北），不再穷追。

㉜城：筑城。朔方：北方。一说即今宁夏灵武县一带。

㉝饮至：古代盟会、征伐归来后，告祭于宗庙，举行宴饮，称为"饮至"。策勋，把功勋记载在简策上。

㉞穆穆：端庄盛美、恭敬谨肃的样子，多用以形容天子的仪表。棣棣：文雅安和的样子。

㉟苍苍：指天。蒸：通"烝"，众，多。

㊱悁（yuān）悁：忧愁郁闷的样子。

㊲寤寐：梦寐。

㊳布奠倾觞：把酒倒在地上以祭奠死者。布，陈列。奠，设酒食以祭祀。

㊴不至：不能达于死者。精魂：精气灵魂。古时认为人死后，其精气灵魂能够离开身体而存在。

㊵凶年：荒年。

李 颀

李颀（？~约753），唐代诗人。赵郡（今河北赵县）人。开元进士，曾任新乡县尉，其诗内容丰富，所作边塞诗，风格豪放，慷慨悲凉，七言歌行尤具特色。有《李颀集》。

古 从 军 行

白日登山望烽火，黄昏饮马傍交河①。
行人刁斗风沙暗②，公主琵琶幽怨多③。
野云万里无城郭，雨雪纷纷连大漠。
胡雁哀鸣夜夜飞，胡儿眼泪双双落。
闻道玉门犹被遮，应将性命逐轻车④。
年年战骨埋荒外，空见蒲桃入汉家。

【注释】

①饮（yìn）马：给马喂水。傍：顺着。交河：古县名，故城在今新疆吐鲁番西面。

②行人：出征战士。刁斗：古代军中铜制炊具，容量一斗。白天用以煮饭，晚上敲击代替更柝。

③公主琵琶：汉武帝时以江都王刘建女细君嫁乌孙国王昆莫，恐其途中烦闷，故弹琵琶以娱之。

④"闻道"二句：意谓边战还在进行，只得随着将军去拼命。

古　意①

男儿事长征②，少小幽燕客③。
赌胜马蹄下④，由来轻七尺⑤。
杀人莫敢前⑥，须如猬毛磔⑦。
黄云陇底白云飞⑧，未得报恩不得归。
辽东小妇年十五，惯弹琵琶解歌舞⑨。
今为羌笛出塞声⑩，使我三军泪如雨。

【注释】

①古意：拟古诗，托古喻今之作。

②事长征：从军远征。

③幽燕：今河北、辽宁一带。古代幽燕地区游侠之风盛行。

④赌胜：较量胜负。马蹄下：即驰骋疆场之意。

⑤"由来"句：好男儿向来就轻视性命。七尺：七尺之躯。古时尺短，七尺相当于一般成人的高度。

⑥"杀人"句：杀人而对方不敢上前交手，即所向无敌之意。

⑦"须如"句：胡须好像刺猬的毛一样纷纷张开，形容威武凶猛。磔（zhé）：纷张。

⑧黄云：指战场上升腾飞扬的尘土。陇：泛指山地。

⑨解歌舞：擅长歌舞。解，懂得、通晓。

⑩羌（qiāng）笛：又称羌管，我国古代的一种单簧气鸣乐器。

塞　下　曲

黄云雁门郡①，日暮风沙里。
千骑黑貂裘，皆称羽林子②。
金笳吹朔雪，铁马嘶云水。

帐下饮葡萄，平生寸心是③。

【注释】

①雁门郡：战国赵武灵王置，辖境相当于今山西河曲等地，唐曾改代州（山西代县）为雁门郡。

②羽林子：汉武帝时建羽林军，宿卫宫殿，唐沿袭。

③寸心：心事、心愿，心位于胸中方寸之地，故称。

韩 愈

　　韩愈（768~824），字退之，河南河阳（今河南孟州南）人；祖籍河北昌黎，世称"韩昌黎"。唐代文学家、哲学家。25岁中进士，曾任监察御史、刑部侍郎、潮州（今广东潮安）刺史、国子博士、吏部侍郎等职。他与柳宗元同为唐代古文运动的倡导者，主张学习先秦两汉的散文语言，破骈为散，扩大古文的表达功能。宋代苏轼称他"文起八代之衰"，明人列他为唐宋八大家之首。与柳宗元并称"韩柳"。有《昌黎先生集》。

师 说

　　古之学者①必有师。师者，所以传道受业解惑也②。人非生而知之者③，孰能无惑？惑而不从师，其为惑也④，终不解矣。生乎吾前⑤，其闻⑥道也固先乎吾，吾从而师之；生乎吾后，其闻道也亦先乎吾，吾从而师之⑦。吾师道也⑧，夫庸知其年之先后生于吾乎⑨？是故⑩无⑪贵无贱，无长无少，道之所存，师之所存也⑫。

　　嗟乎！师道⑬之不传也久矣！欲人之无惑也难矣！古之圣人，其出人⑭也远矣，犹且⑮从师而问焉；今之众人⑯，其下⑰圣人也亦远矣，而耻学于师⑱。是故圣益圣，愚益愚⑲。圣人之所以为圣，愚人之所以为愚，其皆出于此乎？爱其子，择师而教之；于其身⑳也，则耻师焉，惑矣㉑。彼童子之师㉒，授之书而习其句读㉓者，非吾所谓传其道解其惑者也。句读之不知㉔，惑之不解，或师焉，或不焉㉕，小学而大遗㉖，吾未见其明也。巫医㉗乐师百工㉘之人，不耻相师㉙。士大夫之族㉚，曰师曰弟子云者㉛，则群聚而笑之。问之，则曰："彼与彼年相若㉜也，道相似也，位卑则足羞，官盛则近谀㉝。"呜呼！师道之不复㉞，可知矣。巫医乐师百工之人，君子㉟不齿㊱，今其智乃㊲反不能及，其可怪也欤^㊳！

圣人无常师^㊴。孔子师郯子^㊵、苌弘^㊶、师襄^㊷、老聃^㊸。郯子之徒^㊹，其贤不及孔子。孔子曰："三人行，则必有我师。"是故弟子不必^㊺不如师，师不必贤于弟子。闻道有先后，术业有专攻^㊻，如是而已。

李氏子蟠^㊼，年十七，好古文，六艺经传皆通习之^㊽，不拘于时^㊾，学于余。余嘉其能行古道^㊿，作《师说》以贻之。

【注释】

①学者：求学的人。

②"师者"二句：老师，是用来传授道理、教授学业、解释疑难问题的人。所以，用来……的。道，指儒家之道。受，通"授"，传授。业，泛指古代经、史、诸子之学及古文写作。

③"人非"句：人不是生下来就懂得道理。之：指知识和道理。

④其为惑也：他所存在的疑惑。

⑤生乎吾前：即生乎吾前者。乎：相当于"于"，与下文"先乎吾"的"乎"相同。

⑥闻：听见，引申为知道，懂得。

⑦从而师之：跟从（他），拜他为老师。师，以……为师。

⑧吾师道也：我（是向他）学习道理。师，用作动词。

⑨"夫庸"句：哪里需要知道他的生年是比我早还是比我晚呢？庸：岂，难道。知：了解、知道。年：这里指生年。之：结构助词，无实义。

⑩是故：因此，所以。

⑪无：无论、不分。

⑫道之所存，师之所存也：道理存在的（地方），就是老师存在的（地方）。意思是谁懂得道理，谁就是自己的老师。

⑬师道：从师的风尚。道，这里有风尚的意思。

⑭出人：超出一般人。

⑮犹且：尚且，还。

⑯众人：普通人，一般人。

⑰下：低于，不及。

⑱耻学于师：以从师学习为耻。

⑲是故圣益圣，愚益愚：因此圣人更加圣明，愚人更加愚昧。益，更加、越发。

⑳于其身：对于他自己。身，自身、自己。

㉑惑矣：（真是）糊涂啊！

㉒彼童子之师：那些教小孩子的（启蒙）老师。

㉓授之书而习其句读（dòu）：教给他书，（帮助他）学习其中的文句。之，指童子。习，使……学习。其，指书。句读，也叫句逗，古人指文辞休止和停顿处。文辞意尽处为句，语意未尽而须停顿处为读（逗）。古代书籍上没有标点，老师教学童读书时要进行句读（逗）的教学。

㉔句读之不知：句读不明。与下文"惑之不解"结构相同。之，宾语前置标志。

㉕或师焉，或不焉：有的（指"句读之不知"这样的小事）从师，有的（指"惑之不解"这样的大事）不从师。不，通"否"。

㉖小学而大遗：小的方面倒要学习，大的方面却放弃了。遗，丢弃、放弃。

㉗巫医：古代用祝祷、占卜等迷信方法或兼用药物医治疾病为业的人，连称为巫医。

㉘百工：各种工匠。

㉙相师：拜别人为师。

㉚族：类。

㉛曰师曰弟子云者：称"老师"称"弟子"等等。云者，有"如此如此"的意味。

㉜年相若：年龄差不多。相若，相像，差不多。

㉝位卑则足羞，官盛则近谀：（以）地位低（的人为师），就感到羞耻；（以）官职高（的人为师），就近乎谄媚。

㉞复：恢复。

㉟君子：古代"君子"有两层意思，一是指地位高的人，一是指品德

高的人。这里为前一种意思，相当于士大夫。

㊱不齿：不屑与之同列，羞与为伍，意思是看不起。齿，并列、排列。

㊲乃：竟。

㊳其可怪也欤：真是奇怪啊。其，语气副词，表示反问。也欤，虚词连用，语气词，表示疑问或感叹，相当于"啊"。

㊴圣人无常师：圣人没有固定的老师。常，固定的。

㊵郯（tán）子：春秋时郯国（今山东郯城北）的国君，孔子曾向他请教过少皞（hào）氏（传说中古代帝王）时代的官职名称的由来。

㊶苌（cháng）弘：东周敬王时候的大夫，孔子曾向他请教古乐。

㊷师襄：春秋时鲁国的乐官，名襄，孔子曾向他学习弹琴。师，乐师。

㊸老聃（dān）：即老子。孔子曾向他请教礼仪。

㊹之徒：这些人。

㊺不必：不一定。

㊻术业有专攻：学问和技艺上（各）自有（各的）专门研究。攻，学习、研究。

㊼李氏子蟠（pán）：李蟠，唐德宗贞元十九年（803）进士。

㊽六艺经传（zhuàn）皆通习之：六艺的经文和传文都普遍地学习了。六艺，指六经，即《诗》《书》《礼》《乐》《易》《春秋》六部儒家经典。

㊾不拘于时：指没有受到时代风气的影响，不以从师学习为耻。时，时俗，指当时士大夫中耻于从师的不良风气。于，被。

㊿余嘉其能行古道：赞许他能遵行古人从师学习的风尚。

崔 护

崔护（？~831），字殷功，博陵（今河北定州）人，一说篮田（今属陕西）人。唐代诗人。贞元进士，官至御史大夫、岭南节度使。其诗诗风精练婉丽，语极清新。《全唐诗》存诗六首，皆是佳作，尤以《题都城南庄》流传最广，脍炙人口。该诗以"人面桃花，物是人非"这样一个看似简单的人生经历，道出了千万人都似曾有过的共同生活体验，为诗人赢得了不朽的诗名。

题都城南庄①

去年今日此门中，人面桃花相映红②。
人面不知何处去③，桃花依旧笑春风④。

【注释】

①都：国都，指唐朝京城长安。

②人面：指姑娘的脸。第三句中"人面"指代姑娘。

③不知：一作"只今"。去：一作"在"。

④笑：形容桃花盛开的样子。

柳宗元

　　柳宗元（773～819），字子厚，祖籍河东（今山西永济），出生于京都长安（今陕西西安）。唐代文学家、哲学家，"唐宋八大家"之一。与韩愈共同倡导唐代古文运动，并称"韩柳"。少有才名，早有大志。贞元进士。一度为蓝田尉，后入朝为官，迁礼部员外郎。贬邵州刺史，再贬永州司马。后回京师，又出为柳州刺史，政绩卓著。卒于柳州任所。世称柳河东或柳柳州。一生留诗文作品达六百余篇。有《柳河东集》。

咏　荆　轲

燕秦不两立，太子已为虞①。

千金奉短计②，匕首荆卿趋。

穷年徇所欲③，兵势且见屠④。

微言激幽愤⑤，怒目辞燕都⑥。

朔风动易水，挥爵前长驱。

函首致宿怨⑦，献田开版图。

炯然耀电光，掌握罔正夫。

造端何其锐，临事竟趑趄⑧。

长虹吐白日，仓卒反受诛。

按剑赫凭怒，风雷助号呼。

慈父断子首，狂走无容躯。

夷城芟七族⑨，台观皆焚污⑩。

始期忧患弭⑪，卒动灾祸枢。

秦皇本诈力，事与桓公殊⑫。

奈何效曹子，实谓勇且愚。

世传故多谬⑬，太史征无且⑭。

【注释】

①虞：忧患，引申为心病。

②千金：指代秦将樊於期之首级。

③穷年：整年。徇（xùn）：顺从。

④且见屠：将要被屠杀。

⑤微言：暗地里的言辞。

⑥燕都：指燕国首都。

⑦函首：将首级装入匣子。宿怨：指代秦王。

⑧赵趄：犹豫，不进貌。

⑨芟：割草，引申为除去。七族：指亲姻家族。

⑩台：古代官署名。

⑪弭：消除，停止。

⑫桓公：春秋五霸之一，齐桓公以"信"为号召，与秦之并兼诈力不同。

⑬故：通"固"，本来。

⑭征：证明，应验。无且：指秦王侍医夏无且。

贾 岛

贾岛（779~843），字浪（阆）仙，河北道幽州范阳县（今河北涿州）人。唐代诗人。早年出家为僧，自号"碣石山人"。还俗参加科举，但累举不中第。唐文宗时曾任长江县（今四川蓬溪县）主簿，世称"贾长江"。诗以五律见长，注重词句锤炼，刻苦求工。有《长江集》等。

剑　　客①

十年磨一剑，霜刃未曾试②。
今日把示君③，谁有不平事？

【注释】

①剑客：行侠仗义的人。

②霜刃：形容剑锋寒光闪闪，十分锋利。

③把示君：拿给你看。

易 水 怀 古①

荆卿重虚死②，节烈书前史。
我叹方寸心，谁论一时事。
至今易水桥，寒风兮萧萧。
易水流得尽，荆卿名不消。

【注释】

①易水：在今河北易县。

②荆卿：指荆轲。

寻隐者不遇①

松下问童子②，言师采药去。
只在此山中，云深不知处③。

【注释】

①寻：寻访。隐者：隐士，隐居在山林中的人。古代指不肯做官而隐居在山野之间的人。一般指的是贤士。不遇：没有遇到，没有见到。

②童子：没有成年的人，小孩。在这里是指"隐者"的弟子、学生。

③云深：指山上的云雾。处：行踪，所在。

殷侔

殷侔（生卒年不详）。唐文宗太和三年（829），魏州（今河北大名）主办文书的佐吏殷侔路过夏王庙，目睹了当地百姓举行的盛大祭祀仪式，联想到晚唐政局的黑暗、腐败，感慨系之，奋笔撰写了《窦建德碑》，赞颂农民起义英雄窦建德的功德，显示了非凡的史识和胆略。

窦建德（573～621），清河漳南（今河北故城东北）人。世代务农，曾任里长，尚豪侠，为乡里敬重。大业七年（611），隋炀帝募兵征讨高句丽，窦建德在军中任二百人长。目睹兵民困苦，义愤不平，遂抗拒东征，并助同县人孙安祖率数百人入漳南东境高鸡泊，举兵抗隋。及后窦建德家人被隋军杀害，窦建德乃率部众二百人投清河人高士达的起事军队，建立夏国，为夏王，称雄河北。武德四年（621）五月为救王世充，在虎牢关一役被李世民击败并被俘，同年七月被唐高祖处死于长安。

窦建德碑

云雷方屯①，龙战②伊始，有天命焉，有豪杰焉。不得受命，而名归圣人。于是元黄③之祸成，而霸图之业废矣。

隋大业末，主昏时乱，四海之内，兵革④咸起。夏王建德以耕氓崛兴，河北、山东，皆所奄有。筑宫金城⑤，立国布号，岳峙虎踞，赫赫乎当时之雄也！是时李密在黎阳，世充据东都，萧铣王楚，薛举擅秦⑥。然视其创割之迹，观其模略之大，皆未有及建德者也！唯夏氏为国，知义而尚仁，贵忠而爱贤，无暴虐及民，无淫凶于己。故兵所加而胜，令所到而服，与夫世充、铣、密等甚不同矣。行军有律，而身兼勇武；听谏有道，而人无拒拂。斯盖豪杰所以勃兴而定霸一朝，拓疆千里者哉！或以建德方项羽之在前世，窃谓不然。羽暴而嗜杀，建德宽容御众，得其归附，语不可同日。迹其英分雄分⑦，指盼备显，庶几孙长沙流亚⑧乎？唯天有所勿属，唯命有所独归。故使失计于救邻，致败于临敌。云散雨覆，亡也忽然。嗟夫，此亦莫之为而为者欤！向令运未有统，时仍割分，则太宗龙行乎中原，建德虎视于河北，相持相支，胜负岂须臾辨哉！自建德亡，距今已久远。山东、河北之人，或尚谈其事，且为之祀，知其名不可灭，而及人者存也。

圣唐太和三年，魏州书佐殷侔过其庙下，见父老群祭，骏奔有仪，夏王之称，犹绍于昔。感豪杰之兴奋，吊经营⑨之勿终。始知天命之莫干，惜霸略之旋陨，激于其文，遂碑。

【注释】

①屯：聚集，积蓄。

②龙战：指群雄割据争雄。

③元黄：即玄黄，指血。《易·坤》："龙战于野，其血玄黄。"

④兵革：兵器和甲胄。这里指战争。

⑤金城：《旧唐书·窦建德传》："始都乐寿，号曰金城宫。"

⑥"是时"四句：李密、王世充、萧铣、薛举，皆隋末起义军首领。萧铣"武德元年（615），迁都江陵"，江陵系楚地，故称"王楚"。薛举"自称西秦霸王"，故云"擅秦"。

⑦英分雄分：分，素质，犹天分。这里意为智勇双全。

⑧长沙：即孙坚。《三国志·孙坚传》："乃以坚为长沙太守。"流亚：指同一流人物。

⑨经营：规划创业。

赵匡胤

赵匡胤（927～976），字元朗，祖籍涿郡（今河北涿州）。宋朝开国皇帝。后周显德六年（959），赵匡胤任殿前都点检，掌管殿前禁军；次年（960）发动"陈桥兵变"，即帝位，国号宋，史称北宋。

咏 初 日

太阳初出光赫赫^①，千山万山如火发。
一轮顷刻上天衢^②，逐退群星与残月^③。

【注释】

①赫赫：显著盛大的样子。

②天衢：天空广阔，任意通行，如世之广衢，故称天衢。

③逐退：驱赶使退却。

苏 洵

苏洵（1009~1066），字明允，号老泉，祖籍河北栾城，眉州眉山（今四川眉山）人。北宋散文家。曾任秘书省校书郎、霸州文安县主簿。为文擅长策论，语言明畅，笔力雄健，奔腾驰骋，纵横捭阖，老辣犀利，很有战国纵横家笔意。与其子轼、辙，合称"三苏"，俱被列入"唐宋八大家"。有《嘉祐集》。

六 国 论

六国破灭，非兵①不利，战不善②，弊在赂秦③。赂秦而力亏，破灭之道④也。或曰⑤：六国互丧，率⑥赂秦耶？曰：不赂者以赂者丧，盖⑦失强援，不能独完⑧。故曰：弊在赂秦也。

秦以攻取⑨之外，小⑩则获邑，大则得城。较秦之所得，与战胜而得者，其实⑪百倍；诸侯之所亡，与战败而亡者，其实亦百倍。则秦之所大欲⑫，诸侯之所大患，固不在战矣。思厥先祖父⑬，暴霜露⑭，斩荆棘，以有尺寸之地。子孙视⑮之不甚惜，举以予人⑯，如弃草芥。今日割五城，明日割十城，然后得一夕安寝。起视四境，而秦兵又至矣。然则⑰诸侯之地有限，暴秦之欲无厌⑱，奉之弥繁，侵之愈急⑲，故不战而强弱胜负已判⑳矣。至于㉑颠覆㉒，理固宜然㉓。古人云："以地事秦，犹抱薪救火，薪不尽，火不灭㉔。"此言得之㉕。

齐人未尝赂秦，终㉖继㉗五国迁灭㉘，何哉？与嬴㉙而不助五国也。五国既㉚丧，齐亦不免㉛矣。燕赵之君，始有远略㉜，能守其土，义㉝不赂秦。是故燕虽小国而后亡，斯㉞用兵之效也。至丹以荆卿为计，始㉟速㊱祸焉。赵尝五战于秦，二败而三胜。后秦击赵者再㊲，李牧连却㊳之。洎㊴牧以㊵谗㊶诛，邯郸为郡㊷，惜其用武而不终也。且燕赵处秦革灭殆尽之际㊸，可谓智力㊹孤危，战败而亡，诚不得已。向使㊺三国各爱其地，齐人勿附于秦，刺客不行，良将犹在，则胜负之数，存亡之理㊻，当㊼与秦相较，或未易量㊽。

呜呼！以㊾赂秦之地，封天下之谋臣，以事秦之心，礼㊿天下之奇才，并力西向，则吾恐秦人食之不得下咽(51)也。悲夫！有如此之势(52)，而(53)为秦人积威(54)之所劫(55)，日(56)削月割，以趋于亡。为国者无使为积威之所劫哉(57)！

夫六国与秦皆诸侯，其势弱于秦，而犹有可以(58)不赂而胜之之势。苟以天下之大，下而从六国破亡之故事，是又在六国下矣。

【注释】

①兵：兵器。

②善：好。

③弊在赂秦：弊病在于贿赂秦国。赂，贿赂。这里指向秦割地求和。

④道：原因。

⑤或曰：有人说。这是设问。下句的“曰”是对该设问的回答。

⑥率：都，皆。

⑦盖：承接上文，表示原因，有“因为”的意思。

⑧完：保全。

⑨以攻取：用攻战（的办法）而夺取。

⑩小：形容词作名词，小的地方。

⑪其实：它的实际数目。

⑫所大欲：所最想要的（东西）。大，最。

⑬厥先祖父：泛指他们的先人祖辈，指列国的先公先王。厥，其。先，对去世的尊长的敬称。祖父，祖辈与父辈。

⑭暴（pù）霜露：暴露在霜露之中。意思是冒着霜露。和下文的“斩荆棘，以有尺寸之地”都是形容创业的艰苦。

⑮视：对待。

⑯举以予人：拿它（土地）来送给别人。实际是“举之以予人”，省

略了"之"，代土地。

⑰然则：既然这样，那么。

⑱厌：同"餍"，满足。

⑲奉之弥繁，侵之愈急：（诸侯）送给秦的土地越多，（秦国）侵略诸侯也越厉害。奉，奉送。弥、愈，都是"更加"的意思。繁，多。

⑳判：决定。

㉑至于：以至于。

㉒颠覆：灭亡。

㉓理固宜然：（按照）道理本来就应该这样。

㉔"以地事秦……火不灭"：语见《史记·魏世家》和《战国策·魏策》。事：侍奉。

㉕此言得之：这话对了。得之，得其理。之，指上面说的道理。

㉖终：最后。

㉗继：跟着。

㉘迁灭：灭亡。古代灭人国家，同时迁其国宝、重器，故说"迁灭"。

㉙与嬴：亲附秦国。与，亲附。嬴，秦王族的姓，此借指秦国。

㉚既：连词，既然。

㉛免：幸免。

㉜始有远略：起初有长远的谋略，这句中的"始"与下文"至丹"的"至"，"洎牧"的"洎"，"用武而不终"的"不终"，互相呼应。

㉝义：名词作动词，坚持正义。

㉞斯：这。

㉟始：才。

㊱速：招致。

㊲再：两次。

㊳却：使……退却。

㊴洎（jì）：及，等到。

㊵以：因为。

㊶谗：小人的坏话。

㊷邯郸为郡：秦灭赵之后，把赵国改为秦国的邯郸郡。

㊸且燕赵处秦革灭殆尽之际：燕赵两国正处在秦国把其他国家快要消灭干净的时候。革，改变，除去。殆，几乎，将要。

㊹智力：智谋和力量（国力）。

㊺向使：以前假如。

㊻胜负之数，存亡之理：胜负存亡的命运。数，天数。理，理数。皆指命运。

㊼当（tǎng）：同“倘”，如果。

㊽易量：容易判断。

㊾以：用。

㊿礼：礼待。

(51)食之不得下咽也 ：指寝食不安，内心惶恐。下，向下，名词作动。咽，吞咽。

(52)势：优势。

(53)而：却。

(54)积威：积久而成的威势。

(55)劫：胁迫，劫持。

(56)日：每天，一天天，名词作状语。下文“月”同。

(57)此句意为：治理国家的人不要被积久的威势胁迫啊！

(58)可以：可以凭借。

苏 轼

苏轼（1037~1101），字子瞻，号东坡居士，祖籍河北栾城，生于眉州眉山（今四川眉山）。北宋文学家、书画家。宋仁宗嘉祐年间进士。其诗题材广阔，清新豪健，善用夸张比喻，独具风格，与黄庭坚并称"苏黄"。词开豪放一派，与辛弃疾同是豪放派代表，并称"苏辛"。为文汪洋恣肆，明白畅达，与父洵、弟辙合称"三苏"，俱为"唐宋八大家"。有《苏东坡集》《东坡乐府》等。

水调歌头·明月几时有

丙辰①中秋，欢饮达旦②，大醉，作此篇，兼怀子由③。

明月几时有，把酒问青天④。不知天上宫阙⑤，今夕是何年。我欲乘风归去⑥，又恐琼楼玉宇⑦，高处不胜寒⑧。起舞弄清影⑨，何似在人间⑩。

转朱阁，低绮户，照无眠⑪。不应有恨，何事长向别时圆⑫？人有悲欢离合，月有阴晴圆缺，此事古难全⑬。但愿人长久，千里共婵娟⑭。

【注释】

①丙辰：指公元1076年（宋神宗熙宁九年）。这一年苏轼在密州（今山东省诸城市）任太守。

②达旦：到天亮。

③子由：苏轼的弟弟苏辙的字。

④把酒：端起酒杯。把，执、持。

⑤天上宫阙：指月中宫殿。阙，古代城墙后的石台。

⑥归去：回去，这里指回到月宫里去。

⑦琼楼玉宇：美玉砌成的楼宇，指想象中的仙宫。

⑧不胜：经受不住。胜：承担、承受。

⑨弄清影：意思是月光下的身影也跟着做出各种舞姿。

⑩何似：何如，哪里比得上。

⑪转朱阁，低绮（qǐ）户，照无眠：月儿移动，转过了朱红色的楼阁，低低地挂在雕花的窗户上，照着没有睡意的人（指诗人自己）。朱阁：朱红的华丽楼阁。绮户：雕饰华丽的门窗。

⑫不应有恨，何事长向别时圆：（月儿）不该（对人们）有什么怨恨吧，为什么偏在人们分离时圆呢？何事：为什么。

⑬此事：指人的"欢""合"和月的"晴""圆"。

⑭"但愿"二句：只希望两人年年平安，虽然相隔千里，也能一起欣赏这美好的月光。共：一起欣赏。婵娟：指月亮。

雪 浪 石

太行西来万马屯①，势与岱岳争雄尊。

飞狐上党天下脊②，半掩落日先黄昏③。

削成山东二百郡④，气压代北三家村⑤。

千峰右卷蠹牙帐，崩崖凿断开土门⑥。

朅来城下作飞石⑦，一炮惊落天骄魂。

承平百年烽燧冷⑧，此物僵卧枯榆根。

画师争摹雪浪势，天工不见雷斧痕。

离堆四面绕江水⑨，坐无蜀士谁与论？

老翁儿戏作飞雨，把酒坐看珠跳盆⑩。

此身自幻孰非梦，故国山水聊心存。

【注释】

①万马屯：形容太行山势的雄峻。

②飞狐：即飞狐口，在今河北涞源县与蔚县之间，两崖峭立，一线微通，逶迤蜿蜒，百有余里；上党：即今山四长治一带。

③"半掩"句：写太行山高。

④削：划分。山东：指太行山以东。

⑤代北：指晋北。代，今山西代县。

⑥土门：即井陉关，在今河北井陉。

⑦揭（qiè）来：去来、往还。

⑧烽燧冷：言烽燧久不举火。形容承平，没有战争。

⑨离堆：即我国古代有名水利工程巨建都江堰的别名，在四川灌县，秦时李冰所凿。

⑩《雪浪斋铭引》："又得白石曲阳，为大盆以盛之，激水其上。""作飞雨""珠跳盆"，正是写此。

豆　　粥

君不见滹沱流澌车折轴①，公孙仓皇奉豆粥②。
湿薪破灶自燎衣，饥寒顿解刘文叔③。
又不见金谷敲冰草木春④，帐下烹煎皆美人。
萍齑豆粥不传法⑤，咄嗟而办石季伦⑥。
干戈未解身如寄，声色相缠心已醉⑦。
身心颠倒不自知，更识人间有真味。
岂如江头千顷雪色芦，茅檐出没晨烟孤。
地碓舂粳光似玉，沙瓶煮豆软如酥。
我老此身无着处，卖书来问东家住⑧，
卧听鸡鸣粥熟时，蓬头曳履君家去。

【注释】

①滹沱：即滹沱河，在河北省西部。

②公孙：东汉初功臣冯异的字。

③刘秀字文叔，东汉开国的皇帝，即光武帝。以上四句引用一个豆粥的故事：刘秀初起兵时，有一次到了滹沱河下游饶阳芜蒌亭，天冷，无食，得到冯异送上豆粥，才"饥寒俱解"。第二天，到南宫，遇大风雨，"光武引车入道旁空舍，异抱薪，邓禹爇火，光武对灶燎衣。异复进麦饭。"（见《后汉书·冯异传》）。

④金谷：即金谷园，晋代洛阳的名园，是石崇的别墅。

⑤萍：同"苹"，即蒿子。

⑥咄嗟而办：一经呼唤，立刻办到。石季伦：石崇，晋时大豪门之一。他和另一豪门王恺比阔斗富，石家的豆粥做得又快又好，冬天还有蒿子、韭菜吃，为王家所不能及。其中有法，秘不告人。后来王恺买通了石崇的佣人，才知道豆子是久煮才熟的，其所以快，是磨成粉末预先煮熟，客来以滚开的白粥浇对；蒿、韭也不是金谷园的草木独春，而是以干韭根捣细，杂以麦苗充代罢了。以上四句，又是另一个豆粥的故事。

⑦"干戈"二句：总结上面两事，"干戈"句说刘秀，"声色"句说石崇。

⑧用杜甫《陪郑广文游何将军山林》"尽拈书籍卖，来问尔东家"句意。

文天祥

文天祥（1236~1283），字宋瑞，又字履善，别号文山，吉州庐陵（今江西吉安）人。南宋爱国诗人。宝祐四年（1256）进士第一。历官江西提刑、尚书左司郎等，仕至右丞相兼枢密使，加少保，封信国公。在广东抗元被俘，押至大都被害。他的诗、词和散文记录了抗元斗争的经历，表达了强烈的爱国思想，反映了南宋末年广大军民勇赴国难、誓死不屈的英雄气概和大无畏精神，风格悲壮，感人至深。有《文山先生全集》。《正气歌》为在大都狱中所写。

正 气 歌

予囚北庭①，坐一土室。室广八尺，深可四寻②。单扉低小③，白间短窄④，污下而幽暗⑤。当此夏日，诸气萃然⑥：雨潦四集⑦，浮动床几，时则为水气；涂泥半朝⑧，蒸沤历澜⑨，时则为土气；乍晴暴热⑩，风道四塞⑪，时则为日气；檐阴薪爨⑫，助长炎虐⑬，时则为火气；仓腐寄顿⑭，陈陈逼人⑮，时则为米气；骈肩杂遝⑯，腥臊汗垢⑰，时则为人气；或圊溷⑱、或毁尸⑲、或腐鼠，恶气杂出，时则为秽气⑳。叠是数气㉑，当侵沴㉒，鲜不为厉㉓。而予以孱弱㉔，俯仰其间㉕，于兹二年矣㉖，幸而无恙㉗，是殆有养致然尔㉘。然尔亦安知所养何哉㉙？孟子曰㉚："吾善养吾浩然之气㉛。"彼气有七，吾气有一，以一敌七，吾何患焉㉜！况浩然者，乃天地之正气也，作《正气歌》一首。

天地有正气，杂然赋流形㉝。

下则为河岳，上则为日星㉞。
于人曰浩然，沛乎塞苍冥㉟。
皇路当清夷㊱，含和吐明庭㊲。
时穷节乃见㊳，一一垂丹青㊴。
在齐太史简㊵，在晋董狐笔㊶，
在秦张良椎㊷，在汉苏武节㊸；
为严将军头㊹，为嵇侍中血㊺，
为张睢阳齿㊻，为颜常山舌㊼；
或为辽东帽㊽，清操厉冰雪㊾；
或为出师表㊿，鬼神泣壮烈(51)；
或为渡江楫(52)，慷慨吞胡羯(53)；
或为击贼笏(54)，逆竖头破裂(55)。
是气所磅礴(56)，凛烈万古存(57)。
当其贯日月，生死安足论(58)。
地维赖以立，天柱赖以尊(59)。
三纲实系命(60)，道义为之根(61)。
嗟予遘阳九(62)，隶也实不力(63)。
楚囚缨其冠(64)，传车送穷北(65)。
鼎镬甘如饴(66)，求之不可得。
阴房阒鬼火(67)，春院闷天黑(68)。
牛骥同一皂，鸡栖凤凰食(69)。
一朝蒙雾露(70)，分作沟中瘠(71)。
如此再寒暑(72)，百沴自辟易(73)。
嗟哉沮洳场(74)，为我安乐国。
岂有他缪巧，阴阳不能贼(75)。
顾此耿耿在(76)，仰视浮云白(77)。
悠悠我心悲，苍天曷有极(78)。
哲人日已远(79)，典刑在夙昔(80)。
风檐展书读(81)，古道照颜色(82)。

【注释】

①予：我，一作"余"。北庭：指元朝大都。

②寻：古时八尺为一寻。

③单扉：单扇门。

④白间：窗户。

⑤污下：低下。

⑥萃然：聚集的样子。

⑦雨潦：下雨形成的地上积水。

⑧涂泥半朝："朝"当作"潮"，意思是狱房墙上涂的泥有一半是潮湿的。

⑨蒸沤历澜：热气蒸，积水沤，到处都杂乱不堪。澜，澜漫，杂乱。

⑩乍晴：刚晴，初晴。

⑪风道四塞：四面的风道都堵塞了。

⑫薪爨（cuàn）：烧柴做饭。

⑬炎虐：炎热的暴虐。

⑭仓腐寄顿：仓库里储存的米谷腐烂了。

⑮陈陈逼人：陈旧的粮食年年相加，霉烂的气味使人难以忍受。陈陈，陈陈相因，《史记·平准书》："太仓之粟，陈陈相因。"

⑯骈肩杂遝（tà）：肩挨肩，拥挤杂乱的样子。

⑰腥臊：此指囚徒身上发出的酸臭气味。

⑱圊溷（qīng hún）：厕所。

⑲毁尸：毁坏的尸体。

⑳秽：肮脏。

㉑叠是数气：这些气加在一起。

㉒侵沴（lì）：恶气侵人。沴，恶气。

㉓鲜不为厉：很少有不生病的。厉，病。

㉔孱弱：虚弱。

㉕俯仰其间：生活在那里。

㉖于兹：至今。

㉗无恙：没有生病。

㉘是殆有养致然：这大概是因为会保养正气才达到这样的吧。殆，大概。有养，保有正气。致然，使然，造成这样子。

㉙然尔亦安知所养何哉：然而又怎么知道所保养的内容是什么呢？

㉚孟子：名轲，战国时代的思想家，其弟子将孟子言行编成《孟子》一书，为儒家经典。

㉛浩然之气：纯正博大而又刚强之气。见《孟子·公孙丑》。

㉜吾何患焉：我还怕什么呢。中国古代的许多思想家都认为浩然正气对于人身有无所不能的巨大力量。

㉝"天地"两句：天地之间充满正气，它赋予各种事物以不同形态。这类观点明显有唯心色彩，但作者主要用以强调人的节操。杂然：纷繁，多样。

㉞"下则"两句：是说地上的山岳河流，天上的日月星辰，都是由正气形成的。

㉟"于人"两句：赋予人的正气叫浩然之气，它充满天地之间。沛乎：旺盛的样子。苍冥：天地之间。

㊱皇路：国运，国家的局势。清夷：清平，太平。

㊲吐：表露。

㊳见：同"现"，表现，显露。

㊴垂丹青：见于画册，传之后世。垂，留存，流传。丹青，图画，古代帝王常把有功之臣的肖像和事迹叫画工画出来。

㊵太史：史官。简：古代用以写字的竹片。《左传·襄公二十五年》载：春秋时，齐国大夫崔杼把国君杀了，齐国的太史在史册中写道"崔杼弑其君"。崔杼怒，把太史杀了。太史的两个弟弟继续写，都被杀，第三个弟弟仍这样写，崔杼没有办法，只好让他写在史册中。

㊶在晋董狐笔：出自《左传·宣公二年》载，春秋时，晋灵公被赵穿杀死，晋大夫赵盾没有处置赵穿，太史董狐在史册上写道："赵盾弑其君。"孔子称赞这样写是"良史"笔法。

㊷张良椎：《史记·留侯传》载，张良祖上五代人都做韩国的丞相，韩国被秦始皇灭掉后，他一心要替韩国报仇，找到一个大力士，持一百二十斤的大椎，在博浪沙（今河南省新乡县南）伏击出巡的秦始皇，未击中。后来张良辅佐刘邦建立汉朝，封留侯。

㊸苏武节：《汉书·李广苏建传》载，汉武帝时，苏武出使匈奴，匈奴人要他投降，他坚决拒绝，被流放到北海（今西伯利亚贝加尔湖）边牧羊。为了表示对祖国的忠诚，他一天到晚拿着从汉朝带去的符节，牧羊十九年，始终贤贞不屈，后来终于回到汉朝。

㊹严将军：《三国志·蜀志·张飞传》载，严颜在刘璋手下做将军，镇守巴郡，被张飞捉住，要他投降，他回答说："我州但有断头将军，无降将军！"张飞见其威武不屈，把他释放了。

㊺嵇侍中：嵇绍，嵇康之子，晋惠帝时做侍中。《晋书·嵇绍传》载，晋惠帝永兴元年（304），皇室内乱，惠帝的侍卫都被打垮了，嵇绍用自己的身体遮住惠帝，被杀死，血溅到惠帝的衣服上。战争结束后，有人要洗去惠帝衣服上的血，惠帝说："此嵇侍中血，勿去！"

㊻张睢阳：即唐朝的张巡。《旧唐书·张巡传》载，安禄山叛乱，张巡固守睢阳（今河南省商丘市），每次上阵督战，大声呼喊，牙齿都咬碎了。城破被俘，拒不投降，敌将问他："闻君每战，眦目裂，嚼齿皆碎，何至此耶？"张巡回答说："吾欲气吞逆贼，但力不遂耳。"敌将视其齿，存者不过三数。

㊼颜常山：即唐朝的颜杲卿，任常山太守。《新唐书·颜杲卿传》载，安禄山叛乱时，他起兵讨伐，后城破被俘，当面大骂安禄山，被钩断舌头，仍不屈，被杀死。

㊽辽东帽：东汉末年的管宁有高节，是在野的名士，避乱居辽东（今辽宁省辽阳市），一再拒绝朝廷的征召，他常戴一顶黑色帽子，安贫讲学，名闻于世。

㊾清操厉冰雪：是说管宁严格奉守清廉的节操，凛如冰雪。厉，严肃，严厉。

㊿出师表：诸葛亮出师伐魏之前，上表给蜀汉后主刘禅，表明自己为

统一事业奋斗到底的决心。表文中有"鞠躬尽瘁，死而后已"的名言。

○51鬼神泣壮烈：鬼神也被诸葛亮的壮烈精神感动得流泪。

○52渡江楫：东晋爱国志士祖逖率兵北伐，渡长江时，敲着船桨发誓北定中原，后来终于收复黄河以南失地。楫，船桨。

○53胡羯：古代对北方少数民族的称呼。过去史书上曾称匈奴、鲜卑、羯、氐、羌为五胡。这句是形容祖逖的豪壮气概。

○54击贼笏：唐德宗时，朱泚谋反，召段秀实议事，段秀实不肯同流合污，以笏猛击朱泚的头，大骂："狂贼，吾恨不斩汝万段，我岂逐汝反耶？"

○55逆竖：叛乱的贼子，指朱泚。

○56是气：这种"浩然之气"。磅礴：充塞。

○57凛烈：庄严、令人敬畏的样子。

○58"当其"两句：当正气激昂起来直冲日月的时候，个人的生死还有什么值得计较的。

○59"地维"两句：是说地和天都依靠正气支撑着。地维：古代人认为地是方的，四角有四根支柱撑着。天柱：古代传说，昆仑山有铜柱，高入云天，称为天柱。

○60三纲实系命：是说三纲实际系命于正气，即靠正气支撑着。

○61道义为之根：道义以正气为根本。

○62嗟：感叹词。遘：遭逢，遇到。阳九：即"百六阳九"，古人用以指灾难年头，此指国势的危亡。

○63隶也实无力：是说我实在无力改变这种危亡的国势。隶：地位低的官吏，此为作者谦称。

○64楚囚缨其冠：《左传·成公九年》载，春秋时被俘往晋国的楚国俘虏钟仪戴着一种楚国帽子，表示不忘祖国，被拘囚着，晋侯问是什么人，旁边人回答说是"楚囚"。这里作者是说，自己被拘囚着，把从江南戴来的帽子的带系紧，表示虽为囚徒仍不忘宋朝。

○65传车：官办交通站的车辆。穷北：极远的北方。

○66鼎镬甘如饴：身受鼎镬那样的酷刑，也感到像吃糖一样甜，表示不怕牺牲。鼎镬，大锅。古代一种酷刑，把人放在鼎镬里活活煮死。

⑥⑦阴房阒鬼火：囚室阴暗寂静，只有鬼火出没。阴房，见不到阳光的居处，此指囚房。阒，幽暗、寂静。

⑥⑧春院闭天黑：虽在春天里，院门关得紧紧的，照样是一片漆黑。闭（bì），关闭。

⑥⑨"牛骥"两句：牛和骏马同槽，鸡和凤凰共处，比喻贤愚不分，杰出的人和平庸的人都关在一起。骥：良马。皂：马槽。鸡栖：鸡窝。

⑦⑩一朝蒙雾露：一旦受雾露风寒所侵。蒙，受。

⑦①分作沟中瘠：料到自己一定成为沟中的腐尸。分，料，估量。沟中瘠，弃于沟中的腐尸。

⑦②如此再寒暑：在这种环境里过了两年了。

⑦③百沴自辟易：各种致病的恶气都自行退避了。这是说没有生病。

⑦④沮洳场：低下阴湿的地方。

⑦⑤"岂有"两句：哪有什么妙法奇术，使得寒暑都不能伤害自己？缪（miù）巧：智谋，机巧。贼：害。

⑦⑥顾此耿耿在：只因心中充满正气。顾，但，表示意思有转折的连接词。此，指正气。耿耿，光明貌。

⑦⑦仰视浮云白：对富贵不屑一顾，视若浮云。

⑦⑧"悠悠"两句：我心中亡国之痛的忧思，像苍天一样，哪有尽头。曷：何，哪。极：尽头。

⑦⑨哲人日已远：古代的圣贤一天比一天远了。哲人，贤明杰出的人物，指上面列举的古人。

⑧⑩典刑：刑通"型"，榜样，模范。夙昔：从前，过去。

⑧①风檐展书读：在临风的廊檐下展开史册阅读。

⑧②古道照颜色：古代传统的美德，闪耀在面前。

关汉卿

关汉卿，约生于金末，卒于元。祁州（今河北安国）人，一说大都（今北京）人。元代杂剧奠基人，戏剧家，与白朴、马致远、郑光祖并称为"元曲四大家"。以杂剧的成就最大，最著名的是《窦娥冤》。其散曲内容丰富多彩，格调清新刚劲，具有很高的艺术价值。

窦娥冤（节选）

第三折

〔正官·端正好〕没来由犯王法，不提防遭刑宪，叫声屈动地惊天！顷刻间游魂先赴森罗殿，怎不将天地也生埋怨。

〔滚绣球〕有日月朝暮悬，有鬼神掌着生死权。天地也只合把清浊分辨，可怎生糊突了盗跖颜渊。为善的受贫穷更命短，造恶的享富贵又寿延。天地也，做得个怕硬欺软，却原来也这般顺水推船。地也，你不分好歹何为地？天也，你错勘贤愚枉做天！哎，只落得两泪涟涟。

〔耍孩儿〕不是我窦娥罚下这等无头愿，委实的冤情不浅；若没些儿灵圣与世人传，也不见得湛湛青天。我不要半星热血红尘洒，都只在八尺旗枪素练悬。等他四下里皆瞧见，这就是咱苌弘化碧①，望帝啼鹃②。

〔二煞〕你道是暑气暄，不是那下雪天；岂不闻飞霜六月因邹衍③？若果有一腔怨气喷如火，定要感的六出冰花滚似锦，免着我尸骸现；要什么素车白马，断送出古陌荒阡！

〔一煞〕你道是天公不可期④，人心不可怜，不知皇天也肯从人愿。做甚么三年不见甘霖降？也只为东海曾经孝妇冤⑤。如今轮到你山阳县。这都是官吏每无心正法，使百姓有口难言。

〔煞尾〕浮云为我阴，悲风为我旋，三桩儿誓愿明提遍。（做哭科，云）婆婆也，直等待雪飞六月，亢旱三年啊，（唱）那期间把你个屈死的冤魂这窦娥显。

【注释】

①苌弘化碧：出自《庄子·外物》：人主莫不欲其臣之忠，而忠未必信，故伍员沉于江，苌弘死于蜀，藏其血三年，化而为碧。

②望帝啼血：相传战国时蜀王杜宇称帝，号望帝，为蜀治水有功，后禅位臣子，退隐西山，死后化为杜鹃鸟，啼声凄切。后常指悲哀凄惨的啼哭。

③飞霜六月因邹衍：出自《太平御览》：邹衍事燕惠王尽忠，左右谮之王，王系之狱。仰天哭，夏六月（一说夏五月）为之下霜。

④期：寄以希望。

⑤东海曾经孝妇冤：传说汉东海有寡妇周青，为侍奉婆婆矢志不嫁，婆婆遂自缢而死。其小姑告官，诬嫂以杀人之罪；问官不察，竟判处死。临刑之际，孝妇指身边竹竿语人曰：倘我无罪，血当沿竿往上倒流。其言果应，而东海地方乃大旱三年，后官员查问就里，有于公者代为申雪，天方降雨。事本《汉书·于定国传》。

白　朴

白朴（1226～1306以后），原名恒，字仁甫，后改名朴，字太素，号兰谷。隩洲（今山西河曲人），后迁居真定（今河北正定县）。元代杂剧家，与关汉卿、马致远、郑光祖并称为"元曲四大家"。代表作主要有《梧桐雨》《墙头马上》《东墙记》等。

天净沙①·秋

孤村落日残霞②，轻烟老树寒鸦③，
一点飞鸿影下④。
青山绿水，白草红叶黄花。

【注释】

①天净沙：曲牌名。

②残霞：晚霞。

③寒鸦：天寒归林的乌鸦。

④飞鸿影下：雁影掠过。飞鸿，天空中的鸿雁。

马致远

马致远（约1251～1321以后），字千里，号东篱，原籍河北省东光县马祠堂村，大都（今北京）人。元代戏曲作家，与关汉卿、郑光祖、白朴并称"元曲四大家"。从事杂剧创作的时间很长，名气也很大，有"曲状元"之誉。今存《汉宫秋》《荐福碑》《岳阳楼》《青衫泪》《陈抟高卧》《任风子》以及与别人合写的《黄粱梦》，以《汉宫秋》最为著名。

汉宫秋（节选）

第二折

〔牧羊关〕兴废从来有，干戈不肯休。可不食君禄，命悬君口。太平时，卖你宰相功劳，有事处，把俺佳人递流。你们干请了皇家俸，着甚的分破帝王忧？那壁厢锁树①的怕弯着手，这壁厢攀栏的②怕撷破了头。

〔贺新郎〕俺又不曾彻青霄高盖起摘星楼。不说他伊尹扶汤，则说那武王伐纣。有一朝身到黄泉后，若和他留侯留侯厮遭，你可也羞那不羞？恁卧重茵，食列鼎，乘肥马，衣轻裘。恁须见舞春风嫩柳宫腰瘦，怎下的教他环珮影摇青冢月，琵琶声断黑江秋！

〔斗虾蟆〕当日个谁展英雄手，能枭项羽头，把江山属俺炎刘？全亏韩元帅九里山前战斗，十大功劳成就。恁也丹墀里头，枉被金章紫绶；恁也朱门里头，都宠着歌衫舞袖。恐怕边关透漏，殃及家人奔骤。似箭穿着雁口，没个人敢咳嗽。吾当僝僽③，他也、他也红妆年幼，无人搭救。昭君共你每有甚么杀父母冤仇？休、休，少不的满朝中都做了毛延寿！我呵，空掌着文武三千队，中原四百州；只待要割鸿沟。陡恁的④千军易得，一将难求。

〔哭皇天〕你有甚事疾忙奏，俺无那鼎镬边滚热油。我道怎文臣安社稷，武将定戈矛；你只会文武班头，山呼万岁，舞蹈扬尘，道那声诚惶顿首。如今阳关路上，昭君出塞；当日未央宫里，女主⑤垂旒。文武每，我不信你敢差排吕太后。枉以后，龙争虎斗，都是俺鸾交凤友。

〔夜乌啼〕今日嫁单于，宰相休生受。早则俺汉明妃有国难投。它那里黄云不出青山岫。投至两处凝眸，盼得一雁横秋。单注着寡人今岁揽闲愁。王嫱这运添憔瘦，翠羽冠，香罗绶，都做了锦蒙头暖帽，珠络缝貂裘。

〔三煞〕我则恨那忘恩咬主贼禽兽，怎生不画在凌烟阁上头？紫台行都是俺手里的众公侯，有那桩儿不共卿谋，那件儿不依卿奏？争忍教第一夜梦迤逗，从今后不见长安望北斗，生扭做织女牵牛！

【注释】

①锁树：西晋末刘聪欲为皇后建殿，廷尉陈元达锁腰绕树切谏，不畏死。

②攀栏：汉成帝时槐里令朱云谏杀佞臣张禹，帝不从，欲诛朱云，朱云攀殿槛，槛折。

③僝僽（chán zhòu）：忧愁、苦闷。

④陡恁的：直如此。

⑤女主：刘邦后吕氏。

王实甫

王实甫，名德信，定兴（今属河北保定）人，一说大都（北京）人。元代戏曲作家。著有杂剧十四种，现存《西厢记》《丽春堂》《破窑记》三种。其中最著名的《西厢记》是其代表作，在元代和明代就为人推重，被称为杂剧之冠。

西厢记（节选）

第四本　第三折

〔正宫·端正好〕碧云天，黄花地，西风紧，北雁南飞。晓来谁染霜林醉？总是离人泪。

〔滚绣球〕恨相见得迟，怨归去得疾。柳丝长玉骢难系，恨不得倩疏林挂住斜晖。马儿迍迍①的行，车儿快快的随，却告了相思回避，破题儿②又早别离。听得道一声"去也"，松了金钏；遥望见十里长亭，减了玉肌。此恨谁知！

〔叨叨令〕见安排着车儿、马儿，不由人熬熬煎煎的气；有甚么心情花儿、靥儿，打扮得娇娇滴滴的媚；准备着被儿、枕儿，则索昏昏沉沉的睡；从今后衫儿、袖儿，都揾做重重叠叠的泪。兀的不闷杀人也么哥，兀得不闷杀人也么哥。久已后书儿、信儿，索与我凄凄惶惶的寄。

〔脱布衫〕下西风黄叶纷飞，染寒烟衰草萋迷。酒席上斜签着坐的，蹙愁眉死临侵地③。

〔小梁州〕我见他阁泪汪汪不敢垂，恐怕人知。猛然见了把头低，长吁气，推整素罗衣。

〔幺篇〕虽然久后成佳配，奈时间怎不悲啼。意似痴，心如醉，昨宵今日，清减了小腰围。

〔上小楼〕合欢未已，离愁相继。想着俺前暮私情，昨夜成亲，今日别离。我谂知④这几日相思滋味，却原来比别离情更增十倍。

〔幺篇〕年少啊轻远别，情薄啊易弃掷。全不想腿儿相挨，脸儿相偎，手儿相携。你与俺崔相国做女婿，妻荣夫贵。但得一个并头莲，煞强如状元及第。

〔满庭芳〕供食太急，须臾对面，顷刻别离。若不是酒席间子母每当回避，有心待与他举案齐眉。虽然是厮守得一时半刻，也合着俺夫妻每共桌而食。眼底空留意，寻思起就里，险化做望夫石。

〔快活三〕将来的酒共食，尝着似土和泥。假若便是土和泥，也有些土气息，泥滋味。

〔朝天子〕暖溶溶玉醅，白泠泠似水，多半是相思泪。眼面前茶饭怕不待要吃，恨塞满愁肠胃。蜗角虚名，蝇头微利，拆鸳鸯在两下里。一个这壁，一个那壁，一递一声长吁气。

〔四边静〕霎时间杯盘狼藉，车儿投东，马儿向西，两意徘徊，落日山横翠。知他今宵宿在那里？有梦也难寻觅。

〔耍孩儿〕淋漓襟袖啼红泪，比司马青衫更湿。伯劳⑤东去燕西飞，未登程先问归期。虽然眼底人千里，且尽生前酒一杯。未饮心先醉，眼中流血，心内成灰。

〔五煞〕到京师服水土，趁程途节饮食，顺时自保揣身体。荒村雨露宜眠早，野店风霜要起迟！鞍马秋风里，最难调护，最要扶持。

〔四煞〕这忧愁诉与谁？相思只自知，老天不管人憔悴。泪添九曲黄河溢，恨压三峰华岳低。到晚来闷把西楼倚，见了些夕阳古道，衰柳长堤。

〔三煞〕笑吟吟一处来，哭啼啼独自归。归家若到罗帏里，昨宵个绣衾香暖留春住，今夜个翠被生寒有梦知。留恋你别无意，见据鞍上马，阁不住泪眼愁眉。

〔二煞〕你休忧"文齐福不齐"，我则怕你停妻再娶妻。休要"一春鱼雁无消息"！我这里"青鸾有信频须寄"，你却休"金榜无名誉不归"。此一节君须记，若见了那异乡花草，再休似此处栖迟。

〔一煞〕青山隔送行，疏林不做美，淡烟暮霭相遮蔽。夕阳古道无人语，禾黍秋风听马嘶。我为甚么懒上车儿内，来时甚急，去后何迟？

〔收尾〕四围山色中，一鞭残照里。遍人间烦恼填胸臆，量这些大小车儿如何载得起！

【注释】

①迍（zhūn）迍：缓慢的样子。

②破题儿：事情的开端。

③死临侵地：极度憔悴。死，此处为程度副词，极。临侵，憔悴无力。地，状语词尾。

④谂（shěn）知：体味到，知悉。

⑤伯劳：一种鸟，夏至始鸣。

薛论道

薛论道（约1531～约1600），字谈德，号莲溪居士。定兴（今属河北保定）人。明代散曲家。中年从军西北，戍边三十年，官至指挥佥事。其作品现存小令约1000首，最富于特色的是描写边塞军旅生活的作品；还有一些抒写个人抱负，既写出了大鹏冲天的壮怀，也夹杂着深沉的未遇之叹。著有散曲集《林石逸兴》。

黄莺儿·塞上重阳

荏苒又重阳，
拥旌旄倚太行[①]，
登临疑是青霄上。
天长地长，
云茫水茫，
胡尘静扫山河壮[②]。
望遐荒，
王庭何处[③]？
万里尽秋霜。

【注释】

①旌旄：军中的旗帜。太行：山名，位于山西高原与河北平原之间，明朝时为边防重地。

②胡尘：指少数民族入侵时的征尘与战火。

③王庭：泛指少数民族首领居住地。

曹雪芹

曹雪芹（约1715~1763或1764），名霑，字梦阮，号雪芹，又号芹溪、芹圃。祖籍河北省丰润县，生于南京。清代小说家。自曾祖起三代世袭江宁织造达60年之久，祖父曹寅当过康熙的"侍读"。少年时代，他经历了一段豪门公子的奢侈生活。雍正五年（1727），他父亲因事受到株连，被革职抄家。从此，家族的权势和财产都丧失殆尽，生活艰困，晚年居北京西郊，贫病而逝。长篇小说《红楼梦》是他为后人留下的传世之作。

枉 凝 眉

一个是阆苑仙葩①，一个是美玉无瑕②。若说没奇缘，今生偏又遇着他；若说有奇缘，如何心事终虚化③？一个枉自嗟呀，一个空劳牵挂。一个是水中月，一个是镜中花。想眼中能有多少泪珠儿，怎禁得秋流到冬尽，春流到夏！

【注释】

①阆苑：传说中神仙所住的地方。仙葩：仙花。"阆苑仙葩"指林黛玉，她本是灵河岸上三生石畔的绛珠仙草。

②瑕：玉的疵斑。"美玉无瑕"指贾宝玉，他本是赤霞宫的神瑛侍者。

③虚化：成空，化为乌有。

纪　昀

纪昀（1724～1805），字晓岚，直隶献县（今属河北沧州）人。清代学者、文学家。官至礼部尚书、协办大学士，曾任《四库全书》总纂修官。有诗文总集《纪文达公遗集》。本文选自其《阅微草堂笔记》。

阅微草堂笔记·河中石兽

沧州南一寺临河干，山门圮①。于河，二石兽并沉焉。阅②十岁，僧募金重修，求二石兽于水中，竟不可得，以为顺流下矣。棹③数小舟，曳铁耙，寻十余里无迹。一讲学者设帐寺中，闻之，笑曰："尔辈不能究物理，是非木杮④，岂能为暴涨携之去？乃石性坚重，沙性松浮，湮于沙上，渐沉渐深耳。沿河求之，不亦颠⑤乎？"众服为确论。一老河兵闻之。又笑曰："凡河中失石，当求之于上流。盖石性坚重，沙性松浮，水不能冲石，其反激之力，必于石下迎水处啮沙为坎穴。渐激渐深，至石之半，石必倒掷坎穴中。如是再啮，石又再转。转转不已，遂反溯流逆上矣。求之下流，固颠；求之地中，不更颠乎？"如其言，果得之于数里外。然则天下之事，但知其一，不知其二者多矣，可据理臆断欤？

【注释】

①干（gān）：岸边。圮：倒塌。

②阅：经历。

③棹：船桨，这里作动词用，用桨划船。

④杮（fèi）：指削下的木片。

⑤颠：颠倒、荒唐。

张之洞

张之洞（1837～1909），字孝达，号香涛，晚年自号抱冰，清代直隶南皮（今属河北沧州）人。清末洋务派代表人物之一，其倡导的"中学为体，西学为用"，是对洋务派和早期改良派基本纲领的一个总结和概括。张之洞与曾国藩、李鸿章、左宗棠并称晚清"四大名臣"。有《张文襄公全集》。

登采石矶①

艰难温峤东征地②，
慷慨虞公北拒时③。
衣带一江今涸尽，
祠堂诸将竟何之。
众宾同洒神州泪，
尊酒重哦夜泊诗④。
霜鬓当风忘却冷，
危栏烟柳夕阳迟⑤。

【注释】

①甲午战争爆发后，张之洞由南京回到武汉任湖广总督，这首诗是他归舟经采石矶时所作。

②温峤：东晋名将，曾率领水军平定张峻起义。

③虞公：南宋大臣虞允文曾率军和完颜亮大战。

④夜泊诗：东晋镇西将军谢尚舟行经牛渚，听到袁宏在邻舟吟诗，对他大加赞赏。

⑤"霜鬓"二句：凭栏送目，但觉烟柳溟濛，与沉沉的暮霭、迟迟的夕阳混成一片，心情如暮色一样迷茫难消。这两句聚集了霜鬓、寒风、烟柳、夕阳等事物，着力烘托出凄清冷峻的情景，透露出诗人怅惘无奈的心情。

现当代诗文卷

毛泽东

毛泽东（1893年12月26日~1976年9月9日），字润之，湖南湘潭人。马克思列宁主义者，中国无产阶级革命家、政治家、军事家，中国共产党、中国人民解放军和中华人民共和国的主要缔造者和领袖，毛泽东思想的主要创立者。

浪淘沙·北戴河①

大雨落幽燕②，白浪滔天③，秦皇岛外打鱼船④。一片汪洋都不见⑤，知向谁边⑥？

往事越千年⑦，魏武挥鞭⑧，东临碣石有遗篇⑨。萧瑟秋风今又是⑩，换了人间⑪。

（原载《诗刊》1957年1月号）

【注释】

①浪淘沙：词牌名。北戴河：在河北省东北部渤海边秦皇岛市西南海滨，是著名夏季休养地。

②幽燕：古幽州及燕国，在今河北省北部及东北部。

③滔天：形容水势很大，大到好像与天连接起来一样。

④秦皇岛：三面环海，是渤海湾一个不冻良港，现已设为市，相传秦始皇求仙曾到此，因此得名。

⑤汪：指水势大，深且阔。

⑥谁边：何处，哪里。

⑦往事：过去的事，这里指公元207年（建安十二年）曹操东征乌桓

（古代部族名）经过碣石山时写下《观沧海》一诗之事。越：越过。千年：只是一个大概数，实际已一千七百多年。

⑧魏武：即曹操。曹操死后，他儿子曹丕当上皇帝追封他为魏武帝。挥鞭：原指挥鞭策马，这里指骑马出征。

⑨碣石：碣石是古代山名。本词应指的是位于河北昌黎的碣石山。昌黎碣石山位于河北省昌黎城北1公里，与北戴河毗邻，面积28.8平方公里，形成历史久远，自然风光秀美，历史文化深远，地理位置优越，是五岳之外的"神岳"，是古今中外有名的历史名山、仙山、观海胜地、佛教圣地和旅游胜地。遗篇：遗留下来的诗篇，指《观沧海》一诗。

⑩萧瑟秋风：曹操《观沧海》："秋风萧瑟，洪波涌起。"

⑪人间：指社会形态和制度。

李大钊

李大钊（1889~1927），字守常，直隶乐亭（今属河北唐山）人。中国最早的马克思主义者，中国共产党的创始人和早期领导人。俄国十月革命后，迅即接受并在中国传播马列主义，发表了《庶民的胜利》《布尔什维主义的胜利》《我的马克思主义观》《再论问题与主义》等大量宣传十月革命和马克思列宁主义的著名文章和演说，成为中国共产主义的先驱。

庶民的胜利

我们这几天庆祝战胜，实在是热闹的很。可是战胜的，究竟是那一个？我们庆祝，究竟是为那个庆祝？我老老实实讲一句话，这回战胜的，不是联合国的武力，是世界人类的新精神。不是那一国的军阀或资本家的政府，是全世界的庶民。我们庆祝，不是为那一国或那一国的一部分人庆祝，是为全世界的庶民庆祝。不是为打败德国人庆祝，是为打败世界的军国主义庆祝。

这回大战，有两个结果：一个是政治的，一个是社会的。

政治的结果，是"大……主义"失败，民主主义战胜。我们记得这回战争的起因，全在"大……主义"的冲突。当时我们所听见的，有什么"大日尔曼主义"咧，"大斯拉夫主义"咧，"大塞尔维主义"咧，"大……主义"咧。我们东方，也有"大亚细亚主义""大日本主义"等等名词出现。我们中国也有"大北方主义""大西南主义"等等名词出现。"大北方主义""大西南主义"的范围以内，又都有"大……主义"等等名词出现。这样推演下去，人之欲大，谁不如我？于是两大的中间有了冲突，于是一大与众小的中间有了冲突，所以境内境外战争迭起，连年不休。

"大……主义"就是专制的隐语，就是仗着自己的强力蹂躏他人欺压他人的主义。有了这种主义，人类社会就不安宁了。大家为抵抗这种强暴势力的横行，乃靠着互助的精神，提倡一种平等自由的道理。这等道理，表现在政治上，叫做民主主义，恰恰与"大……主义"相反。

欧洲的战争，是"大……主义"与民主主义的战争。我们国内的战争，也是"大……主义"与民主主义的战争。结果都是民主主义战胜，"大……主义"失败。民主主义战胜，就是庶民的胜利。社会的结果，是资本主义失败，劳工主义战胜。原来这回战争的真因，乃在资本主义的发展。国家的界限以内，不能涵容他的生产力，所以资本家的政府想靠着大战，把国家界限打破，拿自己的国家做中心，建一世界的大帝国，成一个经济组织，为自己国内资本家一阶级谋利益。俄、德等国的劳工社会，首先看破他们的野心，不惜在大战的时候，起了社会革命，防遏这资本家政府的战争。联合国的劳工社会，也都要求平和，渐有和他们的异国的同胞取同一行动的趋势。这亘古未有的大战，就是这样告终。这新纪元的世界改造，就是这样开始。资本主义就是这样失败，劳工主义就是这样战胜。世间资本家占最少数，从事劳工的人占最多数。因为资本家的资产，不是靠着家族制度的继袭，就是靠着资本主义经济组织的垄断，才能据有。这劳工的能力，是人人都有的，劳工的事情，是人人都可以作的，所以劳工主义的战胜，也是庶民的胜利。

民主主义劳工主义既然占了胜利，今后世界的人人都成了庶民，也就都成了工人。我们对于这等世界的新潮流，应该有几个觉悟：第一，须知一个新生命的诞生，必经一番苦痛，必冒许多危险。有了母亲诞孕的劳苦痛楚，才能有儿子的生命。这新纪元的创造，也是一样的艰难。这等艰难，是进化途中所必须经过的，不要恐怕，不要逃避的。第二，须知这种潮流，是只能迎，不可拒的。我们应该准备怎么能适应这个潮流，不可抵抗这个潮流。人类的历史，是共同心理表现的记录。一个人心的变动，是全世界人心变动的征兆。一个事件的发生，是世界风云发生的先兆。一七八九年的法国革命，是十九世纪中各国革命的先声。一九一七年的俄国革命，是二十世纪中世界革命的先声。第三，须知此次平和会议中，断不许持"大……主义"的阴谋政治家在那里发言，断不许有带"大……主义"臭味，或伏"大……主义"根蒂的条件成立。即或有之，那种人的提议和那种条件，断归无效。这场会议，恐怕必须有主张公道破除国界的人士占列席的多数，才开得成。第四，须知今后的世界，变成劳工的世界。我们应该用此潮流为使一切人人变成工人的机会，不该用此潮流为使一切人人变成强盗的机会。凡是不做工吃干饭的人，都是强盗。强盗和强盗夺不正的资产，也是一种的强盗，没有什么差异。我们中国人贪惰性成，不是强盗，便是乞丐，总是希图自己不做工，抢人家的饭吃，讨人家的饭吃。到了世界成一大工厂，有工大家做，有饭大家吃的时候，如何能有我们这样贪惰的民族立足之地呢？照此说来，我们要想在世界上当一个庶民，应该在世界上当一个工人。诸位呀！快去做工啊！

（原载《新青年》1918年11月15日第5卷第5号）

朱 德

朱德（1886~1976），字玉阶，原名朱代珍，曾用名朱建德，四川仪陇人。马克思列宁主义者，中国无产阶级革命家、政治家和军事家，中国共产党和中华人民共和国的主要领导人，中国人民解放军的主要创建人和领导人，中华人民共和国十大元帅之首。

太 行① 春 感

远望春光镇日阴②，太行高耸气森森。
忠肝不洒中原泪，壮志坚持北伐心③。
百战新师惊贼胆④，三年苦斗献吾身⑤。
从来燕赵多豪杰⑥，驱逐倭儿共一樽⑦。

（1939年春）

【注释】

①太行：即太行山，抗日战争时期，八路军曾在太行山区建立了抗日根据地。

②镇日：整天。这里指经常。

③北伐：指宋朝爱国名将岳飞北伐抗击金兵入侵。

④百战新师：指中国共产党领导的八路军。

⑤三年：指抗战三年来。该诗写于1939年春，三年，应指从红军长征到达陕北，东渡黄河，进入抗日前线起，即1936年初到1939年春，恰好三年。

⑥燕赵：指中国古代的燕国、赵国，位于中国现在的河北等省，这里

指以太行山根据地为中心的华北地区。

⑦倭儿：指日本侵略者，"倭"是中国古代对日本的称呼。《汉书·地理志下》："乐浪海中有倭人，分为百余国，以岁时来献见。"这是关于中日间开始交往的最早记载。此后即称日本为倭国。

七律·攻克石门①

石门封锁太行山，勇士掀开指顾间。
尽灭全师收重镇，不教胡马返秦关。
攻坚战术开新面，久困人民动笑颜。
我党英雄真辈出，从兹不虑鬓毛斑。

【注释】

①《七律·攻克石门》是解放战争时期时任中国人民解放军总司令的朱德在河北西柏坡创作的一首古体诗作。1947年10月底，朱德参加了晋察冀野战军区司令部召开的旅以上干部会议，与杨得志、罗瑞卿、杨成武等共同拟定了攻打石家庄的战略部署；后又致电聂荣臻、萧克，要求晋察冀军区必须充分准备好人员的补充。11月6日至12日，在朱德总司令的周密布置下，晋察冀野战军歼敌2.4万余人，胜利解放了石家庄。在总结作战经验教训时，朱德欣然写下了这首诗。目前，此诗已镌刻在石家庄解放纪念碑上。

陈 毅

陈毅（1901～1972），名世俊，字仲弘，四川乐至人。中国无产阶级革命家、政治家、军事家、外交家、诗人，中国人民解放军的创建者和领导者之一，中华人民共和国十大元帅之一。著作编为《陈毅军事文选》《陈毅诗词选集》《陈毅诗稿》等。

闻八路军平型关大捷

抗日旌旗战局开，大军东出薄燕台。
南方豪杰风雷动，团结救亡下山来。

（1937年9月）

过太行山书怀

太行山似海，波澜壮天地。山峡十九转，奇峰当面立。
仰望天一线，俯窥千仞壁。外线雾飘浮，内线云层积。
山阳薄雾散，山阴白雪密。溪流走山谷，千里赴无极。
清漳映垂柳①，灌溉稻黍稷。园田村舍景，无与江南异。

我行半中国，廿年不暖席。五岭度三载，罗霄岁余寄②。
武夷品新茶，仙霞曾游击。突围到章贡，埋伏到九嶷。
黄山观云海，茅山竖战戟。风驰万壑开，云卷千峰集。
殊多雄姿态，林泉更幽僻。此日见太行，险峻称第一。

我初入山来，麻田度良夕。六年战平原，山居睡沉寂。
朝来启户牖，山光照四壁。迎面仙人峰，侧观似飞骑。
又似南面朝③，又似相让揖。又似张锦屏，榜题挥彩笔。
又似三人会，俯首方对弈。又似故友逢，抵掌谈昔昔④。
众山齐南向，万马奔飞檄⑤。忽然一转折，昂首与天逼。
相看长不厌⑥，万幻数难悉。

因念抗战中，华北阻寇骑。平型雁门捷，阳堡显奇迹。
妙峰战北平，冀东敌逃逸。大军出雄关，满蒙斧初劈。
东进抵渤海，齐鲁喜洋溢。南进战苏皖，淮泗波涛激。
西征向郑洛，中原撑半壁。江淮与河汉，四望红旗立。
南去海南岛，珠江风暴急。敌后三战场，驰骋羽书疾。
决策赖延安，太行天下脊。一九四二年，苦战破铁壁。
主力与民兵，敌军尽战栗。始知不义战，厥功永难毕⑦。
人心有向背，所到皆振臂。政治尊民主，联合定大计。
经济重生产，首事减租息。文化归大众，工农兵统一。
民间艺术源，提炼显神迹。教条毒害多，新旧皆有弊。
惟在实践中，创造合实际。请看解放区，人足家自给⑧。
盗匪告肃清，乞丐无处觅。稼穑与工商，生产事蓄积。
在在无贫乏，耕三而余一。大同尚有期，小康已中的。
华夏五千年，治隆谁能匹？以此言抗战，到处破强敌。
以此言建国，扫除苛政迹。可怜顽固派，摩擦空费力。
可怜敌与伪，泥足危岌岌。人民革命军，狂潮如卷席。
沛然谁能御？四海望宁一。辛勤百年来，收功在近纪。

吁嗟乎！
黄河东走汇百川，自来表里太行山。
万年民族发祥地，抗战精华又此间。
山西在怀抱，河北置左肩。

山东收眼底，河南示鼻端。

长城大漠作后殿，提携捧负依陕甘。

更有人和胜天时，地利攻守相攸关。

创业不拔赖基地，我过太行梦魂安。

（1944年1月）

【注释】

①清漳：即清漳河。源出山西省黎城县，西南而流，至河南省林县与浊漳河汇合，以下称为漳河。

②"五岭"二句：前句指作者于1935至1937年在赣粤边五岭山区坚持了三年游击战争。后句指作者于1928年至1929年同毛泽东、朱德等一起在井冈山革命根据地领导武装斗争。岁余寄，即寄岁余，住了一年多。

③南面朝：面朝南。古代以面朝南为尊位，君主临朝南面而坐，因此把为君称作南面为王、南面称孤等。

④抵掌谈昔昔：击掌长谈。形容坦率无拘束地交谈。抵掌，击掌。昔昔，过去的事情。

⑤飞檄：紧急的军书。

⑥相看长不厌：对着太行山，总是看不够，表示作者对太行的恋慕之情。

⑦厥功永难毕：敌人的罪恶目的永远也达不到。厥，其；功，事功。这里指敌军的"扫荡"。毕，完成。

⑧人足家自给：成语家给人足或人足家给的变化。形容家家生活充裕。

田　间

　　田间（1916~1985），原名童天鉴，安徽无为人。现当代诗人。1934年参加"左联"。1938年参加八路军西北战地服务团，任战地记者。不久赴延安和晋察冀边区，与柯仲平等发起街头诗运动，创作很多宣传爱国抗战的短诗。诗歌形式多样，在新诗的民族化、大众化方面积极探索，以平实的描述和激昂的呼唤形成了明快质朴的风格。其诗作《假使我们不去打仗》传遍全国，被闻一多称为"擂鼓诗人""时代的鼓手"。曾任河北省文联主席等职。

给战斗者

在没有灯光
没有热气的晚上，
我们的敌人
来了，
从我们的
手里，
从我们的
怀抱里，
把无罪的伙伴，
关进强暴的栅栏。
他们身上
裸露着
伤疤，
他们永远

呼吸着

仇恨，

他们颤抖，

在大连，在满洲的

野营里，

让喝了酒的

吃了肉的

残忍的总管

用它的刀

嬉戏着——

荒芜的

生命，

饥饿的

血……

一

亲爱的

——人民！

人民

在卢沟桥

……

在丰台

……

在这悲剧的种族生活着的南方与北方的地带里，

被日本帝国主义者的枪杀

斥醒了……

二

是开始了伟大战斗的

七月啊！

七月，
我们
起来了。

我们
起来了
抚摩悲愤的
眼睛呀；

我们
起来了，
揉擦红色的脚跟，
与黑色的
手指呀！

我们
起来了，
在血的农场上，在血的沙漠上，在血的水流上，
守望着
中部，
边疆。

经过冰雪，经过烟雾，
遥远地
遥远地
我们呼唤着
爱与幸福，

自由和解放……

七月，
我们
起来了，
呼啸的河流啊，叛变的土地啊，爆烈的火焰啊，
和应该激动在这凄惨的地上的
复活的
歌啊！

因为
我们是
生长在中国。

在中国，
人民的
幼儿
需要哺养呀，
人民的
牲群
需要畜牧呀，
人民的
树木
需要砍伐呀，
人民的
禾麦
需要收获呀！

在中国

我们怀爱着——
五月的
麦酒，
九月的
米粉，
十月的
燃料，
十二月的
烟草，
从村落的家里
从四万万五千万灵魂的幻想的领域里，
飘散着
祖国的
热情，
祖国的
芬芳。

每天，
每天，
我们
要收藏——
在自己的大地上纺织着的
祖国的
白麻
祖国的
蓝布。

……

因为

我们

要活着，永远地活着，欢喜地活着，

在中国。

三

我们

是伟大的中国的伟大的养子啊！

我们

曾经

在扬子江和黄河的

热燥的

水流上，

摇起

捕鱼的木船；

我们曾经

在乌兰哈达沙土与南部草地的

周围，

负起着

狩猎的器具；

强壮的

少女，

曾经在亚细亚夜间燃烧的篝火的

野性的

烈焰的

左右，

靠近纺车，

辛勤地

纺织着……

……

我们
曾经
用筋骨，用脊背，
开扩着——
粗鲁的
生活。

四

伟大的
祖国，
……

敌人，
突破着
海岸和关卡，
从天津，
从上海。

敌人，
散布着
炸药和瓦斯，
到田园，
到池沼。

敌人来了，

恶笑着
走向
我们。

恶笑着
扫射。
绞杀。

今天,
你将告诉我们以战斗或者以死呢
伟大的
祖国!

五

我们
必须
战争了,
昨天是懦弱的,是惨呼的,是挣扎的
四万万五千万啊!

斗争,
或者死……

我们
必须
拔出敌人的刀刃,
从自己的
血管。

我们

人性的

呼吸，

不能停止；

血肉的

行列，

不能拆散；

复仇的

枪，

不能扭断；

因为

我们

不能屈辱地活着，也不能屈辱地死去呀……

……

太阳被掩覆了，

疆土的

烽火，

在生长着；

堡垒被破坏了，

兄弟的

尸骸，

在堆积着；

亲爱的

人民，

让我们战争，

更顽强，
更坚韧。

六

……
我们，
往哪里去

在世界
没有大地，
没有海河，
没有意志，
匍匐地
活着
也是死呀！

今天呀，
让我们
死吧，
但必须付出我们
最后的灵魂，
到保护祖国的
神圣的
歌声去……
亲爱的
人民！

亲爱的
人民！

抓出

木厂里

墙角里

泥沟里

我们的

武器,

挺起

我们

被火烤的,被暴风雨淋的,被鞭子抽打的胸脯,

斗争吧!

在斗争里,

胜利

或者死

……

七

在诗篇上,

战士的坟场

会比奴隶的国家

要温暖,

要明亮。

（1937年12月24日，武昌）

坚　　壁

狗强盗，
你要问我么：
　"枪、弹药，
　埋在哪儿？"

来，我告诉你：
　"枪、弹药，
　统埋在我的心里！"

（1943年6月）

假使我们不去打仗

假使我们不去打仗，
敌人用刺刀
杀死了我们，
还要用手指着我们骨头说：
　"看，
　这是奴隶！"

（1938年）

公　木

　　公木（1910～1998），原名张永年，笔名公木、木农等，河北辛集人。现当代诗人、学者、教育家。《英雄赞歌》《八路军进行曲》的歌词作者。《八路军进行曲》后改名为《中国人民解放军进行曲》，1988年被中共中央军事委员会确定为中国人民解放军军歌。

中国人民解放军军歌

向前！向前！向前！
我们的队伍向太阳！
脚踏着祖国的大地，
背负着民族的希望，
我们是一支不可战胜的力量。
我们是工农的子弟，
我们是人民的武装，
从无畏惧，绝不屈服，英勇战斗，
直到把反动派消灭干净，
毛泽东的旗帜高高飘扬。
听！风在呼啸军号响，
听！革命歌声多嘹亮！
同志们整齐步伐奔向解放的战场，
同志们整齐步伐奔赴祖国的边疆，
向前！向前！
我们的队伍向太阳，
向最后的胜利，

向全国的解放！

（1951年2月）

我　爱

雷闪，
不能把光芒和声响，
永留在天空。

颤抖的星，
水样的月光，
甚至灼烁的太阳——
能够照穿乌黑的夜，
直到把黑夜消灭。

然而他们照不亮
人的心，这大海洋：
万年的波涛汹涌，
勇敢的海燕飞翔。
它吞没整个阴暗的古昔，
而驶出通向无限未来的远航。

什么
生命力最久常？
什么
光照得最深最强？

是你啊，

我心爱的诗。
你耸然起立——
从侮辱，
从剥削，
从反抗，
从斗争，
从人类历史的奔流里，
从自然宇宙的造化里……

你把一代的精神，
赋以活的呼吸，
吹向来世。

你拂去蒙蔽正义的尘土，
你使罪恶低头而战栗。
你比空气更轻灵，
你是前进的急先锋，
对每个新辟的领域，
你总是做向导。
你的伴随，
是创造的意志，
是真理的美。

假如有一天，
你把光耀隐逝，
一切过去将只剩一片空白，
而根本也就不会再有未来。

我把自己

投进你的光圈里，
我看见每个人头上
都照着同样的光圈。

只有那依靠上帝和血统骑人颈上的人，
只有那借助手枪和说谎骗取荣利的人，
只有那仰仗主子威风专以鸣鞭为快的人，
只有那生就一副膝盖用来发抖或下跪的人，
只有他们，那些多余的人，
留在这荣耀而辉煌的光圈之外。

啊，你是什么，
我心爱的诗？

你是
神圣对邪恶战争的阵线；
你是
结合赤红的心与心的纽带。

我放开喉咙
为你歌唱光荣之歌。

我以感激的手，
带着胜利的确信，
抚摸你的周身。

我轻轻地低语，
用我的唇，
贴近你的耳根。

我有时也激动地狂吼，
暴跳着向着你，
像向着一位老朋友。

我向你哭，
向你笑，
向你吵嚷，
向你议论。
我爱过许多男人和女人，
我却没有
像爱你这般深。

（1941年9月3日）

安 娥

　　安娥（1905～1976），原名张式沅，河北获鹿（今属河北石家庄）人。现代剧作家、作词家、诗人、记者、翻译家、社会活动家。著有诗集《燕赵儿女》《古城的怒吼》《孩子们的队伍》《台儿庄》《飞将军凯歌》，诗剧《高粱红了》，歌剧《洪波曲》《战地之春》《孟姜女》《武训传》《青年近卫军》，歌词《卖报歌》《渔光曲》等。

卖 报 歌

啦啦啦！啦啦啦！
我是卖报的小行家，
不等天明去等派报，
一面走，一面叫，
今天的新闻真正好，
七个铜板就买两份报。

啦啦啦！啦啦啦！
我是卖报的小行家，
大风大雨里满街跑，
走不好，滑一跤，
满身的泥水惹人笑，
饥饿寒冷只有我知道。

啦啦啦！啦啦啦！
我是卖报的小行家，

耐饥耐寒地满街跑，

吃不饱，睡不好，

痛苦的生活向谁告，

总有一天光明会来到。

（1933年）

渔 光 曲

云儿飘在海空，鱼儿藏在水中；

早晨太阳里晒鱼网，迎面吹过来大海风。

潮水升，浪花涌，鱼船儿飘飘各西东；

轻撒网，紧拉绳，烟雾里辛苦等鱼踪。

鱼儿难捕船租重，捕鱼人儿世世穷，

爷爷留下的破鱼网，小心再靠它过一冬。

东方现出微明，星儿藏入天空；

早晨鱼船儿返回程，迎面吹过来送潮风。

天已明，力已尽，眼望着渔村路万重；

腰已酸，手也肿，捕得了鱼儿腹内空。

鱼儿捕得不满筐，又是东方太阳红，

爷爷留下的破鱼网，小心还靠它过一冬。

（1934年6月）

孙 犁

　　孙犁（1913～2002），原名孙树勋，河北衡水安平县人。现当代小说家、散文家，"荷花淀派"创始人。12岁开始接受新文学，受鲁迅和文学研究会影响很大。"孙犁"是他参加抗日战争后于1938年开始使用的笔名。著有长篇小说《风云初记》，小说、散文集《白洋淀纪事》，中篇小说《铁木前传》《村歌》，文学评论集《文学短论》等。

荷 花 淀

　　月亮升起来，院子里凉爽得很，干净得很，白天破好的苇眉子潮润润的，正好编席。女人坐在小院当中，手指上缠绞着柔滑修长的苇眉子。苇眉子又薄又细，在她怀里跳跃着。

　　要问白洋淀有多少苇地？不知道。每年出多少苇子？不知道。只晓得，每年芦花飘飞苇叶黄的时候，全淀的芦苇收割，垛起垛来，在白洋淀周围的广场上，就成了一条苇子的长城。女人们，在场里院里编着席。编成了多少席？六月里，淀水涨满，有无数的船只，运输银白雪亮的席子出口，不久，各地的城市村庄，就全有了花纹又密、又精致的席子用了。大家争着买："好席子，白洋淀席！"

　　这女人编着席。不久在她的身子下面，就编成了一大片。她像坐在一片洁白的雪地上，也像坐在一片洁白的云彩上。她有时望望淀里，淀里也是一片银白世界。水面笼起一层薄薄透明的雾，风吹过来，带着新鲜的荷叶荷花香。但是大门还没关，丈夫还没回来。

　　很晚丈夫才回来了。这年轻人不过二十五六岁，头戴一顶大草帽，上身穿一件洁白的小褂，黑单裤卷过了膝盖，光着脚。他叫水生，小苇庄的游击组长，党的负责人。今天领着游击组到区上开会去来。女人抬头笑着问：

"今天怎么回来的这么晚？"站起来要去端饭。水生坐在台阶上说：

"吃过饭了，你不要去拿。"

女人就又坐在席子上。她望着丈夫的脸，她看出他的脸有些红胀，说话也有些气喘。她问：

"他们几个哩？"

水生说：

"还在区上。爹哩？"

女人说：

"睡了。"

"小华哩？"

"和他爷爷去收了半天虾篓，早就睡了。他们几个为什么还不回来？"

水生笑了一下。女人看出他笑的不像平常。

"怎么了，你？"

水生小声说：

"明天我就到大部队上去了。"

女人的手指震动了一下，像是叫苇眉子划破了手，她把一个手指放在嘴里吮了一下。水生说：

"今天县委召集我们开会。假若敌人再在同口安上据点，那和端村就成了一条线，淀里的斗争形势就变了。会上决定成立一个地区队。我第一个举手报了名的。"

女人低着头说：

"你总是很积极的。"

水生说：

"我是村里的游击组长，是干部，自然要站在头里，他们几个也报了名。他们不敢回来，怕家里的人拖尾巴。公推我代表，回来和家里人们说一说。他们全觉得你还开明一些。"

女人没有说话。过了一会，她才说：

"你走，我不拦你。家里怎么办？"

水生指着父亲的小房叫她小声一些。说：

"家里，自然有别人照顾。可是咱的庄子小，这一次参军的就有七个。庄上青年人少了，也不能全靠别人，家里的事，你就多做些，爹老了，小华还不顶事。"

女人鼻子里有些酸，但她并没有哭。只说：

"你明白家里的难处就好了。"

水生想安慰她。因为要考虑准备的事情还太多，他只说了两句：

"千斤的担子你先担吧，打走了鬼子，我回来谢你。"

说罢，他就到别人家里去了，他说回来再和父亲谈。

鸡叫的时候，水生才回来。女人还是呆呆地坐在院子里等他，她说：

"你有什么话嘱咐嘱咐我吧！"

"没有什么话了，我走了，你要不断进步，识字，生产。"

"嗯。"

"什么事也不要落在别人后面！"

"嗯，还有什么？"

"不要叫敌人汉奸捉活的。捉住了要和他拼命。"这才是那最重要的一句，女人流着眼泪答应了他。

第二天，女人给他打点好一个小小的包裹，里面包了一身新单衣，一条新毛巾，一双新鞋子。那几家也是这些东西，交水生带去。一家人送他出了门。父亲一手拉着水生，对他说：

"水生，你干的是光荣事情，我不拦你，你放心走吧。大人孩子我给你照顾，什么也不要惦记。"

全庄的男女老少也送他出来，水生对大家笑一笑，上船走了。

女人们到底有些藕断丝连。过了两天，四个青年妇女集在水生家里来，大家商量：

"听说他们还在这里没走。我不拖尾巴，可是忘下了一件衣裳。"

"我有句要紧的话得和他说说。"

水生的女人说：

"听他说鬼子要在同口安据点……"

"哪里就碰得那么巧，我们快去快回来。"

"我本来不想去，可是俺婆婆非叫我再去看看他，有什么看头啊！"

于是这几个女人偷偷坐在一只小船上，划到对面马庄去了。

到了马庄，她们不敢到街上去找，来到村头一个亲戚家里。亲戚说：你们来的不巧，昨天晚上他们还在这里，半夜里走了，谁也不知开到哪里去。你们不用惦记他们，听说水生一来就当了副排长，大家都是欢天喜地的……

几个女人羞红着脸告辞出来，摇开靠在岸边上的小船。现在已经快到晌午了，万里无云，可是因为在水上，还有些凉风。这风从南面吹过来，从稻秧上苇尖吹过来。水面没有一只船，水像无边的跳荡的水银。

几个女人有点失望，也有些伤心，各人在心里骂着自己的狠心贼。可是青年人，永远朝着愉快的事情想，女人们尤其容易忘记那些不痛快。不久，她们就又说笑起来了。

"你看说走就走了。"

"可慌（高兴的意思）哩，比什么也慌，比过新年，娶新娘——也没见他这么慌过！"

"拴马桩也不顶事了。"

"不行了，脱了缰了！"

"一到军队里，他一准得忘了家里的人。"

"那是真的，我们家里住过一些年轻的队伍，一天到晚仰着脖子出来唱，进去唱，我们一辈子也没那么乐过。等他们闲下来没有事了，我就傻想：该低下头了吧。你猜人家干什么？用白粉子在我家影壁上画上许多圆圈圈，一个一个蹲在院子里，托着枪瞄那个，又唱起来了！"

她们轻轻划着船，船两边的水哗，哗，哗。顺手从水里捞上一棵菱角来，菱角还很嫩很小，乳白色。顺手又丢到水里去。那棵菱角就又安安稳稳浮在水面上生长去了。

"现在你知道他们到了哪里？"

"管他哩，也许跑到天边上去了！"

她们都抬起头往远处看了看。

"哎呀！那边过来一只船。"

"哎呀！日本鬼子，你看那衣裳！"

"快摇！"

小船拼命往前摇。她们心里也许有些后悔，不该这么冒冒失失走来；也许有些怨恨那些走远了的人。但是立刻就想，什么也别想了，快摇，大船紧紧追过来了。

大船追的很紧。

幸亏是这些青年妇女，白洋淀长大的，她们摇的小船飞快。小船活像离开了水皮的一条打跳的梭鱼。她们从小跟这小船打交道，驶起来，就像织布穿梭，缝衣透针一般快。假如敌人追上了，就跳到水里去死吧！

后面大船来的飞快。那明明白白是鬼子！这几个青年妇女咬紧牙制止住心跳，摇橹的手并没有慌，水在两旁大声哗哗，哗哗，哗哗哗！

"往荷花淀里摇！那里水浅，大船过不去。"

她们奔着那不知道有几亩大小的荷花淀去，那一望无边际的密密层层的大荷叶，迎着阳光舒展开，就像铜墙铁壁一样。粉色荷花箭高高地挺出来，是监视白洋淀的哨兵吧！

她们向荷花淀里摇，最后，努力地一摇，小船窜进了荷花淀。几只野鸭扑棱棱飞起，尖声惊叫，掠着水面飞走了。就在她们的耳边响起一排枪声！

整个荷花淀全震荡起来。她们想，陷在敌人的埋伏里了，一准要死了，一齐翻身跳到水里去。渐渐听清楚枪声只是向着外面，她们才又扒着船帮露出头来。她们看见不远的地方，那宽厚肥大的荷叶下面，有一个人的脸，下半截身子长在水里。荷花变成人了？那不是我们的水生吗？又往左右看去，不久各人就找到了各人丈夫的脸，啊！原来是他们！

但是那些隐蔽在大荷叶下面的战士们，正在聚精会神瞄着敌人射击，半眼也没有看她们。枪声清脆，三五排枪过后，他们投出了手榴弹，冲出了荷花淀。

手榴弹把敌人那只大船击沉，一切都沉下去了。水面上只剩下一团烟硝火药气味。战士们就在那里大声欢笑着，打捞战利品。他们又开始了沉到水底捞出大鱼来的拿手戏。他们争着捞出敌人的枪支、子弹带，然后是一袋子一袋子叫水浸透了的面粉和大米。水生拍打着水去追赶一个在水波上滚动的东西，是一包用精致纸盒装着的饼干。

妇女们带着浑身水，又坐到她们的小船上去了。

水生追回那个纸盒，一只手高高举起，一只手用力拍打着水，好使自己不沉下去。对着荷花淀吆喝：

"出来吧，你们！"

好像带着很大的气。

她们只好摇着船出来。忽然从她们的船底下冒出一个人来，只有水生的女人认的那是区小队的队长。这个人抹一把脸上的水问她们：

"你们干什么来呀？"

水生的女人说：

"又给他们送了一些衣裳来！"

小队长回头对水生说：

"都是你村的？"

"不是她们是谁，一群落后分子！"说完把纸盒顺手丢在女人们船上，一泅，又沉到水底下去了，到很远的地方才钻出来。

小队长开了个玩笑，他说：

"你们也没有白来，不是你们，我们的伏击不会这么彻底。可是，任务已经完成，该回去晒晒衣裳了。情况还紧的很！"

战士们已经把打捞出来的战利品，全装在他们的小船上，准备转移。一人摘了一片大荷叶顶在头上，抵挡正午的太阳。几个青年妇女把掉在水里又捞出来的小包裹，丢给了他们，战士们的三只小船就奔着东南方向，箭一样飞去了。不久就消失在中午水面上的烟波里。

几个青年妇女划着她们的小船赶紧回家，一个个像落水鸡似的。一路走着，因过于刺激和兴奋，她们又说笑起来，坐在船头脸朝后的一个噘着嘴说：

“你看他们那个横样子，见了我们爱搭理不搭理的！”

“啊，好像我们给他们丢了什么人似的。”

她们自己也笑了，今天的事情不算光彩，可是：

“我们没枪，有枪就不往荷花淀里跑，在大淀里就和鬼子干起来！”

“我今天也算看见打仗了。打仗有什么出奇，只要你不着慌，谁还不会趴在那里放枪呀！”

“打沉了，我也会凫水捞东西，我管保比他们水式好，再深点我也不怕！”

“水生嫂，回去我们也成立队伍，不然以后还能出门吗！”

“刚当上兵就小看我们，过二年，更把我们看得一钱不值了，谁比谁落后多少呢！”

这一年秋季，她们学会了射击。冬天，打冰夹鱼的时候，她们一个个登在流星一样的冰船上，来回警戒。敌人围剿那百顷大苇塘的时候，她们配合子弟兵作战，出入在那芦苇的海里。

（1954年5月于延安）

风云初记（节选）

七十

天明的时候，春儿她们到了滹沱河边。使她们兴奋的是：她们已经知道，她们前来慰问的部队，就是那传说和盼望了很久的，贺龙将军带领的一二〇师。

更巧的是：司令部就驻在春儿的家乡子午镇。她们在村东头一家贫农的北屋里见到了贺龙将军。突然见到他，她只顾得浑身打量，好像在这位将军身上，每一个地方都带着红军时代的灿烂的传说，都是那些出奇制胜的英雄故事。

将军很是和蔼可亲。向她们致谢以后，他首先关心的是她们身体的健康。问到学校里的伙食，问到她们除去军事科目，平时还有什么运动。

她们还见到了周士第参谋长，参谋长站在悬挂着的一张军用大地图旁边，给她们详细地讲解了目前敌后战场上的形势。她们虽然缺少军事经验，也能预感到：随着这些英雄人物的到来，一场新的激烈的战争风暴，就要在她们的家乡开始了。参谋长告诉她们：敌人好像发觉我们的主力过来了，情况变化得很快，叫她们先不要离开司令部，编成一个民运小组，跟着部队转移。可是，晚上还从容的召集了一个交流经验的座谈会，主要是请她们介绍了冀中区的风习和人情。

慰问了自己的部队，见到了红军时代的人物，是春儿生平很值得纪念的一件事。她想：她出生的这个村庄，有机会驻扎了这一支革命劲旅的首脑机关，它一定也感觉着光荣。

春儿和变吉哥都到家里看望了看望。春儿家里也住着一班战士，他们看见自己部队上的客人，和这家房东这样熟识，最初还有些奇怪哩，后来才知道是春儿的家，战士们笑着说：

"好呀！这么一来，你这个女同志，就不是我们的客人，快来招待我们吧！"

乡亲们偷偷地问春儿：她会见的到底是一个什么样的大司令？春儿保守军事秘密，只是笑着说：这是一位很有名的人物，一位很能打胜仗的将军。乡亲们虽然闹不清将军到底是谁，可是他们知道：这一准是真正老牌的八路过来了。

一开始就是紧张的行军。春儿还没经历过这样的行军，行军是从每天黄昏开始，宿营是在第二天的早晨。她们编列在一支队伍的后面，一走起来，就得跟着紧跑。队伍走开了，真像一条龙，它忽东忽西，忽南忽北，有时，使得春儿她们这些本地人，也闹不清方向，只是跟着紧转。只有在第二天驻下的时候，一打听村庄的名字，才知道又出来了一百几十里。

是连续的行军。最初几天夜里，春儿是累，是腿痛，是害怕掉队。后来，也就习惯了。每天黄昏出发的时候，她觉得很有精力，脚步跟得上，也就用不着那样紧追紧赶了。行军到了黎明，才是最困最乏的时候，她常常是走着路就做起梦来了。

到了宿营地，太阳升起来，坐到大场边上就不再愿意动弹。可是她们的任务，正是要在这个时候完成。部队上的口音，老乡们听不清，有些风俗习惯又不相同。她要帮助管理员去找房子，借东西，要粮要草。她要向老乡们动员解释。等大家都进了房子，火房里把米下了锅，她才能去休息。

敌人从东西两线向根据地压迫，调集了很大的兵力，跟在一二〇师的后面。

一二〇师好像并没有和它一决胜负的意思，这支部队只是在敌人的空隙里穿过，攻击敌人的弱点，在根据地的边缘打着回旋。这支部队也不是单纯的行军，它有很大的政治影响，有很强的吸引力量。它刚刚进入冀中的时候，听说只有两个主力团，现在它一路行军，一路扩大，谁也不知道它已经增加了多少倍的人马。

跟着这支部队，春儿走遍了冀中区。在平汉路一带，村庄很大很密，水车园子很多。定县境内，小小的清凉的水沟在村边绕过，用手就可以捕捉那潜藏在芦苇根底下的小鱼。在津浦线附近，地形宽阔，村庄很稀，农民们住在那零散的黄土筑成的小屋里，村外大洼里是一丛丛的红荆，天空里盘旋着大鹰。

她渡过了家乡的不同姿态的河流。夜晚，她跟着部队，在一个灯火繁多的镇上，通过子牙河的木桥。再往东，沿着红土河身的运粮河，它两岸都是长满了肥大白菜的园地。有时候，她蹚着沙河的清澈的浅水，一直走到西边的铁路，看看就到大山的脚下，然后又返回东北，宿营在雾露很重的大清河边。她无数次在奔腾的河流上，小心地走过颤动的浮桥，她的身影和天上的星月，一同映进碧绿的水流。有时候，她静静地站立在河岸上，等候那集中起来的、穿梭一样摆渡的船只。

亲爱的家乡的土地！在你的广阔丰厚的胸膛上，还流过汹涌的唐河和泛滥的滹沱河。这些河流，是你身体里沸腾的血液，奔走和劳作的动脉；是你的奋发激烈的情感，是你生育的男孩子们的象征。你的女儿是沉静的磁河和透明的琉璃河。她们在柔软的草地上流过，娇羞得不露一点儿声色，她们用全身温暖着身边的五谷，用乳汁保证了田园的丰收。她们摇动着密密的芦苇，漂载着深夜航行的小船，她们给了人们多少慰藉和恩情啊！看见她们，就看到你的美丽，也看到你的孕育的伟大和富庶了。

春儿经过号称金的束鹿和号称银的蠡县，这里丰产棉花；她到过叫做小苏州的胜芳，那里著名的是荷菱鱼稻。农民们用秋收的新粮，供给过往的部队。

行军当中，她可以听到各个地方的民间小曲。家乡啊！你的曲调是多么丰富，为什么一支横笛，竟能吹出这样繁复变化的心情？原来只是嫁娶时的喜歌和别离时的哀调，现在被保卫祖国的情感充实激发，都变得多么急促和高亢了啊！

黎明的时候，春儿远远望见过定县的古塔，正定的大佛，起伏在大水洼里的曲折的十二连桥。

她望见过大城市里的不安的灯火，听到过人民在那里受难的呻吟。

家乡啊！一支曾在几次反"围剿"战斗里立下威名，经过雪山草地上的千辛万苦的部队，正在你的富饶的土地上，急急忙忙连续不断地行军。

深夜里，春儿看见过那骑在马上的将军。他们有时停在村庄的边缘，从马上跳下来，掩遮着一个微小的光亮，察看地图和指示向导。

他们骑马走在队伍中间，春儿不知道在他们前边走着的有多少人，在他们后边走着的又有多少。有时他们闪在一旁，让队伍通过，轻声安慰和鼓励着每一个人。到了宿营地点，战士们都睡下的时候，他们又研究敌情，决定行程。

仍旧是长距离的方向不定的急行军。春儿跟着部队，每天夜里，就又要经过无数的村庄，听着一起一落的犬吠鸡鸣，听着妇女们在夜间操作，因为各地的出产不同，她们有的泡制皮革，有的编筐抱篓，有的织造铜丝罗。

各个村庄的民兵都在集合，深夜里，区村的干部们还在工作。所有根据地的人民，站在门口，兴奋的欢迎他们，把必胜的信念，寄托在自己的主力部队身上。

她听到铁锤叮当的声音。在一处背静的街道里，她看见一座打铁炉燃烧着，火苗闪在油黑的大风箱上。在火光里，那系着破油布围裙的，来自冀南或是山东的铁匠们，正在给农民打制破路的铁铲小镐，给民兵们修制枪支地雷。就是在阴雨连绵的夜里，炉火也不会熄灭，铁锤的声音也不会停止。

家乡啊！你儿女众多，你贡献重大，你珍爱节操，你不容一丝一点侵辱，你正在愤怒！

（选自《风云初记》，人民文学出版社1951年版）

冯 至

冯至（1905~1993），原名冯承植，字君培，直隶涿州（今河北涿州）人。现代诗人、翻译家。出版有散文集《东欧杂记》，传记《杜甫传》、诗集《十年诗抄》、论文集《诗与遗产》、译作《海涅诗选》等。

十四行诗（节选）

一

我们准备着深深地领受
那些意想不到的奇迹，
在漫长的岁月里忽然有
彗星的出现，狂风乍起；
我们的生命在这一瞬间，
仿佛在第一次的拥抱里
过去的悲欢忽然在眼前
凝结成屹然不动的形体。
我们赞颂那些小昆虫，
它们经过了一次交媾
或是抵御了一次危险，
便结束它们美妙的一生。
我们整个的生命在承受
狂风乍起，彗星的出现。

十六

我们站立在高高的山巅

化身为一望无边的远景，
化成面前的广漠的平原，
化成平原上交错的蹊径。
哪条路，哪道水，没有关连，
哪阵风，哪片云，没有呼应；
我们走过的城市、山川，
都化成了我们的生命。
我们的生长，我们的忧愁
是某某山坡的一棵松树，
是某某城上的一片浓雾；
我们随着风吹，随着水流，
化成平原上交错的蹊径，
化成蹊径上行人的生命。

我 的 感 谢

你让祖国的山川
变得这样美丽、清新，
你让人人都恢复了青春，
你让我，一个知识分子，
又有了良心。

我的父母把我生下来，
心上就蒙盖了灰尘，
几十年，越埋越深，
像一个漫长的冬夜，
看不见春天和早晨。

看不见光明，只看见黑暗，

分不清朋友和敌人，
感不到人类的历史在前进，
把真的掺上了假，
假的掺上了真。

是你唤醒了我，
扫除了厚重的灰尘，
我取出来这颗血红的心——
朋友和敌人划清界限，
真和假也有了区分。

你让我有了爱，
爱祖国的人民、祖国的山川，
爱祖国的今日和明天，
爱我们做不完的工作，
爱工作里的顺利和艰难。

我无论走到哪里，
都感到你博大的精神，
你比太阳的光照还要普遍，
因为太阳还有照不到的地方，
它每天还在西方下沉。
你却日日夜夜地照着我，
也照着祖国的每个人民。
大家内心里有一个声音——
　"你是我们再生的父母，
你是我们永久的恩人。"

（原载《光明日报·文艺周刊》1952年7月5日）

郭小川

郭小川（1919~1976），原名郭恩大，河北丰宁人。现当代诗人。1933年，积极投身于抗日救亡的学生运动，是党领导下的民族解放先锋队文艺青年联合会的活跃成员，开始用诗歌作武器，参加民族解放斗争。著有诗集《投入火热的斗争》《致青年公民》《雪与山谷》《将军三部曲》《甘蔗林——青纱帐》《郭小川诗选》等。

甘蔗林——青纱帐

南方的甘蔗林哪，南方的甘蔗林！
你为什么这样香甜，又为什么那样严峻？
北方的青纱帐啊，北方的青纱帐！
你为什么那样遥远，又为什么这样亲近？

我们的青纱帐哟，跟甘蔗林一样地布满浓阴，
那随风摆动的长叶啊，也一样地鸣奏嘹亮的琴音；
我们的青纱帐哟，跟甘蔗林一样地脉脉情深，
那载着阳光的露珠啊，也一样地照亮大地的清晨。

肃杀的秋天毕竟过去了，繁华的夏日已经来临，
这香甜的甘蔗林哟，哪还有青纱帐里的艰辛！
时光像泉水一般涌啊，生活像海浪一般推进，
那遥远的青纱帐哟，哪曾有甘蔗林里的芳芬！

我年轻时代的战友啊，青纱帐里的亲人！

让我们到甘蔗林集合吧，重新会会昔日的风云；
我战争中的伙伴啊，一起在北方长大的弟兄们！
让我们到青纱帐去吧，喝令时间退回我们的青春。

可记得？我们曾经有过一个伟大的发现：
住在青纱帐里，高粱秸比甘蔗还要香甜；
可记得？我们曾经有过一个大胆的判断：
无论上海或北京，都不如这高粱地更叫人留恋。

可记得？我们曾经有过一种有趣的梦幻：
革命胜利以后，我们一道抖着白须、游遍江南；
可记得？我们曾经有过一点渺小的心愿：
到了社会主义时代，狠狠心每天抽它三支香烟。

可记得？我们曾经有过一个坚定的信念：
即使死了化为粪土，也能叫高粱长得秆粗粒圆；
可记得？我们曾经有过一次细致的计算：
只要青纱帐不倒，共产主义肯定要在下一代实现。

可记得？在分别时，我们定过这样的方案：
将来，哪里有严重的困难，我们就在哪里见面；
可记得？在胜利时，我们发过这样的誓言：
往后，生活不管甜苦，永远也不忘记昨天和明天。

我年轻时代的战友啊，青纱帐里的亲人！
我们有的当了厂长、学者，有的作了编辑、将军，
能来甘蔗林里聚会吗？——不能又有什么要紧！
我知道，你们有能力驾驭任何险恶的风云。

我战争中的伙伴啊，一起在北方长大的弟兄们！
你们有的当了工人、教授，有的作了书记、农民，
能再回到青纱帐去吗？——生活已经全新，
我知道，你们有勇气唤回自己的战斗的青春。

南方的甘蔗林哪，南方的甘蔗林！
你为什么这样香甜，又为什么那样严峻？
大方的青纱帐啊，北方的青纱帐！
你为什么那样遥远，又为什么这样亲近？

（1962年3月~6月，厦门—北京）

秋　歌（节选）

之　一

秋天来了，大雁叫了；
晴空里的太阳更红、更娇了！

谷穗熟了，蝉声消了；
大地上的生活更甜、更好了！

海岸的青松啊，风卷波涛；
江南的桂花呀，香满大道。

草原的骏马啊，长了肥膘，
东北的青山呀，戴了雪帽。

啊，秋云、秋水、秋天的明月，

哪一样不曾印上我们的心血！

啊，秋花、秋实、秋天的红叶，
哪一样不曾浸透我们的汗液！

历史的高山啊，层层叠叠！
我们又爬上十丈高坡百级阶。

战斗的途程啊，绵延不绝！
我们又踏破千顷荒沙万里雪。

回身看：垒固、沟深、西风烈，
请问：谁敢迈步从头越？

回头望：山高、水急、冰川裂，
请问：谁不以手抚膺长咨嗟？

风中的野火啊，长明不灭！
有多险的关隘，就有多勇的行列。

浪里的渔舟啊，身轻如蝶！
有多大的艰难，就有多壮的胆略。

我曾随着大队杀过茫茫夜，
此刻又唱"雄关漫道真如铁"。

我曾随着战友访问黄洋界，
当年的白军不知何处死荒野！

只有江河的流水长滔滔，
只见战斗的红旗永不倒！

只有勇士的豪情日日高，
只见收获的季节年年到。

哦，秋天来了，大雁叫了；
晴空里的太阳更红、更娇了！……

哦，谷穗熟了，蝉声消了，
大地上的生活更甜、更好了！……

（1962年9月29日，北京）

徐光耀

徐光耀，1925年生，笔名越风，河北雄县人。现当代作家。1938年参加八路军，1947年毕业于华北联合大学文学系。1947年开始发表作品，1953年加入中国作家协会。曾任河北省作协副主席，河北省文联党组书记、主席。著有长篇小说《平原烈火》，中篇小说《少小灾星》《小兵张嘎》，电影文学剧本《望日莲》《小兵张嘎》，短篇小说集《望日莲》《徐光耀小说选》，散文集《昨夜西风凋碧树》《忘不死的河》等。

平原烈火（节选）

五十一

十四号下午，三辆送套子的大车擦着小寨上村沿，向牙口寨赶去。

钱万里一面傍着辕子赶车，一面不断用眼扫着牙口寨和小寨上。牙口寨由土寨墙围着，很像个土城；在它的南头，土城上又套个小土城，从里面耸出一个圆岗楼，一个方岗楼，那就是据点了。钱万里朝那里走着，心跳一刻比一刻紧，而步子倒越迈越平稳起来。小寨上只是有几十户的一个小村，树早叫"皇协"们伐光了，远远看去，白花花的，光秃秃的，衬上背后天边的一朵白云，冷落得直像一座荒岛。干巴猛然把鞭子在空中一兜，啪一下，脆脆抽了一个响鞭。钱万里看见立在村口的瞪眼虎翻身进入村里去了。

牙口寨据点的大门前，两个"皇协"在那里无精打采的持枪站着，迷离搭怔地张着两眼，常常来回走两步又站下，他们站得实在乏味的很。

　　干巴的第一辆大车赶到了，随后，第二辆、第三辆也停在门口了。干巴把鞭杆插在辕子上，走上去，对着"皇协"大猫腰鞠了一个躬，两个"皇协"斜起眼来望着他。干巴满脸带笑说："借光老总，交套子是上这里头吧？""皇协"说："哪村的？""雷庄。""有手续没有？"干巴两道眉一皱，眼珠骨碌转了个圈，忙笑着把手伸进怀里，掏了半天，掏出两张"老头票"来，大咧咧挺着腰说："得啦哥们，今个算兄弟我没经验，你二位先对付盒烟抽，下回到我们村里，两只烧鸡一壶酒，兄弟奉陪。""皇协"把钱接过去一看，撇起嘴说："你就拿得出来？"干巴忙说："二位多包涵，今个算我一时大意，下回咱拿双份的。"也不等两个"皇协"发话，就朝后面两辆车一招手，高声叫道："往里轰吧！"那两个"皇协"吃他一赖，也不好再拦，三辆大车咯噔噔一齐轰进了大门。

　　见有大车来了，北房里先出来一群"皇协"，不料想正面大圆岗楼上又走下三个鬼子，都持着枪奔向车来。干巴心里一发毛高声叫道："到了！赶快卸车呀！"只见三辆车上，套子开了花一样，猛然向上一翻，纷纷掀下地来，腾腾腾，十八个战士一齐跳出。钱万里朝"皇协"们啪啪啪一阵盒子打过去。周铁汉带了一组人扑向三个鬼子，其中两个还未及拉开枪便被打倒了，第三个却把刺刀安上，直迎着周铁汉一组人刺上来。院子里一片枪响人叫，打成了一锅粥。枪声惊吓了三匹拉车的大骡子，腾开四蹄，满院子飞跑瞎撞起来。

　　钱万里和第二、第三辆车的人，很快地打散了"皇协"，冲上了西北的方岗楼，里头一班"皇协"还未抓起枪来就作了俘虏。大个李抱着机枪三步两步就蹿到顶上去了，对着大圆岗楼哗哗哗盖了一梭子。周铁汉们正对刺那个鬼子，忽听背后钱万里喊道，"周铁汉，赶快抢占西房，大楼上鬼子快下来了！"周铁汉心里正急，耳边啪啪响了两枪，那鬼子翻身栽个面朝天，胸脯上的黄呢子军装破开两个口子，从里冒出血来。周铁汉回头一看，却是罗锅子。罗锅子道："快抓西房！"人们马上向那里一涌，西屋的"皇协"正手忙脚乱，关住门子想要上闩。周铁汉心里一急，横过身子，用肩头拼全力撞上去，咣啷一声，西屋门连门框整个给撞塌了架。"皇协"们被挤到屋里，就扔了枪举起手来。

这时，从大岗楼里一连跳出五个鬼子，挺着刺刀，"呀——呀——"叫着朝西房冲过来。周铁汉叫声："打！"拉开老套筒通的就是一枪。占维几个掏出手榴弹，用嘴把盖咬开，左手拉弦右手摔，咣咣几声，几团黑烟从鬼子中间滚将起来；有两个撂倒了，剩下的三个刚往回一卷，哗哗哗一阵响，圆岗楼上两挺"歪把子"一齐朝西屋扫来。立时三根窗棂子碎断着飞落下去，子弹急雨似的噗噗落进屋里地上。一个战士的腿被打折了，坐在地下鲜血直冒。周铁汉头上冒着汗，嘴里咬着牙，一面告诉干巴几个，守在门口把鬼子顶住，一面忙赶过去把那伤号抱起来，放到一个背敌的屋角里，又拖过一张桌子，靠墙一挡，好像给搭了个三角形的小棚。然后，轻轻告诉那伤员说："不要哎哟，咬住牙休息！"又即翻回身来，把炕席揭了，盖住那摊血。

敌人机枪仍雨打似的把子弹射进来，屋里无法站住脚。周铁汉又跳过去，用刺刀把炕沿连戳几戳，向外一撬，把炕沿扳倒了。他喊一声："快！搬坯堵窗户！"战士们七手八脚，垒垒垛垛，用坯把门窗都堵死了，只留了几个枪眼，这才算有了个阵地。

开头这场激烈的混战，总算安定了下来。大队占领了方岗楼和整个西面的房子，大门也控制在手下。但是，毕竟我们火力太弱，整个院子都被敌人的机枪控制着，北、东、南三面的房子仍被"皇协"占着。敌人的暂时沉寂，正说明它在组织力量，准备反突。周铁汉只占了西面一排房子的三间，往南隔着大门是赵福来一组，往北是方形岗楼，机枪和大队长都在岗楼上。但都隔着墙，通不过去。周铁汉看到：这个位置太死，太危险！便叫人把所有的手榴弹揭开盖放在手下，把枪眼重新修了，一面找来两把铁锹，一把小镐，向北掏着墙，打算跟方岗楼打通联系。半人高的窟窿刚快掏通，鬼子的枪又打欢了。"歪把子"把窗上的坯，一块一块打落下来，碎末开喷水一样四外飞溅着。周铁汉刚说声："准备！"圆岗楼门前的影壁后面，涌出两个顶钢盔的鬼子来。周铁汉喊声："打！"啪啪几枪过去，两个鬼子应声倒在门前。随后又是两个鬼子探出头来，但没立即往外跳，又是两枪过去，打掉两块墙角，鬼子忙缩住了头。

猛不防，北房的"皇协"冲来十来个，贴墙根哇呀一声涌到了窗口，一面乱打着枪，一面尖声胡叫："八路缴枪吧！捉活的！"周铁汉觉得他们正推窗上的坏，果然，那坏晃了两晃，忽隆一声，一扇窗整个被推下来了。两个"皇协"的脑袋出现在窗前。周铁汉托起枪一扣机，劈的一声，没有过火，拉开枪一看，原来没了子弹。急挺起刺刀，隔窗朝那脑袋戳去。不想，"皇协"们两厢一闪，一对手榴弹同时飞进来。周铁汉把腰一弯喊声："卧倒！"回头看时，两颗手榴弹正在地上打滚，干巴蹦过去抓起便又扔出窗外，轰轰两声，在院里炸响了。可是，马上又有几颗飞进来，周铁汉带领战士一边拾敌人的往外投，一面把自己的也往外投，来不及拾起的就炸响了，轰轰轰轰，屋里院外响成一团。战士哪里还听得见响，只见一股股白烟直冒，天上地下碎片乱飞。正打得激烈，大圆岗楼的机枪忽然转了方向，朝北面远方射击起来。那面也有机枪还击的声音。"皇协"们没了火力支援，找不到隐身之地，丢下一堆死尸，逃回东房去了。

在北方的远处，喊杀连天的声音越来越近。周铁汉侧耳听了听说："小寨上的队伍来了。"扭头看大家时，一个个灶坑里钻出来的一样，满脸黑灰，浑身尘土，汗都湿透了衣服，水洗的菩萨一般。他嘴上笑了笑，忙和大伙重新把窗户堵了，然后把北墙上的窟窿掏通，就三步两步急急蹿上了方岗楼。

从枪眼里朝北一望，见薛副政委正指挥队伍分两路扑了上来：西一路由胡在先带领，直投据点北房，打算打进院来；东一路是三十一区队的两个排，机枪开路，向南抄去。两路都架着梯子，沿街道屋顶前进着。周铁汉禁不住吼了一声，把褂子挑在枪上，伸出枪眼，一边摇摆，一边高喊大叫起来："嗨——！同志们，勇敢前进，往前冲啊！"摇了一阵，停住看看，对面七八十公尺一座瓦房脊后面，一溜儿伸出四五个人头来，从那里传来声音应道："周队长！你好哇？我们马上冲过去了啊！"除了丁虎子的粗大喉咙以外，还有两个尖声奶气的孩子声音喊道："冲啊同志们！牺牲了是光荣的！……"周铁汉恨不能跳起来，伸长脖子高叫道："张小三，你们赶快打过来呀！我们欢迎你们了！"就放下枪，张开双臂，鸟儿翅膀一样拼命鼓起掌来。他的声音带动了整个方岗楼，岗楼的声音又传染了对方的瓦房脊，哗哗哗热烈的掌声互相呼应着。

掌声未落，丁虎子的高大身影已经翻过瓦房脊，越过一家平房，飞一样跳下一家院子去了。紧跟着他，三生、张小三也纵纵跳跳飞奔下去。尽管鬼子的机枪扫得瓦块乱飞，胡在先带领他的队伍都飞奔下去了，周铁汉还一直挑着褂子，为他们尽力摇着两条胳膊。

丁虎子们跳下的那座院子，就在据点的北面，有一个秫秸扎成的门朝南开着，出了门，再通过二十公尺宽的一带开阔地，便是大沟，沟里便是据点的北房了。不一会，已看得见秫秸门后有人在活动，一张高大的梯子，抬一抬头又落下去了。周铁汉看着，直喜欢得乱跺着脚。心想：把北房攻破，"皇协"们马上就可以全部解决了。

果然，一阵排子枪过后，秫秸门向旁边一敞，四个人抬着一张两丈高的梯子冲了出来，周铁汉看见，扛着梯子后尾的正是两个小孩，一个是三生，一个是张小三。可是，刚跑到离大沟四五公尺远，一颗手榴弹飞过去，浓烟一起，走在前面的两个战士仆倒了，张小三和三生也同时跌在地上。周铁汉心里才要喊糟，却见两个孩子一齐爬起，扒住梯子的前一头，拔河一样，倒过身用力往沟里拉，拉一步，顿一下，刚拉了三四步，张小三身子一侧歪又倒下去了，显然打伤了哪里。三生愣着神左右看了两眼，忽一跺脚，一个人拖起梯子仍然往沟里拉着。一会，张小三又摇摇晃晃站起身子，抱住梯子的后脚往前推起来。他俩一拉一推，像搬动一根铁轨，终于渐渐地，梯子的前一头伸下沟去，后一头渐翘渐高，忽隆一声，和两个孩子一起跌进沟去了。

这时，小院里吼了一声，丁虎子扛着一根"摇山动"①蹦出来，三

---

① "摇山动"：一种破坏墙壁用的工具，类似铁棍，很粗重，一端为铲形，用以插入墙壁，猛力一摇，可以很快地凿一个窟窿。

步两步跳进沟去。周铁汉把头顶住墙，恨不能钻出枪眼，可是，仍看不清他们在干什么，但他凭心里猜断：那张梯子已经靠起来了，丁虎子正掏那里的墙。几分钟过后，果然北房里响了两声手榴弹，从窗口往外冒着烟。胡在先带着队伍，成串地涌出小院，跳下沟去。

周铁汉回过头对钱万里说："北面房子全叫咱占了……"话未说完，便翻身跑下了岗楼。

天黑了，一个圆圆的月亮升在天空。趁着月色，三十一区队的两个排也爬过大沟，打进东房。他们穿墙凿壁，顺着屋子打了东房打南房，夜里九点钟左右，把"皇协"们挤到西南角最后一间房子里，他们再也无路可走了，便一齐缴了枪。

只在战斗告了一段落的时候，人们才发觉在东北方向，二十里开外，也有三四处地方，枪声炮声响成一团，并有一两处闪着火光，说明那里的岗楼也有的被占领了。

跟着钱万里的命令，在半夜以前，据点里所有的房子都打通了。凡对着圆岗楼的门窗，都留下枪眼堵起来，大门洞里也垒了一道墙，断了出入。这一下，围着岗楼的四排房子，就变成了一个"口"字形的防线。现在，只有院子正中的圆岗楼了，上面的鬼子，还在拼死抵抗。

五十二

半夜的时候，敌人作了一次巧妙的突围。鬼子先用了两颗燃烧弹，把南面的房子烧着了，趁着战士们救火的混乱，鬼子突然涌出岗楼，朝大门突上来。可是，他们的算盘未能如意，那道墙是两层坯垒起的，鬼子们一下没有推倒，反而碰上赵福来一班人的坚强抵抗。到三十一区队的两挺机枪调过来的时候，鬼子们丢了四五具死尸，又逃了回去——但是，南房子却被烧塌了三四间，连墙壁也崩倒了。

方岗楼成了临时指挥所，钱万里和薛强、李大队副都聚在这里，商讨着怎样解决大岗楼上的鬼子。

钱万里觉得："敌人的下一步计划，必是死守待援。假如天明以前不能解决战斗，天一明，城里鬼子必然要增援的。那么，我们势非撤出战斗不可。这一件，无论如何应该避免……"薛强想一想道："是的，敌人是顽强的，又占有最有利的地形，火力也不弱于我们，既然突围不成，必然会死守待援。"他攥起拳头，咬着牙说："可是，敌人已经被我们抓在手心里了，无论如何，不能放松这个机会，我们必须比敌人更顽强，趁我们士气正旺的当儿，应该马上采取攻击，争取在天明以前，消灭掉它！"李大队副说："对，要坚决在天明以前拿下来，这对我们在束冀的部队也是一个鼓舞。"钱万里说："现在的问题就是采用什么方法攻击，如何达到伤亡小，胜利大。"

借着月光，三个人从枪眼里望出去：那岗楼霸在当院，耸然矗立，圆圆的，粗粗的，上中下三层枪眼都有爆着火花，顶上的炸弹可以任意投击院内的每一角落，没有隐蔽物可以接近，没有办法可以攀登，李大队副看了半晌，不由叹道："要有几百斤炸药，哪怕它不飞上天去。"一句话提醒了钱万里："没有炸药，我们怎么也不用火攻攻？"薛强猛然醒悟说："对呀！这就正是胜利大，伤亡小的办法了！"三人又观察了一阵，便决定把这个任务交周铁汉去执行。

在胡在先他们打进来以后，一小队就被整个集中到北屋来。这时，周铁汉正伏在一堆砖上，从枪眼里望着岗楼出神。他刚刚从四面房子里转遍一趟回来，把所有的俘房都问过了，却终于没有找见周岩松。俘房们只是说："他当的是情报组，干的是日本差使，可能在圆岗楼上呢！"

周铁汉趴在一堆砖上，一片月光从枪眼里透进来，照亮了他的半个脸，也照亮了他火星星一双眼睛。对着那岗楼，对着那月亮，就在这曾经制了他四个死的屋子，他忆起了往年的日月和仇恨！他想起了在大"扫荡"中牺牲的千百个战士，在监狱受着苦刑的英雄，在东北煤窑上压得喘不上气的矿工，在根据地里原来过着自由幸福生活而现在糟践在鬼子脚下的妇女和儿童……他恍恍惚惚又看见了那打断腿以后，把手榴弹藏在怀里的张子勤，那睁大灰白眼睛，深深盯视着自己的铁锤儿；随后，更看见了朴实的父亲，活泼的小菊；最后，才想到白发的母亲，以至三生和自己的遭遇来。对着岗楼，对着月亮，他心里的仇恨正一件一件过着数！在今天，他好像要把它们作一次总清算，以便把血账讨还，而讨还的对象，便是眼前的、月亮底下的圆岗楼。

北屋门离圆岗楼约十五公尺左右，在全院是最近的距离。周铁汉接受了薛强传达给他的任务，默默地站了起来，把身上衣服又重新紧了紧，把地势看了看，就派人到村里找来七八个秫秸。然后，把堵门的坏靠左下角偷偷拆开一个窟窿，钻出半截身子去试试。敌人正注意方岗楼，没有发觉。便叫两个战士，各抱上两个秫秸等在窟窿口，对他们说："抱上去，就点！点着，就回来！"两个战士点头应声："嗯。"周铁汉把手一招，方岗楼上的机枪哒哒哒一叫，两个战士钻出窟窿擦过影壁，把秫秸靠在木板门上。刚刚放好，沙沙的声音惊动了鬼子，一个甜瓜手榴弹落在地上，紧接又是四五个，周铁汉把手一抖，叫声："卧倒，点呐！"两个战士刚一弯腰，轰轰几声，都被卷进滚滚的烟尘中了。

周铁汉还失神的呆在窟窿口望着，猛的肩头被人向后一拉，刚刚仰回身来，啪啪两声，窟窿口落了两颗子弹，三块坏立时变成碎块。薛强立在一边嘿一声道："糟糕，敌人发觉了！"周铁汉陡的往起一立，顺手把子弹带解下来，两眉一翘说："我去！"刚要抱秫秸往外钻，一只粗壮的手拽住了他，一个沉得隆隆的声音说："你不能去！"周铁汉回头一看，丁虎子瞪圆两只大眼盯着自己。便问道："为什么？"丁虎子说："这太危险，你的责任太重，把这交给我吧！"周铁汉把头坚定的一摇："危险谁不一样？我不能叫你去！"丁虎子却说："周队长，你无论如何得让给我，我还没有立下点功劳啊！"周铁汉却说："我是共产党员，我得先去！"丁虎子争道："我也是共产党员啊！"

这时，薛强上来问丁虎子："你要去还有别的理由吗？"丁虎子说："有，你看，"他指着地下的三床被子："在这上头浇上水，我披着去，危险就小得多。"周铁汉说："这我也可以披着去呀！"丁虎子说：“不行，我不能让给你，你才打了半天，右胳膊又是残废，你披不动的。”周铁汉还要争辩，薛强止住他说：“周队长，既然丁虎子已经下了决心，那就让他去吧！你还应该多照顾队伍些。”周铁汉不言语了。

丁虎子跑过去把被子摊开，干巴提了两桶水来泼上。丁虎子和人要了一匣洋火，掖在袋里，却又在墙角里抓出一团索子绳来。周铁汉看着不明白，上去问道：“拿这个干什么用？”丁虎子微微的但却庄严地笑了一下，没有立刻回答，把绳子展开，用一头拴在自己的左臂上，勒紧。然后立正站好，面对周铁汉，从衣袋里掏出一小本油印的党员课本，递过去说：“周队长，这是党的文件，交给你！”又从衣袋里掏出两张边区票，一齐递给周铁汉说：“这是我上月的生活费，如果我回不来了，请你不要忘了我是个最光荣的共产党员，这两块钱，就算我交了党费。”

周铁汉把手接着，心里忽然一阵热。他从来不把丁虎子当成下级看，而今，他觉得这友谊一下子又增加了无数倍。但他接着钱，只觉沉甸甸的，却想不出一句话来，半晌，才把钱珍重的装进衣袋里，然后用手按了按说：“虎子，我一定忘不了，大伙都不会忘了，放心去吧！”丁虎子转过身去，把绳子的另一头交给干巴，对他说：“我如果牺牲了，就拽着绳子把我立时拉回来，不要扔给鬼子，让他们糟践我！”干巴再也诙谐不上来，挺出拳头作保证说：“好！放心去吧！”

丁虎子扭过身，揭起湿被子，连披带顶，一齐裹在身上。又挟起一个秫秸，向窟窿口走去，在路过薛强面前时，平稳的打个立正，举起右手敬了个礼。薛强郑重的还个礼，宏朗朗地说：“祝你胜利完成任务！”丁虎子又笑着转个身，对大家点点头。全屋人都屏住气息，几十条目光紧紧盯着那高大的身影，一步步送他钻了出去。

虽然岗楼上的枪眼，被掩护的机枪打得土末直溅，鬼子的抵抗却决不松懈，子弹和炸弹不断地飞出来落在地上。丁虎子刚走出十来步，一颗炸弹落在他的脚下，随着轰的一响，湿被子翅膀似的张了一下，一阵烟喷出来，丁虎子扑倒了。全屋的战士都觉得浑身一乍，头发也竖起来。干巴手中的绳子不由落在地下。就在这工夫，丁虎子用双臂拄着地跪了起来，他想立起，但立了两下没有立成，就伏下身，双手抓着地，拖着腿向前爬，每爬一步，身后就留下一摊血印。在飞舞着碎片的浓烟里，他终于爬到了，秫秸首先堆上门去，马上，一道微小的火光一闪。那堆秫秸冒起烟来了。烟向上卷着，顺岗楼向天空升去。周铁汉抿紧嘴，心跳得快迸出口来。

猛然，岗楼顶上一个鬼子探出半截身子，一条板凳从空中落下来，砸在火上。又一个鬼子探出身子，紧接又一张椅子落下来，随后又是一条板凳落下来……周铁汉看见，不仅火被砸灭了，丁虎子头上连挨了两下，头扎在地上再没有抬起来。

周铁汉虎眼一立，脸上的筋都叠暴起来，子弹带马上又解下了，皮带、小包袱也都解下来。干巴望着他紫起来的脸，小声试探着说："周队长，还是我去吧！"周铁汉听也不听，只是急急忙忙往下解着东西，一件接一件朝他丢来。最后，两只袖子挽起，把腰带使劲扎一扎，几乎把腰勒成个葫芦，便回头对薛强道："副政委，我去啦！"薛强把眉头翘了两翘，很重地点了一下头，用一种特别畅亮的声调说："最要紧的，你要记住回来。"周铁汉也很重地把头点了一下答道："我一定回来的！"

他走上去，把坯罗一推，忽隆一声，堵着的门全给推开了。干巴忙问："这是干什么？"周铁汉说："这样好出去！"说着，拿了洋火，往后退了几步，猛向前一蹿，闪电一样，也许人们还未看见，便已到了影壁那边了。一星火亮儿一闪，岗楼门上的火又升了起来。好像周铁汉在那里吹，火苗儿风刮着一般往上卷起来。

鬼子的板凳又落下来了，可是，周铁汉手里抓起一条板凳，像打落树的枣子一样，早在空中把落下来的东西拨到一边去了，眨眼间，火苗儿舔上了木板门，烘烘腾腾，向门里烧去。周铁汉又拾起地上的板凳椅子，往火上填着，火势熊熊，越发大起来。这时，东、北、西各排房子里，同时爆发了风暴似的掌声，夹杂着嗷嗷叫的热烈欢呼，全个院子到处沸腾起说不尽的欢欣！

忽然，岗楼上一阵疯狂的嚎叫，又一阵手榴弹摔下来，周铁汉被一团烟卷倒了。正在西房里快活得手舞足蹈的三生，心上像猛地叫狼叼了一口，叫了一声，急急地跑过北房来，正待扑上去，却又见周铁汉坐了起来，仍然伸着带血的胳膊，向火上堆着木料，身上的衣服已经冒着烟了。

五十三

不知不觉天已走近黎明。

大圆岗楼真正的成了烟囱，大火从门口被抽进去，越着越旺，楼板被引着了，第一层和第二层的枪眼，唧筒似的向外喷着烟。岗楼里一片骚嚷嚎叫，咕隆唉叹地响着。渐渐的，二层枪眼里冒出火苗，三层和顶上烟喷雾罩，马上就成了火的世界，手榴弹已渐渐投不出来了。

干巴和三生飞奔过去，抱起周铁汉，救回了北屋。抱他走的时候，他好像什么都不觉得，只瞪着眼，死盯住那越冒越高的火和烟，直到进了北屋，挡住他的视线了，他才喊叫起来："放下，放下！就放在这吧！"他指着挨在门口的地下。干巴说："靠里点吧，这儿太危险。"可是，周铁汉拼命地摇着头，大叫着："放下，放下呀！"干巴和三生只好放下。薛强走过来一看，见周铁汉腰里还正往外渗血，连连说："不行，抬下他去！"周铁汉翻上眼来，格外强硬的说："不，副政委，我哪也不去！"薛强柔和地说："同志，你还是先治伤要紧，流血过多会有危险的……"周铁汉说："我在这躺着，什么伤都治了！"说完，就再也不言语，只把眼睛望着楼上的火。干巴看了看副政委，又上去说："周队长，咱还是下去吧。"周铁汉仍不言语，却像淘气的孩子似的，连身子也摇起来，嘴里不耐烦地哼着，两只眼仍不离开那火。——在那眼睛里面，也有两堆火在熊熊地燃烧着。

突然，周铁汉把两眼往更大里睁了两睁，头也抬了起来。三生急向岗楼上望去，只见几个鬼子的身影在垛口间来回晃了几下。猛然一个鬼子背着枪跳了下来，在空中折了一个斤斗，呱唧一声，跌在地上，脑袋跌进腔子里去了。随后又一个背枪的跳下来，再一声，连动也没有动便摔死了。三生抓起枪跑了出去，他想摘下那鬼子的枪。可是，就在这时候，岗楼东面有一条绑带垂下地来，立刻见一个鬼子顺绑带往下滑着。三生退了两步，托起枪刚要扣火，绑带经不住那鬼子的体重，从中间裂断了，咕咚一声，摔在地上。三生以为又摔死了。可是，那鬼子翻个身爬起来，一直朝南，从烧塌的房子上越过，跑下大沟去了。三生喊声："不行！"挺着枪跟踪追了去，刚跑上沟沿，见鬼子正从大沟里往外爬。三生一顺枪，啪一声打过去，子弹落在沟沿上，却没有打中，拉开枪栓再打第二枪时，子弹顶不上了，原来卡了壳。三生一急，也跳下了大沟。

在三生爬上大沟去的时候，那鬼子已向南跑出了百十公尺。三生心想：这家伙一定是奔大仁岗楼的。追！决不能放一个敌人漏网！正追上去，那鬼子一回头见有人追来了，马上摘下大枪瞄了过来。三生刚刚扑在地上，巴勾一声，子弹在眼前嘶的钻进地里去了，溅起的土撒了一头。抬头看时，那鬼子正使劲地拉着枪，却也拉不开，显然是卡了壳。三生一挺身又追上去，鬼子撒开腿又跑起来。

东方泛起一片白光，天就明上来了。三生追了一程，心想：真要叫他跑了，以后还不知多害多少人哩！脚下便加了劲。可是跑得快，累得快，又追了二三里，便哈吃哈吃喘着大气，汗把衣服全粘在身上了。他毕竟还太年轻，又在火热的战斗里滚了一夜，精力已消耗得差不多了。尽管拼命迈着腿，仍是渐渐慢下来。这时，他忽然记起了周铁汉那双望着火的眼，好像那双眼也就在背后望着自己。立时心里一转，却像听见周铁汉的话在耳朵里响："战场上，有机会亲手打死敌人，就不能指望别人！不管碰着多大困难，有多大危险都一样！""……什么时候不把鬼子杀光，咱这仇就永远报不清！""共产党员，遭了多大难也得坚持下去，牺牲了也不怕！……光荣这玩意，不能论斤约，也不能用尺量……可是，这玩意用银子也买不到，用金子也换不来！……"三生脚下的劲又来了，气势提高了，拼命向前迈着腿，能多迈一分就多迈一分。

被追的鬼子，是经受法西斯"武士道"教育的老家伙，满肚子的骄傲和自信。只是已被火烧得昏头昏脑，加上岗楼下的一摔，大大挫折了他的气焰。现在他只有一个想头了：拼死逃脱三生的追捕。然而三生追得太急，没有缓口气的时间，只累得大汗淋漓，一阵一阵眼发黑，几乎喘不上气来。

已经跑出十来里地，竞赛还继续着……

突然，鬼子和三生都看见了，在正前方，大仁岗楼忽然冒起冲天的烟来。三生心里明白，这一定是三区小队把它拿下来了。鬼子心里也明白，他奔向去的安身之所，已经没有指望了！他张大了嘴，喘着气叹了一声，他想他跑不掉了。于是，他停了脚，端着枪转过身来，他决心试着拼一拼。

三生大踏步赶到了他的面前，挺着三八式直扑过去，他想，应该一刺刀过去，从心窝里把鬼子扎透！但是，他的枪被搪了回来。三生立时感到：这是个有经验而扎手的家伙。但他也看到，这是个疲惫到极点的家伙。应该想个别的方法，凭体力摔倒他。三生想着，眼珠一错，鬼子的枪朝右腿扎来了；三生把牙一咬，脚尖向里一扣，哧的一声，刺刀穿在腿肚子上。三生趁鬼子拔枪的时候，急抢前一步，松开枪伸手拢住了鬼子的双臂。他喝了一声，拼尽全身气力一摇，和鬼子一起跌倒了。三生是顺势砸在鬼子身上的。他挣脱左手，朝鬼子的脖嗓掐下去，像饿狼叼住了鸡嗉，集中浑身力量在左手上，下死劲往地里扼他，尽管鬼子伸拳踢脚拼命地挣扎，然而，三生决不给他半点得手的机会。三分钟过后，鬼子的猛烈动作缓下来，手渐渐松开着。三生又抽出右手，再向脖子狠狠掐下去，像两把铁钳扭着钢钉。直到鬼子的鼻子、嘴、眼，都漫出血来，才稍稍放松了些。

三生眼盯着渐渐吐出舌头来的死鬼子，喘了一口气，他慢慢用手臂支着地立起身来，刚刚向前走了两步，只觉得头嗡的一胀，眼前漆黑，身子连晃了两晃，沉重地摔倒了。过了一刻，他睁开眼看看，眼前是一片乱舞的金花。他想往前爬，但猛觉嗓子一热，有股东西涌上来，一口鲜血吐在地上。

从大仁方向，一股队伍走来了，穿便衣的走在前面，后头押着一群徒手的"皇协"。他们大声唱着歌，朝着浓烟滚滚的牙口寨前进着。三生竭力抬起头，用嘶哑的嗓子叫了一声，便昏迷过去了。

牙口寨冒着滚滚的黑烟，大仁岗楼冒着滚滚的黑烟，在东北方向，二十里开外，还有三四处地方冒着滚滚的黑烟……

高升在东方的太阳，扑地射来万道金光。就在这样的清晨，那支队伍越走越近了，他们是那样自由自在的大步走着，一面唱起嘹亮的歌声：

> 我们是平原的子弟兵，
> ——个个是英雄。
> 革命的路上一块走，
> ——跟着毛泽东。
> 不怕风暴不怕险，
> 冲破难关千万重，
> 英勇顽强，
> 灵活机动，
> 打得鬼子胆战惊！
>
> 我们恰像是一团火，
> ——谁也扑不灭；
> 战斗在激烈的斗争中，
> ——烧得满天红。
> 火把我们炼成钢，
> 火把敌人来葬送，
> 烧啊，烧啊！
> 烧啊，烧啊！
> 从黑夜燃烧到天明！

我们看见过多少"围剿"，
——也见过大"扫荡"；
是谁把我们引到胜利，
——伟大的共产党。
从不屈服从不悲伤，
人民给了我们力量，
战斗啊战斗，
从东方升起了万丈光芒！

（选自《平原烈火》，人民文学出版社1951年版）

梁 斌

梁斌（1914~1996），原名梁维周，河北蠡县梁家庄人。现当代作家。1934年在北平"左联"刊物《伶仃》上发表反映河北"高蠡暴动"的小说《夜之交流》。1942年创作短篇小说《三个布尔什维克的爸爸》及据此扩充成中篇小说的《父亲》。1953年开始创作多卷本长篇小说《红旗谱》，1958年出版第一部，被誉为反映中国农民革命斗争的史诗式作品，引起强烈反响，并被改编为话剧、电影。1963年出版第二部《播火记》，1983年出版第三部《烽烟图》。

红旗谱（节选）

58

夜晚，响枪的时候，贾湘农就从床上起来，在小屋子里转悠，听着远处动静。他开始还没有肯定是十四旅进攻二师。枪声越来越密，夹杂着喊杀声，喊得瘆人。他才收拾了文件，打叠了东西，走出来在教室里散步，听着四周围的声音。不一会儿，学校里人们都起了床，立在门口，听着这惊人的事故，为二师同学捏着一把冷汗。他又走进学校，沿着大街往西走。

这是一件大事，买卖家、市民们，都披上衣服站在胡同口张望。街灯还亮着，有无数的小虫子，围绕灯光乱飞。走到西城门，城门也开了，有人走出走进，其中有士兵，也有市民。他也走出门去，到西关把这个消息告诉几个人，就走回来。不落脚，又走到东关去。他心上苦恼，一天没吃饭，也忘记喝水，直到天黑了才走回来。

他觉得心上异常沉重，想赶快搬家。经过这场事变，这地方不能再住下去了。又走到槐茂胡同去找严萍，想和她商量一下救济工作。他知道那条胡同里只有一个高台大门，走上门阶看对了门牌号数，拉了一下铃子。院里有人蹑手蹑脚走出来，悄声问："谁？"贾湘农说："是我。""你找谁？"贾湘农听那声音有些颤，像是严萍。他说："我是老贾。"

小院里没有一点声音，屋子里灯光亮着。书本子和报纸撒了一床一地，贾湘农问她："你在做准备？"严萍说："唔！"贾湘农说："还要快一点，把书上画着红旗的，书里印着共产主义字样的，都要烧掉！"说着话，严萍把手捂上脸，哭起来，又趴在床上抽泣了一会子。贾湘农眼上也噙着几点泪花，挣扎说："别哭了，净哭什么？"

严萍面色苍白，有一绺头发披在前脑门上，蔫着两只眼睛，叫贾湘农坐在椅子上。自己把书推了一下，坐在床沿上。问："我们怎么办？"

贾湘农问："牺牲了多少人？"

严萍说："今天早晨，枪声一响，我就跑出去，在桥头上看着。听说死了十七八个人，五六个受了伤，抬到思罗医院去了。有三十多个人被捕了……"还没说完，眼圈儿发酸，就又哭起来。

贾湘农愤愤地说："要记住，'是狗改不了吃屎'！'是狼改不了吃肉'！统治阶级忘不了杀人！他们虽然没有避开敌人的屠杀，是英勇的！他们要永远作为青年人的模范！"

严萍摇着头说："惨呀！真是惨呀！"

贾湘农说："敌人嘛，总归是敌人，不能有半点儿含糊！"好像认定了这句话，两个人又相对着沉默，有抽根烟工夫，他才问："惨案以后，你们打算怎么办？"

严萍慢慢撩起眼皮儿，看着老贾说："听你们的。"

贾湘农立起身来，右手扶在桌角上，歪起头想了一下，说："斗争虽然失败，我们要做最后努力，下最大力量进行营救。"

严萍说："怎么营救法儿？"

贾湘农说："通过被捕人的家属，动员一切社会力量。"

严萍说："希望你及时指导吧！"

贾湘农说："不，为了打击反动派镇压抗日的凶焰，我要到高蠡地区，发动农民，开展抗日救亡运动。这里的工作还有别人负责。"

严萍说："对，我也要去！"

贾湘农说："不，你要在这里坚持下去。要注意给他们送吃的，送穿的。有生病的人，要设法通过关系，给他们治病。同志们在监狱里困苦啊，要好好照顾他们。"

严萍眨着眼睛，说："你就要走？"

贾湘农说："你也要注意，找个别的地方住住吧！一直到住不下去了，你再回到家乡，我在那里等着你。"

严萍听老贾要走，心里着急，低下头，不说什么。

贾湘农说："目前，你的任务是一方面保存自己，一方面营救他们。"

说话中间，窗外有人走动，贾湘农问："是谁？"

严萍说："是我母亲。"

贾湘农说："我要走了。"他立刻挪动脚步，走出门来。

严萍送出老贾，立在台阶上，向南望了望，又向北望了望。街头上冷清清、黑漆漆的。她闩上大门走回来，继续整理那些书报。觉得心思烦乱，停下手，捂上眼睛待了一会儿。那一场悲壮的场景，又映在她的眼前：老曹、老刘、江涛……他们身上捆着绳子，脸上带着伤痕，迈着大步走上小桥的时候，还张开大嘴喊着："一定要打倒日本帝国主义！"看的人们，没有不掉泪的。

江涛走到严萍面前的时候，大睁着眼睛看着她。她的视线一碰到江涛的眼光，泪水立刻积满了眼眶，暗暗点下头，又把头低下去。用手扪住心口，说："望你珍重！"擦干了眼泪抬起头来，江涛已经走过去了。她又后悔，不该低下头，说不定这是最后一次会面呢！

她在床边站了一刻，实在按捺不下烦躁的心情，就走出来在院子里散散步。隔着玻璃，看见父亲还在靠椅上躺着，一动也不动。母亲到房里铺床睡觉了。

她开门进去，在窗前站了一刻，说："爸爸！你要想法儿营救他们！"

严知孝看了她一眼，摇摇头说："营救，怎么救法？军阀们总觉得杀人是乐事！"

严萍一时激动起来，说："不，不能叫他们杀，不能！"说到这里，她心里焦躁，慌乱得跳动。

严知孝看见女儿难过的样子，走过来拍着严萍说："孩子！你年岁不小了，也要明白。尽管你心里难过得如同刀割，叫我这做爸爸的又该怎么办呢？他们手上戴了铐，脚上钉了镣，关在监狱里，拉也拉不出来，扯也扯不出来。等天明了，我还去见陈贯义……"

严萍低着头说："他们要是一定要杀呢？"

说到这里，严知孝猛地甩乱了头发，咬着牙关，把手在大腿上一拍，说："不，不能让他们杀！要是他们一定要杀，那就让他们先杀了我！"

妈妈睡在床上，听得父女两个又哭又闹，从床上抬起身来，说："什么金的玉的呢？比他好的人儿多着呢！过了这个村，还有这个店儿……"

严知孝听老伴絮叨得不像话，走过几步，冲着房屋说："你说的是什么？简直不通情理！"

严知孝一说，严萍身上摇颤着，趔趄两步，倒在靠椅上，抽泣起来。严知孝说："不哭，不哭，孩子！我就你这一个……我知道你爱江涛。既然有此一来，就要有始有终。只要他在人间，你就该为了他努力！"

妈妈一听，掩上怀襟走出来，说："什么话？你说的是什么话？嗯！"

严知孝不理她，只说："你打叠几件衣服被褥，给他们送进去。"

妈妈斜了严知孝一眼，说："当成什么好女婿呢？那算是什么，还送衣服，也不怕叫人笑话？"

严知孝说："要送衣服！要送衣服！我严知孝是无党无派的人，叫他们杀我吧！叫他们把我关在监狱里，那我才有了饭碗。"

严萍伏下身子，哭着说："走的时候，他还说，过两天就回来。可惜，他再也回不来了！"

严知孝两手拍着严萍，摇摇头说："回不来了！回不来了！"眼泪婆婆娑娑滴下来。

59

惨案的血迹还没有干，美国思罗医院里，小礼拜堂的铜钟焦脆地敲过。低沉的风琴声咿唔响着，修女们低音唱着圣诗，歌声飘进病室里。

张嘉庆从圣歌中醒来，睁眼一看，躺在病床上。头上一处伤，腿上一处伤，头上缠满了绷带，鼻子枯焦难受，嘴唇皮裂开了，渗出血珠来。

他觉得身子轻得像鸟在云雾中飞，在暴风雨里折斤斗。两脚朝天，头顶触地，滴溜溜旋转，又觉得头脑晕眩，两腿麻木，硬挺挺像失去了知觉。

那是一间精致的小屋，粉白墙，红油地板，天花板上雕镂着花纹。门前是小礼堂，屋子后面是一片墓地，荒坟上长满了枣棘和红荆。有个穿灰军装的士兵，扛着枪站在门口，探头探脑向屋里窥望。他看那个士兵，瘪皱的脸嘴，油污的枪，破军装被汗水浸透了，发着臭气。整个说起来，他站在医院里，和这气氛很不相称。

张嘉庆愣着眼睛骂："你妈的！看什么？"

岗兵见他凶煞似的，战战兢兢地说："连长叫我给你站岗。"

张嘉庆冷笑一声，说："嘿嘿！给我站岗？我没这么大牌子！"他瞪着眼睛，头发也想乍起来。

岗兵以为他疯狂了，浑身起了鸡皮，抖颤着。

不一会儿，一个穿着白衣白裙、戴着白帽的女医生带着护士走进来。走到病床前停住步，看着护士试了体温，换了药，打了针。她凝神看着天花板，在怀里画着十字，默默祝祷："耶稣基督……"就走开了。

张嘉庆一闻到女人的气息，就皱起眉棱来，闭起眼睛。说不出是一种什么气味，说是香水，不像香水，说是肥皂，又不像肥皂。他晕晕眩眩地又睡了一觉，做了几个破碎的梦——散传单、飞行集会、街头演说、警察追袭……说不清做了多少梦，经过多少次的心惊胆裂。

到了黄昏时候，他第二次醒来，觉得头脑清醒了一些。翻过身，看太阳压住西山，像一只番茄。夕阳照着，从洋槐树的夹隙里，看见有人在墓地上送殡。一辆骡车载来十几口棺材，两个人抬起，一口口扔到墓坑里。棺木入葬了，没有爱人和孩子们，也没有友人送葬。没有仪式，没有音乐，没有花圈。黄昏伴着暮影……

他看着，泪水充满了眼眶。他又想起，那是一时意念之差——他只以为是意念之差——失去了多少战友，他们为自由解放的事业流尽了血，倒下去了。他摇着头，悔恨自己：为什么不早早把战友们分散到乡村里、农民的小屋里，把革命的种子，撒在广阔的土地上。等待时机一到，各人带了战友们走了来，同志们久不见了，握着手儿说说笑笑。斗争胜利，乡村里有了政权，抗日工作成了合法的……如今，尽管战斗是英勇的，也没躲过敌人的屠刀。战友们再也不能见面了，黑暗的日子在等待着……

低沉的风琴声响起来，唱诗班又在小礼堂里开始歌唱。

泪向心里流着，说不尽的悲痛。江涛的面影又到他的眼前，浓眉、大眼，怒着眼睛看着他。他觉得惭愧。很难判断，当时是一种什么思想支持他，讲出和江涛对立的话。只是勇往向前，却不认识环境。没有恰当的对策，就没有斗争的胜利！如今一场惨案，把影响传给后来的人，一代、两代、三代……无数青年学生们，永远追随烈士的血迹前进。青年人永远记住：他们有坚定的意志，崇高的灵魂，勇敢不怕牺牲。他们站在自由解放的最前列，奋不顾身地和阶级敌人搏斗了，可是，他们失败了，倒下去了……

他想着，泪花溅在枕头上，泡湿了脸颊。在睡梦里，觉得有一只温凉的手掌，放在额上。睁眼一看，是年轻的女医生，就忙把眼睛闭上。女医生屏着气不说不笑，闭着嘴唇，谨慎执行她的职务。见张嘉庆脸上有泪，轻轻问："好好儿的！哭什么？"

张嘉庆擦干了泪，说："痛得不行，哎！活不成啦！"

女医生在怀里画着十字，说："好好儿的！没伤筋，没动骨，养息几天就好了。"

说着话，牧师挺着大肚子走过来。这人五十来岁，胖胖的，两抹短胡髭。隔着窗子，用阴森森的眼睛看着，见女医生安慰他。斜起白眼睛，说："哭什么？有闹CP的劲头儿，这算个啥？卸下半拉膀子也不能吭声。看你们有多么硬的骨头！"

女医生退了一步。低下头，暗暗画着十字，向耶稣默祷。

牧师又撇起嘴说："不信耶稣的家伙们，无神论者！"说着，仄起脑袋匆匆走过去了。

女医生缄默着，用眼睛送牧师走远。又走过来照顾换药，摸摸索索鼓捣了半天。在她眼里，这个长挑儿青年，是怪喜人的。高鼻子、乌黑的眼睛，好硬气的身子骨儿！她心里偷偷跳动几下，一股热烘烘的浪头儿从心上涌到手上，面庞上泛起一抹晕红。

张嘉庆在女人眼里，是一只雄狮，他有坚强的体魄，容光焕发的脸颊。那犷悍的性格，想用女人的爱情、用鬼神的魅力去驯服，是不可能的。他的斗争历史注定：他不能皈依女人，不能皈依神。他是一个共产主义者，一个勇于战斗、勇于牺牲的共产党员，他要为无产阶级事业奋斗一生！

女医生正愣着，朱老忠一步一步走进来。手里拎着一兜篓鸡蛋和挂面，好像串亲戚瞧病人。张嘉庆一看见他，眼角上浸出泪滴来。睐睁着眼睛，想爬起来，颤着嘴唇说："爹，你可来了！"

朱老忠使劲眨巴眨巴眼睛，忍住泪说："来了，孩子！我来看你了！"又猛然提高了嗓门说，"那门房，好可恶东西！麻烦了半天，说什么也不让进来。又是什么找熟人，又是什么打铺保，这么多的啰嗦事！真是欺侮我乡下人哪，拿枪打了俺的人，还不叫家里人见面？

天底下有这么讲理的不？"

朱老忠唠唠叨叨说个不停，使粗布手巾擦着眼泪。

女医生见朱老忠和张嘉庆动了深沉的感情，摇摇手儿喃喃地说："好好儿的！平静点儿，动那么大火气干吗？对身体不好啊……耶稣！基督！"又在怀里画着十字，微微点头。

朱老忠走过来，扑在张嘉庆身上，说："我儿！你的伤可怎么样？"说着，动手翻开被子，要看张嘉庆的伤。

女医生忙走过去，伸手按住，笑笑说："不！不能看哩！"

张嘉庆把上身向后仰说："爹！我可活不成啦！脑子震坏啦！"说着，眼泪又像麻线一样落下来。

朱老忠听得张嘉庆说"活不成了"，立时心血上涌，冲红了脸颊，心尖儿打起哆嗦，流下泪来。

女医生看他们难过得不行，就说："哪里……不要紧！好好儿的！"说着，也由不得鼻子尖儿微微一酸。

正在这刻上，牧师又走过来，丧气地说："哼！都说你们骨头硬，一点也看不出来！蝎螫蚊咬也成了伤身大症！"保定行营，把看守任务交给他们，他只怕有个一差二错，不是好玩的。一会儿走过来看看，一会儿走过来看看，惟恐有什么闪失。

张嘉庆急躁地拍着床板说："你这一说，枪子儿打在你身上不疼？"

牧师也不理他，还是嘟囔着："红脑袋瓜子，没有一个是信服耶稣的！"

女医生低下头去，看着牧师走远，呢喃说："医院总比监狱好吧？好好儿的！嗯？"她淡淡一笑，又跳跃起乌亮的眼瞳呼唤他，拿起医具，扭动身子走出去了。

张嘉庆眇她走远，伸开长胳膊把袖子一捋说："去你个蛋！老子比你明白得多！"

朱老忠一看，大睁着眼睛问："嗯，怎么的？你好了？"

张嘉庆说："不瞒大伯说，肉皮上的事。"

朱老忠把手拄在床沿上，翘起小胡子看着他。问："老是有人看守？"

张嘉庆指着窗上的铁丝网说："好像防贼！"

说话的工夫，又换了一个岗兵，盯着那个兵走远了，转悠过来，把手在朱老忠身上一拍，说："朱老忠，是你来了。"

朱老忠一听，这个声音怎么这么熟？浑身一机灵，问："你是谁？"

那个士兵说："我是冯大狗。"

朱老忠歪起头看了看，不知说什么好。扬起下巴颏思摸思摸，才说："咳！日子没法过呀！在这里没有什么营生儿，只好拉洋车，挣个盘缠脚给，挣碗饭吃。我想，每天在这门口等座儿！嗯？"他合上嘴，点着下巴暗示嘉庆，又仄起头儿响亮地笑了，走过来说，"要是知道你在这儿，早来找你了！"

两个人才说念叨家长里短儿，牧师听得笑声，又走过来，隔着窗户看了看，说："笑什么？这里重病房，要保持安静。乡下人，一点不懂得耶稣的规矩！"说着又走过去了。

冯大狗瞪他走远，才说："哼！整个儿是外国的奸细！"

朱老忠说："大狗！你要好好照顾点儿，这是我的亲戚……"

冯大狗点了一下子下巴，笑了说："他也是我的亲戚。"

张嘉庆又问他："我在什么地方见过你？"

冯大狗说："八成，是那天晚上和江涛……"

张嘉庆笑得拍着床铺说："这就是了。看起来，咱也是一家人。"

冯大狗说："当然是！这算无巧不成书。"

张嘉庆为了母亲的不幸，特别同情贫穷妇女。一看见妖冶的女人，起心眼里不高兴。他想："守着这号人儿养病，一点没有好处。越养越病得厉害。"

过了几天，女医生又来看他。这一次，不像从前，门儿一响，踩着细碎的脚步声走进来。到了床边，微微笑着。先在怀里画了十字，揭开被单问："怎么样？好了吧？"又仄起头儿，瞟起白眼仁儿说，"按日子，该好了。"张嘉庆摇摇头说："还是不好！腰酸，腿痛，脑袋沉重，浑身软洋洋的。"

女医生合上嘴，忸怩笑着说："那就该运动运动，嗯？你又瘦了。"看张嘉庆实在痛苦，对冯大狗说，"他可以挂上拐杖，出去散散步，蹓跶蹓跶。窝坏了呢？"

冯大狗说："去蹓跶蹓跶吧，没什么关系。"

听得说，牧师又走过来。抬高声嗓说："小心着点儿，这是'平头'。有个一差二错，我负不起责任！"

女医生说："他的关节动着了一点儿，长时间不运动，怕出毛病呢！"

张嘉庆听牧师说话，心上一下子长了茅草。说："平头？我是学生头……妈的，净说些个胡话！咳！实在立不起身子来，骨头还没长好，别光看表皮。"

也许，一颗眼泪，两声哀唤，会打动一个宗教徒的心。女医生偷偷看他美丽的眼睛，放散出痛苦的光芒。长头发黑黑的，飘着青春的幸福……一缕怜惜的念头，荡漾在心怀里。可是，她不敢表示什么，觉得越分，又合上眼睛，画着十字说："耶稣……基督！"慢慢抬起眼睑，一丝笑容重又挂在脸上。连忙给张嘉庆盖好了被单，说："阔少爷，担不起一点沉重！"说着，迈起轻巧的步子，一步一步走出去了。

张嘉庆故意蒙眬了眼睛，通过眼睑看她走远。耸耸肩膀倚在床栏上，挺觉好笑。想不出从什么地方，跑出这样一个人物儿。掏出烟来吸着，见冯大狗戳着枪，靠在门框上，捏起一根烟说："喂！看烟！"

冯大狗接住烟，笑了笑，凑近来对了个火儿，说："你的伤怎么样？"

张嘉庆说："咳，不好呀，身子酸得不行，饭也懒得吃。"他又抬头盯着，说，"怎么样？再拉咱一把儿吧！"

冯大狗吸着烟，刚刚蹲在门槛上，又站起来说："嗯，自己人，好嘛！"一步迈过来说，"你是老朋友！"

张嘉庆攥住他的两只手，愣了老半天，才说："帮我出去吧！"

冯大狗说："不要慌，慢慢来。"

张嘉庆把大腿一拍说："嘿！真是……"到这刻上，他像觉得身上完全复原了，茁壮起来。

冯大狗走过去关上门，压低声音问："伤到底怎么样？"

张嘉庆说："还不太好！"

冯大狗说："哎呀！有本事的人们！可惜江涛被捕了。他被捕了非同小可，他名声儿大，那天进攻的时候，上头指名儿要他。"又摇摇头说，"那天夜里进攻的时候，我就打死好几个反动家伙。我看见几个人追着江涛跑，伸枪撂倒他们！"

张嘉庆问："这里还有谁？"

冯大狗说："那边还有姓边的，姓陈的。"

张嘉庆说："大哥！你得给我想法儿！"

冯大狗说："行，傻哥哥助你一臂之力！医生既允许你蹓跶蹓跶，你就蹓跶蹓跶吧，身上不壮实些？"说着，挤了挤眼睛，又笑了。

张嘉庆说："我走不动，还得有个人扶着。"说着话儿，他投给冯大狗第二根烟。说："换换！"

冯大狗吸着烟，张嘉庆又说："刚才忠大伯送了挂面、鸡蛋来，想吃也没法儿做，你拿去吃了吧！"

冯大狗走过去。把挂面一把一把儿看了又看，咂着嘴儿说："家乡人送来的东西，还是留着你自个儿吃吧！"

张嘉庆摇头说："甭客气，拿去吧！咱一遭生两遭熟，在一块久了就是老朋友。"

冯大狗说："当个穷兵，这话也没法说了，连个鞋啦袜子的也弄不上。老早就闹胃病，吃也是小米干饭，不吃也是干饭小米。这可有什么法子？"他说着，像有无限的悲痛。

张嘉庆说："是吗？你拿去，养息养息。"

冯大狗说："看你也是个直性子人，好朋友！既有这个意思，就没什么说的了。"他用褂子襟把挂面、鸡子兜好，又笑着说，"也享享福。"说着话儿走出去，像得了宝物似的。出了门，又停住步，走回来说："不当兵不行，开了小差抓回来打个死。当兵，家里大人孩子也是饿着。咳！混到什么时候是个头儿呀？"

张嘉庆就势说："那咱就不干这个了！"

冯大狗和张嘉庆两人在一块混熟了，盼得是他的岗，在一块说说笑笑，吸着烟拉家常。那天，张嘉庆看天上晴得干净，阵风吹过，洋槐树的叶子轻轻摇动。他说："我想往外边蹓跶蹓跶。"

他拄起拐杖头里走，冯大狗在后头背着枪扶着。

张嘉庆说："这才对不起你哩！"

冯大狗说："没关系，谁叫咱做了朋友哩，没什么说的。"

张嘉庆说："在一块待久了，咱就像亲兄弟一样，我看咱磕了头吧！嗯？"

冯大狗笑咧咧地说："那个不行，俺是什么身子骨儿？你们都是洋学生，阔少爷们。"

张嘉庆说："那是一点不假！把我父亲的洋钱摞起来，就有礼拜堂上尖顶那么高。成天价花也花不完，扔在墙角里像粪土，一堆堆地堆着。"他说着，抬头望着礼拜堂上圆顶和圆顶上的十字架。

冯大狗咧起嘴说："你家有那么些个洋钱？"

张嘉庆说："这还不是跟你吹，我父亲花一百块钱买过一只鹰，花五十块钱买过一条狗，花一百二十块钱雇过熬鹰的把式。"说完了，又怕他不信，反复叮咛，"是呀，真的呀！"他想："是当兵的，都喜欢洋钱。"

两个人迈下大理石的石阶，院子里像花园一般，白色的玉簪、红色的美人蕉、爬山虎儿爬到高墙上，院子里开着各色各样的花。几个老人，穿着白布衣服，打扫院子。洋灰地上，没有一丝尘土。走到大门上，向外一望，一条大甬道直通门口，甬道两边，两行洋槐树。一看多老远，好像"西洋景"。日影通过槐树的枝叶，晒在地上，亮晃晃的。

冯大狗说："嘿！真是美气，外边多么敞亮？"

张嘉庆说："要是没有病，住在这地方多好！可惜咱的腿坏了，这辈子放下拐杖再也走不动路了。"

冯大狗说："快回去吧，叫牧师看见了有些不便。"

张嘉庆说："怕什么？这地方有多凉快。"

冯大狗说："可，这话也难说。"

张嘉庆说："咱是朋友嘛，我能叫你坐蜡？我有了灾难，你能抄着手儿看着？"

冯大狗笑了笑，说："当然不能。"

张嘉庆说："我想……"一句话没说出口，又停住。冯大狗跟了一句，问："你想什么？"张嘉庆本来想把这意思告诉他，深思了一下，心里说：还是不，社会人情是复杂的。他说："我想搬个靠椅在这儿躺躺。"冯大狗说："那可办不到。"

他们两人在槐树底下站了一刻，从那头走过一个老头儿，五十来岁数，光着脊梁，穿着短裤子。走近了一看，正是忠大伯。朱老忠笑开长胡子的嘴，使着天津口音说："车子吧！上哪儿？别看我上了年纪，还能跑两步儿。"

冯大狗看了他一眼，笑了说："去你的吧！快入土的人了，还拉车！"仔细一看，又问："怎么，你在这儿落了户？"

朱老忠说："落什么户，挣碗饭吃呗，咱家乡水涝得不行！"又拍拍大腿说："别看不上我，跑不上两步儿，敢卖？"

冯大狗左看右看，看了看朱老忠，又看了看张嘉庆，像是肚子里憋着一堆笑。

朱老忠问："你们不坐车？"

张嘉庆说："你等着吧，早晚有坐你车的时候。"

朱老忠说："好吧！几时没人坐，我就不动窝儿，老是在这儿等着，这年头，连棒子面也吃不上了。"

冯大狗睐着眼睛，看了看朱老忠，又看看张嘉庆，说："看你俩像打番语。"

张嘉庆笑笑说："哪里，你还是外人？"

冯大狗咬着张嘉庆的耳朵说："也难说，你们共产党里有能人。"

冯大狗把张嘉庆搀回来，张嘉庆坐在床上说："呀，腿好痛呀，可坏啦！"冯大狗嘟嘟囔囔说："腿还不好嘛？非上外头去蹓跶！"张嘉庆伸手拉过冯大狗，对着他耳朵说："大哥！你帮我出去！"冯大狗笑着摇摇着手说："慢慢儿想办法。"这句话刚脱口，又说："兄弟，你可不能叫我坐蜡！"张嘉庆说："当然是。"

第二天，午睡的时候，蜜蜂在槐树上嗡嗡叫着，院里很静。张嘉庆看空儿拿起拐杖蹓出来，礼拜堂的尖顶，浴在七月的阳光里，嘎鸹鸟在槐荫里叫着。他急步走下台阶，站在甬道边一看，洋槐村底下还有那辆洋车。朱老忠在车上睡着，鼾声像打雷。张嘉庆瞅着近边没人，一溜烟儿蹓出去，用拐杖磕着车杠，说："喂，老伙计！"

朱老忠睁眼一看，向四围睃巡了一下，说："甭问价钱，上车吧！"他翻身抄起车杠，等张嘉庆上车。

张嘉庆跳上洋车，伸手抓下绷带，箍上块洋肚手巾。朱老忠匐下腰，撒腿就跑。张嘉庆坐在车上，只听得耳旁呼呼风响。顺着大道往南跑，拐弯抹角经过曹锟花园，出了南关，直跑得朱老忠满头大汗。张嘉庆说："大伯！你坐上来，我给你跑两步看看。"

朱老忠问："你跑得了？"

张嘉庆说："早就跑得了！"

张嘉庆像出了笼的鸟儿，两手握着车杠，伸开长腿跑得飞快。朱老忠坐在洋车上，看路旁的黄谷穗儿蹦跳，红高粱穗儿欢笑，心里着实高兴。更高兴的，是党给他的任务，已经克服一切困难，坚决完成了。

正当夏日时节，平原上庄稼长得绿油油的。张嘉庆拉着这辆洋车，在田野上跑，像撑着一只自由的船，冲破千层巨浪，浮游在绿色的海洋上，飘摇前进！……

跑到一棵大树底下，才放下车，想休息一会儿，后面有人扛着枪赶上来。张嘉庆才说拉起忠大伯钻进青纱帐逃走，定睛一看，是冯大狗。等他走到跟前，伸开嗓子问："怎么你也跑了来？"冯大狗说："我一看没了你，能等着住军法处？就抬起腿跑出来，一出城就看见你们，你们在头里跑，我殿着后，要是有人追上来，管保叫他嘴啃地！"说着，拿下枪来，拉了一下枪栓，得意地笑了。

朱老忠说："好，回去咱有的使了。"

这时，朱老忠抬起头来，看着空中，辽阔的天上，涌起一疙瘩一疙瘩的浓云，风云变幻，心里在憧憬着一个伟大的理想，笑着说："天爷！像是放虎归山呀！"

这句话预示，在冀中平原上，将要掀起壮阔的风暴啊！

（选自《红旗谱》，中国青年出版社1957年12月第1版）

刘 流

刘流（1914~1977），原名刘其庚，河北河间县人。现当代作家。抗战时期在晋察冀边区的抗敌剧社任职，曾参加京剧《史可法》《苏州城》《李自成》的改编工作。新中国成立后，从事文艺创作工作，写过叙事诗、短篇小说、鼓词和独幕话剧等。1958年出版长篇小说《烈火金钢》。

烈火金钢（节选）

第三十回　英雄智取神鬼惧　群众暴动天地惊

上回书可真叫人高兴啊！八路军打得鬼子兵死伤溃败，狼狈奔逃。这就算完了吗？当然不能。赵保中把这个打扫战场的任务交给了史更新，他们的队伍乘胜直追，去攻打猫眼司令所占的这座县城。他们究竟打开打不开？战斗的结果将会怎样？这里先不必说。单说史更新在这样的情况面前将如何处理。

史更新自从接受了这个任务，真是有说不出来的高兴，他马上派了两个侦察员，去到公路的附近，侦察敌人的情况，监视敌人的动静，让其余的人打扫战场。在这儿的战场上，八路军的伤亡人员很少，在地下躺着的，乱翻乱滚、伸胳膊伸腿的都是日本兵和伪军。史更新这两个小队的战士们不顾别的，光是找枪找子弹，没有用着领导分配，他们每人都换上了一支崭新的"三八大盖儿"，子弹都是装得满满的。把死鬼子的皮带、子弹盒还有刺刀鞘儿一齐解下扎在自己的腰里。哈！这一回战士们可都把刺刀看成是不可缺少的武器了。

真是什么人儿就找什么物儿：武男义雄是光捡大家伙，他又找到一挺歪把子机枪，两个掷弹筒，还有六箱子枪弹和炮弹。好家伙！

堆了一大堆，累得他通身是汗。有的同志就跟他打趣儿，特别是李柱儿揭开了他的底子："武男同志！怎么样？刺刀的干活，铁炮的给不给？"武男义雄把眼一瞪："给！铁炮的给！"说完之后，他似乎又想起了从前，一阵脸红把头一低，把手一摆："唔？你的不好，你的坏了坏了！唔……"他把下边的话咽到了肚里，还吧唧吧唧嘴。现在又得说什么人办什么事儿：金月波找到了一支手枪，捡了足有一百多发子弹，她腰里掖着一支，手里提着一支，总是靠着南边溜达过来溜达过去，还不住的听风看景儿，不住地喊着战士们："快！快！"她是随时准备着敌人再来，要是敌人突然出现，怎么应付才好。她是这样地谨慎小心。比她更小心谨慎的还有，孙定邦早已看不见影儿，他跟在侦察员的后边，观察敌人的情况去了。要说胆子大的那得数李金魁和楞秋儿，不觉不知地他俩出溜了很远，不哼不哈儿在找漏网之鱼。这工夫金月波忽然喊了一声："啊！鬼子！"大伙注意一看，可不是真像鬼子：小个儿，穿着一身黄色的日本军装，头上还戴着钢盔哩。没有等大伙儿仔细观瞧，他早把钢盔摘掉，往头上一举："鬼子？睁开眼好好地看看，鬼子这样儿啊？"哈哈！原来是肖飞，他扒了一身日本军装穿在了身上。大伙都觉着他这是多余，在这个时候开这样玩笑。

史更新看见肖飞这个行动，又引起了他的动机，他命令全体人员，每人都扒下一身日本军装穿上，他说这有很大用处。于是所有的人们都扒下了一身日本军装，可都不愿意穿，一来是嫌上边有血，二来是还没有了解史更新的用意，都从心眼儿里腻烦穿敌人的衣裳。史更新找了两身大号的，有一个还是带着上尉的官阶，这就是从死在这儿的日军中队长身上扒下来的。大伙一看这来头儿，心里就明白了个八成。正在这时，忽然听到南边的炮楼上，向着这里打起机关枪来。史更新这才让大伙往后撤了撤，来到水边，在这儿休息吃饭。这工夫已经到了后半晌，偏射的太阳，晒得滚热，战士们都跳下水去，洗起澡来，随手就把日本军装洗了洗，血渍虽然不能完全洗净，总比不洗干净得多。洗完之后，在沙滩上一放，等着干了就穿上。

　　史更新正要把这些经过情形去报告田耕，这时候田耕带着林丽、志如，还有两个战士到这里来了。田耕不是把任务交给史更新了吗？他不好好隐蔽休息，带着这样重的伤，又到这儿来干什么呢？很明显，他不是为了别的，因为这一步的战斗已经结束，他要亲自再布置下一步的战斗行动，要彻底实现既定的战斗计划。再说，经过这场剧烈的战斗，还不知道自己的同志们有多大伤亡，他怎能不惦记着？他能在一边待得住？你看他往这里走着，这股紧张情绪，就可以知道他的心里是怎么样了！大伙看到田耕这样，真是有些纳闷：他的精神力量怎么这般顽强！

　　闲话不说，史更新把经过情形向田耕报告了一遍。田耕为自己伤亡的同志们痛心难过自不必说，更要紧的是安排下一步的行动。有人主张今天晚上不再进行战斗，因为炮楼上的敌人一定会提高警惕，加强防备。这个主张立即遭到了史更新的反对，他说："现在应该接连着干，绝不给敌人以重新整备的机会。刚才已经把他们打得蒙头转向，趁他们还没有明白过来，把他们消灭在闷葫芦里！"田耕听着这个高兴啊！连着说了三声："对！对！对！就这样干。"不过还得研究一下到底怎样打法。

　　正在这个时候，孙定邦呼呼地跑来了。他说："败退的鬼子们有一部分分散在公路的旁边，其余的扛着机枪上了炮楼，往这儿打枪的大概就是他们。下边的民夫还在修路。"田耕紧问了一句："民夫里边布置得怎么样？""没有问题，这几天来就都憋着这股子劲儿哩！从破路的时候起就给党员和积极分子们布置好了：只要看见炮楼上一起火，他们立即就带头战斗起来。"田耕点了点头又说道："咱们赶快研究一下，到底怎样打？"史更新先把自己的意见说了一遍……没有一个不同意的。就按照他的意见作了决定。田耕嘴里没有说，心想：这是一个多么坚强而正确的军事干部啊！

　　这工夫人们都吃饱了，喝足了，所有的人都穿上了日本军装。只有肖飞又把日本军装脱掉，扮作特务，他多少会说几句日本话，所以还让他帮助翻译。武男义雄扮成中队长，腰里挎着楠督式手枪，挎着中队长的战刀。史更新装扮成一个小队长，也挎上了战刀，把盒子炮掖在了腰里。李金魁当了个班长。另外又挑了十个战士，都是一色的"三八大盖儿"枪。金月波带着十个战士，安置在炮楼的附近，作为观察联络员。这儿就剩下了田耕、林丽、志如、大女和五个战士。丁尚武因为有一把神出鬼没的大刀，一个顶俩，要技术有技术，要勇敢有勇敢，田耕要将他留在身边，保卫大本营。丁尚武这人，要是在从前不闹点脾气才怪呢！可是因为经过反"扫荡"的锻炼，组织性纪律性强多了，也不怎么喜欢逞能了，田耕说让他留下，他只说了句："成喽！"就低着头擦他那把战刀了。大伙于是都分头行动起来。由武男义雄所率领的这十几个假日本兵，也向炮楼子出发了。

太阳还有两竿子高的时候，他们来到了刁世贵这个炮楼的附近。史更新让大伙装成打败仗的狼狈样子，武男义雄拉着战刀，肖飞明插着两支盒子炮，紧眼在武男义雄的旁边，史更新则紧跟在武男义雄的身后，紧后边压队的是李金魁。路旁边的日本兵看到了他没有敢多问，远远地就来了个立正。忽听炮楼子上边有人问："你们是哪一部分皇军？"问这话的正是齐英。为什么齐英先问话呢？因为这两天，他在这儿装了一名伪军，掩护着进行工作，他知道会有自己的人来，所以他总是在炮楼子上边注意，察看随时的情况变化。刚才这个炮楼子上，退来了一个日本小队长。还带着二十多个日本兵。他和刁世贵正在偷偷儿地商量，打算派人去找田耕，计划收拾敌人、伪军起义。这会儿史更新他们一来，他就看破了。他首先搭话，一来是让日本官儿感觉着他忠于职守，更重要的是，先给史更新他们来个招呼。肖飞一听就听出是他说话，急忙回答道："我们是快速部队的，这是快速部队的太君，你们不下来欢迎，还问什么？"炮楼上的日本小队长就用日本话问起来。

他一问，武男义雄就摆出上尉军官架子，和他对答。问了几句之后，武男义雄摆出不耐烦的样子，话头子也带出三分气来。诸位！他不是真生气，他是怕被问短了啊！他这样一生气，小队长可就不敢再问了。因为日本军队讲的是服从。所以他让伪军们，把炮楼子的大门开开，他亲自走出大门来迎接。现在的炮楼和前几天不一样了，铁丝网的里边，炮楼的下面已经盖起了几间房来，多少有点像住人的院落，周围的墙都有枪眼，这二十多个日本兵，和刁世贵的伪军们都分布在房里房外，楼上楼下，严密地防守着八路军攻来。可是这些伪军士兵们心中有数，刁世贵早给他们布置好了：谁傍着谁，谁跟着谁，谁占据炮楼的最高层，谁把门口，单听他的话音，看他的眼色，下手干家伙。所以，当日本小队长出门来迎接武男义雄这位长官时，齐英就在后边和刁世贵悄悄儿地说了个密话儿，刁世贵紧跟在日本小队长的后边，就一前一后地老摽着。齐英就在这个紧急的空子里，把话串通了两个伪班长。怎么两个伪班长啊？这是因为日本军队一集中，把旁边的一个日军炮楼，也换了刁世贵的一个班。因此他这儿就剩了两个班。班长们就立时跟这个士兵挤挤眼儿，和那个士兵努努嘴儿，还偷偷儿地避开日本兵的视线，用手中枪作出刺杀敌人的架势。到了这个时候，那些伪军们可真像窗纸一样，一点就破。所以他们立时就浑身都紧张起来了。这二十多个鬼子兵可还直勾勾着眼睛莫名其妙哩！

这工夫，日本小队长把武男义雄他们接进来了，接进来后就往屋里让。武男义雄不进屋，他说嫌屋里热。于是刁世贵就忙着搬凳子，点烟倒水。武男义雄是不抽也不喝，他要把日本兵和伪军集合起来点名训话。日本小队长问他：点名训话干什么？他说：伪军里边有八路，日本兵的身上藏着八路军的宣传品，要统统地清查出来。日本小队长只好把士兵集合在院内；刁世贵也把伪军们集合在日本兵的旁边，可是在炮楼上留下了三个。啊！一场生死搏斗就在眼前了。

哎呀，不好！这个日本小队长起了疑心，他越想越不对头，仔细一瞧，看出了武男义雄他们的军装上有破口，有血痕，他怀疑这是伪装的日本人，他想立刻大喊一声，但是他没有敢贸然地喊出口来。他为什么不敢喊出来呢？因为他们的旁边有刁世贵的伪军，身后就是李金魁和十个小队的战士，个个手持着步枪，枪上带着刺刀，他的眼前就是武男义雄、史更新和肖飞。你想，他有个不害怕吗？这家伙也有心眼儿，他想后退两步掏出手枪来，先把武男义雄、史更新和肖飞打死。但是，武男义雄和史更新怎能容他？当日本小队长刚一撒步，手枪还没有掏出来，武男义雄的战刀早落在了他的脖子上。他们的战刀快呀！只听"唰"的一响，脑袋瓜子"咕咚"一声就掉在了地下。这些日本兵一看不好，"哇——"的一声惊叫，就要一齐举枪拼命。嗨嗨！已经晚了一步，刁世贵的士兵和史更新的战士们，一个猛虎扑食，就听"噗嗤……"一阵刺刀穿肉的声音，像串蛤蟆一样都给穿透了。好哇！真是杀得痛快！歼得干脆！这才叫：打鬼子没费一枪弹，歼灭战未用半分钟。一看把敌人消灭了，刁世贵光怕被外面的日本兵和伪军们发觉了，于是他要马上举枪起义，在炮楼里点着火，立刻杀出去。谁知道偏偏不巧，好事多磨，刁世贵的上官，伪军中队长，带着一伙子伪军来到了炮楼的门外。咳呀！眼睁睁又是一场生死的战斗！

那位问了：怎么这么凑巧，偏偏在这个节骨眼儿上，来了这么多的伪军呢？

原来是这么回事，这个伪军中队长，是奉高铁杆儿的命令，带着他的队伍来援助日本兵的，刚才在大沙洼里挨打就有他们在内。他一共是三个小队，第一小队就是刁世贵这一部分，另外在一个炮楼上还有他的一个班，这个炮楼就在小李庄到桥头镇的中间。除此之外，他这个中队还有五个班，他就是带着这五个班参加战斗的。在战斗中他们又被打死了十多个，就只剩了四十来人，这四十来人一退却跑了个乱七八糟，中队长费了老大的劲，才在小李庄村口把队伍集合起来。他听着八路军没有追来，要歇歇腿儿，定定神儿，弄顿饭吃。那么，他为什么不上炮楼儿呢？因为在炮楼子上待着并不是怎么舒服的事儿，吃好的喝好的也并不是那么方便。再说，八路军万一要是再打来，这条公路当然是成了第一线，不如躲在后边痛快。所以，他上了何大拿的家来，在高房上，在街口外边设了岗哨。这位中队长就在何大拿的青堂瓦舍里，让大苹果陪着又吃又喝。你说，这不比在炮楼子里边美得多吗？又偏遇上何志武在这时候也跑到家来了。不用问，他也是从沙洼里被打回来的。他就和这位中队长一块儿吃饱了饭。当他们酒足饭饱以后，何大拿这老狐狸，告了解文华一家伙，他说："这村里有八路军的秘密，解文华知道，应该把他抓起来审问审问。"

也许有人要怀疑：何大拿跟解文华明争暗斗这么多的日子了，他为什么单等今天才告他的密呢？怎么他不早说？这村就住着日本兵，他要是向猪头小队长报告了，那不就要了解文华的命吗？

这个问题可不是这样简单，何大拿这老家伙魂儿多，他也知道解文华不是好惹的，这时候他跟刁世贵又成了亲戚，万一他俩要合起来，搞他一家伙他也受不了！甭说别的，解文华要是反咬一口，说何大拿勾通八路，那就够他呛的。再说，他知道猪头小队长又粗又野又狠又凶，要把他弄翻儿了，就会把他的脑袋砍下来，如今他跟这个伪军中队长这么一说，这一来碍不着日本鬼子的事儿，刁世贵又是这个中队长的下级，这个中队长又跟他要好，所以要把解文华搞一家伙，就是弄得不好，对他本身也不会有多大关系。就是为了这个，他才在这个时候对这个中队长说。他这么一说，这个伪军中队长就火儿了！何志武也在旁边加油儿加醋儿。他马上派了两个伪军把解文华给提搂来了！

解文华被抓来之后，这个伪军中队长不由分说，噼啪就给他几个嘴巴子，吭吭又踹了他几脚，把他的衣服一扒，就给吊在了何大拿后院的大槐树上。这个伪军中队长跟何志武，一齐逼问解文华的秘密。这一家伙可把个解文华给吓坏了！他总以为有刁世贵在这儿保护着他，怎么也没有想到有这一手儿。他知道，这一回要是说了实话，自己还有活路吗？于是他一口咬定："不知道！"他还真是反咬了一口，说何大拿勾通八路。他这样一来，何志武首先就揍了他一顿棍子，几个伪军也乱抽乱打，打得他浑身没了好肉。解文华昏过去了好几次，但是他把牙关咬住了，他死也没有露口儿。谁都知道解文华是受不了这个的，扯上几个嘴巴，踢上几脚，要他说什么他就得说什么。可是，今天他哪儿来的这样硬的骨头呢？啊！对这个事儿伪军中队长发生了怀疑。不过，他觉着事情重大，不能轻易放过。要真有其事，刁世贵一定知道，他又想起，高铁杆儿对他说过："要防备着刁世贵叛变！"这就更使他怀疑起来。心想：应该马上把刁世贵收拾了。可是，也不要太莽撞，万一要是弄错了，冤枉了人事小，他自己的力量受了损失事大。所以，他暂时让两个伪军士兵，看守着解文华，他带上这三十几个伪军，直奔炮楼来找刁世贵。他打算亲自侦讯侦讯、观察观察刁世贵的情形，若无其事便罢，要是有一点可疑，就马上缴了刁世贵的械，把他捆绑起来，跟解文华一块儿带回桥头镇。他带着队伍一来，何志武也跟来了，这小子也是担心弄不好了，他们父子要倒霉，所以他才跟来。他跟来还有一个小的原因，就是他还想着井里那支盒子炮哩！他现在还是带着他大哥的一支小手枪。这部分伪军的来历已经说明，那就看看他们弄个什么结果吧。

这部分伪军来到炮楼跟前儿，伪军中队长，让两个班在大门外边，雁翅儿排开，把门一堵，他带着两个班就往里走，何志武这小子鬼瘴，在紧后头跟着，他光怕出事儿。

那么，这一阵儿炮楼里边的人怎么样了？上边的三个士兵早已发现，慌忙下来报告刁世贵，刁世贵也是疑心很大的人，特别是在这个劲头儿上，他的警惕性更高，他是要：一不做二不休，瞎子发眼——豁出去了！干一家伙！史更新和齐英都同意他的主张。于是就在大门以内布置妥当，这个伪军中队长带着两个班，刚一进门，就看见了日本军队。他还没有来得及搭话，就觉着有两只又粗又大的铁手，把他的脖子给掐住了，原来这是李金魁。又听有人喊了声："缴枪！"肖飞的两支盒子炮出现在伪军的眼前，哗哗的一阵响动，好几十把明晃晃的刺刀对准了伪军的前后心窝。进来的这两个班伪军，吓得脸都变了颜色，"噗通……"都举着枪跪下了。何志武在后边一看：不好！又一注意，看见了肖飞，"哎呀"了一声举枪就搂火。可是他还没来得及搂响，就听"当"的一声，肖飞的盒子炮响了。何志武觉着右手发麻，手枪也掉在了地下。他扭头就跑，眼前一个粪坑，他想一窜而过，这时肖飞说了声："就在这儿吧！""当"又是一枪，何志武这条双料的恶狗一头栽进粪坑，再也不能动弹。门外的两个伪军班一见这个情形，也都吓得丧魂失魄。刚要逃跑，史更新带着战士们出来拿枪给逼住了，他们只得缴了械。

枪声一响，伪军们一被缴械，在公路旁边的日本兵看见了，他可弄不清这是怎么回事，只是看到日本兵缴了伪军的枪，因为这事常常发生，所以他并不觉得奇怪，不过增加了他的几分警惕性罢了。但是修路的民夫们可都拿着当了事儿，一个一个低声细语，惊奇地问着："兄弟！看见了没有？这是怎么啦？""大哥！我也弄不清啊！这部分日本兵怎么缴了伪军的枪呢？""嗨！伙计！有一个特务被打到粪坑里头了，你看见了吗？""我怎么没有看见？""这是怎么回事呢？""哼！别嚷啊！区干部的挎包——这里头有问题儿！看着吧！""怎么着？看着吧！我告诉你们，也许是有八路军来了哩！""对呀！咱们的正规团过来了，要不刚才北边打得那么热闹？""嘿！悄悄儿的，我告诉你们说：刚才那群日本兵从这儿一过，我看着后边那个大个子，有点儿像李金魁，我本来想着仔细看看，可是他低着头过去了。""对！你这一说我也想起来了：从后边一看走道就像他。""我看他那军装也不合体儿，后腰上还破了一道口子，像是还有血印哩。""哥们儿爷们儿！这么着！准备好了，要是风一吹，草一动，就拿小铁锨子铲掉鬼子的脑袋！谁可也别嚷啊！"嗨嗨！说是不嚷，这话可比张开翅膀儿飞还快，一传十，十传百，不大工夫就传遍修路的民夫。你就看吧，一个一个交头接耳，叽叽喳喳、嘀嘀咕咕，挤眉弄眼儿，他们不说别的话了。布置在里边的秘密党员和积极分子们，趁这个机会就都活动起来了……这一来可就引起了旁边日本兵的注意："唔！什么的？你的说话，干活慢慢的。"说着就走过来拿枪托子撵。恨的民夫们使劲攥着铁锨大镐，牙咬得咯吱吱的响。这工夫史更新他们走出炮楼来了。他们出来要怎么样呢？看着吧！一场决战就在眼前。

原来史更新他们要就热锅炒热菜——把敌人一勺儿烩了！他们作了临时的分工：由刁世贵带一个班的起义伪军，带着被捉住的伪军中队长，去到东边的炮楼上缴那一个班伪军的枪。那个炮楼上也跑去了几个日本鬼子，把他们一块儿给消灭掉。另外，刁世贵派了一个起义的伪军班长，去到西边儿的炮楼上，那里也跑去了几个日本鬼子败兵，因为那儿的伪军也是刁世贵的，打算到那儿帮助他们消灭敌人，一同起义。刁世贵的炮楼上只留下了齐英，还有李金魁和一个起义的伪军班，他们一方面守着炮楼，同时看管着被缴了械的伪军。史更新和武男义雄还有肖飞带着这十名假日本兵，去到南面的炮楼，想要收拾猪头小队长。他们规定：在太阳落了之后，乘着黄昏，一齐动手下家伙，把这几个炮楼子解决了，紧跟着在炮楼上一点火，修路民夫们暴动起来，公路上的日本监视兵一齐就完蛋了！哎呀！他们可真是胆子太大了！甭说别的，就拿猪头小队长来说，那真是比豺狼还野！比虎豹还凶！要想擒他，谈何容易？不过史更新他们这般英雄好汉，也是觉着：没有打虎艺不敢上山岗，没有擒龙术不敢下海洋，既然有这样的雄心壮志，那就是觉着不会有失，即使不能把敌人完全消灭，也要把残余的敌人赶跑，把炮楼子烧掉，把公路扒毁了。

现在太阳已经点地，她露着半个笑脸，托着五彩的云霞，在公路的南面空中，现出一道乳白色的汽带，有如银龙吐彩。那就是滹沱河的水汽。只听呼腾呼腾的滚动声音，滹沱河内汹涌的猛水，正在滚滚地奔流，唱着愤怒的战歌，它要把法西斯强盗们赶下东洋大海。一霎时传来了更沉重更强烈的沉音，"轰隆……轰隆……"就像是遥远的起伏沉雷，这声音是在西南的方向。啊哈！赵保中他们的英雄兵团和猫眼司令的炮战开始了。民夫们有听枪炮的经验，可是估计着这队伍没有这样快。这样热的天气，他们又是连续战斗，也不休息，在这半天之内，就又跑四十多里地！这真是神鬼也得吃惊！但是用不着怀疑！这就是今天上午在这大沙洼里边扑灭敌人的那群出山猛虎，如今奔到了县城之下，正在开始猛扑猫眼司令的老窝。哈哈！这沉雷般的炮声，可把民夫们的心情都给震动了，个个都把裤腰带紧了又紧，狠狠地抓住铁锹、镐头，瞪着火一般的眼睛，心里在说着这样的一句话：要是有个人来指挥领导，就毁了这些鬼子兵！着急的是没有人来领导，所以谁也不敢轻举妄动。

史更新他们现在刚刚走到炮楼，可是猪头小队长并没有在炮楼子里边，他已经带着两个日本兵和一条大狼狗来到公路上了。

猪头小队长从西往东慢慢地走着。他是因为刚才听见这边的枪响，过来看看是怎么回事，你看他：在大胯上挂着一把光闪闪的洋刀，腰间还挎着一支王八盒子，昂着他的猪头，把嘴噘出老远，沉甸甸的两道浓眉上边，那几条刀痕一般的皱纹，显得更长更深，慢腾腾地迈着两条熊腿，走一步呱哒哒的响一声，他要在每个民夫的身上找出什么东西似的。他手里牵着一只黑色的大狼狗，这个畜牲，拖着半卷的尾巴，半张着嘴，吐出长片的舌头，哈嗤哈嗤地流着垂丝的口水，跟着它的主人踮踮儿地小跑儿，不时地向着每个民夫乱闻，好像它也在随时准备施展它的爪牙。后边紧跟着两个日本兵，都持着上了刺刀的步枪，直愣着眼睛，一声不响，并排跟随。如果猪头小队长说一声：死了死了的有！这两个日本兵就会用刺刀一挑，把一个活不拉的人给开膛破肚。这些修路的民夫们，虽说都敢于和敌人拼命，不过看到猪头小队长这种凶恶的情形，可也是有点儿害怕。心里话：看着啊！不知道又碰上谁倒霉呢！嗯，可不是，立刻就碰上了。

碰上了谁呢？何世清老汉。何世清对敌人的仇恨是不必说的了，不过在这个时候，他并没有表现出和别人两样来。咳，可是这条洋狗因为咬过他，把他认得很准，好像跟他结了仇，他又是留着长白的胡须，特别显眼。这个该死的孽畜，来到他的身边不再往前走，老是围着他的身子打转儿。何世清还能不防备它吗？所以就准备着，它要扑来，就拿铁锨削它。你说猪头小队长怎么样？他见此光景咧开猪嘴"嘿……"地笑起来了。他把手里的小铁链儿一松，这条狗唔地一声，向着何世清就扑了上来。何世清老汉，在鬼子的刀枪之下都没有软过，难道他在一条狗的面前就变得孬了吗？当然不能，他早有防备。当这个孽畜往上一扑的时候，他把手里的铁锨一抡，当的一下子，就听那狗噢噢叫着退了几步，再也不敢往上蹿，因为把它的前腿打断了一只。旁边的人们都从心里给他叫好，可是也都为他捏着一把冷汗！果然猪头小队长火儿了："八个牙路，死了死了的有！"嗤的一声，抽出战刀来，照着何世清的脑袋就砍。他可做梦也没有梦到，竟有一张铁锨头，冰凉棒硬的戳进了他的脖子。他的猪头虽然没有掉下来，可是他这条兽体歪了一歪，晃了两晃，噗通一声，像半堵坏墙，整个地倒在了地下。要问这一铁锨是谁铲的？不是别人，这就是刁世贵的叔叔刁二东。

那位说：怎么这样巧，他到这儿来了？

这并不是巧，前面已经提过，他早有打算：为了报仇，为了出一出窝囊气，要卖卖老，要拿出当年义勇军时代的杀敌本领，和日本鬼子拼个死活，较个长短。他暗中串通了几个敢作敢为的民夫，打算找机会，夺敌人的枪，夺过枪来，他还想要成立游击队哩。要想实现他的这个打算，自然要选择黄昏的时候，最为合适，可是这会儿偏偏又遇上何世清老汉的危险，像他这样见义勇为的人，还能见死不救吗？所以当猪头小队长往外拔刀的时候，他把飞快的小铁锨儿就准备好了。没有等猪头小队长的战刀落下来，他的铁锨头，"咔嚓"一声就戳在猪头小队长的脖子上。这个万恶滔天的猪头鬼子，这才结束了他的罪恶生命，呜呼哀哉了！刁二东这么一打猪头小队长，跟着的两个日本兵还不急了眼吗？"哇啦啦"地连叫了两声，端着刺刀，照定刁二东就是一家伙。他们已经晚了！刁二东既然下了家伙，他还能畏缩？再说，到了这个时候，旁边的民夫们还能袖手旁观？何世清老汉还能不豁出命来？只听"毁了他们吧！"一声大喊，周围的铁锨大镐，一齐举在空中，叮当噗哧，一阵响动，两个鬼子兵连窝儿也没有能动，就完蛋了。何世清老头子举着铁锨，连声高喊："乡亲爷们！下手吧！砸烂鬼子们的脑袋！给同胞们报仇啊！"大伙谁也不管炮楼上点火不点火了，都跟着喊起来："打呀！打呀！砸兔崽子们啊！"正在这时，突然南边的炮楼子冒出一股子烟火来，只见史更新站在河堤上，把枪举在空中，大声喊道："同志们！炮楼子都拿下来了！放心大胆地干吧！一个鬼子也别让他跑了！"他这愤怒的吼声，真像龙吟虎啸，离半里多路听得真真切切。人们的劲头又像火上加了油一样。有几个鬼子兵一看不好，撒腿就往北边的高粱地里跑。刚刚跑到地边，突然扑上几个人来，头一个就是丁尚武，只见他的大刀晃了几晃，闪了几闪，几个鬼子就都倒下去了。这时候田耕站在高地上，大声喊道："同志们！到了消灭敌人的时候了！我们要给死难的同胞们报仇！拿起家伙来打呀！往两头打！两头都有咱们的队伍！胜利是我们的！我们的主力兵团正在攻打县城，要消灭猫眼司令！有利的形势来到啦！胜利的局面打开啦！"一面喊着，还把他的一只大手挥动起来。人们一看，县委书记在这儿指挥，还有什么可怕？"干吧！哇……"就像决了堤的洪水，霎时间汇成了一股子巨流，汹涌澎湃地向着东西两头翻滚。

　　这时候，齐英也在刁世贵的炮楼上把火点着了，东西两边的炮楼也跟着冒出浓烟，民夫们看得清清楚楚，知道这四个炮楼上的敌人是不管事儿了，光剩下沿着公路站岗监视的一些单个日本兵，在这万刃齐扑的形势下，还能起什么作用？你就看吧：数不清的钢铁臂膀，数不清的钢铁木具，密密麻麻，锵锵有声，就像山崩海啸！一时间杀声震地，怒火冲天，嗡嗡的巨吼，哇哇的山叫，真如火山爆发。这铁火交融的巨流，东南西北，在十八里的公路上，简直就是山崩地裂！路旁的鬼子兵早一个一个地被砸烂了，只剩下一只三条腿的狼狗，它耷拉着脑袋，夹着尾巴，一瘸一拐，连蹿带蹦，两眼还不住地向后直瞅，奔着桥头镇跑去。这时候，桥头镇上几个炮楼子里边，一齐"哗……"打起机关枪来，通南到北的大公路上的各个炮楼，也"喀啦……"乱打乱放，但是滹沱河的怒吼呼腾呼腾的也更加紧急了！县城周围的炮火"轰隆轰隆"的也更加沉重了。这时，蓝色的天空没有半丝云雾，满天的星斗，放射着亮晶晶的光芒，在这胜利的战斗之夜，显得分外明亮。徐徐的东风，吹得高粱叶子沙沙有声，这秀丽的青纱帐，伴奏着汹涌澎湃的滹沱河流水。它们唱起平原之歌：

　　　　抗日烽火满天红，烈烈轰轰遍地明。
　　　　太行山中兵马壮，青纱帐内健儿精。
　　　　大平原上人民勇，滹沱河旁鬼神惊。
　　　　八路神兵无敌手，日本强盗逞何能。

（选自《烈火金刚》，中国青年出版社2014年版）

雪 克

雪克（1919~1987），原名孙洞庭，笔名雪克。河北献县人。现当代作家。曾任《冀中导报》《晋察冀日报》《人民日报》记者。1958年开始发表文学作品。著有长篇小说《战斗的青春》《无住地带》等。

战斗的青春（节选）

第 十 章

八、胜利是我们的

入夜，天空阴沉黑暗，朔风悲啸着从监狱的窗子外吹进来，刮得破窗纸啪啪地响。站岗的伪军在窗外移动着，皮鞋踏在雪地上发出嗞嗞的声音。不时听见伪军岗哨叹气的声音，大声问口令的声音。

在呼呼的风声中，不时传来一两声枪响，一阵狼狗嚎叫声。院中那棵杏树被风雪冻僵了，花瓣吹落满地，和雪粒一起在大风里旋卷着。许凤预感到牺牲的时间是越来越近了。

许凤、小曼借着小窗户上射进来的手电筒光，急急地在纸上抄写着什么。秀芬拿着一张纸，给外边站岗的伪军读着，解释着。许凤全部精神都集中在写东西上了。她在竭尽全身的力量加快速度。手冻僵了，不时用口哈一点热气暖一暖，也不肯停息一下。她们越狱失败之后，分析了当前的形势，认为必须做牺牲的准备，因此决定利用牺牲之前的每一秒钟，来从事斗争。她们轮流向新换岗的监视她们的伪军进行宣传教育，提高他们的认识。她们的工作收到了预期的效果，有几个伪军被感动得哭了，愿意帮助她们。有的为她们弄来了纸张、钢笔，给她们打手电照亮；有的给散发传单；有的给搜集情报。

许凤把据点内部伪军伪组织人员的表现做了记录，把敌人的兵力和防御工事情况写了情报，提出了攻取这个据点的作战方案，委托一个认为可靠的伪军，设法迅速带出去。又编了几张争取伪军起义的传单，叫小曼抄写。现在她又集中精力考虑着全县特别是枣园区的工作。根据她所了解的情况，提出了今后工作的意见。她写了信给王少华、张俊臣、江丽，要他们在发动减租减息运动的同时，趁热打铁，依靠贫雇农团结中农，组织互助组，大力发展生产。同时建议县区干部每个人都要参加生产，每年要交一定的粮食，以减轻群众的负担。县区干部吃菜、吃油要设法自给。为了推动积肥运动，希望张俊臣、江丽带头背起粪筐来。

许凤正在急速地写着，听秀芬叫了她一声，赶紧起来，凑到窗口去，见那伪军把脸贴着小窗户说：

"打听来了，外边闹得可欢啦。减租减息都搞起来了，各村敲锣打鼓，像办喜事一样。听说那个姓江的女政委跟许政委一样厉害，净带民兵到据点附近活动，把据点封锁得气也出不来了。渡边和张木康气得不得了，连着出去'扫荡'。可每一次出去都挨了打，鬼子死伤了几十个。据点里粮食快吃光了，抢也抢不来……看样可待不下去了。"

许凤听着高兴极了，暗道：江丽，我的好同志，我没看错你！

那伪军忽然熄了手电，走动开了。一会儿听着过去几个人。那伪军又回来问道：

"该换班了，信和传单写好了快给我！"

许凤过去把小曼抄好的拿了来递给他，那伪军急忙塞到怀里，咳嗽了一声，和来接班的人说了几句话就走了。

三个人搂着肩膀，互相贴着脸坐着。许凤小声问道："你俩怎么样？累吗？"

秀芬、小曼齐声道："不累！"

秀芬道："凤姐，不知怎么的，现在身上的伤一点也不疼了，觉得浑身是劲。再为党为人民多做点工作才好，可惜时间不长了。"

小曼说道："凤姐，快点，你下命令吧，咱们还能为党做点什么？"

忽然，各种杂乱的声音一齐轰响起来。叮当关门的声音，呼喊斥骂的声音，说不清有多少人跑动的声音，越响越嘈杂混乱。许凤、秀芬、小曼紧挨了坐着，沉静地向窗口望着。小曼拉着许凤的胳膊激动地说：

"凤姐，时候到啦，咱们不能悄没声地被敌人杀死，要斗！"

许凤搂紧小曼说："对！"外边有几个人咚咚地走过去了，听着有人小声说了一阵子话。待了一会，那站岗的伪军走到小窗口边来，打开手电筒照着她们三个，急急地小声说："许政委，我怎么办？我，你说，我……"

许凤立起来凑到窗口边说："应当反正过去！"

"准不要紧吗？八路军不会打死我吗？"

"不要紧，他们会立刻放你回家的。外边有什么消息吗？"

"这个，这个，"伪军扭过脸去擤了一下鼻涕，用暗哑的声音说，"听说待一会儿就把你们……"伪军话到嘴边又停住，急急分辩说，"我不是不打算救你们，可我没有办法。我是中国人，我是叫他们抓的兵……"

伪军嘟嘟哝哝地不知说了些什么，许凤听着明白了是怎么回事，仰起脸微笑了一下，向那伪军说："好吧，我相信你，我一定帮助你。你给我照个亮，我写封信，以后你交给那边，最好是交给李铁。他们一定会照顾你的。"

那伪军立刻打开手电筒说："你写吧，我会想法送到的！"

许凤拿出小山给她的纸和铅笔，就着亮光写起来。写完了折起来递过去，那伪军伸手接着揣到怀里，难过地叹息着走开了。许凤、秀芬、小曼沉静地坐着。许凤那明亮的眼睛深思地向前望着。亲人的、同志们的亲切熟悉的脸孔，在脑子里不停地闪出来。

她心中自语着："亲娘，同志们，为了人民，为了祖国，我不能活着和你们相见了。你们放心吧，我一丝一毫也没有玷辱自己的生命，没有玷辱共产党员这个光荣的称号！"她脸上闪现出焕发的光彩。寒风从窗外吹进来。小曼坐到许凤身边突然抽抽咽咽地哭起来。

许凤搂着小曼的肩膀，轻轻地抚摩着她，亲切地说道："怎么，小曼，有话就跟姐说。"

小曼抬起头来，眼里噙着泪水说："凤姐，我是恨自己，过去为党工作得太少了。死我是不怕的，可是我直到现在还不是正式党员。"她那天真而纯洁的眼睛滚下了泪珠。

许凤一听，心里一翻滚，又是难过，又是骄傲，心想她这么年轻竟有这么高尚的灵魂，一个多么好的同志啊！禁不住将脸贴着小曼的脸蛋，紧紧地抱着她，热泪流湿了两人的脸颊。

"凤姐，代表县委批准她转正吧！"秀芬坐起来扶住她俩。

许凤那眼睛明亮地一闪，严肃地扶着小曼的双肩说：

"对！小曼同志，我们批准你从今天起就是中国共产党的正式党员。"趁着那个伪军踱回来，许凤要回那封信，又在上面添上了一行字。

小曼站起来，冲着张村的方向望着，快乐而骄傲地说：

"娘，你没有白生我一场。大雨哥，你没有白教育我。"又向西北方向说："毛主席，我是你的光荣的战士！"

夜风呼号，灯光摇闪，胡文玉在屋里慌乱地拾掇着，两手抖索着。他脱下黄呢军装，换上早就准备好了的蓝布棉袄棉裤。他乱七八糟地往一边扔着呢子衣服和花被子，只把手表、金戒指、伪钞往一个小包袱里塞。猛听见窗纸被风吹的一咕哒，吓得绰起手枪，盯着屋门往墙角落里退着。听了好久没有动静，这才走回桌子边，两手按着桌子，目不转睛地看着灯花犹豫着。胡文玉白天和渡边吵了一架。他死乞白赖一定要渡边把许凤、秀芬、小曼交给他，并且要立刻押解她们到城里去，然后想法把她们再带往北平。哪知渡边听了，只似笑非笑地一龇大牙，根本不谈这件事。夜里，看到渡边突然命令把犯人都押到广场上去，他明白了，这个白天还叫嚷坚守据点的魔王，一定要撤出这个地方了。根据情况判断，八路军定要拔除枣园据点，大难就要临头，跟渡边在一起凶多吉少，得趁早另想脱身之计。他又是悔恨又是害怕，眼看自己要成丧家之犬了。一面收拾着东西，总觉得身后有人，不时回头看看，突然一阵风扑灭了灯，跟着哗啦一声响，急忙回头一看，恍惚间像是李铁，两眼怒光闪闪，握着明晃晃的尖刀，吓得一跳，忙钻在桌子底下，颤抖地举起手枪，定神一看，原来是一只猫跳上了窗台。他又从桌子底下钻出来，拭拭头上的虚汗，提着手枪，轻轻地开了屋门。外面满地白雪，北风卷着雪花摔到他脸上。他左右观察一会，一下窜出去，溜着墙根儿迅速地消失在苍茫茫的雪夜里了。

深夜，北风呜呜地咆哮着，旋卷着密麻麻的鹅毛般的雪片，把天地间搅成乱纷纷白茫茫的一片。在这大风雪中，从枣园据点城墙外边的一片房子里，走出三个人来。这三个人弯着腰迎着顶头风向北走着。走在头里的那个是个矮个子，身上裹着一床白布被子，用力地走却走不动，大风一阵阵吹起下边的被角，把他刮得倒退两步。后边两人，细高个是张立根，粗粗实实的中等个是张金锁，都反穿着棉裤、棉袄，头上包着白毛巾。他们身上都沾满了雪，浑身一色雪白。是张金锁用驳壳枪顶着前边矮个子的后背，凑到他耳朵上小声骂着：

"他妈的！快点！听到了没有？再不走快点，毙了你个狗汉奸！"

这个汉奸是张立根和张金锁奉命到枣园据点抓出来的特务韩小斗。

"蹲下！"张立根急扯了他俩一把。

三个人都蹲下来，就像三个盖满了雪的土堆。城墙上射过两股手电筒白光，向他们三个左右晃动了一会熄灭了。三个人又立起来，张金锁给了韩小斗一拳，用手推着他紧走。他们一走进前边的一片树林，张金锁忍不住凑到韩小斗耳边叫起来：

"跑步！他妈的！"

他们的鞋上沾满了泥浆，韩小斗栽了个跟斗，张金锁揪起他来，架着他往前跑。他们跑进了北旺村头。掩在矮墙后边的战士问了口令，放他们过去了。两人揪着韩小斗，向村南的一个大院里走去，张立根头里向警卫说了句话，先进屋去了。屋里静悄悄的，当屋的方桌上点着一盏油灯，铺着一张据点工事详图。支队长萧之明用红铅笔在地图上标着粗壮的红线。政委李铁吸着烟斗，双眉紧锁，两眉中间添了一道竖纹。参谋长萧金正把一张情报递给萧之明。李铁听到了声音，一抬头向进来的张立根问道：

"抓到了吗？"

"报告，抓到了一个，是特务韩小斗。他刚一到破鞋小白鸭家，我们就抓了他来。"

萧之明一挥手命令："带进来！"

"是！"张立根出去一会，就见张金锁右手提枪，左手揪住韩小斗的肩膀推进屋来。韩小斗立在屋门口，浑身连头裹在被子里，只露着一张吓得煞白的小脸，小眼睛惊惊慌慌的，牙齿格达格达直响。

"啊，是你呀！张扒灰的女婿，你知罪吗？"李铁用烟斗指了韩小斗一下。

韩小斗吃惊地望着李铁说："长官，什么也瞒不了您，我是身在曹营心在汉，真的！我是……"

李铁用烟斗一磕桌子，严厉地说："算啦，别扯废话。我要你说老实话，如果你有半句不实，就对你不客气！"

"我一定！"韩小斗急忙答应，"我一定说实话！"

萧之明走了两步，倒背着手立在韩小斗面前问道："现在守城的是哪一部分？知道我们来拿据点吗？"

韩小斗结结巴巴地说："城，城上是四中队和五中队，不，不知道拿，拿……"

萧之明指着他说："你把里边部署的情况，详细讲来。要说瞎话，当心你的脑袋！"

"我一定说实话！"韩小斗颤颤抖抖地详细说了一遍。

萧之明又问道：

"今天杀人了没有？"

"啊，没有，许政委她们，可，可能……"

李铁、萧之明、萧金听了，身上突然一震。萧之明一挥手说：

"带下去！"

韩小斗正弯腰鞠躬，被张金锁揪着拉出去了。萧之明问萧金道："现在各部分布置的情况怎么样？"

萧金报告说："现在各营的兵力都按计划进入了指定地点。民兵和担架队也都准备好了。都活动得相当隐蔽，消息封锁得很严密。各营长都在这里等候命令。"萧金说话的声音变得粗重了，脸型也瘦长严肃了些。

萧之明听了，看着窗户想了一下，喊道：

"通讯员！叫一连长马上来！"

不一会，一掀门帘，刘满仓走了进来，萧之明立刻命令道：

"现在情况紧急，命令你连跟萧参谋长去抢救被捕的同志。你们跟敌工关系悄悄地摸进三号岗楼，你们的任务就是抢救被捕的同志，别的什么也不要管。不管多么困难，要保证完成任务！"

"是，保证完成任务！"刘满仓那洪钟似的声音震得屋子直响。

"政委，你有什么话要说没有？"萧金急向李铁问了一句。

李铁看着萧金，沉思了一下说："你们要先抢到鬼子住的大院西北面空场上去，因为那里是鬼子杀人的地方。然后从那里往东插，就是监狱。鬼子大队部院里由突击队负责搜索。"

"好，记住啦！"

"走吧！"

萧金和刘满仓急匆匆地走了。萧之明回到桌边，看看地图，又问李铁道：

"你看作战部署还有没有问题？"

李铁一面把驳壳枪带好，一面看着地图说："各营的兵力按照原定计划分别包围鬼子和伪军，我想都没有问题。就是指挥部要改变一下位置。现在看来敌人可能从东面突围。所以你要带一个连的预备队，把指挥部安在东北角高地上，准备截击突围的敌人，同时支援突击部队。我要跟突击队一起冲进去，先搞掉敌人的指挥部。"

萧之明听着频频点头，听到最后一句，拦住李铁道："李铁同志，你跟突击队去，要考虑一下。"

"这没有什么可以考虑的。"李铁刚说到这里，听见外屋喊："报告！"便答道："进来！"

一看是武小龙，扎束得整整齐齐，只是头上还裹着绷带。萧之明忙问道："武小龙，你怎么来了？"

武小龙忙说道："支队长，政委，我要求参加突击队。"

他说着从肩上摘下装在半旧的皮套里的驳壳枪，双手捧着递给李铁，禁不住眼泪从腮边流下来。李铁接过来，认得是朱大江的枪，就是许凤给他的烈士埋在身下的那一支，心里猛地一沉，声音颤抖地问："他？他怎么了？……"

武小龙立正站着，哽住说不出话来，屋里顿时陷入了哀痛的沉默。李铁过去把武小龙拉一把。

"他叫我把枪交给你。"武小龙含泪说，"他喊了一声：'同志们！报仇！消灭帝国主义！'就……"

"别说啦！跟我走！"李铁咬紧牙关，眼睛睁圆，闪着悲愤的火焰，嚓一声把驳壳枪顶上子弹，大踏步向风雪呼啸的门外奔去。

武小龙紧紧跟在李铁身后，走到街上来。风雪弥漫，地上积了老厚的雪。走过南北车道口，只见街上整整齐齐站着一眼望不到头的民兵和担架队。他们站着纹丝不动，一点声音都没有。他们身上都挂满了雪花，简直像是用汉白玉雕成的群像。这是张俊臣带的民兵队伍。李铁迎着风雪走着，却只觉得胸膛里热得难受，就一把扯开衣襟。这时，只见两个魁梧的人，冒着雪迎面走来。李铁一看前边那人有与众不同的宽阔的肩膀，就知道是张俊臣。站下等那人走近了一看，果然是他。张俊臣向李铁报告说，民兵已经集合在指定地点了，等着接受任务。李铁叫他找萧之明去。后边那人穿着女人短袄，束着皮带，挎着手枪，冲着李铁叫了一声"表弟！"两只手就紧紧地扶住了李铁的肩膀。李铁一看原来是表姐李兰心。只见她那粗直的黑眉上下挑动着，眼睛比以前更加明亮，又红又厚的嘴唇，爽朗地笑开了，露出一嘴雪白的牙齿。不等李铁问她，就说："我已经调到桑林区区委会工作，有一个多月了。这次是带民兵参加战斗来了，一会儿战场上见吧。"说着走了一步，又回过头来对李铁说："表弟！放心吧，一切都会顺利的！这回叫王八日的们知道咱们的厉害！"说了一挥手跟张俊臣大踏步走去，消失在茫茫的风雪里了。李铁无暇顾及别的，带了队员赶紧来到路东一个院子，跨上台阶，推开北屋门一看，在宽阔的小学教室里挤满了突击队的战士，都反穿着棉衣，一色白。每人一支驳壳枪，四个手榴弹，一支三八步枪，都上好了亮光光的刺刀。还有些人背上背了小铁锹。战士们根据参谋长的指示，刚刚讨论完了怎样像一把尖刀一样，一鼓作气直捣敌人的大队部，先打掉敌人的头。实现这种掏心战术的各种问题都解决了，现在就是准备进入战斗了。战士们有捆鞋的，吸烟的，说话的，互相检查武器弹药的。李铁进来大声问道："同志，准备好了吗？"

"报告政委，准备好了！"队长陈东风和指导员刘远跑过来，向李铁报告了，回头喊："集合！"

队员唰一声，站得整整齐齐。李铁向全体同志看了一遍说："同志们，你们都是自愿报名参加突击队的，党对你们这种献身祖国的决心，非常感谢。我们这支突击队不但要打开缺口，给部队开路，而且要像一把尖刀，一直插到鬼子的大队部去，活捉渡边。同志们，我相信你们一定能够保持我们支队的荣誉，一定能够打进去完成任务。同志们有信心吗？"

"有！"战士们一齐回答。

"好，立刻出发，跑步前进！"

陈东风和刘远带着队伍，走出屋去。队列跑着步，分组向前运动着。来到据点附近，都卧倒向前爬着。大梯子驮在战士们的背上，一点一点地接近了城墙了。六挺机枪在离城墙几十丈远的地方架好。李铁爬到城墙下边，六个大梯子已经悄悄地竖立起来。靠上城墙了。突击组的战士蹿上梯子往上爬着，一切都静静的，只听到风声呼呼地响……

寒风呼啸着，监狱里异常黑暗。

许凤、秀芬、小曼站起来，三姐妹互相搀扶着。许凤的眼睛凝视着远方，缓缓地说："我们三个就要跟党，跟祖国，跟亲人们，跟同志们告别啦。"她说着看了秀芬、小曼一眼，声音提高了说："让我们好好地快乐一下吧。为什么不快乐呢？我们没有什么可以惭愧的，一点都不后悔，我们对得起党，对得起人民，对得起爹娘和亲人，来，我们唱个歌吧！"

> 起来，
> 饥寒交迫的奴隶，
> 起来，
> 全世界受苦的人。
> 满腔的热血已经沸腾，
> 要为真理而斗争！
> ……

《国际歌》的歌声，激昂悲壮的声浪，混合着怒吼的风声，飞了出去。

全监狱里的人们，都跟着唱起来，这是用血、用最宝贵的生命唱出来的声音。这歌声是力量，是大无畏的力量，它冲出监狱的墙，震荡着天空，震撼着大地。帝国主义者的碉堡的墙壁摇动了。北风跟着歌声愤怒地吼叫起来，这吼叫使敌人心惊胆战。

怒吼吧，革命的大风暴，叫敌人在这声音、在这力量面前战栗吧！叫绝望的恶魔们缩在墙角落里去哭泣吧！让那面临死亡的强盗们发疯吧！

据点里混乱了，敌人叫骂着，狂奔着，渡边持着战刀冲出来，撕裂喉咙叫喊着，拼命敲击监狱的墙壁、门窗。一群群敌人挺着军刀狂奔着。

渡边狂喊："死了死了的，死了死了的！"

歌声愈唱愈雄壮。

许凤、秀芬、小曼快活地笑着。

当啷一声，六个鬼子挺着刺刀冲了进来。

六个便衣特务架起许凤、秀芬和小曼就走。

"我们自己走！"许凤斥退他们。

许凤、秀芬、小曼被押到院里来，就见满院子敌伪军全副武装站着，渡边和张木康站在前面。张木康一扬手拦住她们，大声问道：

"你们三个谁愿意活着？最后还给你们一个机会，谁愿意活，上这边来！"

三姐妹巍然不动地立着，许凤冷笑一声，大声向伪军喊道：

"每一个有良心的弟兄都要起来，反正杀敌！祖国和亲人在等待着你们哩！要打死那些丧尽良心的走狗！……"

伪军们低下头去，鬼子们也惊呆了。渡边厉声吼着："愿意活的！这边的来！"

许凤一甩头发，决然地挺胸向前就走。秀芬、小曼上去挽着她的胳膊，三姐妹昂然不屈地迎着暴风雪并肩向前走去。

三姐妹昂头挺胸，在凛冽刺骨的大风中走着。敌人像一群绿眼睛的恶狼，慌忙地围着她们乱窜着，嗥叫着。许凤回头向监狱喊着：

"同志们，坚持斗争下去，我们就要胜利了！"

"伟大的祖国万岁！"

"共产党万岁！"

"毛主席万岁！"

三姐妹高呼着，其他被囚禁的同志也被赶出来，跟在她们后面。

在敌人的刺刀威逼下集合起来的群众，在风雪里三五一团地靠在一起，迈着沉重的步子，向刑场走去。在激动人心的口号声中，三姐妹走过来了，难友的队伍走过来了。人群激动起来。妇女们的啜泣声，孩子们惊恐的哭声，鬼子们的吼叫声，在大风呼啸中交织在一起，简直要碎裂人心。渡边骑着高大的枣红战马，扶着刀把，瞪着血眼，杀气腾腾地睨视着眼前的一切。

这时，整个据点里像是开了锅，到处是叮当哗啦的敲砸东西的声音，呼叫的声音。大卡车在街上轰隆轰隆地吼叫。敌伪军纷乱匆忙地往卡车上装着东西。骑兵们将鞴好了鞍子的马陆续带到街上。奇怪！白天渡边还亲自监督修工事、粉刷屋子呢，难道要逃走吗？人们在混乱里猜测着，震惊恐怖，混合着辛酸的快乐，在每个人心里激荡起来。当人们被逼着背靠大墙站好，面对着枪口的时候，一切都明白了。疯狂的屠杀就要临到头上了。渡边骑着马巡视过来，面对着许凤、秀芬、小曼站下了。他狞笑着举起了手电筒，白光照射在许凤脸上，他一看见许凤那毫无畏惧的蔑视的目光，那从容的神色，那胜利者才有的神采焕发的面容，气得血往上冲，手抖动着。手电的白光又扫过秀芬、小曼和许多人的面孔。蔑视的眼光像一支支利箭，直刺着他。他气得要发疯了。他要亲自一个一个地射倒他们，咬着牙从腰间拔出手枪。

小曼这时往起一跳，举臂高呼："打倒日本帝国主义！"跟着在一片愤怒的吼声里，空中响起炮弹吱吱的啸声，敌人的汽车队列里响起了震天动地的爆炸声，同时枪声四起，尖利的冲锋号声吹响了。渡边气得把枪口对准小曼，秀芬疾速一闪刚把小曼掩在身后，不想许凤同时闪出来用身体护住了她俩。举臂高呼："咱们的队伍来啦！同志们！夺敌人的枪啊！伪军同胞们快反正杀敌呀！"

渡边气急败坏地吼叫着，向许凤开了枪。随着渡边的枪声，突然一片暴雨般的枪声响起，据点里顿时人喊马嘶，敌伪军纷乱奔跑射击，乱成一团。渡边疯狂地向三姐妹连开七枪，忽然觉得被什么东西猛撞一下，在马上摇晃了一下，拨转马头便跑。一群群穿白衣的战士在房上、街上出现了，像猛不可挡的山洪扑向敌人，有些伪军也趁势掉转枪口向鬼子射击起来。

渡边慌忙命令日军：坚决抵抗！抢进工事，固守待援。他声嘶力竭地下达了命令，随即拍马向大队部院里急奔。

雪越下越紧，从城下到街口到处是黑糊糊的人群奔跑着，地上、房上、城上、树后处处闪射着打枪的火苗，枪声混杂着呼喊叫骂，子弹乱三绞四地在空中穿射飞鸣。敌人有往回跑的，有冲过来的，乱成了一团。李铁他们趁势直冲过去，敌人还没有来得及看清，一群穿白衣服的人已经冲到了跟前。他们像一群白色的猛虎，一声不响，横冲直撞，驳壳枪一个劲儿地扫射着，敌人慌张地躲闪着，盲目地还击着。他们杀开一条血路，直向街心日寇大队部那里冲去，把纷乱的伪军抛在后边了。虽然遭到猛烈的抵抗，突击队还是不顾一切地向前猛插。仗着地形熟悉，翻越墙头，穿过院子，避开敌人的火力，不停地还击着，跃进着。有许多战士上了房，从房上跑着，看到街上停着军用卡车，数不清的战马，咴咴地嘶鸣着，正从大院子里往外牵。街上、胡同里，到处都是鬼子，纷乱地打着枪，有几股向他们围过来，可是经不起他们一阵猛打猛冲，敌人又被闪到后边去了。他们继续猛冲着。

整个据点已经陷在火海里边了。枪声、呼喊声从四面传来。连着几声猛烈的爆炸，大碉堡倒塌了。几处号声喊杀声由远而近，部队和民兵蜂拥地从四面冲进了据点。

这时，平大公路两边，滹沱河、子牙河南北，纵横一百多里地区内，枪声大作，炮声隆隆，八路军和地方武装对敌伪军据点发动了全面攻击。有的是主攻，有的是佯攻，敌伪军被打得蒙头转向，不知真假虚实，互相之间不能支援了。

渡边跑进屋里，抓起电话听筒，要打电话求援。电话线早被切断了。渡边叫了几声不通，正在发急，张木康跑了进来，满头大汗地喊："四中队投降八路了！"渡边疯狂地把电话听筒摔在墙上，大声喊叫："宫本！宫本！"猛然想起宫本已经死了，急急地拖着战刀，提着手枪就往外奔。张木康带了护兵向伪军大队部跑去。渡边和十几个鬼子兵向外跑去，一面跑着，听到密集的枪声在附近响起来。刚跑到外院二门口，只见一群白花花的人迎面冲来，密集地弹流射过来，把二门封锁了。渡边忙退到墙后边，头上又响起了枪声，仰头一看，房顶上也出现穿白衣服的人，房上房下都用日语喊起来：

"缴枪不杀！优待俘虏！"

"渡边投降吧！"

渡边指挥着鬼子兵边打枪边往里院撤，他急急跑进里院大门，一看鬼子兵在门外倒了两个，其余都被截在前院里了，跟来的是几个穿白衣服的八路。可怕，渡边还从来没有像现在这样害怕过。那些穿白衣服的八路，简直是一群神兵，为什么他们一枪都不打，只是一步一步地忽隐忽现地向他逼近呢？最前边的一个人，一闪又掩在大槐树后边了，他发出了严厉威武的声音：

"渡边缴枪吧！你不是要找李铁谈判吗？"

渡边狠狠地向他射击了几发子弹。真可怕，那是李铁。李铁又出现了一下，渡边又想射击，一扳枪机，子弹打光了。渡边惊慌地退到屋里，哐啷一声插上了屋门。阵阵东风吼叫着，像猛虎一样，将身向前一纵，紧跟着忽隆一声巨响，屋门被撞倒了。李铁他们猛烈射击着冲进屋来。在晨光照射下，只见渡边仰在地上，战刀横在身上，血流满地，他被击毙了。李铁拿起战刀，回身奔出来。

四面八方的枪声还在凌乱地响着。敌人的抵抗已经垮台了。天色已经微明。地上落了半尺厚的雪，北风把雪粒从房上扫下来，在院子上空旋卷着。雪地里穿黄军装的鬼子的死尸仰着的趴着的遍地都是。李铁他们搜索到了日寇大队部屋里，只见满地纸片，凳倒桌歪，挂钟还嘀嗒嘀嗒地响着。

李铁带着队员回身出来，要去参加消灭敌人主力的战斗。刚一到大门口，噗咚一声，一个鬼子被摔得仰面朝天倒在门口，跟着一枪托打下来，鬼子的头开了花。随后就见一个高大的女人身影一闪穿了过去。李铁穿出大门一看，原来是李兰心表姐，她向他招招手，带着民兵拐过一个边道去了。

战斗接近结束了。

遍地是敌伪军的死尸、枪械、死马、散乱的弹壳，街上停着炸坏了的汽车。空中还飘荡着硝烟和木炭烟，处处是火药味。被践踏的雪地上留着一片片殷红的血迹。枪声愈响愈稀。一群群的战士、民兵持枪疾奔过去。李铁什么也顾不得看，一口气跑到监狱里一看，里面空空荡荡的，只有阵阵寒风吹动着地上的干草。他的心猛地往下一沉，好像在大海里翻了船，"唰"地出了一身冷汗，呼吸也阻塞了。眼前是一片白茫茫的，什么也看不见了。突然，听到人叫了一声："政委！快着！胡文玉骑马跑了，江丽同志一个人追上去了！"李铁一听，一跃起来，一口气跑到马群边，骑上一匹红马，飞驰而去。

原来张俊臣和江丽带民兵跟在队伍后边攻进来了。张俊臣见敌人已经垮了，就带了大队民兵赶去抓俘虏，留下江丽带少数民兵打扫战场。江丽就在大街上指挥几个干部和民兵收集枪支、弹药、军用物资，向这里集中着。几个民兵牵了十多匹东洋大马过来，还都鞴着鞍子。江丽叫都拴在附近树上。这时还在流弹纷飞，江丽机警地四下观察看。突然发现一个头上包着白毛巾、身穿蓝裤袄的人，从树上解下了一匹马。江丽喊了一声，叫他过来。那人毫不理睬，竟自飞身上马，狠狠打了一鞭，纵马向东飞驰而去。江丽看着那人的后影，突然明白过来，那人是胡文玉！便喊了一声："快追！"顺手解下卡车边拴着的一匹大白马，纵身跨上鞍子，两腿一夹，箭一般追了过去。两匹马一前一后没命地飞奔着，出了据点。据点外边的群众还没有明白是怎么回事，两匹马已跑下去几里地了。

两匹马狂奔着，看看离得近了一点，江丽看得更清楚了，前边的人正是胡文玉。他恶狠狠地回过头来开了两枪，江丽的帽子被打掉了，身子一侧歪，差一点摔下马来。她伏在马上端起手枪瞄着胡文玉射去，几次都没有射中。两个人一面飞奔，一面互相射击。看看后边十多匹马追上来了，胡文玉慌了神，用连发向江丽狂射起来。江丽伏在马上不顾一切地猛追。胡文玉瞄准了江丽，一枪就要把她打死，突然眼前一阵旋风疾卷过来，在呼呼的风声中，看看一片红光嗖的一闪，一匹高大的红马到了身边。红马上一个人剑眉直竖，眼睛喷射着火光，大吼一声，雪亮的战刀带着风声从空中劈将下来。胡文玉一眼看见是李铁，吓得哎呀一声，还没有叫出来，连头带肩被劈做两爿掉下马来。那马咴咴地叫着，打着旋儿站下了。江丽赶上来，犹自气得咬牙切齿，向着胡文玉的尸首又开了两枪，狠狠地啐了一口。李铁望望胡文玉的尸体，两个鼻孔鼓得正圆，喷出两股气，把战刀入鞘，一招手，大家又都纵马向枣园跑去。

李铁旋风般奔回枣园村头，跳下马来。

"政委！血！你挂彩了！"一个战士在后边喊。李铁好像没有听见，只顾匆匆地走，连头也不回。

在满是积雪的大沟边，人们静静地拥簇着几副担架走来，轻轻放下，人群在雪地上低头肃立着，李铁心头像被尖刀连扎了几下。他急忙紧走几步挤进人群一看，在门板上躺着的，正是他日夜想念的亲人——许凤。在许凤旁边，并排停着秀芬、小曼、窦洛殿、冯小山……李铁觉得突然天旋地转起来，他忍着痛，一步一步地走到许凤眼前。低下头，见许凤胸膛上凝结着鲜血，面带从容庄严的神色，好像完成一次战斗任务之后安然睡着了似的。周围是一片唏嘘哭泣声。李铁站住不能动了，呼吸也阻塞了。他突然蹲下握住许凤的手，又抚摸秀芬、小曼、洛殿和小山，眼前被一片白茫茫的东西罩住，什么也看不见了。听到有人叫了一声"政委"，他一下立起来，只见一个身穿伪军服装的人被带到了跟前。那人沉默地从衣袋里掏出一封折成三角的信来，递给李铁，用袖子抹了一下眼泪说：

"许政委留下的。"

李铁急忙接过信来，双手颤抖地打开，看那秀劲的铅笔字，果然是许凤写的。他无声地读着：

李铁同志：

我们坚持地忍受着一切折磨，等着你们，等着胜利。我们想尽了一切办法要逃出据点，回到战斗的岗位上，可恨终于失败了。现在死亡已经临到我们头上，可是我们一点也不后悔。为了祖国，我们对敌人做了一切可能做到的斗争。离开永别大概没有多久了。我们要在歌声中度过这最后的时刻。

永别了，亲爱的，告诉活着的人们，要战斗到底呀，整个世界就要天亮了！

许　凤

四月四日

又：我已经批准小曼为正式党员。窦洛殿已经牺牲，他对革命无限忠诚，要求追认他为共产党员。

李铁看着信，又听江丽一声"凤姐！"，手抖动了一下。突然，他一把撕开棉袄的扣子，提着枪就往前走，曹福祥一把拉住了他，这才看见他的棉袄里面都被鲜血染红了。李铁猛然抽噎了几下，吐出一大口鲜血。他直起身子，睁大了明亮的眼睛，朝前望着。整个大地白茫茫的，大北风呜呜地旋卷着地上的雪流。天地间齐奏起无语的悲壮的哀歌。

在漫天皆白一片缟素的大地上，那面鲜艳的战斗的红旗飘飘荡荡地升起来了。

尖利嘹亮的军号声又响了。这号声响彻云霄，压过了大风的呼啸，向四方飞去，战斗的队伍又集合起来了。千万双充满复仇决心的眼睛向前方注视着。手里紧握着武器。

雪野上，队伍像无边的滚滚铁流，在前进……

风吹散了阴云，天晴了，朝阳透过一条鲜红的云带，射出辉煌灿烂的万道霞光。在那霞光里，仿佛看见了三姐妹那庄严美丽的面容，听到了许凤那响彻天地的声音：

"活着的人们，要战斗到底呀！整个世界就要天亮了！"

（选自《战斗的青春》，花山文艺出版社1995年版）

丁 玲

丁玲（1904～1986），女，原名蒋冰之，湖南临澧人。现当代作家。毕业于上海大学中国文学系。1930年参加"左联"。1936年去陕北，曾任《解放日报》文艺副刊主编、陕甘宁边区文艺协会主任。代表作有短篇小说《梦珂》、中篇小说《莎菲女士的日记》、长篇小说《太阳照在桑干河上》等。1946年至1948年，丁玲参加华北农村土改，创作了长篇小说《太阳照在桑干河上》。

太阳照在桑干河上（节选）

57. 中秋节

天色一明，小学校门外就热闹起来了。有人从山上砍了松枝来，戏台上挤满了人工，他们把木条竖立在这儿。红色的纸花也来了，他们扎成了一个高大的彩牌。彩牌上边垂着大的红布横匾，匾上有几个大字："庆祝土地还家"。后边两侧都挂了芦席，芦席上贴满了红绿纸条，上写标语："彻底消灭封建""拥护土地改革""土地还老家，大家有饭吃""团结起来力量大""毛主席是咱们的救星""咱们要永远跟毛主席走""拥护八路军""共产党万岁"。跟着小学校的锣鼓也拿了出来，就在台上一个劲地敲。有的人赶来看热闹，有的人就赶忙跑回去吃饭。很多人家喝酒吃饺子呢。

文采他们也吃了顿饺子，主人还说："唉，真对不起，咱们没买肉，就是西葫芦馅。"文采出来顺便走了几家去看，有的不错，至不如也吃南瓜面疙瘩。有很多人给他们送了水果来，梨子，苹果，葡萄，他们不肯收，送的人就生气，只好放在那里。早饭前他们就已经开了干部会，把夫子都准备好了。一百名青壮年一开完会就要出发的，三天就可以回来。

全村子的人都知道今天是个什么会，都愿意热闹一下，他们换了件新衣，早早收拾家里，也有人知道了一些时局，都并不在乎。有人去沙城买了炸药回来，他们把三眼枪也放开了，这种枪已经有好些年都不用了，是专门在过生日，娶媳妇时候用的，声音又大又脆，可好听呢。村子上有班会玩耍的旧人，也聚在一块，凑出一个音乐班子，他们还怨着前几天太忙了没想到，要是昨晚不开会也好，他们要演台戏是不困难的。这群人就在台上收拾了一个角落，他们便在那里吹打起来，街上人谁也知道他们是爱玩的，围着不走，问他们唱不唱。

侯忠全老头子也来看热闹，年长人都记得他年轻时的光景，告诉大伙说他扮相俊，嗓子脆，功架好，暖水屯就数他出色，年轻人都望着他那瘦猴儿样子发笑，问他道："大伯！再来它一套吧，唱唱晦气，洗洗这几十年的背兴，你看怎样？"老头不言语，尽笑，但也老站在文武场前，听他们吹打。

人都来了，有几个小贩也在后边靠墙根摆下了摊子，许多人又吃水果又嗑瓜子。

过了一会，小学校的秧歌队出发了，他们扭了几条小巷两条大街，便又转回到台前了，他们在场子上打开了霸王鞭，他们打得很熟练整齐，歌子多，队形变化多，大伙都看呆了，说亏这群孩子们，记性真强。

像过大年似的，人们都拉开了嘴，互相问询。

干部们开完了会都来了，他们带来了一张毛主席的画像，是临时找了一个画匠画的，画得很有几分像，贴在一块门板上，他们把它供在后边桌子上，有人还要点香，大伙反对，说毛主席是不喜欢迷信的。人们都踮着脚看，小学生也挤在前一个角落里唱"东方红，太阳升，中国出了个毛泽东……"

民兵增加到五十来个人，都穿着一色的白褂子，头上系毛巾，腰上系皮带，每人都斜挂一个子弹带和一个手榴弹带，里面有两颗手榴弹，两根带子成一个十字交叉在胸前，他们雄赳赳的。张及第也一样的装扮，他和张正国指挥着他们，他们排着队，站在一道，他们全体参加了会，他们唱歌，唱《八路军进行曲》，歌声雄壮，可威武咧。

干部们都挤在台上，程仁站了出来，宣布开会了。程仁说："父老们！乡亲们！咱们今天这个会是庆祝土地回老家，咱们受苦，咱们祖祖辈辈做牛马，可是咱们没有地，咱们没吃的，没穿的，咱们的地哪儿去了？"

"给地主们剥削走了。"底下齐声地答应他。

"如今共产党政策，是耕者有其田，土地给受苦的人，你们说好不好？"程仁又问。

"好！"

"等下咱们要发纸条，这纸条条上写的是地，旧地契不顶事了，咱们要烧掉它。"

高兴的耳语通过全场。

程仁又接下去说："这个办法，是咱们毛主席给想出的，毛主席是天下穷人的救星，他坐在延安，日日夜夜为咱们操心受累。咱们今天请出他老人家来，你们看，这就是他老人家画像，咱们要向他鞠躬，表表咱们的心。"

"鞠躬！给毛主席。"

"给毛主席鞠躬是应该的！"

"……"底下纷纷地答应着。

程仁转过身去，恭恭敬敬望着毛主席像，喊道："鞠躬！"台底下男男女女没有一点声音，都跟着把头低下去了。一共鞠了三次。程仁再转过身来，还得说下去，底下不知是谁领导着喊起来口号了：

"拥护毛主席！毛主席万岁！"

接着李宝堂报告分地的情形和问题，并且向大伙解释为什么要给钱文贵他们留下够生活的地，只要他向大伙低头，不做恶事，他又愿意劳动，那还应该给他们地的，难道叫他讨饭或者偷人抢人吗？不给他地种，他就不干活，讨饭还不是吃咱们吗？他解释得大家都笑了，并不坚持原来的意见，什么也不留给他。

到了发条子的时候，全场没一个人讲话，注意地听着那条子上谁的地块亩数和四边，大伙都用眼睛紧张地送着每一个去领条子的人。走回来时，旁边的人就伸头来看他，他便紧紧地拿着那张小红纸条，好像那纸条有千斤重似的。有的便把它揣在腰带荷包里，再把手压在外边。有的又悄悄地问着，给识字的人看看，看和刚刚念的对不对。

名字一个一个地叫着。又分卖果子的钱，占了很长的时间，都没有一个人心急。条子散完了，也还没有人走，程仁大声喊："打鼓放炮庆祝！"

李昌又领着喊口号，口号声震动山岳。锣鼓也打开了，乱打鼓，乱敲锣，唢呐也跟着吹奏。三眼枪一个跟着一个响。人们还是不断地喊。小学生又唱起歌来，谁也听不清他们唱的是什么。人们都像变成了小孩，欢喜这种乱闹。他们为一种极度欢乐，为一种极有意义的情感而激动而投入到一种好像是无意识的热闹了，这是多么的狂欢啊！

但程仁又在台上大喊了起来，许多人帮助他喊："大家不要讲话，不要闹，不要唱歌。"声音还是不易停止下来，隔了一会，安静了些，才听到他喊："游行示威！"

台上的红布横帐子穿在两个竹篙上取下来了，这一面横旗做了开路先锋，紧跟着它走的是丝弦班子，其次民兵，民兵后边便是全村老百姓，男子在前，妇女在后，最后是小学生。他们从大街穿小巷，从小巷走到村外边，队伍拉得很长，街巷两旁还有少数留在家的走出来看。每当他们走过一个地主家时，便喊"打倒封建地主"的口号，声震屋宇。那些地主家里都大敞开门，都没有人出来，只有少数几家有一两个站在门外，瞠目向着怒吼的群众。

队伍走过钱文贵家的时候，队伍大声喊："打倒恶霸！"钱文贵的老婆，没躲开，她畏缩地站在那里，毫无表情地看着走过的人群，也像看热闹似的没有什么感觉，好像走过的人都同她没有关系，她并不认识谁一样。后来，她忽然发现了什么稀奇物件一样，她惊讶地摇着头，手打哆嗦，她朝队伍里面颤声叫道："妮！黑妮！"但没有人应她，队伍一下就冲到前面去了。她摸着头，一拐一拐往回走。她觉得这世界真是变了。

队伍绕在村外走了一遭，到刚刚要踅回的时候，忽然刘满带着一些人站在队伍外边去，刘满又恢复了那天斗争会上的气概，他的疲乏已经休息过来了，他喊道："到怀来去挖战壕的站出来！"

队伍停止了，人纷纷地走向他那边去，里面也有干部也有民兵。

刘满又问："带了家伙没有？"

大家把铁锹举起来，啊，他们早都准备好了。

"不带被子，为什么棉衣也不带？晚上很冷的。"张裕民看着有些只披一件夹衫的人问。

"站队！"刘满又喊，"快些！"他们立刻站成了一个小队伍，全是年轻力壮的人，足有百来个。

"咱们为了保护咱们的土地去筑工事啊？走上！"刘满带领着他们往村外大道走去了。他们喊着口号，这群剩下的人停止不动，目送着他们，张裕民李昌也领导着喊开了："保卫我们的土地，打倒反动派！拥护八路军！"小学生便又唱起歌来。小小的队伍越走越远，他们是多么的壮实，多么的迅速和精神饱满啊！到了望不见的时候，他们这才往回走，他们回到了戏台前，这时人就显得少了好些。张裕民又说了些明天到地里去的话，谁也得编在收秋队里，谁也得服从组织。大家听到都很高兴，都觉得他们想得周到。只有少数人背底下悄悄问道："是怎么一回事呢，东边又要打仗了？"但大部分人都有着自信，他们散了会，一样的回家吃饺子过节。

（选自《太阳照在桑干河上》，人民文学出版社1956年版）

冯　志

冯志（1923～1968），原名冯禄祥，河北静海（今天津静海县）人。现当代作家。1938年春参加吕正操将军领导的冀中抗日人民自卫军（八路军第三纵队），1947年到华北大学中文系学习。1945年开始发表作品。著有长篇小说《敌后武工队》、中篇小说《保定外围神八路》等。

敌后武工队（节选）

第二十七章

一

秋节气过去三天了。

早饭后，升起的太阳虽说又开始施展它的威力，露珠依旧钉伏在肥硕、葱绿的庄稼叶上，闪着晶莹的光亮。

以往，冷落的东、西王庄，今天像逢集赶庙，数不尽的人流，从四面八方朝这里涌过来，汇聚到两村中间北头的一块四四方方的留麦地里，欢天喜地地等待着。

人们来自不同的村落，却怀着一个共同的心愿："打死汉奸刘魁胜！""枪毙老鬼子松田！""报仇！""伸冤！"……

随着战争形式的急剧好转，再加上武工队神出鬼没的节节进逼，敌人也就逐步地向保定城里龟缩了。于是，抗日组织便在各村公开建立起来。眼下，鬼子的这个"确保治安"区，残酷的敌后的敌后的人们，已让欢乐代替了忧愁，舒畅顶换了悒郁。

正是由于环境的变化，大白天，才能在这里召开一个远近村庄群众都来参加的规模较大的公审大会，公审血债累累、罪恶滔天的刽子手。

魏强将四外的警戒布置好，又通盘地做了次检查，才缓步朝会场走来。他走近那座苇席搭的简陋的主席台下，正在台上的汪霞用眼睛向他打了个招呼；他抬腿刚要朝上迈，背后忽有人喊："魏小队长！魏小队长！"他扭头顺音一瞧，是李洛玉，忙亲热地凑迎上去，指点洛玉的汗脸："瞧热得，简直用汗洗脸啦，不是到河东送军鞋、军布去啦？什么时候回来的？"

"这不是才到！热倒不热，这汗都是急出来的！你是不知道，在河东一听说今天要在俺村里开公审大会，恨不得一步迈回来。"洛玉说着，将脑袋上的蘑菇头草帽摘下来，当成扇子在脸前摇扇。

因为环境日渐好转，为了斗争的需要，近来，行政村也重新划分了。以往分着办公的东、西王庄，头麦熟时就合并一处了。合并后，经过全村群众的选举，李洛玉当了这个新行政村的村长。

"你知道吗？到河东去，也顺便把长庚大伯带去了！"

"我到听说啦，他那疯癫病不是好些啦？"

"是好些，"洛玉觉得魏强只知其一，不知其二，将草帽重新扣到头上，从背后腰带上摘下烟袋，挖了锅子烟，吸着。"可是，县委说军区新建了一座精神病疗养院，来信说务必要把他送去就医，为这个我才把他带到河东去。"

听过学说，魏强连连地点头说道："好好，上级就是结记得周到。我本打算让他见见刘魁胜的下场，这样就算啦！你要写个信告诉韦青云同志，省得他结记！"

"这个，你就不用惦记了，"洛玉像报功的样子，朝魏强显本事说，"昨天，我把他送到交通站，立刻写了一封信，托交通站朝热河那边转了去！"他狠吸了一口烟，在鞋底上磕掉烟灰，忽见汪霞跳下了主席台，"小汪！"他连连摆着手叫起来，同时揉拥着魏强。"走走走！"一起朝汪霞迎上去。他们刚接近主席台边，汪霞闪动一对水汪汪有神的大眼睛，笑嘻嘻地甩动胳膊走过来。在台上指挥人们贴红绿标语的刘文彬，也像迎老朋友似的快步地凑到了跟前。

见到他俩，洛玉怀里像揣有秘密似的低声说道："这回到河东，可碰上个解气的事！你们猜猜是什么吧！"他见人们都睁大眼睛望着他，就先指汪霞，后指刘文彬说道："在这村出卖你俩，用刑法收拾你俩的叛徒马鸣，让咱政府判处死刑，枪决了！"

"你亲自看见了？在哪村？"汪霞觉得解了大气，忙问。

"我没有见到枪毙他，在宋村倒看见枪毙他的布告了！"

对叛徒马鸣判处死刑，魏强、刘文彬、汪霞都不觉得奇怪；他们奇怪的倒是为什么拖了三个月才处理。受过战火洗礼的人，知道怎么思摸事情。"时间拖了这样久，主要是要从马鸣嘴里多掏出点东西来，以便弄清他的全部罪行，作出正确的判处。"想到这里，方才涌出的怪感觉，就像风卷残云火烤冰般地消逝得个一干二净。

"对这种变节事敌，吃了秤砣铁心的家伙，就得这么办！"刘文彬挥动着手掌说，"河东里昨天处决了叛徒马鸣，咱们今天就公审铁杆汉奸刘魁胜！"

全神贯注，侧耳静听的李洛玉，本来盼着刘文彬一下说完解气的话，刘文彬偏偏说到"刘魁胜"就没有下文了，急得他紧忙打问："那松田个老兔崽子呢！"

贾正不知道什么时候早站在了他的身后边，插嘴说："老松田早吹灯拔蜡了！"

顽皮的郭小秃，甩动手腕，狠劲将中、食指在洛玉的脸前一捻，焦脆地响了一声。接着说："他比刘魁胜先走了一步，早在阎老五那里报到了！"

老松田的确是死掉了，是他自己死去的。

松田在警卫市沟的十五号炮楼里束手被擒以后，深知自己罪恶的深重，预感到了自己的必然结局。在十几条枪口逼迫下，他不得不乖乖地背过双手，顺从地让贾正绑上，但是，心里却不断地盘算脱身的办法。市沟里的一切，在他看来都是希望：望到西方红光冲天的保定城，他希望立刻从城里驰来一队擎战刀、骑战马的武士把他抢走；瞅见沿市沟的环形公路，又希望有一辆配有强大火炮的巡逻装甲汽车疾驶过来救走他……但是，这些幻想，就像小孩吹起的胰子泡，一个跟一个地破灭了。

"我是天皇陛下的忠实军官，在保定是一呼千诺的日本宪兵队长，堂堂皇军少佐，怎能被共产党拖走？怎能让八路军抓去？听从他们的摆布，这不仅是对我个人的伤害，更重要的是伤害了大日本帝国的尊严……"松田边走边想。想到这儿，又瞅了瞅他们一群被俘的人和押解他们的武工队员，心里像喝了一大桶冷水，立刻凉了下来。他清楚地知道自己再也找不到活路，便下定了死的决心。

一场瓢泼桶倒的闷雨下过，河水陡然大涨。金线河河身不仅让雨水灌了个多半槽，从水的浑浊、流速看来，而且还在朝上涨。晨风吹起，朝雾落下，四周村庄的鸡啼了。从魏强他们来的方向，传来了急剧的枪声，显然，敌人发现十五号炮楼出了大问题。

假如敌人要真的踩着脚印追上来，魏强他们正处在个背水而战的不利局面。当时，身负重责的魏强，双眉紧锁地望着宽阔的河面和湍急的河水，他恨不得立刻发现一只船，哪怕是只极小的也好；但是，没有。

魏强正焦急地思摸渡河办法时，东察西看的小秃，忽然像得到宝贝似的，手指着下游河弯子，低声地叫道："那有火亮！"人们朝他手指的方向转了过去，果然，有忽隐忽现的一颗小红火儿，"是渔船上的人在抽烟！""烟火是肯定的，不一定是渔船！"大家乱猜起来。

"我瞧瞧去！"贾正自告奋勇地说。得到允许，撒腿就跑。

"是渔船就不是单个！我也去！"李东山取得魏强同意，拔脚忙朝贾正追。

时间不长，贾正、李东山各拽一只小五舱顶着逆流走上来，到魏强跟前靠了岸。

双手拖船桨的老乡，用亲切的语调，像招呼又像慰问："都辛苦啦，同志们！咱分拨上船，快过！"

听口音，魏强断定都是老根据地——白洋淀的老乡，走近水边，亲切地招呼："不辛苦，黑夜里请你们帮下忙！"

一共是十个俘虏，魏强决定先押六个俘虏过去，第二趟再运松田、刘魁胜等。

虽说流大水急，第一趟总算平安无事地到达了对岸。第二趟老松田、刘魁胜各被押上了一条船。魏强坐在渡运松田的小船上。不大的小五舱被划动着慢慢离了岸。刚接近二流，船板被冲击得发出了啪啦啪啦不规则的音响，越朝前走，小船越显得轻得赛个瓢，一个劲地朝下溜，一个劲地在摇荡。

"到正流头上了，同志们都坐稳，看住了差！"双手用力摇船桨的老乡，刚低声地喊过，老松田像头水牦牛，眼珠瞪圆，用肩膀狠劲地朝左边的贾正一撞，借着小船大摇大晃的一刹那，一头扎进几丈深的急流中。魏强在右边，伸手一把没抓住，尾随着也噗咚跳到了河里。贾正、李东山、辛凤鸣，还有小秃，也都仓忙地朝河里跳。大家伙凫水、扎猛子紧找急捞，费了九牛二虎之力，也没摸捞着松田的影儿。

嗜血成性的老松田，就这样畏罪自杀了。

得知老松田死的经过，李洛玉左手摇晃着魏强的肩膀，右手指点着刘文彬和汪霞，笑眼瞅望着贾正、小秃说道："武工队今天不光把三害的最后一害给除掉，还把老奸巨猾、罪恶滔天的老松田给惩治了，这真是双喜。咱一定摆几桌酒席，庆贺庆贺！"

"眼下这才是个开始，你先沉住点气！等打败鬼子一并来个大的庆贺，不更好？"魏强手拍着洛玉的脊背说。

"到了哪会儿说哪会儿的话！你们忘了这是群众自己许下的心愿？"洛玉又像唱喜歌的，掰着手指头数落开："打死刘魁胜，家家把酒敬！打死老松田，重新过个年！这事是群众许下的，群众要办，谁拦也拦不住。叫我说，你们就趁早随和点。不啊，扣上个不大不小的帽子，就叫：不——走——群——众——路——线！明白吗？"

洛玉高一声低一声地像个相声演员在表演，一下引来了好多人，人们把他和魏强、刘文彬、汪霞……围了个椅子圈。等洛玉的话音刚落，也都七嘴八舌顺着说起来："得喝喝，按倒了松田、刘魁胜是件大喜事！""咱们许的心愿咱们一定还！""要庆贺，必须把有功的武工队请上！""这是理所当然的事，谁能喝水忘了挖井人，简直是多余的嘱咐！"

"乡亲们请谁都行，可得给我留三个人！"人圈后面突然传过来老太太的声音，这是河套大娘。大伙尊敬地呼啦闪开一条道，大娘借机走进了人圈。她一瞅见洛玉，就嗔起脸来说："百灵鸟，不管人们怎么争怎么抢，魏强、汪霞、刘文彬，他仁都给我留下，少哪一个我也拿你是问！"

洛玉听完大娘的吩咐，学着京剧里武生的架势，抱拳大声念着道白："得令啊！"跟着锵铿锵地又数敲了一阵锣鼓点。

所有的人，又被洛玉的滑稽动作逗得笑了一阵子。

人散，洛玉凑近河套大娘，很正经地说："老嫂子，有个事，你听了保准高兴得念阿弥陀佛！"

大娘爱听又装成不想听的样："我那么迷信！有什么好事，你就说吧。"

"昨天，在河东交通站上，遇见两个刚从路西过来的同志，他们朝我打听西王庄。等我一问，原来是咱宝生在陆军中学的同学。他俩说：'我们给赵宝生同志家里带来个口信，让告诉家里，他已毕业，身体蛮壮，不久就回到冀中，准备参加大反攻！'"

"洛玉，你这是……"

"我这是千真万确的可靠消息，里面要有半句谎话，就让我吃饭得噎食，跌倒就断气！"

洛玉指天呼地一赌咒，河套大娘才由不信转到相信了。她眼里充满了慈爱的光辉，以母亲平和的口吻喃喃地说："宝生，我那孩子，你，你……"

不知是为儿子学习期满，就要回来参加大反攻而高兴，还是听说儿子回来，思想起惨死的丈夫而悲恸，也许两者融合，相互交织在一起，让她无法遏止地落下了两行老泪。

汪霞急忙扶住大娘，跟着给魏强丢了个眼色。魏强跑着搬来一张椅子，靠主席台安置大娘坐下了。

细心的汪霞，当然能洞察大娘的心情，边替大娘揩拭泪水，边安慰说："今天，你应该高兴啊！大娘。松田，松田死掉了；刘魁胜，刘魁胜待一会就公审处决。宝生兄弟这就要回来，瞧，哪件事不叫人称心如意？"

"是啊！是啊！"老大娘握住汪霞的手，点着头说道："俊闺女，你哪知道大娘的心，我这是高兴得流泪！"

十点钟已到，公审大会在区长吴英民的主持下开始了。

"老乡们，吭，吭，今天，是我们伸冤报仇的日子。我们要公审背叛祖国，甘心事敌，双手染满人民鲜血的铁杆汉奸刘魁胜。"吴英民虽说在医院里经过多方治疗，但让松田、刘魁胜用酷刑摧残所遗留下来的咳嗽，始终没有除掉根，他的身体仍然很衰弱。但是今天他要代表政府接受千百人的控诉，也要代表政府宣判汉奸刘魁胜的罪行，心情真是说不上来的激动。他使劲按住像要爆炸的心，继续说下去："来这里开会的人，差不多都受过他的害，被他伤过的，吭，吭，我也是其中的一个……"

会场上，几千人都强按住心头的怒火，凝目盯住主席台，谁也不言语地耐性等待着，等待吴英民发布"带汉奸刘魁胜前来就审"的命令，等待仇人刘魁胜被人民武装解押着进入会场。

"带汉奸刘魁胜前来就审！"几千人盼望的这一声，终于从吴英民的嘴里喊出来。刘魁胜以往那副凶煞神样，今天不见了。他弯腰驼背，灰溜溜的完全变成了一个大烟鬼，被四个手持驳壳枪的武工队员押着，一步迈不了五寸地走了来。

人们见到了刘魁胜，都像得到了立起的命令，不约而同地站起来。个个怒目横眉，挥舞拳头地呐喊："要求政府做主！""给受害的人们报冤仇！""枪毙铁杆汉奸刘魁胜！""把刘魁胜……"几年来人们心里积淤的怒火，今天，都豁着嗓子喊出来，洪亮的声音，伟大的力量，吓得刘魁胜藏头缩颈浑身发着抖。

一群妇女袖藏剪刀，手攥锥子，气汹汹地迎了上去。她们是东王庄死者的家属。她们要用剪子、锥子去和刘魁胜算账，替父兄，替丈夫，替儿子来报仇！

要不是武工队员们的拦挡和劝阻，刘魁胜就得死在这剪刀锥子下。在这群众的怒潮面前，刘魁胜的苦胆都快吓破了。他被两个武工队员抱架着来到主席台下，头不抬，眼不睁，背北面南地朝人们跪下。

"汉奸！汉奸！"

"卖国贼！"

"奸臣，秦桧！砸死他！"

"砸他，砸死他！"

血海深仇推动着人们，大家拾瓦拣砖，朝着刘魁胜乱投过去！

刘文彬、魏强、汪霞等人，都跑到主席台边，高举双手吆唤："不要投！不要投！""大家不要投！"

"大家注意！刘魁胜的罪恶，三天三宿也控诉不完，经政府审讯，已查证清楚。现在就来宣读政府的判决书！"吴英民见到人们停止了投砖抛瓦，马上掏出判决书念起来："汉奸刘魁胜，男，二十九岁，本县刘家桥人。从抗日战争开始后，就背叛祖国，投靠敌人。历年来，杀人无数：只1942年'五一扫荡'以来，在东王庄一地就杀死无辜群众一百六十七人；去年秋季，又在西王庄造成了惨案……根据汉奸刘魁胜罄竹难书的罪行，根据受害家属的控诉，根据晋察冀边区惩治汉奸条例，依法将其判处死刑，绑赴刑场，立即枪决！"

"枪决"两字刚从吴英民的嘴里说出，两个武工队员像鹰抓兔子般的从地上把刘魁胜揪拽起来，连搀带架把他推搡出会场，朝主席台后面拖去。

枪决刘魁胜，谁也觉得不满足，都拥到主席台前，拦挡执刑的武工队员："待会儿！""等一等！""这样太便宜他了！""给我们零剐了他吧！""我们要扒出他的心来看看，是黑的还是红的？"

人们正喊喊喳喳、吵吵闹闹地朝吴英民，朝魏强、刘文彬乱要求乱提意见，闹得不可开交的当儿，两辆自行车，快得像两支箭，从东王庄村里照直朝会场驶了来。

县委徐立群同志和他的警卫员来到了。

徐立群同志像有什么喜欢大事要告诉人们。他撂稳车子，笑嘻嘻地急忙跳上主席台，简单地冲魏强、刘文彬他们打了个招呼，忙走近主席台边，豁着嗓门朝人们说："老乡们，静一静！"他两手朝下用力一压，像个音乐指挥，一下把一切乱嚷嚷的声音都给压煞住了。

"刘魁胜的罪恶太大，把他枪毙了，我知道这难解你们的心头恨。可是，不要为他耽误了我们的时间，耽误了我们的工作，只要杀了他，就算把仇报了。让他们去枪决刘魁胜，我来告诉大家一个重大的好消息。"

人们听到徐立群同志说有个重大的好消息，也都不再为刘魁胜纠缠了。大家聚精会神地等待徐立群同志把好消息快快说出来，连枪毙刘魁胜的枪声，都没注意用耳朵听。

几千人的会场，静得能够听到人们的呼吸声。

徐立群同志见到人们焦急的表情，等执刑的枪声响了，立刻挥舞着双臂大声报告起："好消息是，八月八日苏联向日本宣战了！红军以排山倒海的力量，在东北出了兵！"他的语音刚落，立刻响起了春雷般的欢呼声。有人高兴地喊叫："这下鬼子的末日可就来到了！"有些人痛快地附和："我会猜，出不了三天准投降！""也可能'叮当'一气！""'叮当'，那不是鸡蛋碰碌碡？"

"乡亲们，安静一下，"徐立群继续讲起来，"听我说最好的消息，今天是八月十五日，在昨天，日本天皇向中、苏、英、美宣布无条件地投降了！鬼子现在投降了！"

徐立群同志的最后一声，简直就像庆祝胜利发射的礼炮，人们的心，都被这一声振奋得跳荡起来。不论孩子、老人，不分男的、女的，个个都像吃了兴奋剂，喝多了二锅头。会场上沸腾了，青年小伙子对撞膀子，老年人擦泪，孩子们乱蹦，人们情不自禁地呐喊："胜利了！""胜利了！""我们中国胜利了！"人们撕破嗓子地狂呼：

"共产党万岁！""毛主席万岁""支援我们的子弟兵！""到城里找鬼子算账去！"

刘文彬攥住魏强的手："伙计，总算把这一天打出来了！"

"是打出来了！是在党的领导下打出来的！"魏强紧握着刘文彬的手说，同时，用左手又把吴英民的右手抓住。

汪霞装做妒忌的神情："看你们亲热的，简直就像那……"

"吭吭！不论怎么亲热，也没有你和魏强那样亲热！"吴英民挤眉弄眼地说，弄得汪霞羞答答地走开了。

"说起来，抗战胜利了，你俩也该打个报告，操办结婚的事，好请我们喝喜酒啊！"刘文彬关怀地提醒魏强。

魏强难为情地推却："刚取得抗战胜利，还不知有多少工作要做呢！哪有工夫考虑这一码事！将来结婚保证有酒喝！"

一阵喧闹声过去，徐立群同志又继续讲起来："日本投降了，这是值得我们庆贺的事；但是，有件极不公平的事情也要告诉你们，那就是蒋介石给所有的鬼子下了一道命令，要他们原防驻扎，严阵以待，不准向八路军、新四军、华南纵队缴械投降……"

不容徐立群说完，人们都愤怒地呐喊起来："不行！不行！""这里的鬼子，应该把枪械缴给我们！""鬼子不缴，我们揍他！""要把队伍开上去，强迫鬼子缴械投降！"

群众的怒吼犹如排山倒海。徐立群挥舞着拳头说："对！我们要把主力兵团开上去！也要把我们的地方武装、游击队整编好，继续朝前面开！要逼迫鬼子低下头来，把枪缴给我们！朱总司令已经下了命令，要我们向城市，向交通要道进军！"他稍一停顿，就开始大声地号召："青年小伙子们，为了壮大我们的子弟兵团，为了让我们人民的武装力量更强大，为了迅速地把鬼子的武器缴过来，为了解放保定、天津、北平和各大城市，要勇敢地报名！踊跃地报名！报名参加子弟兵，到大兵团去！到自己的队伍里去！去强迫鬼子缴械投降！"

徐立群的一声号召，立刻有几百个青年报了名。李洛玉带领东、西王庄的适龄青年一马当先地集体把名报；黄玉文和小黄庄前来开会的二十一个青年一合计，也尾随李洛玉一起报了名。

"我也去！""我也去！""写上我的名！""我叫王玉海！""把我也写上去！我叫赵保国！""我，把我写上，我叫……"青年报名参军的热情，就像狂涛巨浪，势不可当。

二

吃过早饭，队长杨子曾在魏强他们常住的西王庄河套大娘的那间北房子东头，和魏强、二小队长蒋天祥聚集在一起，开会研究起新任务来。

杨子曾是昨天夜间，率领二小队越过张保公路，在这里和魏强他们会合的。

"根据眼下的情况分析，"杨子曾说，"蒋介石是要和日本人、伪军合流在一起，来跟我们打内战。我们每个共产党员，每个革命军人，都应该从思想上做好准备，也只有这样，才不至于因情况的突然变化，造成张皇失措。"

"是，我们要从思想上做好准备！"魏强复诵了一遍，接着说："蒋介石要真敢搞内战，咱也让他落得个鬼子的下场！"

"回去和同志们谈一谈。在残酷的斗争里，党把我们当成一把锋利的牛耳尖刀，插到敌人的心脏里，打得敌人顾头不能顾尾；眼下，党同样要把我们当成先锋部队来使用，我们要继续战斗。先回去做准备，十点钟我们在村北集合！"

魏强从杨子曾屋里走出，刚走到街上，偏巧碰上了汪霞，汪霞闪动亮晶晶的一对眼睛凑近魏强，悄声地问："杨队长来了，你们准备执行什么任务去？"

"这……恐怕是朝保定进军！"魏强和汪霞并肩走着，轻声地说，"反攻了，工作任务更繁重，你要注意身体！"

"嗯。"汪露点头答应下，回口又关怀地小声叮嘱魏强："不要光结记我，忘记你自己！你听见了吗？"

魏强没吱声。汪霞使肘轻轻触动一下魏强的胳膊，两人对瞅了一下，"噗哧"都笑了。

"咱们区委会研究工作了吗？"魏强把话题转到了工作上。

"研究啦！根据县委的指示，我们区里的绝大部分同志，都要随军去做支前工作，刘文彬同志也去。"

"那你呢？"

"我也去！"

"那好，又做上伴了！"魏强玩笑似的说，接着"哈哈哈"地笑起来！笑得汪霞脸上泛起了两朵红云，与白净的脸蛋，黑溜的眼睛相互一衬托，越发显得美丽、俊俏、秀气！

武工队在村北集合，群众也提着篮子抬着开水跟了来。他们把武工队围了个风雨不透，都愿意把和自己同甘苦，共呼吸的子弟兵——武工队多看上两眼，看着他们从胜利再朝新的胜利迈进。

河套大娘挎着竹篮子领着一群妇女走近魏强他们，见一个，给一个，不管你怎么拒绝，总是劝你"装上！装上！装上留着路上吃！"硬朝衣袋里塞。有鸡蛋、烧饼，还有桃子、鸭梨、芝麻糖。连刘文彬、汪霞也不例外地塞给了一份。

嘭嚓，嘭嚓，吃叭嘭嚓，一群敲锣打鼓的人，从村里急步地簇拥出来，他们是用热火朝天的音乐，来欢送向城市，向交通要道进军的光荣子弟兵团。

"来了！来了！"不知是谁喊了一声。果然，攻无不克，战无不胜的冀中子弟兵团，从正南开来了。头前，一匹高头战马上面，坐着一个威武的军人。他一见到武工队长杨子曾，朝马屁股狠狠地抽了两鞭子，战马四蹄蹬开疾驰过来。

"参谋长！""参谋长！"队员们一见到自己的老首长来了，都高兴地指指点点抿着嘴地乐。辛凤鸣说："参谋长准带了二十四团来了！不信就仔细瞧。"

"你们瞧，诸葛亮转世又说话了！"贾正斜愣着眼睛说俏皮话。

参谋长跳下马来，用鞭子朝行进的部队一挥，部队就在村边上停止住。

　　杨子曾从参谋长面前接受了新的任务回来，魏强立刻带起他的小队，担任前卫朝北走了去。余下的刘文彬、汪霞等一起子地方工作人员，掺到二小队中间，跟在杨子曾身后，向东、西王庄欢送的群众招手道别，也离开了原来的集合地点。

　　原先，在敌人"确保治安"区，神出鬼没单独活动了近三年的武装工作队，今天，像条小溪汇合到主流里似的和大兵团汇聚到一起了。它立刻变成了子弟兵团的前卫，变成了行进部队的一支尖兵。

　　站在大道边，站在毒日头下欢送部队的人群，个个喜眉笑眼地在欢呼，欢呼声震撼着碧绿的原野；欢腾的锣鼓声，有节奏地响着，响彻了蔚蓝的天空。排山倒海的铁的子弟兵团，排着三路纵队朝着正北，朝着保定城，朝着平汉铁路，朝着胜利，大踏步地前进！前进！

　　　　　　　　　　（选自《敌后武工队》，解放军文艺出版社2009年版）

邢 野

邢野（1918~2004），原名邢国柱，天津葛沽镇人。1939年入延安陕北公学学习，厚道晋察冀边区，任冲锋剧社社长等职。1956年，与孙福田、谷岩合作，创作了电影文学剧本和小说《狼牙山五壮士》，还著有电影剧本《平原游击队》等。

狼牙山五壮士（节选）

12

棋盘陀上是一片苦战后的景象。

杂草和灌木早被烧光了，灰秃秃的山包上，到处是弹坑。被炮弹翻开的灰土中丢着手榴弹木盖子和子弹壳。

战士们一个个汗流满面，浑身是土，衣服被撕破了，嘴唇干得裂了口子……

胡德林双手握着刺刀在地下挖土坑，挖两下，伸手抓出一把土来放到鼻子底下闻闻，湿土散发着一股甜滋滋的凉气。胡德林是想从地里挖出点水来，但已经挖了半天了，还没挖出一滴水。葛振林在一旁捏着小烟袋抽烟，抽了一口，问胡德林说："有希望吗？"

胡德林把手里抓的湿土扔到一边说："看样子离水头还有十万八千里呢！"

马宝玉从另一个山包走过来。他比别人更了解当前情况的严重性！五个人，五条枪，完成任务之后，落在敌人的重重包围之中了，突围出去的可能性是太小了。只有坚持战斗，顽强的战斗，战斗到最后一人一枪，战斗到最后一滴血！在这种情况之下，战士们最需要的是什么呢？马宝玉从经验里知道当前战士们最需要的是信心！而信心要靠党，靠指挥员给予，要靠同志们互相给予。这也就是马宝玉来看看同志们的目的。

马宝玉走到正挖土坑的胡德林身旁，问道："老胡打算挖金子吗？"胡德林笑了笑，用舌头舐了舐干裂的嘴唇，没有说话。葛振林说："老胡打算挖的东西，比金子还要宝贵。老马，你猜是什么？"马宝玉笑笑说："不用猜，我已经带来啦，给！"说着，马宝玉从身后拿过一个日本军用水壶给胡德林。胡德林接过来摇了一下，壶里果然有多半壶水。他吃惊地瞪起两只大眼说道："哎呀，班长，你这保密工作做得真好啊！哪儿弄来的水？"

这半壶水还是七连长刘凤山送给马宝玉的。马宝玉虽然嗓子里早就干得冒了烟，还是舍不得喝一口。刚才他从那边小山包上看到胡德林在地上挖坑，再也忍不住了，忙把水送了过来。葛振林、宋学义、胡德林，有的早把木壶扔了，谁也没想到马宝玉身上还带着多半壶水。同志们一听见水壶里那咕咚咕咚的响声，高兴得跳起来。胡德林拔开水壶盖子先喝了一口，叫道："老宋，副班长，小胡，你们每人都来两口，真比六十五度老白干儿还过瘾哪！"

马宝玉见战士们都想去喝水，走到胡福才身边说："我替你监视敌人，你去喝两口吧……"

同志们传递着水壶喝起水来，当水壶传到胡福才手里的时候，他只轻轻地抿了一口就把水壶放下了。胡德林说："咦，小胡今天怎么这样客气？"胡福才说："我不太渴，就是有点饿……"胡福才哪儿是不太渴！他只是想给班长多留点儿。胡德林一听胡福才说饿，伸手到饭包里一摸，摸出一个棒子，这还是那天吃烧棒子时，他悄悄留起来的。在饭包里装了几天，棒子已经干瘪了。胡德林把棒子掰作三段，分给葛振林、宋学义和胡福才。葛振林说："我不太饿，我那一段给马班长留着吧。"胡福才拿着胡德林递给他的棒子说："老胡，你呢？"胡德林说："论挨饿，我比你有本事，我可以一连三天不吃饭，只要有水就行！"宋学义说："我去监视敌人，让马班长来喝水、吃棒子……"

宋学义去了不久，马宝玉回来了，他在胡福才身旁坐下来，拿起水壶摇了摇，举得高高的端详起来，好像在鉴赏一件什么宝贝。马宝玉对水壶看了好大一会儿，笑着问胡福才说："小胡，你知道这水是哪儿来的？"胡德林说："不是班长带来的吗？"马宝玉摇摇头说："不，这是咱们刘连长的，早晨我接受任务的时候他交给我的。当时刘连长指着后山上那些转移的老乡说：'马宝玉，你看到了吗？那么多老乡的生命安全，就都靠在你们身上了……'当时我的心一紧，像压上了个千斤重的秤锤。现在……哎，小胡，你说咱们的任务完成了吗？"

小胡思索了一下，天真地说："完成啦！"

马宝玉说："可以说基本上完成啦，还没百分之百地完成。咱们能多消灭一些鬼子，然后一个冲锋杀出去，找到咱们的主力部队，那才算百分之百地完成了任务呢！"

马宝玉说这话的时候，眼里放射着锐利的光，紧闭着嘴唇。那副神气，像马上就和敌人搏斗似的。胡福才和胡德林他们不知不觉地受到马宝玉情绪的传染了，不约而同地说："对，那才带劲儿哩！"

马宝玉把手里的水壶和一段烧棒子一齐交给胡福才说："给，小胡，你都拿去！"胡福才怔了一下说："马班长，你？"马宝玉硬塞给胡福才："拿着吧！"

胡福才一张开手，马宝玉见他右手里有三四个空弹壳，问道："小胡，你拣那个干吗？"胡福才天真地说："回去交连部啊！连长不是说过，交多少弹壳领多少子弹吗？"

胡福才单纯的性格和坚定的信心使马宝玉深深感动了。爱子弹似乎在这个青年战士身上成了一种嗜好，每次领到几粒子弹，他总要摆在手上看老半天，然后用一块破布沾着煤油擦呀、擦呀，直到把子弹擦得金黄铮亮，才小心翼翼地把它们装起来。马宝玉常想："如果有一天打子弹可以不计数目了，那多好啊！那可以多消灭多少敌人哪！"

胡福才在马宝玉的督促下，吃完了烧棒子，喝了两口水，好像已经吃饱喝足了。这时，马宝玉从自己饭包里掏出来了三排子弹交给胡福才说："我知道你的子弹不多了，把这个给你！"胡福才吃惊地问道："什么？给我？"

正在这时，几颗炮弹落在后边山头上爆炸了，石块、沙土盖了马宝玉他们一身。监视敌人的宋学义回过头大喊道："敌人开始冲锋了！"马宝玉把子弹硬塞给胡福才，喊道："进入阵地，准备战斗！"

两架日本飞机从南边飞来，飞得很低，像推磨似的绕着棋盘陀一劲儿扫射，机枪打在岩石上爆炸着。葛振林把嘴里沙土吐出来，骂道："狗东西们把最现代化的家伙都搬出来啦！"宋学义喊道："注意，穿白衬衣的领头上阵啦！"胡德林说："它穿护心甲的上阵也得给他穿几个眼儿！"

胡福才见敌人气势汹汹地冲了上来，有些慌张，老远就想开枪，被马宝玉制止了。等把第一批冲上来的鬼子打下山去之后，马宝玉向胡福才说："你看，那么早开枪不是白白浪费子弹吗？"胡福才笑笑说："我一见鬼子上来那么多，心里就有点儿怕……"马宝玉忙打断他的话说："不，那不叫怕，那是缺乏经验。我过去也跟你一样，经过几次就好了。只有那些一见了敌人就下跪磕头的软骨头、民族败类，他们才是真的怕敌人呢！"

这时候，敌人又冲上来了，马宝玉一问，同志们的子弹都不多了，就悄悄通知战士们："用石头砸！"

棋盘陀靠近山顶的那一段，陡得像堵墙，正适合于用"滚木礌石"，战士们把大大小小、四楞八瓣的石头堆在阵地前沿。当敌人快冲上山头时，一声口令，战士们把石头滚下山去，十几个鬼子被砸得脑浆迸流。鬼子们以为山上弹药打光了，一窝蜂似的冲上来。这时候，马宝玉指挥战士们接连打了五六个手榴弹，鬼子的冲锋又被打垮了。马宝玉欠起身来看了看，敌人正在山下重新组织队伍，他估计敌人一定还要冲。眼看天色快近黄昏，任务早已完成了，他站起来喊道："同志们，我们的任务已经完成，马上撤退！"

马宝玉带领战士顺山梁向后撤去。他们通过一排被烧焦的灌木丛，跑了不远，忽然站住了，几个人同时惊讶地叫起来："啊！悬崖！！"

马宝玉觉得自己的心被一只利爪抓住，猛然提了上来。

横在他们面前的是一道深涧，足有几十米宽，深不见底，只听见山风吹着深涧两旁的灌木唰唰作响。马宝玉他们已经退到悬崖上了，再向前迈一步就会落入深涧，摔成肉泥！

战士们在崖边站住了，大家都眼巴巴地看着马宝玉。

枪声响着，炮弹的爆炸声在深涧里引起长长的回音。

马宝玉的眼里闪着可怕的光，盯着敌人的方向停了一刻，把粗糙的大拳头一挥，斩钉截铁地说："我们没了退路，只有拼啦！坚持到天黑再想法突出去！"

说完，马宝玉又带领战士们跑回原来的阵地，找好地形隐藏起来。马宝玉对大家说："弹药不多，用石头混着打！"

葛振林把子弹全都掏出来，把所有的手榴弹都揭开盖子放在身旁。胡德林说："他妈的，今天咱跟鬼子'泡'啦！他请咱撤退咱都不撤啦！"葛振林说："这是一步死棋，非拼不可！老宋，你怎么样？"

宋学义不慌不忙地说："你别看俺平常不爱说话，俺心里可啥都明白。俺不是个党员，还是个八路军战士哩！副班长，你放心吧，俺决不给中国人丢脸！"

葛振林说："好样的！准备，敌人上来啦！"

敌人像是认为他们的胜利已经注定了。大模大样地冲到离山顶不远的地方，就让汉奸赵玉昆喊起话来：

"八路军士兵们，快缴枪吧，缴枪优待你们，留你们一条活命！"

葛振林端起枪来，瞄都没瞄，叭一枪就把赵玉昆的破礼帽打飞了。

赵玉昆把脑瓜一抱，趴在地上，魂儿都吓飞了。这时候另一个汉奸喊道："哈，真坚决，一定都是共产党！"

胡德林一枪把那个汉奸撂倒了，嘴里骂道："不用到我们都成了共产党员的时候，就没有你们这些兔崽子们啦！"

这时候，在另外一个小山包上，马宝玉和胡福才跟敌人打得正起劲呢。胡福才一连打倒了四个鬼子，心里高兴极了，对马宝玉说："班长，你负责那边那一群，这边这十几个鬼子交给我来拾掇……"说完，胡福才从一块大石头上探出身去向鬼子开了枪，马宝玉一看，山腰上两个鬼子正用机枪向胡福才瞄准，忙喊道："小胡！注意隐蔽！"马宝玉两步窜过去，把胡福才拉下来按在地上了。就在这时候鬼子的机枪又响了，一股鲜血顺着马宝玉的左肩流下来，胡福才惊叫道："班长！"眼里涌出了泪花。

马宝玉摆摆手说："没关系，小胡，去监视敌人，我包包伤……"

胡福才说："马班长，你到石头后边去休息，我一个人能顶住……"

马宝玉说："不，现在多一条枪就多杀死一些敌人……"

马宝玉用一块破毛巾，很快就把自己的伤口包扎好了。

葛振林在另一个山包上看到班长负了伤，对胡德林说："班长负伤啦，老胡，你快去看看，必要的时候你就留在那边好了，这边儿有老宋我们两个对付！"

宋学义接着补充说："告诉班长，请他放心，鬼子再多个三百二百的，他也上不来！"

胡德林爬到马宝玉眼前，把葛振林和宋学义的话对马宝玉说了。马宝玉高兴地说："好，我们一定要坚持……"说完，马宝玉又问胡德林说："刚才你们那边喊叫什么？"

胡德林把敌人喊话的事说了一遍。马宝玉忽然笑了，笑得那样开心，笑里带着自豪，说："原来敌人很清楚：'共产党最坚决'，这很好啊！……老胡，你想不想作一个共产党员？"

胡德林半信半疑地瞅着马宝玉说："我？！……我想倒是常想，可就怕自己不够条件……"说到这里，胡德林低下头来，"谁不知道我吊儿郎当，常犯个纪律……"

马宝玉一把握住胡德林的手说："不，老胡，现在你已经够一个共产党的条件啦！有缺点，那是过去的事……"

马宝玉刚说到这儿，胡福才喊道："班长，敌人又上来啦！"

马宝玉和胡德林立刻投入了战斗。

这一次，敌人似乎把他所有的火力和预备队都用上了，棋盘陀被打得乌烟瘴气。就在这强大火力的掩护下，敌人从三面向山顶扑来。从山顶望下去，漫山遍野都是敌人，像羊群似的冲着棋盘陀蠕动着。走在中间一路最前边的，是敌指挥官高见，他上身只穿着白衬衣，手里挥着指挥刀，两条短腿向里弯着，就像钳把，一拐一拐地向山顶爬……

马宝玉他们本来是可以坚持到天黑的，可是他刚没打了几枪，胡德林、胡福才、葛振林、宋学义就先后向他报告："子弹光了！""手榴弹完了！"马宝玉摸了摸自己的子弹带和饭包，也空了，拉开枪栓一看，枪膛里也是空的。马宝玉心里一震，两行冷汗顺着满是泥污的脸淌下来。他四下一看，山顶的石头，可以搬动的也已被他们用完，怎么办呢？

正在着急的时候，马宝玉忽然想到自己还有一颗手榴弹，忙伸手掏了出来。同志们一见手榴弹，像见了宝贝似的，都凑过来。胡德林说："班长，我提议：把手榴弹放在我们中间，拉弦！宁死也不能作鬼子的俘虏！"

葛震林、宋学义、胡福才异口同声地说："同意！班长，拉吧！"

战士们都向班长围拢来，挤在一起，等着马班长拉弦。马宝玉看了看战士们，心中一阵绞痛。他们都是自己的阶级弟兄和最亲密的战友啊！几年来，大家在一块行军、打仗，在一个锅里吃饭，在一条土炕上睡觉。在狂风暴雨的黑夜里，大家手拉着手，臂挽着臂，爬过多少个高山峻岭。在大雪纷飞的严冬，部队在野外露营，同志们紧紧靠在一起，凭着相互交流体温来抵御严寒。同志们脾气不同，有的爱说笑，有的沉默寡言，有的明朗爽快，有的腼腆得像个大姑娘。但是，这些都没有妨碍我们亲如手足的团结，有一种巨大的力量像熔炉一样，把我们熔合在一起了。这种力量就是我们共同的革命事业！马宝玉痛苦地想："难道我们为革命事业的奋斗就到此为止了吗？难道我们同生死共患难的共同生活就此结束了吗？"

除了大家同归于尽而外，马宝玉想不出第二条道路。正在这时，山腰里传来鬼子们的吼叫声，马宝玉浓眉一皱，改变了主意。他用牙咬开手榴弹盖子，把手榴弹的弦套在手指上，拨开同志们向敌方奔去。跑到原来射击敌人的地方，他用全力把手榴弹向敌群投去。战士们紧靠在班长身边，目送着手榴弹飞向敌群。

手榴弹爆炸了，几个敌人被炸得血肉横飞，但是并没有阻住敌人的前进。马宝玉激动得满面通红，充血的眼里像小泉一样淌下了热泪，对战士们说："同志们，我们都是共产主义战士，都是有骨气的中国人！我们生的两条腿，是为站起来走路的，不是为给敌人下跪的！我们要保持八路军的光荣，决不投降，决不当俘虏！现在摆在我们面前的，只有一条路——跳崖！"

战士们万分激昂，异口同声地喊道："对，跳！"

马宝玉拿起自己的步枪来，怜惜地看了看，然后双手抡起来，"啪！"一声在大石头上摔断了。接着战士们也学着班长的样子摔起枪来，铿锵之声震荡了山谷。

马宝玉留恋地望了望弹坑累累的棋盘陀阵地，望了望东南方向那灰蒙蒙的一望无际的祖国大地，跑向悬崖，张开两臂，一纵身跳下了万丈深涧。山谷中长久地回响着一个洪亮的声音："共产党万岁……"

胡福才跑到悬崖边上，眼里含着热泪喊了两声："班长，班长……"他把牙一咬，正要跳，忽然发觉手里还攥着子弹壳，他一使劲把弹壳扔下悬崖，然后也一纵身跳下悬崖。

葛振林和宋学义摔断了大枪之后，又把那些摔散的步枪零件、木屑统统拾起来扔到山涧里。葛振林把自己最喜爱的东西——一副象棋子，捧在手上看了看，也扔下山去，对宋学义说："老宋，咱们死在一块，跳！"

两个人拉起手来同时扑下山崖。

胡德林在摔枪的时候，心中很乱。他把武器破坏之后，他反倒镇静了。他正了正军帽，把撕得尽是窟窿的军装拉平，把那被弄歪了的"八路"臂章弄正。最后，他把身上的小包袱打开，换上了惠芬给他做的那双新鞋。他心里想："狗强盗们！不光让你们知道共产党八路军怎样打仗，还要让你们看着共产党员和八路军战士怎样牺牲！"

胡德林刚把鞋子换好，高见就带领鬼子进到了山顶。仇人相见，恨从胆中生。不远的地方有一块尖尖石头，半截埋在土里，打仗的时候，胡德林曾经搬过它两次，没有搬下来。现在他一个箭步窜过去，不知从哪儿来的那么股子劲，一下就把石头搬起来了。他正要用力向高见的头砸去，枪响了，血从胡德林宽阔的前胸流下来。胡德林歪了几歪，又站稳了，嘴上带着蔑视的笑容，转回身去，扑下悬崖，用嘶哑的声音喊着："打倒日本帝国主义！"

高见站在悬崖上往下看了看，又向整个棋盘陀阵地扫了一眼，一种阴森森的感觉笼罩了他的全身，像是做了一场梦："我用几百人攻了整整一天，付出了一百多条生命的代价，难道山上只有几个八路？……"他觉得那快落山的血红的太阳，那狼牙山群峰，都是不祥的预兆。

这时，很远很远的东方，那灰暗的天际忽然闪起几片红光。接着传来像沉雷一样的炮声。一个粗胖子日本军官跑过来，问高见要不要向师团长发电报报告战果。高见暴跳起来，骂道："蠢猪，有什么可报告！"

高见像条筋疲力尽的野狼似的，一屁股坐在大石头上，满脸的青筋条条暴起，眼珠都快爆出来。在那弹坑累累的棋盘陀上，三三两两，横躺竖卧，垂头丧气休息待命的是高见忠实的部下——日本的"山地精锐"。

就在马宝玉他们跳崖前不久，杨老义老大爷、李惠芬和张宝子带的几个民兵，进到了棋盘陀后山上，他们和棋盘陀只隔着一道深涧。正当他们寻路下山的时候，五位壮士一个跟着一个地从万丈悬崖上纵身跳下来，杨老义老大爷和张宝子他们不约而同地惊叫起来。李惠芬尖叫了一声，双手把脸一捂，仰倒在山坡上，盛着干粮的竹篮滚下了山坡。

太阳落山了，只是在那铁塔似的高耸着的狼牙山顶峰上，映着一片金色的阳光，远远望去，像一个个巨大的火炬，又像一座座用黄金雕成的纪念碑。

（选自《狼牙山五壮士》，中国青年出版社1958年版）

牧 虹

牧虹（1918～1989），原名赵鸿模，江苏徐州人。现代作家、表演艺术家。抗战开始后，辗转于成都、重庆等地，与赵丹、白杨、章曼萍合演《雷雨》《放下你的鞭子》。在延安为抗日军民演出，成功地塑造了《带枪的人》中的列宁、《前线》中的盖达尔政委、《白毛女》中的杨白劳等艺术形象；同时，还创作了《女八路》《红袄子》《我爱八路军》《团结就是力量》等一批话剧和歌剧。1943年，《团结就是力量》创作于河北省平山县的一个小村庄。

团结就是力量

团结就是力量，
团结就是力量！
这力量是铁，
这力量是钢，
比铁还硬，比钢还强。
向着法西斯蒂开火，
让一切不民主的制度死亡！
向着太阳，向着自由，
向着新中国
发出万丈光芒！

（1943年）

麦 新

麦新（1914~1947），原名孙培元，别名默心、铁克，上海人。革命音乐家，《大刀进行曲》的词曲作者。抗战期间，创作了近百首宣传抗日的革命歌曲。此曲为歌颂在长城喜峰口血战日军的中国军人而作。

大刀进行曲

一

大刀向鬼子们的头上砍去，
二十九军的弟兄们，
抗战的一天来到了，
抗战的一天来到了！
前面有东北的义勇军，
后面有全国的老百姓，
咱们二十九军不是孤军，
看准那敌人，把它消灭！
把它消灭！冲啊！
大刀向鬼子们的头上砍去！杀！

（1937年7月）

二

大刀向鬼子们的头上砍去，
全国武装的弟兄们，

抗战的一天来到了，
抗战的一天来到了！
前面有东北的义勇军，
后面有全国的老百姓，
咱们中国军队勇敢前进，
看准那敌人，把他消灭！
把他消灭！冲啊！
大刀向鬼子们的头上砍去！杀！

（1949年以后使用的歌词，以后还出现过多个版本）

张寒晖

张寒晖（1902~1946），原名张蓝璞，字含晖，河北定县（今河北定州）人。1930年在北平加入中国左翼作家联盟。1934年回家乡组织抗日救国会，同时从事小说和戏剧创作，积极宣传抗日救国。创作的《松花江上》《国民大生产》《去当兵》等歌曲，曾在解放区和全国广为流传，被誉为"人民艺术家"。

松 花 江 上

我的家在东北松花江上，
那里有森林煤矿，
还有那满山遍野的大豆高粱。
我的家在东北松花江上，
那里有我的同胞，
还有那衰老的爹娘。
九一八，九一八，
从那个悲惨的时候！
九一八，九一八！
从那个悲惨的时候，
脱离了我的家乡，
抛弃那无尽的宝藏，
流浪！流浪！
整日价在关内，流浪！
哪年，哪月，
才能够回到我那可爱的故乡？

哪年，哪月，
才能够收回那无尽的宝藏？！
爹娘啊，爹娘啊。
什么时候，
才能欢聚一堂？！

（1936年）

方 冰

方冰（1914~1997），原名张世方，笔名方冰，安徽淮南人。现代作家、诗人。1938年入陕北公学学习。创作的诗歌《歌唱二小放牛郎》被广泛传唱。著有诗集《大海的心》等。

歌唱二小放牛郎

牛儿还在山坡吃草，
放牛的却不知道哪儿去了。
不是他贪玩耍丢了牛，
那放牛的孩子王二小。

九月十六那天早上，
敌人向一条山沟"扫荡"，
山沟里掩护着后方机关，
掩护着几千老乡。

正在那十分危急的时候，
敌人快要走到山口，
昏头昏脑地迷失了方向，
抓住了二小要他带路。

二小他顺从地走在前面，
把敌人带进我们的埋伏圈，
四下里乒乒乓乓响起了枪炮，

敌人才知道受了骗。

敌人把二小挑起在枪尖，
摔死在大石头的上面，
我们那十三岁的王二小，
英勇地牺牲在山间。

干部和老乡得到了安全，
他却睡在冰的山间，
他的脸上含着微笑，
他的血染红蓝蓝的天。

秋风吹遍了这个村庄，
它把这动人的故事传扬；
每一个老乡都含着眼泪，
歌唱着二小放牛郎！

（1940年）

桂涛声

桂涛声（1906～1982），原名桂独生，笔名涛声，回族，云南曲靖人。抗战时期，创作了很多富有鼓动性、战斗性的歌词。

在太行山上

红日照遍了东方，
自由之神在纵情歌唱。
看吧，
千山万壑！
铜壁铁墙！
抗日的烽火燃烧在太行山上。
太行山上，
气焰千万丈，
听吧，
母亲叫儿打东洋！
妻子送郎上战场！
我们在太行山上！
我们在太行山上！
山高林又密，
兵强马又壮！
敌人从哪里进攻，
我们就让他从哪里灭亡！
敌人从哪里进攻，
我们就让他从哪里灭亡！

（1938年7月）

王　蒙

王蒙，1934年出生于北京，河北南皮人。当代作家。1953年，创作第一部长篇小说《青春万岁》。1956年，发表小说《组织部新来的青年人》引起轰动。1979年，任北京市文联专业作家。1986~1989年任文化部部长。2015年，因长篇小说《这边风景》获第九届茅盾文学奖。

青春万岁（节选）

38

七点半，蔷云回到学校。同学们聚在院子里，准备集合。有的一边说笑一边喝水，有的把没吃完的瓜子分给别人，有的帮助别人梳好辫子，大家一见杨蔷云，一齐围上来。

"你这家伙！急死我们了！你跑到哪儿去啦？要是晚了怎么办？"

袁新枝跑过去，拉着蔷云往宿舍跑，"快点，换件衣服吧！可是，你吃饭了没有？"

蔷云挣脱了手，含糊地点头。她没有吃饭，也不想吃。

袁新枝跟着她，兴高采烈地讲："大伙都说了，为了今天晚上，一定要把最漂亮的衣服穿上，一定是最漂亮的……"

蔷云这才注意地看袁新枝。袁新枝挑战似的穿着显眼的桃红色的圆领衬衣，上面布着重叠的墨绿色、黄色和白色的小点子，一块白头纱围着领口；她把头发梳成许多小辫子，然后连成两条长辫子，辫梢系着纯白的丝带；她的牵牛花图案的裙子有一条宽荷叶边，两个绿色的、花瓣状的扣子和两个淡蓝色的小玻璃扣把裙子紧束在腰间。袁新枝的装束鲜丽而又纯净，天真而又成熟，于是蔷云扶着她的肩膀称赞，"哎哟哟，果然，好美呀！还来了这么块头纱！"

袁新枝捻着头纱，灵活的眼睛一闪，解释说："我是怕尘土……"

蔷云笑了，她走到自己小小的衣箱旁边。尽管她为袁新枝的穿着赞叹，却无心好好地打扮自己。不顾袁新枝的激烈反对，她穿上最普通的翻领漂白衬衫，挽起袖子，露出右臂上的小疤痕（那是童年的顽皮的痕迹）。她的头发不长，袁新枝用一块绸子把蔷云右边的一绺头发扎起，蔷云扯掉绸子，用橡皮筋把头发绑住，偷着往镜子里一照：头发又密又厚，眉毛颤动着，眼光显得激动而且不安。再没好意思照镜子，换上天津新出的白底儿的、末梢有条形花纹的短裙子。最后，换了一双乳白色的夏季皮鞋，抱歉地看一看袁新枝："成了吧？"

袁新枝领着杨蔷云，"巡视"检查同学们的服装。毕业的时候，确与往日不同，人长大了，穿衣服也大胆了。不讲究衣饰的李春，今天穿了件杏黄色的连衣裙，而且上衣没有领子，露出一小块脊背和胸口，如果她不戴眼镜，该多么漂亮啊。郑波，妙极了！她第一次把留长了的头发梳成短短的两个小辫，她的由蓝、黄、赭石三种颜色构成的小碎花图案的衬衫，看来也非常悦目。苏宁，奇怪，她向来不是能够穿得很高贵吗？今天却穿上单色的布质米黄衬衫和蓝裙子。周小玲只穿了一条竹布短裤，骄傲地把晒黑了的粗壮的大腿露出来。

呼玛丽仍然穿着褪色的长裤子，由于自小跪着念经，她的膝头起了厚茧，她不愿意让别人看见。但是，她第一次穿上了用节省下来的助学金买的花格衬衣，也显出一种新气象。

袁新枝欢腾雀跃，议论着，赞美着女伴们百花齐放的服装。杨蔷云含笑欣赏，好像她的心已经跨过了这色彩纷纭的少女时期，挂牵着什么更重要的事情。

八点半，她们聚集在北海白塔旁的山顶。有人说："先安静一会吧，咱们看看城市。"

走到可以俯瞰北京全城的塔边，夜幕已经垂下，西方天空的红色的晚霞逐渐变紫，变灰，变黑，终于遁去。一下子，路灯亮了；商店、住宅的电灯也先后放光；金鳌玉蛛桥的上空映出一片白雾，桥上汽车照明的光带子相互交错，随着南风送来了"嘀嘀"声。满公园的"知了"，在天黑的时候叫得分外响亮。杨树、桦树的叶子，在昏暗中也加紧喧哗起来。

近看脚下，绿树红墙已经模糊隐藏，发亮的湖面摇曳着稀疏的灯影，在五龙亭旁边过团日的年轻人的哄笑与水上的笙歌同时传来。往远看，西边耸立着白塔寺的小白塔，北边有钟楼和鼓楼，南边是巍峨重叠的金色宫殿……虽然在暗中，也分辨得清清楚楚。岂止这样呢，她们在白塔上还纷纷寻找自己的家、学校、常去的商场、书店和影院，以及曾经在那里参加过义务劳动的街道和广场，她们甚至想找出自己练习骑自行车时候撞了人的地方，和国庆节游行常在那儿休息的马路牙子……她们都有把握地找到了，千真万确地用手一指："就是那儿，就是那儿！"于是大家都知道了，"就是那儿，就是那儿！"

站在这里，那个给了她们多少幸福的、和她们一起开始了新生命的古老的城市，似乎向她们低语：

"你们好！祝贺你们！好好地看看我吧，也许我们要离别呢，你们爱我，我知道。你们的祖先把我建设得严整而且壮丽，你们的父兄从敌人的魔爪里夺得了我，你们的同代人恢复了我的青春。可我最盼望，最盼望着的是你们，盼望你们快快成长，好好地打扮一下我，就像刚才你们打扮自己一样！"

呼玛丽一个人走到东边，看着东郊工业区的几丛烟囱和新建的楼房，风一阵阵吹来，阴凉而且黯暗。在大家欢笑的时候，呼玛丽常常笑不起来，好像她比人家缺少很多东西似的。呼玛丽不是已经和同学们生活在一起了么？她不是已经战胜了痛苦，说出自己"敢生活"了吗？是的，现在看来她和别人并没有区别，她已经毫不犹豫地选择了新的道路，但是漫长的记忆重重地压着她，就像做了一宿噩梦的人到了清晨也不能畅快一样。对她说来更加可怕的是，她的信仰的火焰也有冷却的危险。就在前天祈祷的时候，可怕的念头一滑而过："是否这一切都是骗人的？李若瑟不是天天祈祷吗？"这念头使她吓得发抖。魔鬼！于是她一直到今天还痛加忏悔。

"看什么哪？"袁新枝没等她一个人立多久，走到她身边，关心地问她，然后不等她回答，天真地说：

"你看北京好不好？东郊区建筑真多。知道吗？我的志愿是学建筑，看到北京新盖的楼房这样多，我真害怕将来毕业以后没有我设计的份儿啦。如果我设计，我准得把市中心建设成一个花朵形，放射线般的街道把花瓣分开，中间高大的楼房就像花蕊，如果你坐着飞机从上面看……"

李春正和杨蔷云并肩坐在一棵老松树底下，李春说：

"说真的，小杨，毕业的时候我更觉得你是我最可贵最可贵的朋友。中学时代的批评、思想斗争是多么有意思呀。我真希望永远和你在一起，好有一个人直爽地、及时地、尖刻地指出我的一切毛病。换句话说，我真需要一个人常常骂我。"

另一角，周小玲正在问吴长福：

"告诉我，怎样闹情绪呢？许多同学都闹过情绪，然后她们都进步了，可是，我不会。毕业时候团小组的鉴定说我'比较简单'，可不是，就连现在我的感想好像也太少……"

吴长福同情地点头。

时间到了，袁新枝站在一块石头上，拍手把大家叫拢。月亮已经升在头上，发出微弱的青光。袁新枝高高地挺起胸，昂起头，激动地说：

"亲爱的同学们，让我代表咱们班全体同学，向我们亲爱的城市、亲爱的祖国、亲爱的周围一切宣布：我们毕业了！"

"我们毕业了！"同学们齐声狂热地呼应。隐隐有回声传来："……毕业了……毕业了……"

袁新枝继续讲下去："我们毕业了，我们是骄傲的。我们在毛主席的教导下，在首都北京，胜利地进行了六年的学习，踏上了生活的新阶段。明天给我们的，到底有多少阳光和花朵，多少责任和期待，这，我们还不大清楚，但是，我们都确定地知道了未来的生活道路，这道路就是为了祖国，为了社会主义献出一切！"

女友们热烈地鼓掌，把手都拍红了，拍疼了。

新枝接着说："全新的、不知道要复杂多少倍的生活就要开始了，未来张开了手臂迎接着我们。不久，我们就要分手，有些同学将和我们的城市告别。现在，让我们一起度过中学时代最后的也是最盛大的欢庆的时刻，让我们的心永远连在一起。亲爱的同学们！人生是这样美好，我们的父兄和弟妹都羡慕地注视着我们，劳动和功勋召唤着我们，让我们献出中学时代所有的热情、聪明和美丽，尽情地唱吧，跳吧，笑吧，只要地球不脱离它那椭圆形的轨道，震荡它一下也不要紧。"

学生们齐声高唱《我们举杯》，那是改过的词："如果在明天，我们能相会，这样的友谊更可贵……"她们互相握手庆贺，奏起手风琴吹起横笛，纷纷背诵自己心爱的诗句。她们把所有的诗都端了出来，自己作的、诗人作的、中国的、外国的、近代的、古代的，从歌颂"金色的中学时代"到"故国神游，多情应笑我，早生华发"，从"为自己建造一座非人工的纪念碑"到"铁锤，和诗句，啊，赞美，青春的大地"……她们还朗诵毛主席填的词："恰同学少年，风华正茂；书生意气，挥斥方遒……"她们也弄不清哪一个字是哪一个意思，反正，只要是好诗就能和她们今宵的欢乐相通，只要是朗诵就能表达她们的激情。当她们沉醉在万诗丛中的时候，袁先生气喘吁吁地赶来，他刚参加完会，手里还拿着路上买的一块干面包。今天，他丢下了教师的矜持，完全成为年轻的学生中间的一个，他扯开嗓子唱了岳飞的《满江红》，据他自己说，是四十年前他的父亲教的。

深夜，同学们在马路上行走。

洒水车洒完了最后一遍水，路面散发出清新的潮气。几段电车铁轨翻起了身，工人们在夜里抢修，保障明天的交通。双氧管"嗤嗤"地响，蓝色的火花静静地洒到地上。

交通警已经撤去，蘑菇样的交通岗上悬挂着孤单的灯，照亮了周围两个半圆形的花池子。一片绿草中开放着圆圆的、杂色的小花。

"在这儿站岗真好，"蔷云告诉郑波，"有这么多花。这花不像夏天的，像秋天的。"

"为什么是秋天的呢？"

"春天有满树的桃李，像一片片的火。夏天有大朵的牡丹、芍药，富足而且丰满。秋天呢，开得多的是牵牛、茉莉，这些花的叶子密，花朵小，随开随谢。"

"不见得。美人蕉就开在秋天。但是你究竟是细心和有欣赏能力的。可惜，让你在这里站岗非出车祸不可。"

蔷云微笑，手指撩一下头发，似玩笑又似认真地说："不错，我必须和自己的欣赏能力做斗争。"

"斗争？"

"是的，它分散我的精神，影响指挥车辆。"

"但你不是交通警啊！"郑波还不完全了解杨蔷云想着什么，觉得有些好笑。

"会是的，干别的也一样。"蔷云固执地说。

前边又见到了几个工人，正在修补路面，他们把凹凸不平的、碎裂的路面挖起，拿冒着刺鼻的青烟的沥青材料填补到里边。

每天夜里，当幸福的年轻人安详地做着好梦时，有多少工人在为着首都市民的方便工作着啊。他们多辛苦！大家议论起来，周小玲提议："注意，我喊一、二、三，你们一起喊'工人同志们辛苦了！'"于是"一、二、三"，大家喊起来，这意外的殷勤把工人们逗笑了。他们三三两两地向同学招手，有的也招手回答："同学们好！"

"小杨，你告诉我，为什么要说这些呢？"郑波不解地问。

杨蔷云随着步子说得时快时慢："毕业的时候要想许多事情，然后才明白过去是多么不够，多么浮躁……今天我到一个大学去了，大学跟中学一点都不一样：楼房那么高，校园那么大……我看见了一个好朋友……我真希望上了大学之后，自己变得更好，变得谁都不认识。我要拿出全副精力学习、工作、思索，放暑假的时候也要钻到图书馆里读书……说起欣赏能力，我已经欣赏、感动得够了！最主要的是实际干！"

"按你的话，要实际干只有做书呆子……"

蔷云不等说完，又强调说："真希望自己什么都变一变，变得谁都不认识。"

"什么都变？少年时代的誓言也变了么？"郑波怀疑地问。

"誓言不改变，实现誓言的人却要变，她将不再依赖一时的热情了……"蔷云没有说完，目光从郑波身上移开，望向马路的尽头。

忽然，蔷云走到前面，转身向大家唤道："同学们，咱们别这么零零散散地走了，大家拉起手唱个歌好不好？"

"好！"

于是一排排地挽起了手臂，在平直的大道上，在满天的星斗下，高声歌唱起来。歌声惊醒了路旁自行车铺子里的小伙计，"吱"地推开了门，睡眼惺忪地看了这些女学生一眼，出声打了个哈欠，又缩回头去。同学们像顽童恶作剧似的满意地笑起来。

杨蔷云回头对郑波说："瞧，我不是书呆子。"

成为孩子们青春的象征和生活的要素的天安门，出现在眼前了。好啊！

天安门肃穆地矗立着，美丽的东西长安街是她巨大的臂膀，平整的天安门广场是她壮阔的胸怀，她代表祖国，代表北京，欢迎结束了中学时代的孩子们。

从举行开国大典的那个时候起，天安门就变得庄严而且亲切。在那个伟大的时刻，毛主席宣布了新中国的诞生，接着，礼炮的鸣响震动了世界。中学生们用她们的鲜花和旗帜，组成了红色的海洋里的一个浪头，涌过了天安门。后来，在阳光明丽的日子，在大雨倾盆的时辰，在开国以后的劳动节和国庆节，她们又骄傲地走过光芒四射的天安门，把自己的欢呼融合在向繁荣富强前进的历史的号音里。在绿色的夏天，她们去中山公园听音乐，或去劳动人民文化宫跳舞，她们逗留的地方，就紧挨着天安门，大家爱恋地向她招手。现在，深夜，她们又来了，天安门唤起人们回忆英勇的过去，幻想光辉的未来，在天安门前，胆怯的人变得自信，小气的人变得开阔，平庸的人也要想一些伟大的事情……

等她们走近，看见金水桥汉白玉栏杆旁边有一堆男学生正在鼓掌、欢呼，然后听见一个男学生说："现在，开始瞻仰天安门！"于是他们散开，神气活现地"瞻仰"起来。

"你们来干吗？"男学生惊奇地问。

"你们做什么呢？"女学生惊奇地反问。

"我们是中学毕业生……"

"我们也是！"

于是，他们汇合在一起，拉开大圈跳集体舞。他们都为这意外的相遇，为这如出一辙的设计而欢喜。

午夜两点，一辆银灰色的小汽车从北京饭店沿着长安街的林荫大道驶来，天安门前夜半的喧嚷惊动了它。

汽车停住了，毛泽东同志坐在里边，他问道："那边发生了什么事？"

打开车门，一个人跑下去询问，回来报告说："是今年的中学毕业生，他们在这里欢庆中学时代的结束。"

孩子们玩得正欢，谁也没有注意周围。吴长福首先发现，再近一点，她紧张得发抖，她跑到别人身后，推着大家，断断续续地说："你们看，你们快看！"大家都转过身来，愣住了，谁都不说话。

他们看见了毛主席的高大身材，质朴的灰色中山服，健康的棕色脸庞，他们听见了一声亲切的、清楚的、湖南口音的问话：

"娃娃们好！"

同学们骚乱了，然后欢呼爆裂开来："主席好！""主席万岁！"这过分的幸福使大家迷乱，每个人都小声自语："我见到了他……"

毛主席用手势止住大家的欢呼，微笑起来，缓缓地问："毕业生么？"

"是的。"大家点头。

"大家高兴吧？"毛主席说话的时候就像对自己的孩子一样。

"谢谢主席，我们都很高兴。"一个男同学代替大家回答。

"中学这几年，过得怎么样？"毛主席问。

就这么一会儿，那种控制着每个人的沉重的紧张消失了，谁都觉得，现在和自己谈话的不仅是国家的领袖，而且是熟识的长者，亲爱的父亲，甚至是孩子们的最好的朋友，而他们的谈话也就变成最朴素、最重要、最自然的了。

"我们过得非常好，一切都好。"还是那个男同学说，别人应和着。

"非常好？"毛主席小声重复了一下，像是不大了解似的，走近那个男同学，把手放在他肩膀上，问：

"你们学校有多少学生？"

宽厚的手掌使所有的人都感到温暖，那个男同学说："一千八百多人。"

"有多少副篮球架子？多少个篮球？"主席又问。

那男同学瞠目结舌，口吃地说："记……不……清了。"

"是不是你从来不打篮球？"

这句话问完，全体哄然大笑，毛主席也笑，那男同学脸红到了脖子，也随大家一齐笑。

"有两副篮球架，七八个球。"别人替他悄悄回答。

毛主席离开那男同学，转身问女学生：

"你们怎么玩？"说着用手在胸前做了一个表示游戏的手势。

"篮球、排球、羽毛球、高低杠还有柔软操……"周小玲一口气说。

"你会玩哪一种？"

"我，什么都会。"周小玲说完，觉得自己有点吹牛，很后悔。

毛主席看一看她健壮的身体，向她竖一竖大拇指，愉快地夸奖说："你的身体，蛮好！"于是大家鼓掌。

"可是你为什么这样瘦呢？"毛主席看见了呼玛丽，呼玛丽倚着袁新枝，躲在周小玲身后，她起先有点怕，后来就不怕了，没想到毛主席问她话。

她一阵心酸，流下了眼泪。

袁新枝接住她，向毛主席说："她是个孤儿，从小被送到天主教会的仁慈堂孤儿院，受了很多罪，折磨坏了身体。"

毛主席同情地看着她，脸上显出老年人的皱纹，静了一会，对呼玛丽说："以后，再没有人敢欺负你们！"

到这时候，呼玛丽再也忍不住，她伏在袁新枝肩上泪如泉涌。

"你们是幸福的，但也不见得一切都非常好。"毛主席沉思地说，"新中国成立不到四年，旧的遗产破破烂烂，许多事情要做，许多事情还没有做。我们的中学生过着艰苦的生活，一千八百人，两副篮球架子，这太不够用。你们的宿舍，课堂，也未必好得很，旧社会遗留下的少年人的疾病和衰弱也远远没有彻底消除。但是，你们是第一批在新时代成长起来的新人。你们毕业了，这样高兴，到天安门前来庆祝，这种快乐的心情，是多少时代的学生没有的。向前走一步，就庆祝庆祝，这是不坏的，这使人奋发起来，我也祝贺你们！"

"谢谢！"

又过了一会儿，大家静下来，毛主席说："不过，昨天听高等教育部说，你们的入学考试成绩不算好。"

大家呆了，都想起自己答的试卷里写错了的得数，列乱了的式子，用得不对的标点符号……毛主席知道了。

杨蓄云鼓起勇气说："是的，是这样，我们努力还不够。我们，特别是我自己，喊口号、鼓掌比别人多，做的却少。我们爱一切，却没有超乎一切地爱劳动，顽强的、持久的劳动。说这些，您也许会生气，但是我们能改，我们一定要学得更好一些。"

毛主席点点头："应该说，我们的革命事业还没有完成，咱们都是先驱者。先驱者就是要用自己的血汗为后世千秋万代创造幸福。前人种树，后人歇凉，种树的时候就不能怕受苦，怕风吹日晒。现在，我们全国五万万穷棒子要建设一个又富又强的大国，这不是轻松的事情。你们是幸福的，但是你们肩上有着沉重的担子，你们可要抓紧自己！"

大家说："我们一定努力，请主席放心！"

"同志们，我要走了，怎么能在路途上耽搁太久呢？"毛主席指一指自己的汽车。大家才恍然大悟，才想起自己是在什么地方。听说毛主席要走了，孩子们都舍不得，天真地要求说：

"再给我们谈点吧……"

"还说什么呢？希望你们好好上大学，"毛主席找着了最初向他答话的男同学，"特别希望你多玩篮球。"又向泪痕斑斑的呼玛丽说，"不要哭了，做一个快乐的孩子！"

"这样吧，同志们，"毛主席用一种告别的声音说，"我们订一个合同好不好？"

"订……合同？"

"是的，订一个合同。"毛主席把同学们看了一遭，没有人猜出他的意见，他说："再过十年，三千六百多天，我希望你们每人给我写一封信，告诉我你们在中学毕业以后做了些什么；写你们的成就，你们的缺点，你们的要求，你们满意的或者不满意的一切。那时候，"毛主席做了一个手势，向东方一挥，似乎十年以后的时光就在那里，在那不远的太阳升起的地方，"我要亲自一封一封看你们的信，你们同意吗？"

"同意，谢谢！"

"那就签字了。"

学生们睁大了眼睛，这"合同"掀起了他们移山倒海的壮志，他们的生活，他们的成绩将被毛主席重视，将被毛主席关心，祖国和自己，自己和祖国，这时是离得多么近啊。如果谁虚度了光阴，谁就是毛主席面前的罪人……

学生们欢呼着送毛主席上车，纷纷挥动帽子，由于兴奋和幸福，互相拥抱，你靠着我，我靠着你，天安门的四角，好像也在这欢呼声中翘了起来。

汽车开动，毛主席对学生们说："十月一日再见！"学生们快乐地把帽子扔到天上，落下来，再高高抛起……

呼玛丽离开人群，飞也似的向已经开动的车子跑去。

汽车重新停住，发动机嘟嘟地响，她听见车门开开，毛主席走下来，抚摸着她的头发："有事吗？"

呼玛丽不答话，她拼命抑制住自己的眼泪，抬起头来。

她看见毛主席慈祥的眼睛和略带严峻的眼角的皱纹，从这眼睛里，她看到的不是祖国吗？不是那个亲爱的、曾经失去过的、永远关怀着自己的儿女的祖国吗？

她真的笑了，她说："毛主席，您看，我笑了，我是会笑的。我想说，想说，现在时间已经这样晚，您还没有休息，您太辛苦……"

"不要紧，马上就会睡的，谢谢你。"

汽车驶去，穿过天安门前淡蓝色的曙光，高高的修建人民英雄纪念碑的架子顶端已经发亮，新的一天就要到来了。

（选自《青春万岁》，人民文学出版社1979年版）

铁 凝

铁凝，女，1957年生，河北赵县人，1984年成为河北省文联专业作家。1996年任河北省作协主席，2006年任中国作家协会主席，2016年任中国作家协会主席、中国文联主席。1975年开始发表文学作品，主要著作有长篇小说《玫瑰门》《大浴女》《笨花》等，中、短篇小说《哦，香雪》《第十二夜》《没有纽扣的红衬衫》《对面》《永远有多远》等。作品曾获"鲁迅文学奖"等多项国家级文学奖，部分作品已译成英、俄、德、法、日、韩、西班牙、丹麦、挪威、越南等多国文字。

笨 花（节选）

34

向武备从邢台四师回笨花，一百多里走了两天。过去向武备上学来回都坐火车，现在他必须走路。

向武备回家要走路，因为他不再是四师的学生，两个月前他成了一名冀南特区的游击队员，一名政治工作者。对于向武备来说，这是一次不折不扣的投笔从戎。

向武备在邢台第四师范念书时只有两个愿望：一是当一名作家，确切地说是当一名剧作家；二是当一名世界语（Esperanto）学者。为此在学校里他有一个"春光剧社"，还有一个世界语小组。为了当一名剧作家，他通读了外国的莎士比亚、易卜生，又读了中国的曹禺、夏衍和洪深。但向武备崇拜的不是曹禺，不是夏衍，而是洪深。他效仿着洪深的剧本《五奎桥》，又汇集和运用了北方农村的素材，写了一出叫《抗争》的剧本。这剧本写的是"九·一八"之后乡村农民和地主斗争的新故事。这年"双十节"时，《抗争》在学校演出，引起轰动。这时的学生们正需要这种富于激情的故事和血气方刚的人物来激励他们的斗志。这出《抗争》的演出，也引起了邢台警方的注意。警方把校长孟福堂传到警署说，最近邢台连续出事，事都出在四师。学生们反对旧式考试闹罢考，学生们对学校伙食不满组织伙食团闹罢食，都是你们学校内部的事，波及不到社会。可是你们演《抗争》是惊动了社会的。这等于给目前的局势火上浇油。不说别的，一出戏里光激进口号就有十几处之多，仅此一点警方就不能容忍……警方要求学校追查剧本的作者，并令校方把剧本封存上交。孟校长是倾向学生的，他敷衍警方说，那剧本只是口传，你一句我一句凑起来的，并没有正经作者。他想大事化小，小事化无。警方最终也没能从孟校长嘴里追查出剧本作者是向武备，但是孟校长也因袒护激进学生的罪名而遭免职，接替他的是一位留学日本的孙姓校长。孙校长名叫孙荫南，他一上任就推行起蒋总裁的新生活运动。他想以蒋介石的新生活运动来占领学生的课余时间，使学生不再有旺盛的精力去参加别的进步活动。于是那个盾牌式新生活运动的标记，以及"礼义廉耻"的标语顷刻间便写满、画满四师的校园。孙校长还将学校的周会变成精神训话会，训话时他亲自出马，讲些"攘外必先安内"的话。这正是"九·一八"之后，国人同仇敌忾的时候，孙校长说："要讲安内，以鄙人的看法，必先管理好咱们四师内部的事。"学生们听着这位孙校长的话，在下边偷着议论说：法西斯来了，法西斯来了！但"法西斯"还是暂时将四师学生们轰轰烈烈的事业镇压了下去。组织上要求同学们先静观局势的发展，不要轻举妄动。

这时的向武备已经是有组织的人，他按照组织的意图，一时不再出头露面，只秘密阅读着组织上发给他的《北方红旗》和《向导》。向武备一边阅读着《北方红旗》和《向导》，也不忘他的世界语，也就是在这段时间里，他的世界语水平有了提高，他用世界语写诗寄给《庸报》，他写《怒吼吧，长城》，影射和歌颂的是宋哲元的长城抗战。他写《我有一朵茉莉花》，也是一首祭奠喜峰口抗战阵亡烈士的诗。向武备没有想到，这几首诗的发表再一次给他的学校生活惹了麻烦：警方按邮戳查找又找到了邢台，邢台会写诗的自然又在四师，而四师懂世界语的人都在那个"Esperanto"小组里。结合那次演《抗争》的事件，警方把目标锁定在向武备身上。省里也注意起邢台四师的向武备，一道公事下到邢台，另一道公事下到兆州，警方要缉拿向武备。一天，有个卖文具的"货郎"来到邢台四师，悄悄把向武备叫到僻静处，没有寒暄，不说缘由，只让他必须连夜离开学校，到离邢台五十里的苏家营村去找一个叫苏老顺的人报到。向武备问货郎，他这次去的目的是什么，那货郎突然声色俱厉地说："你们这些小知识分子就是爱问这问那，我只能告诉你，革命就是服从组织。"货郎的话很是让向武备意外，但他还是辞别了学校，连夜向东急行五十里，天亮时赶到了那个叫苏家营的村子，找到了苏老顺。原来苏老顺并不老，是个五大三粗的青年，并自称是代表组织接向武备的。苏老顺接了向武备，立刻马不停蹄地领他转移，然后又是转移。一连转移几天，向武备就成了冀南特区游击队的指导员。就在向武备不停地转移的同时，邢台警方包围了邢台四师，抓捕向武备扑了空。

这已经是两个月以前的事。

现在，只身走在大路上的向武备，已经是冀南游击队指导员任上的向武备，但是更确切地说，他又是卸了任的指导员向武备。每逢想到自己这两个月的指导员生涯，向武备首先想到的还是那个"货郎"。他不愿意用颠沛流离来形容自己在这期间的一切，那是一个悲观主义的代名词，那是一个自己于自己的大不敬。他也不愿意相信，这就是他所向往、他所敬重的革命队伍的写照。莫非问题还是出在自己身上?这时他才又觉得那个"货郎"的话是有几分道理的："你们这些小知识分子……"

初冬的寒风凛冽，一整天汤水未进的向武备肚里一阵阵鸣叫。但他的脚步不能停止，歇息和吃饭都可能会使他遇到难以预料的麻烦。仅仅两个月的游击队生活，已经把他改变得不再是那个只幻想着当剧作家、世界语学者的文弱学生，毕竟他懂得了革命警惕，懂得了行军、休息以及一个军人应该有的行为举止。初冬的这一天，说向武备是顺着大路走，不如说他是踏着漫地走，大路仅仅是个不至于迷失方向的参照。脚下被耕过的土地又暄又软，松软的沙土盖过他的脚面，他走得十分吃力。他走过一块谷茬儿地，又走过一块收了花柴的花地，眼前是一块白薯地。向武备没有种过地，可他家里有地，虽然初冬的田野被耕得一马平川，向武备还是能认出地的属性。走在一块耕过的白薯地里，他不经意踩在一块遗留下的白薯上。他兴奋地蹲下，拾起这块拳头大的白薯，撩起棉袄大襟擦擦，大口吃起来。他吃着，感觉刚才那一阵阵的饥饿被压了下去。这时他想起了"压饥"这个词，这好像是笨花人专有的形容词。小时候，他在笨花的漫地里跑着玩，跑饿了就回家喊娘要吃的。秀芝说："搬腾一块干粮压压饥去吧！"对了，"搬腾"这个动词也是专门形容小孩子不到吃饭时间吃干粮的举动，搬腾，那实在是个不小的举动。搬腾、压饥，在四师念书的几年里，向武备再也没有听过、说过。在游击队时，当地老百姓也不说压饥，他们说"垫补"。遇到好心的房东，他们就常对向武备和他的战士们说："饿了就先垫补点儿吧。"一次游击队在威县，向武备不幸发疟子，在一个大娘家的炕上躺着，也没有药吃。那个慈祥的大娘站在炕下不知所措地直说："这可怎么是好？要不吃点物件先垫补垫补吧。"可那时的向武备不想"垫补"，他烧得昏头涨脑，还想着晚上要打伏击的事。那晚，他们这支只有二十个人、十几条枪的游击队，得知有一队骑马的军警要路过村口回城，向武备的游击队就决定在村口打敌人一个伏击战。他们提前在村设下埋伏，大家趴在一道地坎上等战机，战士们拉开枪栓把子弹顶上。指导员向武备也有一条汉阳造马枪，虽然他烧得浑身无力，但也强努着精神拉开枪栓顶上子弹。这是他第一次使枪，第一次参加战斗，打仗的亢奋压过了发疟子的难受。他们这支游击队只有队长有一把驳壳枪，队长姓李。大约吃顿饭的工夫，果然一队骑马的军警从大路上跑过来，马蹄声渐渐近了。李队长首先打响了第一枪，接着十几杆枪一齐向军警的马队射去，向武备也第一次扣动了枪的扳机。但是当他打第二枪时，枪栓却怎么也拉不开了。向武备知道这叫卡壳，忍不住大喊一声："不好，我的枪卡壳了！"这时一条胳膊向他挥过来，一只大手捂住了他的嘴。他知道这是李队长，并意识到自己违反了作战纪律，不觉一阵羞惭。果然，敌人朝着向武备的方向集中放起枪来，放了一阵枪向远处逃去。一场伏击战也不了了之了，向武备想，一定是他的喊声搅乱了这场伏击战，而他将要受到严厉批评。唉，我这个小知识分子……他暗暗谴责着自己。但是李队长没有责怪他，回到房东家，队长只对他说："你是个病人，先弄点吃的东西垫补垫补吧。以后要常擦枪……一个学生。"

学生，到底还是小知识分子啊。

在后来的日子里，经过几年战争的洗礼，已经成为真正的领导干部的向武备回忆起那次失败的伏击战，便想到，当时战士们叫我指导员，其实我不过是个学生，哪懂得什么行军作战。可是指挥战斗的那位李队长呢，对那次战斗处理得也十分不内行：战前不作动员，开枪后不冲锋，战斗结束后不查看战场，战后也不总结。不久，冀南一度此起彼伏的游击队活动沉寂下去了，那些苏家营式的小片儿根据地也不复存在。这是否和他们游击队那种无方的指挥有关呢?这成了向武备经常琢磨的一个问题。

向武备走出白薯地，又迈进一块花生地。冀南多沙土，适宜种花生。而花生对于笨花人则永远是珍贵的。向武备一路上在漫地里觅食已经觅出些经验，他立刻又发现了遗忘在地里的零落的花生。他一粒一粒地捡起花生来，一会儿竟捡了一大把。他用手搓掉花生皮上的泥土，剥着花生皮贪婪地吃起来。花生对笨花人来说是稀有的零食，酷爱零食的向武备已经好久没吃过花生了。他算了算，上次吃花生是一个月前的事。那次伏击战，指导员向武备当众出了丑，可向武备也有处理问题出色的时候。一天，李队长提议，要向武备只带一名战士去和土匪谈判。当时的冀南地方武装和土匪并存，双方都在争夺地盘，争夺散落在地主手里的枪支，还争夺针对地主的"分粮斗争"。游击队和土匪之间就不断产生些矛盾，遇到矛盾时就要谈判"让路"的事，有时土匪让路，有时游击队也要让路。遇有谈判不下时，双方就有枪战。但游击队和土匪共同的敌人还是军警。

这天李队长突然对向武备说："有个任务要我们去完成：一股土匪不让路，需要谈判，向指导员，你去吧。"

向武备知道，这股不让路的土匪是想插手一起分粮斗争。本来针对这个地主的分粮斗争是游击队计划内的事，并早已向当地群众做了布置。现在土匪要插手走在前边，这就打乱了游击队的计划。李队长说："眼下我们是既不能让他们走在前面，也不能和他们一起干，否则我们也就变成了土匪。这就需要和他们谈判。怎么谈，就你一个人去，还不能带武器，只带一个助手。谈判地点是双方谈定的。"

向武备对这个谈判任务犯了踌躇，也许是上次的伏击战让他对自己失掉了信心。李队长看出了向武备的心思，给他鼓劲儿说："现在就看你的了，你是学生，说话有口才；又是指导员，有原则，别人谁也代替不了你。你就大胆去，咱们是红军，他们是绿林。红的对绿的，红的硬绿的就软，你就放心去吧。咱们游击队就是地方红军。"

向武备去了，在联络点上他坐着炕沿等绿林。他想，绿林一定是些夯着络腮胡子的彪形大汉。不一会儿，几个绿林一齐拥了进来，但他们没有络腮胡子，只有一副副当地农民模样的冷峻面孔，这使向武备忽然觉得，这种普通面孔原来比那种络腮胡子更吓人。几个人进门后，为首的两个从腰里抽出驳壳枪，把枪往炕桌上一扔，下马威似的对向武备说："来了个学生娃子呀！"向武备立即回答说："你说错了，我不是学生，我是游击队代表，我代表的是广大贫苦百姓。"向武备一面说，一面拿眼睛盯着土匪扔在炕桌上的驳壳枪。土匪发现向武备在看枪，就说："怎么，怕枪吗？"说着拿起驳壳枪，让枪在手里翻了个跟头，接着竟退出了枪里的子弹，并把子弹啪啪扔在桌上，意思是让向武备放下心来。面对少了子弹的两支空枪，向武备仍然有几分紧张：子弹能退出来，就还能顶上。他竭力控制着紧张的心情，还是想着自己应该说的话，他说："枪倒不怕，因为谈判根本用不着这东西。"土匪说："嗬，还真有两下子，不愧是游击队。长话短说，说说你们游击队的主张吧。"向武备说："很简单，这回你们要让路才是。那个村的事是我们早就策划定下的，更改是不可能的。"土匪说："那就一块儿干。"向武备说："不行。斗争对象多得很，为什么非要挤在一条道上不可?以前我们也有'让路'的时候，你们也应该讲讲交情吧。"向武备把话说得斩钉截铁，还故意带出些江湖气，但心里尚是没底。就在这时，那为首的土匪竟然站起来把桌子一拍说了声"好"，然后他又从桌上拿起枪把子弹压好说："好，这次我们听你们的，可下一回你们得听我们的。"说完居然还冲向武备作了个揖，又道了声"后会有期"，一个急转身就出了门。让向武备感到惊奇的是，临出门时，有一个土匪还从口袋里掏出一把花生拍在炕桌上，也不说话，追着领头的土匪走了。向武备和助手送完土匪，捏起炕桌上的花生吃着，不觉相视大笑。

那次的谈判，向武备成了赢家。他万没想到这"赢"来得这么快。回队后他得到了李队长的表扬，李队长说自己没看错人。向武备也为这次谈判作了总结。他想，面对真的土匪，他毕竟没有显出恐惧，当时心里那一阵阵的乱跳只有他自己知道。不过有一点他觉得还是应该自我检讨，那就是他不该同土匪讲"交情"。虽然李队长没有听见他说"交情"两个字，但似这等不三不四的语病，日后他定要克服。指导员说话是要讲原则的，即使面对的是土匪，语言也代表着红军。李队长再说他是学生，他也不再是学生了。至于"货郎"说的小知识分子，他想那毕竟是个潜移默化的意识问题吧。

向武备在花生地里嚼着花生，又蹚过几块空地，走过几片荒草坡，眼前出现了一条沙河。向武备认识这条河，知道这条河叫槐河，俗称沙河。这是冀南和兆州的交界，从前他坐火车或去邢台，或回笨花，无数次路过这沙河。火车驶过一个不长的铁路桥，桥下就是清澈见底的沙河水。乡里人过河蹚水走，牲口大车过河在河里摇晃着走。赶车人惟恐大车误在流沙中，他们紧摇着鞭子驱赶着牲口。赶车人的吆喝声从河床里升起来，传进火车里。向武备知道这条河水不深，河中心水才齐腰深。

向武备来到沙河边，遥望着河对岸，河那边二十里便是笨花了。他在河边看准一个水浅的河段，先将棉袍撩起，把大襟掖在腰间，再脱掉鞋袜，把裤腿用力往上卷，直卷到大腿。他走下河坡，缓慢地在河里试探着前进。但河水还是浸过了裤腿，险些齐到腰间。他终于蹚了过去，到达属于兆州的一厢。在一块掐过穗的高粱地里，他开始整理自己：先把斜背在身上的一个小包袱解下来，脱掉被河水浸湿大襟的棉袍，脱掉全湿的裤子。这时向武备的打扮与当地百姓没什么两样。人们只有稍加注意，才能发现他与当地百姓的区别：他穿的是前面有开口、腰间有裤袢的制服裤。在游击队时，他的同伴常研究他这条裤子，有人说这裤子比抿腰裤子方便，也有人说，这裤子的裤裆太紧，不及抿腰裤宽松。大家称这裤子为知识分子裤。大家也常因为这条知识分子裤，仍然把他叫做知识分子。向武备几次想换掉它，一直没有机会——游击队是不发衣裳的。裤子换不掉，他就一直任人评说。现在他这条知识分子裤全湿了，他脱下它，使劲拧干浸在裤子上的沙河水，接着他又把短裤也脱掉拧干。他这短裤也是有别于其他战友的，每当晚上他和战友们挨着睡觉时，因为他穿着短裤睡，别人不穿，弄得他反倒有几分不自在。向武备拧着长裤短裤，回想着往事，他把他的湿衣裳们搭在地里的干秫秸堆上，自己干脆光着下身任风吹打。初冬的风由东南转成西北，风刮起黄土和碎柴火，很冷。向武备不得不用他的长袍又把下身包裹起来，团坐在一个畦背上。他想，他现在这个样子，活像个逃难的，和与土匪谈判时的向武备真是判若两人了。

当风终于把向武备的长裤短裤吹得半干时，他便迫不及待地穿起衣裤继续朝着正北走，正北就是笨花了。过了沙河，耕过的土地也变了性质，沙土变成了黄土，黄土才是他最熟悉的。两个月来他脚下净是不熟悉的沙土，沙土时常灌在鞋里袜子里。

在冀南的日子里，鞋袜里整天灌着沙土的向武备，还从游击队被抽调去做过群众工作，也许是因为他那小知识分子气质，也许是组织发现了他那次的谈判才能。他单身一人，按照上级规定的联络点，走乡串户去发动群众，建立乡村苏维埃和地方武装。乡村苏维埃和地方武装，这些火辣辣的名字吸引着向武备，也吸引着穷苦百姓。他每到一处，群众都以急不可待的眼光跟他要组织、要人、要枪。说财主欺压了他们几辈子，现在向武备来了，终于看见了天日，一时间向武备竟成了他们的大救星。但当向武备对他们说，苏维埃要靠自己建，武装要他们自己组织，枪要他们自己发现拿来时，许多人立时就显出了失望。向武备就把他自己编写自己印刷的油印小报给他们看，他们说，小报又不是枪，揣着小报又不能分地主的粮食。是啊，群众最关心的还是靠武力行动去分得地主的粮食。有几个急了眼的村子真的以苏维埃的名义，在没有枪支，只有棍棒的情况下去抢夺地主的粮食了，结果遭到事先埋伏下的军警的暗算。而土匪又趁机和地主相互勾结，连苏维埃领导的分粮运动也遭到彻底失败。巨鹿县有几名农民领袖被砍了头，人头被挂在县城城墙上，其中有一颗人头便是邢台四师演《抗争》的主演。这件事给了向武备很大震动，当急不可待的群众再去找向武备要办法时，他只好说这要等上级的指示了。上级在哪里？向武备按照从前的联络线索去找，走了一个联络点又一个联络点，他的那些联络人不是"出门"就是被捕。有一次他竟然一头撞在了军警窝子里，因为这个过去的联络点此刻正被军警包围。他急中生智好不容易跑出包围圈，按照秘密工作的规则到苏家营那第一个联络点去等联络人。可一连几天没有人来和他接头。还是按照秘密工作的规则，他知道不能再等下去。那位房东也告诉他说，你的口音不对，军警来了一听你就不是本地人。房东让他赶快离开。沮丧至极的向武备不得不离开这最后一个联络点，又返回他的母校探风声。他又步行一夜来到邢台，在校外碰见一个正要出门赶路的同学。同学告诉他，学校正被包围着，不少同学已被捕，整个冀南已经陷入白色恐怖中，同学还说，在被通缉者的名单里，每回都有向武备的名字。向武备问他到哪里去，同学说他主意已定，面对整个冀南的白色恐怖，他只有一条路：远行去西北。目前抗日救国已经压倒了一切，民族矛盾和阶级矛盾相比较，民族矛盾已经上升到第一位。这同学还问向武备为什么不和他一起去，他作结论说，冀南以盐民为中心的起义斗争本身就是个错误。向武备听着这位同学的诉说，心想，冀南斗争的对与错，他还无力作出结论。现在他最应该做的，是赶紧决定自己的去向。于是他在几分钟之内就作出决定：他要和这位同学一道去西北。他和同学约好见面地点和时间，定好回趟笨花和家人告别后就去找他。一切都来不及再细说，向武备辞别了同学，也永远辞别了母校。

兆州境内有两条河，过了沙河才是孝河。过了孝河再走三里便是笨花了。过孝河不需蹚水，孝河常年干枯着，过孝河时向武备的湿裤子已经干透。他走过干河床，再次把自己认真整理一番，装出一副不饥也不渴的样子。然后他又把抢搭在肩上的小包袱包整齐，这才信马由缰地沿正道向笨花走去。

向武备在笨花村南向家南岗的地里，遇见的第一个人是打兔子的西贝小治。这时节正是打兔子的好季节，"跑儿"和"卧儿"在漫地里都是一目了然。小治的眼睛最能看远，他看见道沟沿上有个青年正往村里走，他一眼就认出这青年是邻居向武备。他止住正在瞄准的枪，大踏步地去迎向武备。小治去迎向武备是为了提醒他，让他小心回家。他快步走到向武备跟前，挡住向武备的去路告诉他说，这些天不断有军警来笨花找他。小治嘱咐向武备说："千万不要这么大模大样地进村。这么着，俺家花地里那个窝棚还没有拆，你先钻进去躲躲，等到天黑你再回村。一会儿我先到恁家去说一声。"

向武备觉得小治说得有道理，就跟着小治蹚出道沟往西走，小治家的花地在村西。

（选自《笨花》，人民文学出版社2006年版）

李 瑛

李瑛，1926年生，河北丰润人。当代诗人。1945年考入北京大学中文系，从事进步学生运动。著有诗集《战场上的节日》《献给火的年代》《春的笑容》《生命是一片叶子》《在燃烧的战场》等。

我骄傲，我是一棵树

一

我骄傲，我是一棵树，
我是长在黄河岸边的一棵树，
我是长在长城脚下的一棵树，
我能讲许多许多的故事，
我能唱许多许多支歌。

山教育我昂首屹立，
我便矢志坚强不仆；
海教育我坦荡磅礴，
我便永远正直地生活；
条条光线，颗颗露珠，
赋予我美的心灵；
熊熊炎阳，茫茫风雪，
铸就了我斗争的品格；
我拥抱着——
自由的大气和自由的风，

在我身上，意志、力量和理想，
紧紧地、紧紧地融合。
我是广阔田野的一部分，大自然的一部分，
我和美是一个整体，不可分割；
我属于人民，属于历史，
我渴盼整个世界，
都作为我们共同的祖国。

二

无论是红色的、黄色的、黑色的土壤，
我都将顽强地、热情地生活。

哪里有孩子的哭声，我便走去，
用柔嫩的枝条拥抱他们，
给他们一只只红艳艳的苹果；
哪里有老人在呻吟，我便走去，
拉着他们黄色的、黑色的、白色的多茧的手，
给他们温暖，使他们欢乐。

我愿摘下耀眼的星星，
给新婚的嫁娘，
作她们闪光的耳环；
我要挽住轻软的云霞，
给辛勤的母亲，
作她们擦汗的手帕。

雨雪纷飞——
我伸展开手臂覆盖他们的小屋，
作他们的伞，

使每个人都有宁静的梦；
月光如水——
我便弹响无弦琴，
抚慰他们劳动回来的疲倦的身子，
为他们唱歌。

我为他们抗击风沙，
我为他们抵御雷火。
我欢迎那样多的小虫——
小蜜蜂，小螳螂，小蝴蝶，
和我一起玩耍；
我拥抱那样多的小鸟——
长嘴的，长尾巴的，花羽毛的小鸟，
在我的肩头作窠。

我幻想：有一天，我能
流出奶，
流出蜜，
甚至流出香醇的酒，
并且能开出
各种色彩、各种形状、各种香味的花朵；
而且我幻想：
我能生长在海上，
我能生长在空中，
或者生长在不毛的
戈壁荒滩，瀚海沙漠……
既然那里有
粗糙的手，黝黑的背脊，闪光的汗珠，
我就该到那里去，

作他们的仆人，
我知道该怎样认识自己，
怎样为使他们愉快的生活
工作……

我相信：总有一天，
我将再也看不见——
饿得发蓝的眼睛，
卖血之后的苍白的嘴唇，
抽泣时颤动的肩膀，以及
浮肿得变形的腿、脚和胳膊……

人民啊，
如果我刹那间忘却了你，
我的心将枯萎，
像飘零的叶子，
在风中旋转着
沉落……

三

假如有一天，我死去，
我便平静地倒在大地上，
我的年轮里有我的记忆，我的懊悔，
我经受的隆隆的暴风雪的声音，
我脚下的小溪淙淙流响的歌；
甚至可以发现熄灭的光、熄灭的灯火，
和我引为骄傲的幸福和欢乐……

那是我对泥土的礼赞，

那是我对大地的感谢；

如果你俯下身去，会听见，

我的每一个细胞都在轻轻地说：

让我尽快地变成煤炭

——沉积在地下的乌黑的煤炭，

为的是将来献给人间

纯洁的光，

炽烈的热！

（1980年3月10日于北京）

贾　漫

贾漫（1933~2012），河北黄骅人。当代作家。1954年开始发表作品。著有诗集《塞上的春天》《春风出塞》《中流击水》，诗体小说《野茫茫》等。

我 的 家 乡

一

我的家乡，

是一位村姑。

捶板石上捶打祖传的粗布。

隆隆的石磨，呼呼的北风，

飘飘的雪絮，纷纷的谷糠，

交杂起来摩擦美丽的胸乳。

忍让与孝敬是终生的粮米，

饱餐一世、含辛茹苦。

你以灵快的手指侍奉世界，

侍奉公婆，侍奉儿孙，

侍奉贫贱、富贵、善恶和荣辱。

直到瘦骨棱棱的干柴，

插入黄土，

长出一苗虚弱的小树，

家乡啊，想起你来，想哭！

二

我的家乡，

是一条野汉。

把好端端的脑袋当骰子使唤。

当啷啷！四五六，

沙啦啦！一二三，

在渤海的大海碗里上滚下翻。

你从牛背跳上鲸鱼背，

驾起金银的双轮车轰轰向前。

忽而是风，忽而是雨，

忽而英雄，忽而逃犯，

忽而绑到天津刑车上展览。

你是杀害黄骅的凶手，

黄骅，又照亮你的今天。

啊，到底是泥鳅的子孙？

到底是螃蟹的祖先？

你是我世代纠缠的魔幻。

千杀万砍，又在兴旺的市场上，

冒出一股青烟。

三

我的家乡，是一尊雄狮，

雄踞门楼仰望群雁高飞。

晴日，怒发千丈炸出一天响雷，

雨夜，划破长空流出一条长尾。

多半自私、少半无畏，

少半文明、多半愚昧。

风雨阴晴裹入一盏烛台，

五千年长明灯照亮了三条驴腿。

痛悔！

饥饿和忧愁，梦想和现实，

胜者和败者，强者和弱者，

统统卷入漫长的迂回。

四

我的家乡，

是一片云霞。

剪裁渤海的翅膀，

转而熨帖屋檐的灰瓦。

坦荡荡雄赳赳心术，

黄澄澄亮油油窝头，

参拌了鱼虾，又参拌芦花。

谁也不知道自己的价值，

就在自己的脚下！

流出燃烧的文明，照亮他乡的火把。

沉重的心弦，

牵引一海白帆，

万缕棉麻，

千排新宅，

万顷油花……

家乡啊，

这根心弦追慕你的变化，

直到弦断天涯！

镇　海　侯

　　沧州城南二十里，有五米多高铁狮子一尊，立于露天旷野，赫赫然有吼裂静宇之势。相传它铸于后周，当时海神暴虐，搅浑碧海，浊浪吞没桑田。此精灵受命于苦难，雷腾而起迎战海神终于胜利，从此封为镇海侯，永远屹立在大海之滨。

一

你让我蓦然回首
我是你偶然拾零
蓦然与偶然相碰
发出殷殷的雷声

你有多少回必死不死
我有多少回不生必生
沧州铁狮子出现了
透明的空间魄动心惊

我看见遥远的地平线突兀隆起
软绵绵的横云顿时直立
远远的远远的
望极人生空旷
铁狮子头颅高昂
热热闹闹的绿原肃气成霜

二

文字无声
纸上无声
你也无声
你无声

严严凛凛虎虎生生

通体埋藏一触即发的雷霆

你那怒气冲冲的鬃毛

是荆轲、是高渐离

是萧萧陡立的青发

昂扬崛起刺破秦王的剑锋

铁狮子近了，近了，

赫赫、哼哼、哈哈

千秋青史磨利了齿牙

空气即将爆炸

我忽然感到掩耳不及

十面埋伏即将弹响铁的琵琶

霄汉之唇即将吐出一万匹天马

地上荒坟即将惊起一天昏鸦

三

天底下有过多少门楼

多少铁狮子、多少石狮子

威威武武雄踞门口

那是一些精心雕刻的看守

牙齿上雕刻着权势

花纹里雕刻着高贵

刻尽得意、自负、高人一筹

别看它无心无肺无灵无血

主人威风它也威风

主人风流它也风流

一旦大树轰倒王气黯收

不管是铜是铁是石是玉

统统威风扫地

满身俯下沉沉的遗臭

四

只有你，啸傲荒原的大雄

天地与你同醒，苦难与你同宗

天下的骡马卸套了

牛羊也要归圈

你是永远挺立在露天

我问你，你的钢铁指爪被谁铲断

你的铁青腔膛被谁豁穿

是高俅？是张团练

是毒龙的利爪？是咬碎灵魂的谗言

是坂垣的师团红卫兵团官倒财团

痛苦的裂口

一直咧到嘴角

嘴角上的牙齿

依然刺穿历史刺破青天锷未残

五

铁狮子发出铁的回声：

因为我注定不朽

我的苦难也无穷无尽

因为我注定不朽

我的灵魂永远为你们煎熬

永远为你们翻滚

因为我终身不腐

一切腐烂的东西

休想与我合污

我的身心无处可蠹

就连古代那些掏尽粮仓咬断梁木

当代那些

咬断钢材咬断人才的硕鼠

休想在我身上掏出狡兔三窟

人间所有我一身皆无

我还有什么怯于昂首耻于袒露

我无遮、无盖、无衾、无枕

无冷、无热、无晴、无阴

我无动于衷正是万动于衷

天下欢欣就是我的欢欣

整个田野是我的草料

我用眼睛并吞，不以牙齿相侵

可记得烈火熊熊毒牙决裂

我目送林冲从此夜奔

红灯照姐妹跟踪而来

我以脊背的铁光交流仇恨

但我秉性温良

并非以暴易暴的凶神

我是牛头的犄角

犄角虽硬，源于血肉的温良

我不是豺狼的舌头

舌头虽软

来自贪婪来自毒狠来自黑心

我是亿万无轻无重无名无姓

天下破锅合铸，地上门锁合凝

我机警

永远镇守于露天

我要从芦花荻花瑟瑟颤颤

预测草民冷眼

我要从朱门酒肉臭气熏天

看到苍蝇和蚊子百倍产卵

会不会嗡嗡滚成安史之乱的雷闪

我注定脚插污泥

远离大都

结下不解的尘缘……

六

一股蝎子的剧毒把我注射

我疼痛难忍，啼血喋喋

破碎支离的灵魂啊

被你猝然焊接

沧州铁狮子啊，你听着

我是你的身上铁

我要把青天吼裂

我是你的口中牙

我要把昏天咬塌

我是你至微、至细、至柔、至化

你是我至刚、至烈、至浑、至大

你为我存恩、存惠、存威、存瑞

我为你不霉、不媚、不语、不泪

没有哀叹、没有饥寒、没有淫乐、没有懑怨

你大欲如天

熬倒帝王、熬倒昏王、熬倒霸王、熬倒阎王

不为王中之王

你是现实与理想春秋合璧
你的铸成正是开始
祸福吉凶
你是第一扇雷达
旱涝饥渴
你是第一线信息
终身弄潮风风雨雨黄黄绿绿
永世拍击尘海苍茫血海潮汐
不为宫殿
不为门楼
不为衙内
不为公侯
一门一户的看守
最佳是一只良狗
沧州铁狮子啊
你镇海侯万古不朽!

（1980年）

刘绍棠

刘绍棠（1936～1997），河北通县（今北京市通州区）人。当代作家。 13岁时开始发表作品。1952年发表的短篇小说《青枝绿叶》被编入高中语文课本。1955年出版了第一部长篇小说《运河的桨声》。代表作还有中篇小说《蒲柳人家》、长篇小说《京门脸子》等。作品被译成英、法、俄、德、日、西班牙、泰国、孟加拉文等多国文字出版。

蒲柳人家（节选）

一

七月天，中伏大晌午，热得像天上下火。何满子被爷爷拴在葡萄架的立柱上，系的是拴贼扣儿。

那一年是一九三六年。何满子六岁，剃个光葫芦头，天灵盖上留着个木梳背儿；一交立夏就光屁股，晒得两道眉毛只剩下淡淡的痕影，鼻梁子裂了皮，全身上下就像刚从烟囱里爬出来，连眼珠都比立夏之前乌黑。

奶奶叫东隔壁的望日莲姑姑给何满子做了一条大红兜肚，兜肚上还用五彩细线绣了一大堆花草。人配衣裳马配鞍，何满子穿上这条花红兜肚，一定会在小伙伴们中间出人头地。可是，何满子一天也不穿。

何满子整天在运河滩上野跑，头顶着毒热的阳光，身上再裹起兜肚，一不风凉，二又窝汗，穿不了一天，就得起大半身痱子。再有，全村跟他一般大的小姑娘，谁的兜肚也没有这么花儿草儿的鲜艳，他穿在身上，男不男，女不女，小姑娘们要用手指刮破脸蛋儿，臊得他得找个田鼠窝钻进去；小小子儿们也要敲起锣鼓似的叫他小丫头儿，管叫他一辈子抬不起头。

何满子不穿花红兜肚，奶奶气得咬牙切齿地骂他，手握着擀面杖要梆他，还威吓要三天不给他饭吃。原来，这条兜肚大有讲究。何满子是个娇哥儿，奶奶老是怕阎王爷打发白无常把他勾走；听说阎王爷非常重男轻女，何满子穿上花红兜肚，男扮女装，阎王爷老眼昏花的看不真切，也就起不了勾魂索命的恶念。

何满子的奶奶，人人都管她叫一丈青大娘；大高个儿，一双大脚，青铜肤色，嗓门也亮堂，骂起人来，方圆二三十里，敢说找不出能够招架几个回合的敌手。一丈青大娘骂人，就像雨打芭蕉，长短句，四六体，鼓点似的骂一天，一气呵成，也不倒嗓子。她也能打架，动起手来，别看五六十岁了，三五个大小伙子不够她打一锅的。

她家坐落在北运河岸上，门口外就是大河。有一回，一只外江大帆船打门口路过，也正是歇晌时分。一丈青大娘站在篱笆外的伞柳荫下放鸭子，一见几个纤夫赤身露体，只系着一条围腰，裤子卷起来盘在头上，便断喝一声："站住！"这几个纤夫头顶着火盆子，拉了百八十里路，顶水又逆风，还没有歇脚打尖，个顶个窝着一肚子饿火。一丈青大娘的这一声断喝，他们只当耳旁风。一丈青大娘见他们头也不抬，理也不理，气更大了，又吆喝了一声："都给我穿上裤子！"有个年轻不知好歹的纤夫，白瞪了一丈青大娘一眼，没好气地说："一大把岁数儿，什么没见过；不爱看合上眼，掉过脸去！"一丈青大娘火了起来，挽了挽袖口，手腕子上露出两只叮叮当当响的黄铜镯子，一阵风冲下河坡，阻挡在这几个纤夫的面前，手戳着他们的鼻子说："不能叫你们腌臜了我们大姑娘小媳妇的眼睛！"那个不知好歹的年轻纤夫，是个生愣儿，用手一推一丈青大娘，说："好狗不挡道！"这一下可捅了马蜂窝。一丈青大娘勃然大怒，老大一个耳刮子抡圆了扇过去；那个年轻的纤夫就像风吹细柳，转了三转，拧了三圈儿，满脸开花，口鼻出血，一头栽倒在滚烫的白沙滩上，紧一口慢一口倒气，高一声低一声呻吟。几个纤夫见他们的伙伴挨了打，嗯哨而上；只听咯吧一声，一丈青大娘折断了一棵茶碗口粗细的河柳，带着呼呼风声挥舞起来，把这几个纤夫扫下河去，就像正月十五煮元宵，纷纷落水。一丈青大娘不依不饶，站在河边大骂不住声，还不许那几个纤夫爬上岸来；大帆船失去了纤力，掌舵的绽裂了虎口，也驾驭不住，在河上转开了磨。最后，还是船老板请出了摆渡船的柳罐斗、钉掌铺的吉老秤、老木匠郑端午、开小店的花鞋杜四，说和了两三个时辰，一丈青大娘才算开恩放行。

一丈青大娘有一双长满老茧的大手，种地、撑船、打鱼都是行家。她还会扎针、拔罐子、接生、接骨、看红伤。这个小村大人小孩有个头疼脑热，都来找她妙手回春；全村三十岁以下的人，都是她那一双粗大的手给接来了人间。

不过，别看一丈青大娘能镇八方，她可管不了何满子。何家世代单传，辈辈一棵苗，何满子的爷爷就是老生儿，他父亲也是在一丈青大娘将近四十岁时才落生的；偏是何满子不同凡响，是他母亲头一胎生下来的贵子。一丈青大娘一听见孙子呱呱坠地的啼声，喜泪如雨，又烧香又上供，又拜佛又许愿。洗三那天，亲手杀了一只羊和三只鸡，摆了个小宴；满月那天，更杀了一口猪和六只鸭，大宴乡亲。她又跑遍沿河几个村落，挨门挨户乞讨零碎布头儿，给何满子缝了一件五光十色的百家衣；百日那天，给何满子穿上，抱出来见客，博得一片彩声。到一周岁生日，还打造了一个分量不小的包铜镀金长命锁，金光闪闪，差一点把何满子勒断了气。

何满子是一丈青大娘的心尖子，肺叶子，眼珠子，命根子。这一来，一丈青大娘可就跟儿媳妇发生了尖锐的矛盾。

何满子的父亲，十三岁到通州城里一家书铺学徒，学的是石印。他学会一笔好字，也学会一笔好画，人又长得清秀，性情十分温顺，掌柜的很中意，就把女儿许配给他。何满子的爷爷虚荣心强，好攀高枝儿，眉开眼笑地答应了这门亲事。一丈青大娘却不大乐意，她不喜欢城里人，想给儿子找个农家或船家姑娘做妻子，能帮她干活，也能支撑门户。可是，她拗不过老头子，也怕伤了儿子的心，不乐意也只得同意了。何满子的母亲不能算是小姐出身，她家那个小书铺一年也只能赚个温饱；可是，她到底是文墨小康之家出身，虽没上过学，却也熏陶得一身书香，识文断字。她又长得好看，身子单薄，言谈举止非常斯文，在一丈青大娘的眼里，就是一朵中看而无用的纸花，心里不喜爱。何满子的母亲更看不上婆婆的粗野，在乡下又住不惯，一住娘家就不想回来。等生下了何满子，何满子的父亲就想在城里另立个家。一丈青大娘是个爱面子的人，分家丢脸，可是一家子鸡吵鹅斗，也惹人笑话；老人家左右为难，偷偷掉了好几回眼泪。但是，前思后想，千里搭长棚，没有不散的筵席，到了儿点了头。不过，却有个条件，那就是儿媳妇不能把何满子带走。孩子是娘身上掉下来的肉，何满子的母亲哭得死去活来。最后，还是请来摆渡船的柳罐斗、钉掌铺的吉老秤、老木匠郑端午、开小店的花鞋杜四，说和三天三夜，婆媳俩才算讲定，何满子上学之前，留在奶奶身边；该上学了，再接到城里跟父母团聚。

何满子在奶奶身边长大，要天上的星星，奶奶也赶快搬梯子去摘。长到四五岁，就像野鸟不入笼，一天不着家，整日在河滩野跑。奶奶八样不放心，怕让狗咬了，怕让鹰抓了，怕掉在土井子里，怕给拍花子的拐走。老人家提心吊胆，就像丢了魂儿，出来进去团团转，扯着一条亮堂嗓门儿，村前村后，河滩野地，喊哑了嗓子。何满子却隐匿在柳棵子地里，深藏到芦苇丛中，潜伏在青纱帐内的豆棵下，跟奶奶捉迷藏，暗暗发笑。等到天黑回家去，奶奶抄起顶门杠子，要敲碎何满子的光葫芦头；何满子一动不动，眼皮眨也不眨，奶奶只得把顶门杠子一扔，叫了声："小祖宗儿！"回到屋里给孙子做好吃的去了。不是煮鸡蛋，就是烙白面饼。

这一天，何满子的爷爷回来了。一丈青大娘跟老头子叨唠这个，嘟哝那个，老头子阴沉着脸，哼哼哈哈，一脑门子官司；一丈青大娘气不打一处来，跟老头子叫起了苦，顺口就给何满子告了状。爷爷是个风火性儿，一怒之下，就把何满子拴在了葡萄架的立柱上，系的是拴贼扣儿，跑不了更飞不了。而且，在他面前扔下一个纸盒，盒子里有一百个方块字码，还有一块石板和一支石笔，勒令他在这一个歇晌的工夫，把这一百个字写下来。

这倒难不住何满子。可是，他有生以来头一回失去自由，心里委屈而又憋闷，两眼直呆呆，双手懒洋洋，一点也没有写字的兴致。

二

何满子的爷爷，名讳已不可考。但是，如果提起他的外号，北运河两岸，古北口内外，在卖力气走江湖的人们中间，那可真是叫得山响。

他的外号叫何大学问。

何大学问人高马大，膀阔腰圆，面如重枣，浓眉朗目，一副关公相貌。年轻的时候，当过义和团，会耍大刀，拳脚上也有两下子。以后，他给地主家当赶车把式，会摆弄牲口，打一手好鞭花。他这个人好说大话，自吹站在通州东门外的北运河头，抽一个响脆的鞭花，借着水音，天津海河边上都震耳朵。他又好喝酒，脾气大，爱打抱不平，为朋友敢两肋插刀，所以在哪一个地主家都待不长。于是，他就改了行，给牲口贩子赶马；一年有七八个月出入古北口，往返于塞外和通州骡马大市之间，奔走在长城内外的古驿道上。几百匹野马，在他那一杆大鞭的管束下，乖乖地像一群温驯的绵羊。沿路的偷马贼，一听见他的鞭花在山谷间回响，急忙四散奔逃，躲他远远的。所以，他不但是赶马的，还是保镖的，牲口贩子都抢着雇他。这一来，他的架子大了，不三顾茅庐，他是不出山的；至于脚钱多少，倒在其次，要的就是刘皇叔那样的礼贤下士。

他这个人，不知道钱是好的，伙友们有谁家揭不开锅，沿路上遇见老、弱、病、残，伸手就掏荷包，抓多少就给多少，也不点数儿；所以出一趟口外挣来的脚钱，到不了家就花个净光。

在这个小村，数他走的地方多，见的世面广；他又好戴高帽儿，讲排场，摆阔气。出一趟口外，本来挣不了多少钱，而且到家之前已经花得不剩分文，但是回到村来，却要装得好像腰缠万贯；跟牲口贩子借一笔驴打滚儿，也要大摆酒筵，请他的知音相好们前来聚会，听他谈讲过五关，斩六将，云山雾罩。他这个人非常富有想象力，编起故事来，有枝有叶，有文有武，生动曲折，惊险红火。于是，人们一半是戏谑，一半是尊敬，就给他送了个何大学问的外号。

自从他被尊称为何大学问以后，他也真在学问上下起功夫来了。过去，他好听书，也会说书；在荣膺这个尊称之后，当真看起书来。他腰里常常揣着个北京老二酉堂出版的唱本，投宿住店，歇脚打尖，他就把唱本掏出来，咿咿哦哦地嘟念。遇上生字儿，不耻下问，而且舍得掏学费；谁教他一字一句，他能请这位白吃一顿酒饭。既然人称大学问，那就要打扮得斯文模样儿，于是穿起了长衫，说话也咬文嚼字。人们看见，在长城内外崇山峻岭的古驿道上，这位身穿长衫的何大学问，骑一匹光背儿马，左肩挂一只书囊，右肩扛一杆一丈八尺的大鞭，那形象是既威风凛凛又滑稽可笑。而且，路遇文庙，他都要下马，作个大揖，上一炷高香。本来，孔夫子门前早已冷落，小城镇的文庙十有八九坍塌破败，只剩下断壁残垣，埋没于蓬蒿荆棘之中，成为鸟兽栖聚之地；他这一作揖，一烧香，只吓得麻雀满天飞叫，野兔望影而逃。

夜深人静睡不着觉的时候，何大学问也常常感到阵阵悲凉。自家祖宗八辈儿，穷得房无一间，地无一垄，都是睁眼瞎。自个儿跳腾了大半辈子，已经年过花甲，不过挣下三间泥棚茅舍，八亩河滩洼地；虽然被人尊称大学问，可从没进过学堂一天，斗大的字认不得三筐，而且只会念不会写。儿子天生文质，也只念了三年私塾，就不得不到书铺学徒。看来，何家要出个真正大学问，只有指望孙子何满子了。可是，掂量一下自己这点财力，供他念完小学，已经是鼓着肚子充胖；而中学大学的门槛九丈九尺高，没有白花花的银洋砌台阶，怎么能高攀得上？自己已经老迈年高，砸碎了骨头也榨不出几两油来；难道孙儿到头来也要落得个赶马或是学徒的命运？

何满子也真是聪慧灵秀，脑瓜儿记性好，爱听故事，过耳不忘；好问个字儿，过目不忘。何大学问在孙子面前假充圣人，把他的那些唱本传授给孙子；何满子就像春蚕贪吃桑叶，一册唱本不够他几天念的。何大学问惊喜过望，就想求个名师指点。正巧他在赶马路上，在一座骡马大店里，遇见一位前清的老秀才，在这座骡马大店里当账房先生，写一手魏碑好字；店里生意冷清，掌柜的打算辞退这个穷儒。何大学问脑瓜子一热，就礼聘这位老秀才到他家教专馆，讲定教一个字给一个铜板。

老秀才来到何家，就在葡萄架下开讲。他高高在上，坐一张太师椅，手拿一杆斑竹白铜锅的长杆烟袋；何满子低首俯身，坐个蒲团儿，面前一张小饭桌，就像被老秀才踩在脚下。老秀才整天板着一张阴沉沉的长脸，何满子抬头一看，只觉得头上压着一朵乌云，叫人喘不过气。老秀才又酸气冲天，开口诗云子曰，闭口之乎者也，何满子只觉得枯燥乏味，更加闷闷不乐。他本是个整天跑野马的孩子，从早到晚关在家里，难受得屁股下如坐针毡，身上像芒刺在背。念着书，一听见篱笆外柳树梢上莺啼燕啭，就想噘着嘴唇学鸟叫，念书跑了调儿；一听见门外过往行船的纤歌声，心里就七上八下，想跑出去看一看，念书走了神儿。老秀才的眼睛尖得像锥子，一见他的身子动了动，就伸出斑竹白铜锅的长杆烟袋，敲他的光葫芦头；每敲一下，就肿起一个枣子大的青包，何满子恨透了老秀才。一丈青大娘见孙子天天挨打，心疼得就像一块一块剜肉；只有何大学问认定不打不成材，非但不怪罪老秀才学规森严，而且还从旁给老秀才呐喊助威。何大学问每天招待老秀才三顿净米净面，外加一壶酒；这个局面，穷门小户怎能支撑得住？不到一个月，何大学问就闹了饥荒，拉下了斗大的亏空，只得又去赶马。

何大学问一走，何满子就像野马摘了笼头；天不亮，头顶着星星，脚蹚着露水，从家里溜出去，逃开了学。一丈青大娘早就腻歪了老秀才，先断了每天一壶酒，又撤了一天三顿净米净面。老秀才混不下去了，留下了几百个方块字码，索取了几百个铜板，愤愤而去。

这时，西隔壁那个在通州潞河中学念书的周檎，放暑假回来，何满子整天跟这位洋学生形影不离。何大学问赶马回来，一见老秀才走了，很觉得过意不去，埋怨一丈青大娘头发长，见识短；但是，一见何满子跟着周檎学会了一大堆字儿，还不花一文钱，又不禁转怒为喜了。

何大学问也不是不疼爱孙子。他每趟赶马回来，一心盼家，最大的盼头就是享受天伦之乐。他满脸胡楂，就像根根松针，最喜欢磨蹭孙子的脸蛋儿，逗得孙子吱儿喳乱叫，笑成一团儿，打成一团儿。而且，每趟回来，都要给孙子带回一梢马子吃食。

但是，这一趟回来，何大学问好像苍老了几岁，愁眉苦脸，垂头丧气，眉头子挽成个鸡蛋大的疙瘩。何满子吱吱喳喳欢迎爷爷，爷爷一点也不欢喜，没有抱他，也没有亲他，梢马子空空荡荡只有两层皮。

何满子对爷爷心怀不满，拿白眼珠儿翻瞪爷爷，闷坐在窗根下，小嘴噘得能挂个油瓶儿。

后来，他听见奶奶跟爷爷吵了起来：

"你一进家就丧门神似的，没一点喜色，要是你嫌弃我们娘儿俩，就留在口外守你那座娘娘庙，死外丧也没人去给你收尸！"

近一两年，何满子懂了点事儿，从大人们的只言片语里，影影绰绰听说爷爷在口外还有一个相好的女人，比奶奶年轻十多岁，住在帐篷里，是个放马的。奶奶跟爷爷吵架，一骂起那个放马的女人，爷爷就不敢跟奶奶对仗了。何满子却非常想跟爷爷出一趟口，到那位年轻奶奶的帐篷里住几天；他自信，那位口外的奶奶也会像家里的奶奶一般疼爱他，疼爱他的人越多越好。

"妈的，我差一点儿扔了这把老骨头，你还咒我！"这一回吵架，爷爷却不肯向奶奶低头服软儿，忍气吞声，"日本鬼子把咱们中国大卸八块啦！先在东三省立了个小宣统的满洲国，又在口外立了个德王的蒙疆政府，往后没有殷汝耕的公文护照，不许出口一步。这一趟，蒙疆军把我跟掌柜的扣住，硬说我们是共产党，不过是为了没收那几百匹马。掌柜的在牢房里上吊了，他们看我是个榨不出油水的穷光蛋，白吃他们的狱粮不上算，才把我放了。"

何满子听不大懂，可是他听说过殷汝耕这个名字。去年冬天，一个下大雪的日子，乡下哄传殷汝耕在通州坐了龙廷，另立国号，天怒人怨，大地穿白挂孝。寒假里周檎回来，大骂殷汝耕是儿皇帝，管殷汝耕叫石敬瑭，还给何满子讲了一段五代残唐的故事。

原来爷爷坐了牢，还险些扔了命，何满子心疼起爷爷来了。他正想进屋把爷爷哄得开了心，谁想爷爷竟把满腔怒火发泄到他身上，不但将他拴在葡萄架的立柱上，系的是拴贼扣儿，而且还硬逼他在石板上写一百个字。何满子一看见老秀才留下的这些手迹，就想起老秀才那一张阴沉沉的长脸和斑竹白铜锅的长杆烟袋，心里烦透了。

爷爷喝了一壶酒，四脚八叉躺在北房东屋土炕上，打着呼噜睡大觉，天塌了也惊不醒他；奶奶哭丧着脸，坐在外屋锅台上，拨动着一支牛拐骨捻麻绳，依然怒气不息。

现在，只有一个人能搭救何满子；但是，何满子望眼欲穿，这颗救命星却迟迟不从东边闪现出来。

（1980年6月）

贾大山

贾大山（1942~1997），河北正定县人。1971年开始发表作品，《取经》获全国首届优秀短篇小说奖。作品多次获奖，收入各种选本和中学语文课本，多篇作品被翻译到国外。

梆　　声
——梦庄记事之十四

一盏马灯，忽悠忽悠的，从黑暗中过来了；马灯挂在小车儿把上，走走停停，停停走走，全村里都能听到一个平和的、木鱼似的声音：

梆梆，梆梆，梆……

到梦庄不久，我便熟悉了这个声音，那是路大叔卖豆腐的梆子声。

路大叔推着小车儿卖豆腐，不知有多少年了。他做的豆腐又白又细，用手拍一拍，瓷丁丁的，像磨石。他卖豆腐不是为了赚钱，只是为了赚渣滓。豆腐渣滓可以喂猪，人也能吃。"卖豆腐赚渣滓，养活老路一家子。"——村里人都这么说。

我不爱吃豆腐，但我非常喜欢那个木鱼似的梆子声。尤其在黑夜里，每当听到那个声音，我就会想到：梦庄是贫穷的，也是安宁的，因为街上有个卖豆腐的……

路大叔和我不在一个生产队里，我只在街上和他见过几次面。他个儿不高，脸上有几颗浅浅的麻子，对人十分和气。人们吃了他的豆腐，给钱也行，给豆子也行，赊账也行。他不识字，谁赊了他的豆腐，他就从口袋里掏出一个小本子，让你自己记账。你记多少，还多少，他从不怀疑。我常常看到人们和他开玩笑说：

"老路，你不怕我们糊弄你呀？"

"不怕。"他总是笑呵呵地说，"我不亏人，人不亏我，没人糊弄我。"

可惜的是，我们和路大叔刚刚有了一次交往，那个木鱼似的声音便在村里消失了，他便不卖豆腐了！

那是刚进腊月的一天晚上，几个伙伴正在我的小土屋里喝酒，街上响起一阵梆子声。一个叫大钟的伙伴突然醉醺醺地说：

"我能吃五斤豆腐！"

"你不能！"我们也喝醉了，一起拿他取乐。

"我要是吃了呢？"

"你要吃了我们掏钱，——你要是吃不了呢？"

"我请你们吃豆腐！"

"不反悔？"

"不反悔！"

"走！"

我们互相拉扯着，晕晕乎乎来到路大叔的小车儿跟前。路大叔听说我们要打赌，眯着眼干笑，说什么也不给我们称豆腐。大钟借着酒劲儿，当胸给了路大叔一拳，说：

"你这个人真怪，卖豆腐还怕大肚汉吗？——快称豆腐！"

"路大叔，给他称，我们拿现钱！"

我们凑齐钱，扔在小车儿上。

路大叔依然笑着，把大钟上下打量了一遍，说：

"我看你肯定吃不了五斤豆腐。这样吧，我称一斤，你吃一斤，看你到底能吃几斤豆腐。"

"行，称吧！"

路大叔打了一块儿豆腐，放在秤盘里，然后提起秤毫，定好秤砣，一撒手，秤杆子向上一撅，他便望着我们笑了笑说：

"秤头儿不低吧？"

"不低不低！"我们说。

路大叔称一斤豆腐，大钟吃一斤豆腐。大钟吃了三斤豆腐，脸上冒了汗，朝地下一蹲说：

"歇歇……"

"不能歇！"

"快点吃，要不你就输了！"

大钟像个运动员一样，围着小车儿跑了好几圈儿，又吃了二斤豆腐。

我们输了，他赢了。

可是，他被撑坏了，一连几天总嚷肚子疼。我们给他请来一位医生，医生看了看，生气地说："饿着吧！"我们每天只让他喝点米汤。

路大叔天天来看望他。路大叔见了我们，又是摇头，又是叹气，好像这种后果完全是他造成的。

大钟渐渐好了，但是不知为什么，好几天没有听到路大叔的梆子声。

一天黑夜刮着大风，路大叔的梆子又响起来。那声音很沉闷，很紧急，仿佛就在我屋后，在我窗口……敲了一阵，路大叔手里托着一块儿豆腐，来到我的屋里。他的脸色很难看，几颗麻子也变成了黑的，但他还是笑着说：

"给你们一块儿豆腐吃吧！"

"路大叔，这是……"我望着那块儿豆腐，感到很惊奇。

他说，他卖了半辈子豆腐，没亏过人一星半点。那天晚上我们打赌时，他怕撑坏了大钟，在秤杆上耍了鬼。他收了我们五斤豆腐的钱，只称了四斤四两豆腐。原来他想以后我们买豆腐时，暗暗补上就是了，可是，打明天起，他就不卖豆腐了……

"为什么不卖豆腐了？"我问。

"上头说了，推着小车儿卖豆腐，走的是资本主义道路。"说完，他走了，去卖最后一车儿豆腐。

那天晚上，路大叔的梆子一直敲到半夜里。那声音很沉闷，很紧急，仿佛就在我屋后，在我窗口，在我心里……

（选自《贾大山文学作品全集》，花山文艺出版社2014年版）

张志民

张志民（1926~1998），河北宛平（今北京市门头沟区）人。当代诗人。1947年在《晋察冀日报》上发表长篇叙事诗《王九诉苦》和《死不着》。1949年调华北军区文化部创作组，创作了长诗《将军和他的战马》、短篇小说《婚事》等。诗歌《边区的山》获1983年中国人民解放军文艺奖，《祖国，我对你说》获中国作家协会第一届全国优秀新诗奖。

"人"这个字

听书法家说：
书道之深，着实莫测！
历代的权贵们
为着装点门面
都喜欢弄点文墨附庸风雅，
他们花一辈子工夫
把"功名利禄"几个字
练得龙飞凤舞，
而那个最简单的"人"字，
却大多是——
缺骨少肉，歪歪斜斜……

（原载《诗刊》1987年第1期）

方 纪

　　方纪（1919~1998），原名冯骥，河北辛集人。现当代作家。抗战开始，先后在武汉、长沙、重庆等地做政治宣传工作，1939年到延安，在《解放日报》社工作。著有长篇小说《老桑树底下的故事》，散文集《长江行》《挥手之间》，长诗《大江东去》《不尽长江滚滚来》，文学评论集《学剑集》等。

大江东去（节选）

一〇

我们的神话流传了已经几千年，
就像是穆王和八骏还活在人间；
希望使人创造出超自然的神话，
神话又鼓舞人们去征服自然。

长江，我们祖国的伟大儿子，
我们伟大民族的亲兄弟！
从昆仑山一泻直下洋洋万里，
像一卷读不完的英雄史诗。

每一层波纹——每一页历史；
每一朵浪花——每一行诗句；
历史记载我们民族的劳动和战斗，
诗句歌唱我们民族的光荣和胜利。

层层朵朵金光闪，
行行页页墨淋漓；
长江波浪连波浪，
一代新人一卷诗。

让古代诗人去慨叹吧——
"大江东去，浪淘尽
千古风流人物……"
我们要歌唱新的英雄。

歌唱新的时代新的故事，
我们也爱戴我们的祖先，
尊重我们民族的历史——
为了它鼓舞我们更向前去。

来吧，让我们乘时代的风，
踏着江上的波涛溯江而上，
从头细看我们民族的历史，
从新编写我们民族的史诗。

—一

告别那些神话中的英雄，
从昆仑山开始长江的旅行。
没有八骏、造父驾驶金车，
插上想象的翅膀遨游太空。

我们看见太阳从大海升起，
大海喘息像是春天的土地；

大阳像巨大的拖拉机转动，
千万把金刀犁开波涛万顷。

长江的第一个浪花迎接太阳，
太阳赐它一顶金冠又明又亮；
江水快乐地奔跑着跳进大海，
海水又把它高高地举在头上。

太阳的金光照上昆仑雪山，
雪山辉耀披上彩色的绸缎；
雪花像宝石粒粒闪金光，
泉水像珍珠滴滴向下淌。

乌兰木伦河，穆鲁乌苏河，
楚玛尔河，察布查河……
无数的河流像丝绸的带子，
在透明的高原上随风飘扬。

河里映出一个古老民族的面影，
热情而忧郁一如他们的歌声；
这个民族落后了不止一千年，
神权太长久地统治他们的命运！

那里的人民不久以前还是奴隶，
他们生活极苦，文化也不发达，
只在紧紧关闭的心灵里，
深深埋藏着希望的火种。

像江河直下百万农奴起来！

太阳照上昆仑，西藏一片光明。
消灭那些卑鄙的祖国的叛徒：
西藏民族从此获得新的生命。

一二

长江从这儿出发流向海洋，
永不停止像生命的河流一样。
通天河已经从高原奔入峡谷，
金沙江又穿过峡谷流向南方。

沿着青康纵谷金沙江滚滚向前，
像一条金鳞巨蟒闪着万道金光。
在美丽的玉龙山下它陡然一转，
金沙江由南向北又流向东方。

在宜宾地方金沙江和岷江相会，
它们热烈拥抱手携手奔向海洋。
金沙江热情勇猛卷起金色波浪，
岷江温柔明净像碧玉一样发光。

赤金和碧玉铸成长江的身躯，
英雄的魂魄埋藏在它心里；
昆仑山为它把庄严银冠顶戴，
崇山峻岭为它披上钢铁甲衣；
八百里三峡像一条青铜腰带，
湖泊闪耀是身上发光的宝石。

长江，头顶天脚伸向大海；
长江，东方巨人昂然矗立！

长江流过的地方都是我们的家乡
我们同饮长江水像兄弟姐妹一样

无论是昆仑山下的藏族，
无论是金沙江畔的彝族，
无论是岷江上的伐木者，
也无论三峡里的纤夫。

江汉平原农民种出万顷稻粱，
洞庭湖上渔民拉起银鳞千网，
大冶铁山矿工铸成宝剑锋利，
太湖岸边姑娘织造锦绣衣裳。

长江像一条明亮的银链，
把我们紧紧连结在一起；
江上层层闪耀着的银波，
反映着我们光明的理想。

生活，战斗，我们永远在一起，
从神话到现实，从现实到理想；
在黑暗里我们一同迎接光明，
用双手捧出一轮金色的太阳。

（1961年）

管　桦

管桦（1922~2002），原名鲍化普，河北丰润人。当代诗人、作家。1940年入华北联合大学文学系学习，曾做过随军记者；1943年调到冀东军区尖兵剧社从事文艺创作。代表作有中篇小说《小英雄雨来》、长篇小说《将军河》等，作词的歌曲《听妈妈讲那过去的事情》《我们的田野》《快乐的节日》等，传唱至今。

大　　地

草木因为常常忘掉大地的恩情，
让暴雨洗净通身悔恨，
狂风中俯下身去，
像孩子把头倚在妈妈胸膛，
泪水打湿了大地的衣裳。
我看见河水如同发狂的野兽，
摇摆着大风吹起的鬃毛，
撒泼打滚儿地横冲直撞，
要爬上高高的山岗。
而大地却默默无声地
承担着高山的重压，
经受着风雪雨霜。

当落叶被秋风卷走，
暴风雪凶猛地扑下天空，
残杀大自然一切生命。

不朽的大地呀，

你忍受着寒冷，

把万木之根，连同小小的种子，

都抱在你温暖的怀中！

广漠无垠的大地，

你沐浴着太阳怒发的红光，

闪闪耀眼，如同辽阔的海面。

迎风摇曳的芦苇丛是那美丽的岛屿，

天边的浮云是那航船张起的篷帆。

我爱那拍天的谷浪和茫茫稻海，

爱那芬芳的果园和无边的森林。

爱那高耸云霄连绵起伏的峰峦，

和那蓝天下闪动着一层层牛羊的草原。

爱那雄鹰的长鸣和奔马的嘶啸，

爱那云雀的歌唱和黄莺的鸣啭，

却浑然没有想到给予这一切生命的大地！

你把深沉的静默淹没在大自然的轰响里。

大地，绿遍天涯的野草，

显出你的谦卑。

水上亭亭直立的芙蓉

使我看见了你的纯洁，

盛开的野菊花，

闪耀着你生命的微笑。

你的坚忍和沉雄，

是在那傲立冰雪的松柏苍绿中。

我还看见踏在你头上的神像，

都是偷窃你大地的尘埃所捏造。

你只是轻轻抖动一下身子，

神像便纷纷倒下，委散在尘埃里了。

但是，我在喧哗的江河

也看见了你的宽容。

万世不朽的大地呀，

你以你的坚忍、谦卑，

纯洁、宽容和尊严，

使你的孩子们伟大。

而这世界上最伟大的人物，

都一刻也不曾离开过你的摇篮！

（原载《诗刊》1979年1期）

听妈妈讲那过去的事情

月亮在白莲花般的云朵里穿行，

晚风吹来一阵阵快乐的歌声。

我们坐在高高的谷堆旁边，

听妈妈讲那过去的事情，

我们坐在高高的谷堆旁边，

听妈妈讲那过去的事情。

那时候，妈妈没有土地，

全部生活都在两只手上，

汗水流在地主火热的田野里，

妈妈却吃着野菜和谷糠。

冬天的风雪狼一样嚎叫，

妈妈却穿着破烂的单衣裳，

她去给地主缝一件狐皮长袍，

又冷又饿跌倒在雪地上。

经过了多少苦难的岁月，

妈妈才盼到今天的好光景。

月亮在白莲花般的云朵里穿行，

晚风吹来一阵阵快乐的歌声。

我们坐在高高的谷堆旁边，

听妈妈讲那过去的事情，

我们坐在高高的谷堆旁边，

听妈妈讲那过去的事情。

（1958年）

曼 晴

曼晴，原名栗曼晴，河北广宗人。当代作家、诗人。1938年参加革命工作，曾随西北战地服务团到晋察冀边区任战地记者，后到边区文救会、文联、文协等部门从事文艺工作。著有诗歌《往事》《古庙》《我们的农村》《海河之夜》《游击队》《打灯笼的老人》《家》《母亲》《真正的人》等。

长 城 行

古长城，
你既不是围墙，
也不是风障。

你是不朽的伟大的诗行，
你是中华民族的脊梁。

烽火台，举过战斗的火把，
古城堞，录过卫国的篇章。

秦皇、汉武，
曾在这里留下了他们的足迹；
但赤心保卫你的——
却是牧羊的苏武，射虎的李广。

明宗、清祖，

曾在这里抖过旌旗；
但真正为你肝脑涂地的——
却是中华无名的健儿，蚩蚩的群氓。

可问怀抱琵琶出塞的王嫱，
跋涉万里寻夫的孟姜：
谁才是国家的长城，
民族的国殇？！

群山捧拱着你，
——郁郁葱葱。

众川拥抱着你，
——莽莽苍苍。

你攀登昔日的险峰峻岭，
——龙腾虎跃。

你跨越历史的峡谷深涧，
——鹏飞鲲翔。

燕山、太行山、贺兰山……
依然雄伟，高峻。

永定河、黄河、疏勒河……
依然奔涌，歌唱。

大草原奔跑着雄健的马蹄，
戈壁滩挺立着无际的胡杨。

荒漠地，稻谷飘香，
草屯子，耸立起金碧的楼房。

山海关
依然是长征路上一个内港。

嘉峪关
依然是丝绸之路上一个走廊。

我来这里
并不是寻觅西风古道，
并不是留恋暮霭、夕阳。

古长城，
我是把你看做一个海港，
我们的船舶将从这里起碇，
——乘长风、扬帆远航。

（1979年）

浪 波

浪波,原名潘培铭,河北平乡人。当代诗人。1957年开始发表作品。著有诗集《乡情》《花与山泉》《自由之神的雕像》《浪波抒情诗选》《神游》《春花秋叶》,戏曲剧本《划线》《双岭缘》,文论随笔集《文谈诗话》等。

太行风骨

山 行

我在深山里信步漫游,
一路观赏磊磊的石头:
五彩缤纷活着的石头,
千姿百态动着的石头。

不论是筑堰还是垒坝,
不论是砌墙还是盖楼,
不论是架桥还是铺路,
处处都有它大显身手。

不见丝毫的矫揉造作,
刚正里透着淳朴浑厚;
没有分秒的卑怯懦弱,
一生中总是挺胸昂首。

永远坚守自己的岗位，
从来不计锱铢的报酬；
在底层乐把重任承受，
在峰顶从不自夸风流。

难道这不是山的魂魄？
难道这不是山的骨头？
生命与大山同时诞生，
历史和大山一样悠久。

我在深山里信步漫游，
一曲赞歌激荡在胸口；
面对默默无声的山石，
找到人生的良师益友……

石　匠

一双开满茧花的大手，
四季风吹得皴裂黝黑；
骨节蕴藏着回天之力，
锤头擂出无比的神威。

举手掣起来一道疾电，
落手甩下去一串沉雷；
六十年岁月手举手落，
雨雪风霜同汗珠迸飞——

一滴汗溅落通都大邑，
化作千万间楼厦巍巍；
一滴汗凝结画廊艺苑，

育出如生的翎毛花卉。

一滴汗溶汇江河激浪，
接天的虹桥飞架南北；
一滴汗浸润大地圣土，
入云的丰碑万古永垂……

凭匠心更凭热血滚沸，
师造化更师人生壮美；
人皆夸石刻巧夺天工，
谁曾问石匠姓甚名谁？

何必问石匠姓甚名谁：
石不烂人却白了须眉；
六十年大锤不减斤两，
山不倒他却弯了脊背。

映着向晚的万朵红霞，
看他正雕得如痴如醉；
该当是那锤下的火种，
点燃这一天月华星辉！

霜　叶

经历过三月明媚春光，
领受了盛夏烈日炎炎；
果实和信念都成熟了，
在这九九重阳的季节。

你红在凛凛的霜风里，

你笑在艳艳的秋阳下；
你知道昨天一去不返，
那欢乐的和忧伤的梦。

曾经在春风里沉醉过，
曾经在酷暑望煎熬过；
因此你期待秋之降临，
这是清醒思考的时刻。

不是恋恋不舍在枝头，
你是眺里无边的山野；
该收割的都收割了吗？
该播种的都播种了吗？

大雁唱着从头上飞过，
到南方寻找温暖去了；
你仍守护着这块土地，
与故乡山水生死相依。

随着第一片雪花飘落，
你将委弃于荒草之间；
铺下一张火红的传单，
向大地报告春已不远。

（1981年10月～1982年10月）

刘小放

刘小放，1944年生，河北黄骅人。当代诗人。1964年开始发表作品。著有诗集《我乡间的妻子》《草民》《大地之子》等多部。

太 行 赋

伟哉，太行！壮哉，太行！北来涿鹿之野，南尽大河之阳。莽苍苍，绵延八百里纵天下之脊；浩荡荡，沧桑千万载谱岁月华章。女娲补天炼五色彩石，愚公移山奠三尺厚壤。

天地氤氲，万物化醇，子孙万代，奋斗不息，耕云播雨历八荒。

伟哉，母亲太行！壮哉，英雄太行！石窑土炕暖，沟畔小米香。血雨腥风袭来时，抗日烽火燃千嶂。百团鏖兵，狼牙喋血，凯奏雄关，霞染赤岸，一草一木皆刀枪。小山村，走出泱泱新中国；西柏坡，油灯灿灿东方亮。

伟哉，华夏古脉！壮哉，神圣太行！翠峰无言丰碑立，碧水鸣琴万山响。臂揽燕赵京畿大都会，怀抱华北平原大气象。观沧海，风和畅，隆起带，慨而慷；石门朝天开，盛世铸辉煌！

（2010年9月12日修订）

姚振函

姚振函（1940~2015），河北枣强人。当代诗人。1979年开始发表作品。著有诗集《土地和阳光》《我唱我的主题歌》《迷恋》《感觉的平原》《时间擦痕》等。

感觉的平原

在平原，吆喝一声很幸福

六月，青纱帐是一种诱惑
这时你走在田间小道上
前边没人，后边也没人
你不由得就要吆喝一声

吆喝完了的时候
你才惊异能喊出这么大声音
有生以来头一次
有这样了不起的感觉
那声音很长时间在
玉米棵和高粱棵之间碰来碰去
后来又围拢过来
消逝
这是青纱帐帮助了你

若是赶上九月

青纱帐割倒了
土地翻过来了
鳞状的土浪花反射着阳光
你的喉咙又在跃跃欲试
吆喝一声吧
声音直达远处的村庄
这是另一种幸福
更加辽阔

平原上的一种习惯

在地里干活，比如割谷子
比如打棉杈
我说是那种弯腰的活

累了，就直一直身子，随便地
就往别处看看，或者
就停歇那么几分钟

你的村庄就在那边
你很自然地，什么也不想
就面向村庄的方向，看上一眼
不知道起于什么时候
这是你的习惯

村庄有时很清楚
看得见房顶上晒的粮食
有时被庄稼挡着
还有那树挡着
你仍然往村庄的方向看

什么也没有想，就这样
仅仅是你的习惯

麦子熟了

麦子快熟的时候
麦子还没有熟

你去地里干活
锄春玉米，或者
给棉花定苗
中午回家的时候
你无精打采，很累
低着头，漫不经心走路

你的注意力只逃避了那么几分钟
抬起头来时，你忽然发现
身边的麦子熟了
往远处看，远处
大片大片的麦子都熟了

你后悔刚才不该低着头走路
那么几分钟
麦子是怎么熟的呢

听着布谷鸟的叫声

该起床了
你想多躺一会儿
看那晨光
怎样一点一点爬进屋子里来

偏偏在这时布谷鸟叫了
一下子把你带到屋子外面

听着那叫声
你忽然决定了什么

听着那叫声
你说
今天是个好天气

对露水的感情

不该小看露水
它们附着在庄稼和草上
在平原之晨是它们
处处表白着什么

在平原之晨
露水以各种形状的晶莹
期待相遇

晨起的人们
如约走进平原深处
钻入一垄一垄庄稼的间隙里
一路碰落大小不一的露珠
那是在同平原
开始一天的亲昵

第一滴露水淋向你时

你的神经末梢慌忙警惕了一下
然后就像雨后的枝条
一节一节舒展

接着你的全身披满了露水
就再也感觉不到那露水了
这有一个过程
你和平原是一滴一滴
溶解在一起的

（1987年7月）

张学梦

张学梦，1940年生，河北丰润人。当代诗人。1979年开始发表作品。著有诗集《现代化和我们自己》《人类诗篇》（合著）、《祖国诗篇》（合著）等。

燕 赵 三 月

祖国，在北方北纬四十度
只有春天最短促
可在所有季节里
春天的内容最丰富

光秃秃的田野，朦胧泛绿
青草刚刚滋芽，已有蝴蝶飞舞
当第一批苦菜花绽放
候鸟们就匆匆赶来祝福

那些渐次飞来的候鸟
天生就懂得，哪儿是温暖的去处
但它们钟情哪个地方
那个地方就温情遍布

祖国，在北方北纬四十度
三月开始实施酝酿一冬的企图
生机盎然的音调亘古不变

但年年都有更新了的音符

春天短促，春天丰富
春天胀满焦急的事物
留鸟候鸟齐鸣，匆匆拖着三月
向奔放的夏日过渡……

（2005年3月）

关仁山

关仁山，1963年生，河北唐山丰南人。当代作家。与何申、谈歌被称为河北文坛"三驾马车"。1984年开始文学创作。著有长篇小说《福镇》《天高地厚》《麦河》《日头》，中短篇小说集《大雪无乡》《野秋子》，长篇纪实文学《小镇太阳神》等。曾获第五届鲁迅文学奖、全国"五个一工程"奖等。部分作品被翻译成英、法、日等国文字。

感动天地——从唐山到汶川（节选）

唐山的7月，汶川的5月

时间闪回到1976年7月28日凌晨，唐山已经没有了黎明，它被漫天迷雾笼罩。石灰、黄土、煤屑、烟尘以及一座城市毁灭时所产生的死亡物质，混合成灰色的雾。浓极了的雾气弥漫着，飘浮着，一片片，一缕缕，一絮絮地升起，像缓缓地悬浮于空中的帷幔，无声地笼罩着这片废墟，笼罩着这座空寂无声的末日之城。

已经听不见大地震动时的巨响，以及大地颤抖时发出的深沉的喘息。仅仅数小时前，唐山还是那样美丽，现在，它肢残体碎，奄奄一息。蒙蒙大雾中，唐山火车站东部的铁轨呈蛇形弯曲，其轮廓像一只扁平的铁葫芦。开滦医院七层大楼，成了一座坟丘似的三角形斜塔，顶部仅剩两间病房大小的建筑，颤巍巍地斜搭在一堵随时可能塌落的残壁上，阳台全部震塌，三层楼的阳台垂直地砸在二层楼的阳台上，欲落未落。唐山第十中学那条水泥马路被拦腰震断，一截向左，一截向右，错位达一米之多。

更为惊心的是，在大地震裂缝穿过的地方，唐山地委党校、东新街小学、地区农研所以及整个路南居民区，都像被一只巨手抹去似的不见了。一场大自然的恶作剧使唐山面目全非，桥梁折断，烟囱倒塌，列车出轨，七零八落的混凝土梁柱东倒西歪，落而未落的楼板悬挂在空中，到处是断垣残壁……

头颅被挤碎的，双脚被砸烂的，身体被压扁的，胸腔被戳穿的……最令人心颤的，是那一具具挂在危楼上的尸体。有的仅仅一只手被楼板压住，砸裂的头耷拉着；有的跳楼时被砸住双脚，整个人倒悬在空中。这是遇难者中最敏感的一群，已经从酣梦中惊醒逃生，然而，他们的逃路却被死神截断。有一位年轻的母亲，在三层楼的窗口已经探出半个身子，沉重的楼板便落下来把她压在窗台上。她死在半空，怀里抱着孩子，在死的一瞬间，还本能地保护着小生命。随着危楼在余震中颤抖，母亲垂落的头发在雾气中拂动。形形色色的人影在灰雾中晃动。他们惊魂未定，步履踉跄，活像一群人在游梦里，恍恍惚惚。他们一切都麻木了，泪腺、声带、传导疼痛的神经系统都麻木了。

1835年3月4日，伟大的进化论者达尔文来到刚刚发生过强烈地震的智利康塞普西翁市，面对一片废墟，他发出由衷的感慨："……人类无数时间和劳动所建树的成绩，只在一分钟之内就毁灭了；可是，我对受难者的同情，比另外一种感觉似乎要单薄些，就是那种被这往往要几个世纪才能完成，而现在一分钟就毁灭的情景所引起的惊愕的感觉……"这也是无数中国人对唐山蒙难日——"1976年7月28日"的感觉，当然也是对汶川大地震"2008年5月12日"的感觉。

但是，清醒的幸存者已经开始了拯救生命的自救和互救！地震灾害与其他灾害不同，这个恶魔不仅震塌房屋，还要毁坏交通、通讯等设施。自救和互救非常必要。唐山人民进行了一场顽强的自救。只有在特殊的情境下才可以见证这种特殊的顽强。如果没有第一个人的抢救就没有十几个人的获救，没有十几个人的获救就没有后面上百个人的获救。

凤凰山脚下的唐山宾馆，是当年唐山市唯一的涉外宾馆，丛林掩映中几座欧式洋楼，豪华气派。大地震前两个小时，这里一片祥和，几个法国人、丹麦人、日本人观看了精彩的儿童文艺演出《小白兔》之后兴奋地聚集在休息厅的电扇下，喝着啤酒和威士忌谈笑风生。凌晨，他们从睡梦中被大地震惊醒了。顷刻间，法国人、丹麦人居住的新楼门窗变形，楼梯断裂，楼板塌落，楼体摇摇欲坠，日本人住的四号楼已整个垮塌下来……

当年唐山市外事办的秘书科科长李宝仓回忆说，那天他和主任赵凤鸣就住在宾馆二楼的同一个房间里，他们是从窗子里跳出来的，赵凤鸣摔折了大腿骨，他背着老赵赶紧寻找翻译和保卫人员，紧急援救当时下榻宾馆的51名外宾。黑暗中，传来异国语言的呻吟声、呼救声。因担心外宾在逃生中再出意外，慌乱中几名浑身是土的翻译不停地用英语呼喊："先生们女士们，请镇静！现在发生了大地震，我们将尽一切力量抢救你们，保证你们的生命安全。你们一定不要跳楼、不要跳楼，请把窗帘、褥单接起来，从窗口往下滑。"一会儿，从变了形的窗口就飘出来一条条五颜六色的"保险索"，年轻的老外们按照翻译的指点滑下了危楼。但大部分外宾还被困在危楼里不能出来。赶紧搜救外宾！李宝仓带着几名翻译冲入楼内撞开一扇扇已错位的房门，寻找那些被砸伤或无法自救脱险的外宾。几位丹麦老人正惊慌地蜷缩在墙角，不停地在胸口前画着"十"字，见来人营救，仿佛在大海的狂涛中见到了救生圈，惊喜至极。法国博提约夫人被水泥大梁砸中，抬到楼外时心脏停止了跳动。翻译罗美嘉发现博夫人的手还热乎，立刻伏下身子给她嘴对嘴人工呼吸，但这位法国妇女还是遗憾地"走了"。踩着碎玻璃、钢筋，外事办的工作人员冒着余震，一次又一次地冲进危楼……

这时，倒塌严重的四号楼又传来了紧急的呼救声。四号楼是唐山宾馆的老楼，援助陡河电厂建设的9名日本技术人员全部住在这里。地震使这个四层楼倒成了一层高。李宝仓等赶到后，他们在岌岌可危的残垣断壁上架起了一个梯子，只见二楼（实际上是四楼）上日本人片冈正压在水泥楼板下，浑身是血。同志们用手迅速清除了挤压在片冈身上的砖瓦块和楼板，但他被压伤了骨盆，无法往下抬。于是，大伙用毯子将他裹起，两头拴上了一条床单，慢慢地顺着梯子往下"滑"。上面的人慢慢往下放，下边的人用头顶接。片冈死里逃生！"还有三个日本人没有找到！"当筋疲力尽的李宝仓又一次带着人钻进废墟时，他突然发现，一群法国人和丹麦人也跟在身后，领头的竟是法国访华团60岁的团长蒙热。"我们也要去救人……"一位法国老太太跑了上来，她脱下自己的高跟皮鞋，塞给李宝仓，又指指李宝仓那双被鲜血染红的赤裸着的双脚，坚决地示意他穿上。踮着一双法国高跟鞋的李宝仓喊叫着，指挥着。在一片黑黢黢的废墟上，黄种人、白种人自发地组成了一个救死扶伤的团队。大伙最后发现：日本专家田左良一、武腾博贞已不幸遇难。身负重伤的须永芳在送到唐山机场时死亡。两个小时后，抢救的高潮暂告平息。

地震当晚，唐山市第一人民医院的护士王子兰巡视完病房后，来到了疗养室，还没有洗完手，就听到轰隆隆的声音，紧接着大地像大海浪一样翻动起来，随即房子就全塌了。"我被砸在一个被预制板支成的'人'字形的桌子底下，而工友孙桂敏就砸在我身上。"王子兰说，孙桂敏个头大，把她压得喘不过气，人字形的结构就是她们8天7夜的避难所，两人在狭小的空间内半躺半坐着。为了逃生，王子兰和工友曾拼命地扒碎砖、搬木板，但厚厚的废墟压在身上，任她们怎么扒都无济于事。幸运的是她们总算有所收获，找到了一小瓶葡萄糖水。为了维持更久的时间，两个患难与共的姐妹在废墟中小心翼翼地利用这些维持生命的宝贝，饿了、渴了就喝上一小口。23岁的王子兰曾经是一个惧怕死亡的人，可是在周围满是伤员的废墟中，她表现得异常冷静，她知道只有冷静才能帮助她渡过生命的难关。因为压埋的时间比较久，身体逐渐虚弱的她想出了保持体力的求助窍门：如果上面有拉床的声音、汽车鸣笛的声音，就说明救援的队伍在上方，她和工友就大喊"救命"，而废墟上面没有动静时，她们就静静地躺着保持体能。坚持了8天7夜之后，王子兰终于获救。

5月12日下午，王子兰看到电视上播放四川汶川发生地震的消息，感到非常痛心。唐山大地震的伤痛刚刚平复，埋藏在心中的记忆也正在遗忘，渐渐被幸福的生活取代，四川的地震灾害却再次让人回想起那段艰难的岁月。但她相信不管有什么困难，只要拿出唐山的抗震精神，所有的难关都能过去，唐山百姓的幸福生活、城市的快速发展就是一个很好的证明。王子兰寄语汶川人民：地震并不可怕，可怕的是绝望，只要有信心就一定能从黑暗中走出来，只要有信心就会有一切。心中充满希望，不要轻言放弃，科学的施救是最好的办法，坚持也能创造奇迹。

像这样自救互救的故事很多。这次灾难中，据有关资料显示，唐山地震后，唐山市区有60余万人被埋压在倒塌物中。通过灾区人民自救互救脱险的约有48万人，占被埋压人员的80%以上。这说明灾区人民自救互救活动在抢救生命的斗争中占据着极其重要的地位。

为此唐山还形成了一套自救互救的经验。这次汶川大地震中，唐山市政府组织编选的《地震常识与唐山抗震救灾经验》中就写进了这方面的经验：大地震中被倒塌建筑物压埋的人，只要神志清醒，身体没有重大创伤，都应该坚定获救的信心，妥善保护好自己，积极实施自救。自救原则包括：要尽量用湿毛巾、衣物或其他布料捂住口、鼻和头部，防止灰尘呛闷发生窒息，也可以避免建筑物进一步倒塌造成的伤害。尽量活动手、脚，清除脸上的灰土和压在身上的物件。用周围可以挪动的物品支撑身体上方的重物，避免进一步塌落；扩大活动空间，保持足够的空气。几个人同时被压埋时，要互相鼓励，共同计划，团结配合，必要时采取脱险行动。寻找和开辟通道，设法逃离险境，朝着有光亮更安全宽敞的地方移动。无法脱险时，要尽量节省气力。如能找到代用品和水，要计划着节约使用，尽量延长生存时间，等待获救。保存体力，不要盲目大声呼救。在周围十分安静，或听到上面（外面）有人活动时，用砖、铁管等物敲打墙壁，向外界传递消息，当确定不远处有人时再呼救。互救是指已经脱险的人和专门的抢险营救人员对压埋在废墟中的人进行营救。为了最大限度地营救遇险者，应遵循以下原则：先救压埋人员多的地方，也就是"先多后少"；先救近处被压埋人员，也就是"先近后远"；先救容易救出的人员，也就是"先易后难"；先救轻伤和强壮人员，扩大营救队伍，也就是"先轻后重"；如果有医务人员被压埋，应优先营救，增加抢救力量。

报告文学《唐山大地震》的作者钱钢说："一个幸存者救活十数人，十数幸存者救活数百人。生者与死者的鲜血融合在一起，在黑色天地间写下一个大大的'人'字。"谁也不能否认，这个大写的"人"字，是汉语言中最秀美的文字，是人类文明历程中最壮丽的纪念碑。它不仅记录了每个灾民在废墟中向上崛起的姿势与精神内涵，同样是人类救灾救困时同舟共济的支撑与搀扶的剪影。

因为汶川地震比唐山地震震级大，范围广，我们在这里无力描述震后的惨状了。还是让我们尽快回到他们自救互救的动人故事中来吧，英勇情怀触动着我们的内心，让我深刻感受到人性中最闪亮的光辉。他们，比石头更坚硬，比花儿还温柔。

灾难使灾区人民更加坚强，更加团结。他们忍受着巨大的伤痛和不幸，展开了感人肺腑的自助和互救行动。

地震发生时，崇州市怀远镇中学吴忠洪老师正在给四楼的七年级5班学生上英语课。看见大地剧烈地抖动，吴老师当即向班上29个学生大喊："同学们，快跑！快下楼，地震了！"他自己则牢牢地将摇晃得很厉害的门框扳住。刚到三楼，被吴老师救出的林霞等学生看到吴老师又向四楼跑上去。后来才知道，还有两名学生因为恐惧仍滞留在教室里。但一切发生得太快了，吴老师和另外3名学生被永远地留在了废墟中；临死前吴老师还抱着两名学生。爱生如子的吴忠洪老师用忠诚将28年执教之路升华成一个永恒的美丽。

临时聘用教师杜正香舍生守护3名幼儿。5月14日，当救援队员掀开完全坍塌的绵阳市平武县南坝小学的一根钢筋水泥横梁时，他们发现了已牺牲多时的48岁学前班临时聘用教师杜正香。她趴在瓦砾堆里，头朝着门的方向，双手紧紧地各拉着一个年幼的孩子，胸前还守护着3个幼小的生命。"看得出她是想把这些孩子带出即将倒塌的教学楼。"参与搜救的解放军战士这样说。杜老师的同事杨树兰说："如果不是为了救学生。杜老师肯定能跑出去，可我知道，她肯定不会扔下学生们不管。"

苟晓超老师为救学生英勇献身。5月12日，是通江县洪口镇永安坝村小学24岁的苟晓超老师新婚后上班的第一天。地震发生时，他大声吼叫二年级学生赶快下楼逃生，并用尽全身力气大声通知正在二楼和一楼巡查的老师，惊醒的孩子在老师们带领下陆续从教室撤离到操场。苟晓超老师不顾教学楼顶楼砖头玻璃的掉落，飞跑上三楼抢救58个正在午休的孩子。当他第三次冲到楼上抱起两名孩子撤离到一楼地面的最后一级楼梯时，顶楼轰然坍塌，一块重约1吨的混凝砖块砸向他的小腿，他本能地将两个孩子"藏"在自己的怀中，用坚强的身躯挡住从天而降的坠落物。藏在苟晓超老师怀中的两个孩子和被困的最后几名学生终于获救了，但苟晓超老师却因伤势过重献出了年轻而宝贵的生命。

肖晓川等7名老师带领72名学生冒雨翻山逃出震区。5月12日地震中，北川县曲山镇海光村刘汉希望小学的老师们手拉手将学生全部围在中间，趴在学校篮球场上。剧震过后，老师们又义无反顾地返回到教学楼逐间搜索，并将部分还没来得及脱离险境的学生带下楼。为了确保学生安全，学校教导主任肖晓川等7名老师带领72名无人"领取"的学生第二天一早撤离。这些学生中最小的5岁，最大的14岁。师生们在山间艰难前行，一边躲避泥石流和滚落的飞石，一边以最快的速度奔跑。历经6个多小时，顺利抵达抗震救灾指挥部。7位老师中，有4位老师的家人遇难，其中一位老师家里有7位亲人已经离去。而其他老师，当时还未收到家里的任何音讯。

汶川地震通过自救互救抢救了无数宝贵的生命。

我们真切地看到了一个从唐山、汶川灾难中站起来的英雄群体。尽管生命脆弱，死亡就在一瞬间，但是他们不抛弃、不放弃，恐惧、焦虑、绝望过后，顽强自救，痛定之后，积极施救。用躯体抵挡钢筋水泥梁柱的挤压，以话语慰藉创痛深重的心灵。这样的民众，是我们这个古老民族积极力量的代表，也是我们在血色微茫中看到的闪亮希望。

（选自《感天动地——从唐山到汶川》，河北教育出版社2008年版）

刘建东

刘建东，1967年生，当代作家。1995年发表小说处女作《制造》。著有长篇小说《全家福》《射击》《女人嗅》《十八拍》《一座塔》，小说集《情感的刀锋》《午夜狂奔》等。

一座塔（节选）

高高的山岗

张武备第一次的返乡之旅是以一种英雄史诗般的场面结束的。他在父亲的屋子前磕完头，骑马走出张家大院，张武备的脑子里，还是枪杀驼背时的场面，那是一个慌乱而光线模糊的场面，他甚至怀疑那是不是真的。他转过头来，在姜小红的脸上，惊奇地看到了黎明的到来，她的脸渐渐地清晰起来，眉毛，鼻子和嘴巴。世界一下子出现了。更让他感到吃惊的是，在姜小红的背后，一排排的人流也逼真地显露出来，在东清湾，这个他生长的地方，他还从来没有见过如此多的人，他们好像是为了迎接这个奇特的黎明而来，他们从家里走出来，站在自己家的门口，看着他们，向他们微笑着，挥着手，每个人的手里，像是商量好了似的，挥舞着一条红色的布条，布条迎风招展，一条条街道，成了一条条红色的河流。红色的河流，使东清湾漂了起来，轻盈得像是一艘大船。自离开家乡之后，张武备第一次被泪水击败，他再去看姜小红时，她脸上的轮廓已经不甚分明了。那些挥动着的红色布条，后来成了龙之队的标志，他们的头上，箍着乡亲们提供的红色布条，因此，有人开始称呼他们为红布团。

返回山岗的路显得轻盈和自信。连渐渐消失的马蹄声，似乎也在人们的记忆中变成了橘红色。黎明时刻感人的场面，很久之后都会逼真地浮现在张武备的脑子里。他沉醉了。也就是从那次返回来之后，张武备开始突然之间找到了龙队长的自信，他问姜小红："我做了什么？"

姜小红说："你做了他们想都不敢想的事情。"

"是我做的吗？"

"是你。当然是你。"

也是破天荒地，张武备情不自禁轻轻地抱了一下姜小红。躲在他怀里的姜小红的脸，烫了，红了。而这一切，张武备并没有察觉到。他的思想，完全被黎明时刻的场面塞得满满的。

是的，对于张武备，那个春天的东清湾之行像是一次洗礼，更像是一次重生。黎明时分令人感动的那一幕，在他生活中的每一刻都会温暖地重现。

张武备在改变。对姜小红选择的道路，他已经认同了，他想，那是他的，那也是他选择的道路。他开始用姜小红的眼光和话语去认同这个世界，渐渐地，他必须要通过姜小红才能清晰地感觉到世界，人，战争，树木，河流，乡村，在它们与他之间，姜小红是必不可少的。他躲在她的身后，感觉到了那个令人惊悸的世界，此刻就像是他手里的一个杯子，可以任他支配。是继续用它喝水还是摔碎它，那需要听到姜小红的意见。他呆呆地坐在树墩上，拿在手里的白瓷杯子，像是一个未知的敌人的堡垒那样难以琢磨。时间从春到夏，张武备对于世界的认知，越来越局限于姜小红的眼光，在他和世界之间，姜小红的身躯变得高大，而世界似乎越来越远。

重生了的张武备，在山岗之上，迎接了一位历经艰难而来的访客。

对山岗之上的那个传说中的人物感兴趣的是丁昭珂，《实报》的年轻女记者。她不止一次在报纸上看到过龙队长这个字眼，透过这个陌生的字眼，想象并没有给她太大的帮助，因为，几乎千篇一律的描述，把龙队长刻画成一个啸聚山林的土匪，滥杀无辜的冷血杀手。更甚者，配有龙队长的插图，图上的龙队长五大三粗，络腮胡子，像是水浒里的李逵。她时常对着报纸上的那个凭空想象的人物发笑。她经常在地图上去寻找华北地区的那个没有标有地名的空白，她的目光停留在那里，一个个区别于报纸上漫画似的人物开始在她脑子里闪现，他们的外表尽管千差万别，但有一样是一致的，那就是目光，她仿佛看到了千里之外的那双眼睛，那犀利而深邃的目光穿越时空，来到了她的内心，不知为什么，那目光让她感到了羞怯。这种感觉日甚一日，每一天，要去采访龙队长的念头就会增加一分。但是这个想法她又不能告诉任何人，甚至她的好朋友张如清，她那个怪异的哥哥张武厉，一想到他，丁昭珂就头皮发麻。

"报纸上所说的位置并不准确。它害我多跑了十来天的冤枉路。我拐到了山西，在山区里迷了路。"说这话时，丁昭珂的身体还被五花大绑着，她的衣服因为长途跋涉与被捆绑着，使她看上去并不像个女记者，她抱怨着："你们不能这样对待我，我走了将近一个月才来到这里，我就是想要见到龙队长，我要把他的真实面貌告诉天下。"

最开始和她相见的是姜小红，她非同一般的装束和表情还是让丁昭珂停止了抱怨，认真地端详着这个女人，她吃惊地问："你是龙队长？一个女人？"这虽然是个重大而令人震惊的新闻，可是目光，并不是已经印在她脑子中的那样。

姜小红详细地盘问了她的来历，检查了她的证件，直到感觉到滴水不漏时，才告诉她："我不是龙队长。你要见的龙队长正在研究一个杯子。他不知道，这个杯子是继续用来喝水，还是要把它摔到地上，听到它碎裂的声音，看到它粉身碎骨的形象。"

这个回答更加激起了丁昭珂无限的联想，激起了她迫切想要见到龙队长的心情。她说："我要见他。我来告诉他杯子的用处。"

在这种急切心情之下，丁昭珂似乎也忘记了自己还被五花大绑着，像一个他们说的探子，而且她也没有听到，对面这个沉静的女人发出的轻蔑的笑声。她被绑缚着来到山岗之上最高处的那个茅草房内，就像姜小红说的那样，龙队长手里拿着一只空空的杯子，茫然地迎接着她。丁昭珂一下子就认出了那目光，在迷茫的背后，她熟悉的东西无论怎样都隐藏不住。她一激动，才感觉到身上的绳子有些紧，她大声叫道："把我松开。我是美联社的记者。"她并没有说出她的另一个身份，《实报》的记者。

张武备用眼光扫了一眼这个脸上布满了灰尘的人，然后转向姜小红。姜小红说："她是个女人，美联社的记者。她是来采访你的。"

是的，姜小红的解释透露了三点重要的信息，一是她的性别，二是身份，三是来的目的。张武备又仔细地看了这个风尘仆仆的人，他发现她眼睛里某些东西像是磁石那样有吸引力，他疑惑不解地说："采访？美联社？"很显然，这两个陌生的词与他的生活阅历无关。丁昭珂急忙说："就是问你一些问题，然后把你真实的故事发表在外国的报纸上，把真实而不是妖魔化的你告诉给大家。"张武备看了看姜小红。姜小红不喜欢这个快人快语的年轻女记者，女记者的语速太快，思维过于敏捷，而且，满脸的尘埃都掩饰不住她内心的渴望。姜小红忧虑地看着张武备，摇了摇头，"我也不知道美联社。"

丁昭珂耐心地向他们解释，美国，距离这里有多远，他们为什么关心这里的战事。

张武备放下了手中的杯子，采访这个词在他心中升腾起来，他想起父亲书房里那些书里的人物，曹操，刘关张，谭嗣同……同时，他也想起了黎明时刻的荣耀，于是他的嘴角露出了一抹微笑，表情在轻松与自信之间游离，他挥了挥手，"给她松绑，让她去洗洗。她身上一点女人的味道都没有，我才不管美国有多远，我也不管什么美联社。她来自A城，我还有很多话要问她呢。"

在丁昭珂短暂离开的时间里，姜小红表达了自己内心的不安，她看着张武备表情自然放松的脸，"你学会了开玩笑。"

"玩笑？没有吧？我什么时候开玩笑了？"张武备警惕地问。

姜小红摇了摇头，"就刚才，你对一个陌生的女人开了一句玩笑，你说她身上一点女人的味道都没有。"

"那是一句玩笑吗？"张武备不解地问。

"也许不是。"姜小红强调说，"可她是一个女人。"

张武备更加迷惑，"那有什么不一样吗？"

"不一样。"姜小红肯定地回答。

直到很久以后，张武备才深刻地体会到姜小红那句回答的意义，那个时候，年轻活泼、思想开朗、做事决绝的丁昭珂已经成了他生命中无法抹去的一道风景了，他时常会想起当初的那句玩笑，正是那句不经意间的玩笑，把丁昭珂带到了他的身边。

是的，女人，姜小红似乎已经忘记了自己的性别特征，尤其是，当丁昭珂洗完澡进来，她明眸皓齿的模样，和目光中执着闪烁的光芒，开始让她突然感觉到了内心的一个秘密升腾了起来。女人，这是多么遥远的一个词，她自己忘记了性别，就连她周围的人，她最亲密的人，和她几乎朝夕相处的人，张武备都从来没有和她开过玩笑，却对一个陌生的年轻女人开了一句无伤大雅的玩笑。嫉妒，是那片山岗之上崭新生长的一种植物，它只生长在姜小红有些幽怨的内心深处。

女人，同样让张武备有些手足无措，他根本不知道，天底下还有这样的女人，洗过澡的丁昭珂虽然还无法脱去一路奔波的疲惫，她年轻美丽的气息还是那么夸张有力，使张武备一下子就发现了夏天的美丽。夏天，高岗之上，有太多可以留恋的景色，五颜六色的花，绿色的草，轻风拂过，阵阵花香混合着泥土的芳香，扑面而来。这些景色以前自己怎么会没有看见呢？他支支吾吾地说："你，原来是这样。"

丁昭珂说："哪样啊？我一直是这样呀。至于你，倒真的是这样，你和我想象中的那个人一模一样。"正是因为张武备流露出来的惊讶，让丁昭珂一直紧绷着的神经松弛了下来。两年之后的A城，当丁昭珂站在塔下，看着遥远塔上的那个人时，她内心的幽怨绵长而深厚。那时候，她想起了他们见面时的那句看似平常的玩笑。她仿佛觉得，他们仍然在山岗上，她和他，仍然面对面，能够感受到彼此的呼吸和心跳。

"什么？"此刻，张武备的不解来自于对面年轻女人优雅而有些狡黠的描述。

"目光，"丁昭珂凝神看着张武备的眼睛，"忧郁而锐利的目光，像是一把刀子，又像是两滴大大的眼泪。"

　　她的解释愈发让张武备迷惑，他下意识地拿起了杯子，在手中转来转去。丁昭珂伸出右手，她的手指白皙纤细，她说："我想请你送我一件东西。"

　　"什么？"张武备警惕地去搜寻姜小红的目光。姜小红却已经不在茅草屋里了，她什么时候走的，他竟然丝毫没有察觉，他心里一阵慌乱，手中的杯子几乎要掉到地上。

　　"杯子，我就要你手中那个杯子。可以吗？"丁昭珂问。

　　张武备牢牢地攥紧了杯子，"不行。"

　　"杯子是你的生命吗？你会一直这样握着一个普通的喝水杯子吗？骑在战马之上，周旋在平原和山林之间，杀鬼子，夺粮食，炸炮楼。"丁昭珂收回自己的手，那是一个不合时宜的请求，就像姜小红所说的，他对杯子的用处仍然心存芥蒂。

　　这是那年夏天，从A城赶来的丁昭珂与传说中的龙队长的第一次相见。他们彼此给对方留下了很好的印象，只是，张武备在分别时才把一个无关紧要的杯子，送给丁昭珂，这个年轻的女记者。但是她仍然是满意的，对于高岗之上这个神秘的人物，一个杯子，已经足以让她开始试探着走进他的内心，去窥视这个被妖魔化了的人物。

　　女记者在高岗之上一共待了七天，她非常珍惜在那里的每一天，每一刻，太阳是她最好的伙伴，天一亮她就来到了张武备的身边，和他谈天说地，最开始的几天，是她在说，她向张武备讲发生在A城的故事，讲那里的人和事；讲全国的事，讲毛泽东，讲蒋介石，讲汪精卫。她说："不用给你说鬼子的事。这个你很清楚。"她的讲述带给了张武备全新的感受，他惴惴不安地问女记者："全国有多大，它比东清湾大多少？"

　　丁昭珂想了想说："你看到你这座山岗没有。"她从地下粘起一粒尘土，"东清湾，就是这粒尘埃，而中国，就像是这个山岗。"

　　张武备却从地上捡起了一只蚂蚁，"我是这只蚂蚁，一辈子也爬不出这个山岗。"

　　但是，A城的故事使他着迷。他说："日本人把他们都变成了鬼。"从那时起，张武备就有了去A城的想法，那个想法在丁昭珂走后的一个月后才得以实施，只是因为，他们不得不去寻找一个新的安营扎寨的地方，那是姜小红的主意，她坚持要逃离山岗，是由于对女记者深深的怀疑，她的话并不是危言耸听，她说，这是事实，我们的营地已经不安全了。除了我们，还有另外的人知道。然后还有另外的人，一传十，十传百，这里就会成为一个人所共知的集市。那个月黑风高的夜晚，当他们告别山岗之时，张武备有些留恋，内心里有一种期待在挽留着他，那种期待是对女记者的承诺。姜小红预言道："如果她再回来，一定不是一个人，而是一队人马。"她恶毒的预言没有人去证实，因为当他们悄悄地离开山岗，转移到数十里之外的红树林时，山岗变得孤独而忧伤。

丁昭珂还讲到了世界。讲到了一个叫希特勒的德国人，讲到了被瓜分了的欧洲。张武备听得津津有味，她的讲述让他充满了幻想。他问丁昭珂："欧洲，有我们这样的人吗？仅仅为了夺回我们的土地和尊严。"

丁昭珂回答："有。他们和你一样，拿起了武器。"

"欧洲在哪里？"丁昭珂仿佛给他打开了一个未知的世界，那个世界比平原更广阔。

丁昭珂用树枝在土地上描画着世界的版图，她把欧洲的位置和中国的位置指给他看。张武备说："看上去并不太遥远。"

丁昭珂笑了，"它比你想象得要远很多。你骑马在平原上走一天能走过多少个村庄？"

"四十或者五十。"

"你要想到达欧洲，你要穿越至少一万个村庄。"

他的脑子里在想象着欧洲，用村庄丈量着欧洲。

然后是张武备。那七天之中，语言像是洪流一样突然从他的身体里奔流而出，这是从未有过的一次宣泄，它们像是获得了解放的囚徒，乐于面对一个喜欢倾听的听众。而在以前乃至以后，再没有人喜欢倾听，他们需要和敬佩的只是行动。也许，姜小红能够听到他说了些什么，因为，有的时候，姜小红会是一个心怀忐忑的听者，有时候，她只是远远地看着，做一个诚实的旁观者。他讲到了有一条蛇，在某个夜晚爬上了他的身体，和他一起睡了整整一个夜晚，便喜欢上了他身体上的凉爽，以后有许多天里，它都来和他共眠。但是有一天他不小心翻身压倒了它，便招来了蛇的叮咬，他让女记者看他身上至今还留下的伤痕。他告诫说："永远不要和毒蛇为伍。"

七天，张武备讲到了东清湾，讲到了东清湾令人窒息的空气，他还讲到了监狱。在他的讲述中，日本人的监狱仿佛是一个乌黑的罩子，把他的家乡重重地压在了下面。丁昭珂试探着问他："你会把它从你的家乡除掉吗？"

"这是我毕生要为之奋斗的方向。"张武备目光沉郁地投向远方，那是他家乡的方向，丛林与山岗，他目光奔跑的速度缓慢而悠长。

高高的山岗在女记者以后的回忆中甜蜜而温馨，想到山岗，自然就想到山岗之上的那个男人，想到那个名字叫做张武备的男人，丁昭珂便不自觉地感动，湿润便悄悄地模糊了她的视线。那个男人的目光在那之后似乎改变了，少了一些冷漠，多了一些温情；少了一些距离，多了一些亲近。而他的目光，似乎也能够穿越时空，来到她的梦境边缘。

"听得到他讲话时略显激动的声音，听得到他强有力的呼吸，他的脸就近在咫尺，有好几次都想伸出手去摸一下那跳动着的肌肉。他是一个真实而有血有肉的男人。他像是邻居家的一个大哥。犹豫，胆怯，盲目，偶尔露出的英雄的气概。只是那种英雄气概有些自我、狭隘，目光短浅。他的想法，他所有远大的理想都显得那么微不足道，又那么地诚实可信。他是一个什么样的人？他和报纸上说的那个人到底是不是一个人？这都让我产生了深深的怀疑。"后来落在纸上的文字是这样来描绘她见到的张武备的。当然，这样的文字不可能见诸报端，只能珍藏在她的家中。

七天，山岗也并不仅仅因为一个年轻女性的到来而躁动，丁昭珂亲眼见证了一个另外的龙队长，一个活在另外一些人传说中的龙队长。从四面八方来投奔的年轻男人络绎不绝，山岗之上，每隔几天就会有一些年轻而生动的脸，他们远远地观看着张武备，当张武备迎面向他们走来，他们会因为激动而紧张地流下热泪。那些年轻的面孔在她的回忆中闪现时，山岗就变成了一面猎猎招展的旗帜。"山岗，是兄弟，或者姐妹，它有时候庄严，有时候又柔情似水。它让人既畏惧又心存怀想。而这一切，都是因为一个男人，一个高高在上的支撑着他们信念的男人。"当她写到这里时，突然间想到了已经逝去的父亲。

当丁昭珂返回A城，长时间地陷入对那七天的回忆之中时，她仍然无法把那个令人着迷的男人的形象理出一个合理的线索，出现在她回忆中的张武备是一个矛盾的混合体，英雄，威严，瞻前顾后，优柔寡断，疑虑重重，这些似乎都能放到他的身上。她百思不得其解，到底是因为她的短暂的采访出现了偏差，还是因为他本身就是这样一个复杂而多变的人？突然间，一张模糊不清的脸闪现在她的回忆之中，她暗吃一惊，姜小红，是的，这个一直被她忽视的女人，山岗之上，她充当着什么样的角色呢？为什么我忽略了她呢？丁昭珂惊奇地感觉到，在那七天之中，姜小红好像从来没有远离过他们，她好像无处不在。即使现在，姜小红的目光也充斥了她绵长的回忆。

山岗之上的作别有点黯然神伤的意味。张武备说："你一走，我又看不到山岗之上的风景了。"他直截了当的表述透露出了他内心的想法。

"我还会来的。你欢迎吗？"越过他的身体，视线捕捉到的山岗之上的夏天格外美丽。

张武备想了想，"你随时可以来。但我不能保证，你还能找得到我。因为这里不是我的家。"

"就算你走到天边，我也能找得到你。"丁昭珂这句信心十足的誓言，在张武备以后动荡的游击生涯中，时刻都在激励着他，让他有所期待。而单调的战斗也因此有了一丝柔情蜜意。

（选自《一座塔》，重庆出版社2012年10月第1版）

郁 葱

1956年生，河北深县人。当代诗人。著有诗集《尘世记》《燕赵》《生存者的背影》等。诗集《郁葱抒情诗》获第三届鲁迅文学奖。

长 城

是我们赋予它一些意义，
还是它赋予我们一些意义？
对它的理解，一定首先是它的沉厚、久远，
或者沧桑或者深刻，
或是属于它的、不属于它的传说，
或是一枚标识，一些想像，
一道铺满落雪的，苍凉的影子。

抑或你成就了什么，
抑或你阻隔了什么，
历史久远了你被称为历史，
岁月流逝了你被称为岁月。
几百年的剥蚀，你傲然如筋脉，
数不清的践踏，你内心有魂灵。
在一种无意识中，你高大完整起来，
当数不清的寄托赋予你时，
你缝隙中的那根枯草，悄然折断。

长城。在群山的断裂处，

一个孩子把一枚青砖抛向谷底，
那孩子笑了，远山近谷都在大笑，
你随意得如同薄雨轻露啊。

享受阳光的那是你吗？
接受仰望的那是你吗？
作为神圣你存在了多久？
作为平淡你存在了多久？

血、声音和命运与你一起被掩埋，
有的时候，掩埋了历史便不再是历史，
有的时候，掩埋了历史才是历史。

时间记录着关于你的经历，
经历，在许多往复的年代中萌出芽来。
我们的命运中有长城，有沉厚的黄河，
而那些生灵呢？如同那枚青砖化为尘埃，
他们也曾站在岁月的高处，也曾感受，
亦远亦近的时光的寒意和暖意。

长城落雪了。
这个冬天真长啊，
冬天不适合生长生命，
却未必不适合生长灵魂。
那陷进泥土中的历史究竟有多重？
生命，浮移在地面，
灵魂，深埋进地层。

长城。默默地注视你，

便能够深入地理解你了，
让我们在你身边散步时，
如同在任何一条路上散步，
让我们在你面前唱歌时，
能随意哼出任何一种音调。
让我们不那么多地想你赞你颂你，
你仅仅是我们的弟弟或兄长，
你不拥有那么多的名字。

让我们重新理解你，
我们不必把你理解为深刻，
也不必把你理解为肤浅。
你坦坦然然地矗立在那里，
成为一种象征，一种精神，
一种寄托或是一种写照的时候，
你便成为，一种永恒。

长城。让我们重新理解你。
理解你，便是理解了与你对视并与你对话的，
人群！

（2015年7月16日再改）

金色石家庄

今年盛夏的时候，华北平原的小麦熟了。
早晨，我走在新华路上，
空气中满是麦香，那麦香真浓啊，
它浸染着我的街道和广场，
这个城市，早早地醒了。

我的城市仅比我年长几岁，
在我已近年老的时候，
我的石家庄，却正值年轻。
我的亲人一代代在这里老去，
又一代代在这里出生，
我眼前的人们气韵相近，血脉相融，
如同我的城市：
春意泛绿，秋色染红，
沃野沉实，青山厚重。
这个城市清晨最早的唤醒，
是京广线上火车汽笛的一声长鸣。

天晴的时候，博物馆广场的人就多了起来，
他们有的匆忙，有的从容。
石家庄的树，长得好快，
石家庄的花，开得真浓。
早晨的太阳，比别的地方更暖意，
夜晚的灯火，比其他城市要温情。
每次，我从北行的列车上看到灯影中的槐安路，
就知道，我回家了，
这个城市，有惦记我的人，
那样的感觉，总让一个远行的人，
怦然心动。

今天阳光真好，风真好，
赵州落雨，赞皇流萤，
灯映柏坡，月拂正定，
苍岩山叠嶂如洗，

大石桥金色渐浓。

石家庄人，坦荡、开阔、沉稳、智性，

坚韧的身影里，有智慧和照耀，

今日之晨，亦如昨日，

冷暖阅尽，苦乐无穷。

早晨，有孩子们随意的歌唱，

没有一丝杂质，干干净净。

那时，总愿站在太行山，

远眺我年轻向上的城市，

它是几代人的声音、色彩和悲喜，

是情致和定力，是气韵与恢宏。

有时，我走在和平路，一路向东，

恍惚间又看到这个城市最初的生动，

我的石家庄，多少旧事多少新事多少故事，

也许久远也许瞬间，

那都是黎民百姓的一世温情。

我的石家庄，造就柔婉也造就刚硬，

展开叙事也展开抒情，

晴天，我们感受普照，

雨夜，我们回味澄明。

一代代，酸甜苦辣，

一岁岁，且走且行，

有时遇见夜，但大地有光，

有时也逢难，但心里有灯，

我知道那些窗口的灯光也许与我无关，

但我相信它们的温暖，

——灯亮着，就千般蜜意，

灯熄了，就百转柔情。

石家庄，那么多的草、树和花，
那么多的好表情，好人，好梦。
润泽有水，天暗有星，
千般经纬，百里纵横，
石家庄的人们，磨平了岁月，
尘世间的繁杂和坎坷，也被一风抚平。

我的石家庄，总在为你祝福，
祝福你白天展开的叶子，
祝福你夜晚亮起的街灯，
祝福我们曾经的收获和播种，
祝福我们有过的泪水和笑容。
祝福你春天冰消，冬天冰冻，
祝福你暑热寒凉，雾雨爽风。
祝福火车站台离乡的背影，
祝福纪念碑前凝神的眼睛。
祝福鸽子的羽翅，布谷的悠远，
祝福人合天道，地气旺盛。
祝福这个城市的善意与暖意，
祝福我们内心感受的，
那么深远的美好与感动。

傍晚，有一种博大的辽阔，
太阳俯视下的城市，平和而宁静。
我的石家庄，记载了多少盛衰沉浮，
那光阴写就的历史，一定很重！
也许人们还有心霾还有愁苦，

我内心的恒久不是什么箴言，

霜染青丝，心中忘不掉的，

依然是夏夜窗外的那一阵虫鸣。

不浮不躁，有一种沧桑沉厚的美感，

晚钟晨钟，携一阵柔润清澈的暖风。

有月无月，秋色依旧，

沧海桑田，人心自明，

看滹沱河沿岸春草不倒，

见证着一个温暖亮丽的城市，

见证一个史诗般伟大的城市，

辉煌的诞生。

平原一脉，生生不息，

烟火人间，红尘苍穹，

很久很久了，我一直注视着石家庄的日出，

她是金色的，金黄色！

那境界那璀璨，成为我的城市，

成为我的石家庄，

深邃而久远的，

浩荡的永恒！

（2017年11月3日）

河　北

把你轻轻地拥入怀中，

——河北。

你山蕴百水，地结千穗，

平川堆雪，幽谷流翠，

晨一层薄雾轻遮绿意，
夜一阵细雨润泽心扉。

有那么多的路，
每一条道路都那么沉实，
有那么多的绿，
每一片叶子都那么纯粹。
缓缓戴河，
萧萧易水……

秋天是你的境界，
饱满、富饶、带几分丰实，
春意是你的抒情，
爽直、明澄、有几分深邃。
星唤晨钟，月映秋水，
河北的路上，
总有那些生动的身影，
他们带着沉厚、带着执着，
有时，也有些许疲惫。
河北啊，
那行走着的厚重的影子究竟是什么？
是渤海之源，
涛涛浪浪拥着碧海的魂魄，
是长城之始，
蜿蜿蜒蜒撑起平原的脊背。

燕山、狼牙、太行，
不说那是多少根骨架挺起命运，
滹沱、桑干、滏阳，

不说那是多少条血脉注入脊髓。

河北啊，我的河北，

有时你是婴儿，

有时你是母亲，

有时你是兄弟，

有时你是姊妹。

走近你的时候，

你就是我们自己，

远离你的时候，

你便成为我们轻轻呼唤时的，

苦恋的清泪！

被你轻轻地拥入怀中，

——河北。

你浩浩大气、荡荡雄风、坦坦真情，

那么多的桥，使路不再阻隔，

那么多声音，使语言不再枯萎。

那么多默契，那么多对视，

那么多远行的牵挂，

那么多久别的相会。

万家灯光，每一盏都是暖意，

雨冀南，雪塞北，

有时有歌，有时有泪，

许多时候，人们把沉重压在心底，

天亮时，那沧桑的脸上又是明媚。

河北啊，

人们把踩出的脚印称作道路，

人们把解冻的冰凌称为春水，

人们记住的日子才是历史，

人们感受的真理才是丰碑。

广场上的孩子对我说：

你看那气球，它自由，所以飞得很高。

那童稚的嗓音，

竟那么让人久久回味。

啊，我的河北。

生于斯，长于斯，

一根春草，也是这片土地的智慧。

炊烟久远，街灯妩媚，

我不知道人们此刻是怎样的心情，

但我想悄悄告诉每一个人：

真好！我们在一个家庭里生活，

而且快乐，而且幸福，

而且，祖祖辈辈！

春秋冬夏，

年年岁岁，

我们不再浅薄和浮泛，

平缓而深刻的河流是我们的象征，

无语而厚重的山脉是我们的象征，

坦荡而充实的平原是我们的象征，

浩瀚而博大的渤海是我们的象征，

在地球村里，我总愿向人们重复自己的名字：

——河北！

（1997年7月6日）